KB275578

젊은 예술가의 초상

젊은 예술가의 초상

젊은 예술가의 초상

A Portrait of the Artist as a Young Man

제임스 조이스 장편소설 성은애 옮김

A PORTRAIT OF THE ARTIST AS A YOUNG MAN
by JAMES JOYCE (1916)

이 책은 실로 꿰매어 제본하는 정통적인 사철 방식으로 만들어졌습니다.
사철 방식으로 제본된 책은 오랫동안 보관해도 손상되지 않습니다.

그리고 그는 그의 마음을 미지의 기술에 바쳤다.[*]
Et ignotas animum dimittit in artes.

오비디우스, 『변신 이야기』 제8권 188행

* 장인 다이달로스가 크레타의 미노스 왕으로부터 탈출하여 고향으로 돌아가겠다고 결심하는 대목.

제1장

옛날에, 좋았던 시절에, 음매 소가 길을 따라 내려왔는데, 길을 따라 내려오던 이 음매 소는 베이비 터쿠라는 이름의 예쁜 소년을 만났더란다…….

아버지는 그에게 이 이야기를 해줬다. 아버지는 외알 안경 너머로 그를 바라보았다. 아버지 얼굴엔 수염이 텁수룩했다.

그는 베이비 터쿠였어. 음매 소는 베티 번이 사는 길로 왔고 베티는 레몬 맛 사탕을 팔았지.

오, 들장미 피네
그 작고 푸른 풀밭에.

그는 그 노래를 불렀다. 그가 즐겨 부르는 노래였다.

오, 푸운 장미꼬 피고.

오줌을 싸면 처음엔 뜨듯하지만 이내 차가워진다. 그의 어머니는 기름 먹인 시트를 깔아 놓았다. 그 냄새가 아주 이상했다.

　어머니는 아버지보다 냄새가 좋았다. 어머니는 그가 춤을 출 수 있게 피아노로 뱃사람의 뿔피리 무도곡을 연주했다. 그는 춤을 추었다.

　　트랄랄라 랄라
　　트랄랄라 트랄라라디
　　트랄랄라 랄라
　　트랄랄라 랄라.

　찰스 아저씨와 아줌마가 박수를 쳤다. 그들은 아버지와 어머니보다 나이가 많았고, 찰스 아저씨는 아줌마보다 나이가 더 많았다.

　아줌마는 옷장에 옷솔을 두 개 가지고 있었다. 밤색 벨벳으로 등을 댄 솔은 마이클 대빗[1]을 기리기 위한 것이었고, 초록색 벨벳으로 등을 댄 것은 파넬[2]을 위한 것이었다. 아줌마는 그가 담배 마는 종이를 한 장 갖다 줄 때마다 구취 제거 캔디를 하나씩 주었다.

　밴스네는 7번지에 살았다. 그 집 아버지와 어머니는 좀 다른 사람들이었다. 그들은 아일린의 아버지와 어머니였다. 어른이 되면 그는 아일린과 결혼할 생각이었다. 그는 식탁 아래 숨었다. 어머니가 말했다.

　— 오, 스티븐이 잘못했습니다 한대요.

---

　1 Michael Davitt(1846~1906). 아일랜드 독립운동가 겸 저널리스트. 파넬의 동지였으나 파넬의 간통 스캔들 이후 그와 대립했다.
　2 Charles Stewart Parnell(1846~1891). 아일랜드의 독립운동가.

아줌마가 말했다.

— 오, 안 그러면 독수리가 와서 눈을 뺀대요.

눈을 뺀대요,
잘못했습니다,
잘못했습니다,
눈을 뺀대요.

잘못했습니다,
눈을 뺀대요,
눈을 뺀대요,
잘못했습니다.

....

넓은 운동장에 아이들이 와글거리고 있었다. 모두들 소리를 지르고 있었고, 담임들이 큰 목소리로 그들을 독려했다. 저녁 공기는 흐릿하고 차가웠으며, 축구 선수들이 공격하고 충돌할 때마다 기름기 도는 가죽 공이 회색빛 햇살을 뚫고 육중한 새처럼 날아갔다. 그는 담임 눈에 띄지 않도록, 그리고 선수들의 거친 발에 닿시 않노록, 가끔씩 뛰는 척만 하면서 줄 가장자리에 머물렀다. 그는 자기 몸이 축구 선수들 사이에서 작고 약하다고 느꼈고, 눈도 좋지 않은 데다가 곧잘 눈물이 고였다. 로디 키컴은 그렇지 않았다. 그는 저학년 반의 주장이 될 거라고 모두가 말했다.

로디 키컴은 괜찮은 친구였으나 내스티 로시는 불쾌한 놈이었다. 로디 키컴은 사물함에 정강이 보호대가 있었고, 식당에는 간식 바구니도 있었다. 내스티 로시는 손이 컸다. 그는 금요일에 나오는 푸딩을 〈담요에 싼 개〉라고 불렀다. 어느 날 그가 물었다.

— 너 이름이 뭐냐?

스티븐이 대답했다.

— 스티븐 디덜러스.

그러자 내스티 로시가 말했다.

— 무슨 이름이 그래?

스티븐이 미처 대답을 못 하자 내스티 로시가 물었다.

— 아버진 뭐 하시는데?

스티븐이 대답했다.

— 신사 계층이야.

그러자 내스티 로시가 물었다.

— 치안 판사야?

그는 자기 줄의 가장자리에서 이리저리 엉기며 다니다가 가끔은 조금씩 뛰기도 했다. 그러나 그의 손은 얼어서 새파래졌다. 그는 벨트가 달린 회색 양복의 옆 주머니에 손을 넣고 있었다. 벨트는 호주머니 주위에 둘려 있었다. 벨트는 유사시 누군가를 때려 주기 위한 것이기도 했다. 어느 날 한 놈이 캔트웰에게 말했다.

— 그냥 확 때려 줄까 보다.

캔트웰이 대답했다.

— 상대가 될 만한 놈을 찾아. 세실 선더나 때려 줘라. 어떻게 되나 보게. 그러면 그놈이 네 엉덩이를 한 대 까줄 텐데.

그건 고운 말이 아니었다. 어머니는 그에게 학교에서 거친 애들하고 얘기하지 말라고 했다. 멋진 어머니! 첫날 학교 본관에서 어머니가 작별 인사를 할 때 어머니는 그에게 키스를 하려고 베일을 접어 코까지 걷어 올렸다. 어머니의 코와 눈이 붉어져 있었다. 그러나 그는 어머니가 울려고 하는 것을 못 본 척했다. 어머니는 멋졌지만, 울 때는 그리 멋있지 않았으니까. 그리고 아버지는 그에게 용돈으로 5실링짜리 은화를 두 개 주었다. 아버지는 원하는 것이 있으면 집으로 편지를 보내고, 무슨 일이 있어도 친구를 고자질하지는 말라고 당부했다. 본관 입구에서 교장은 수단[3]을 바람에 펄럭이며 아버지 어머니와 악수를 했고, 그들은 마차를 타고 떠나갔다. 아버지와 어머니는 마차에서 손을 흔들며 그를 보고 소리쳤다.

— 잘 있어라, 스티븐, 안녕!
— 잘 있어라, 스티븐, 안녕!

그는 난투극의 소용돌이에 휘말렸고, 번득이는 눈과 흙투성이 신발이 두려워 몸을 굽히고 엉킨 다리들 사이로 내다보았다. 아이들은 뒤엉켜 으르렁대고 있었고, 다리를 서로 비비고 걷어차고 구르고 있었다. 잭 로턴의 노란 신발이 공을 빼냈고, 다른 신발과 다리들이 그 뒤를 따라갔다. 그는 그들을 조금 따라가다가 멈추었다. 계속 달려 봐야 소용없었다. 머지않아 그들은 방학을 맞아 집에 갈 것이다. 저녁을 먹고 자습실로 들어가면 그는 자기 책상 안쪽에 붙어 놓은 숫자를 77에서 76으로[4] 바꿔 놓을 것이다.

추운 날씨에 밖에 있는 것보다는 자습실에 있는 것이 낫다. 하늘은 흐리고 차가웠으나 본관에는 불이 켜져 있었다. 그는 그중 어떤 창문에서 해밀턴 로완[5]이 담장에 모자를 던졌는지,

3 *soutane*. 가톨릭, 성공회 등의 성직자가 입는 평상복.
4 크리스마스 휴가까지 남은 날짜를 말함.

그 당시 창문 아래엔 화단이 있었는지 궁금했다. 어느 날 그가 본관에 불려 갔을 때 집사는 나무 문에 남아 있는 군인들의 총탄 자국을 보여 주고, 교단에서 먹는 쇼트브레드를 주었다. 본관의 불빛을 보는 것은 멋지고 따뜻한 느낌이었다. 그것은 책에 나오는 어떤 것 같았다. 아마 레스터 사원도 저렇겠지. 그리고 콘웰 박사의 철자법 책에는 좋은 문장들이 있었다. 그것은 마치 시 같았지만, 그 문장들은 단지 철자법을 배우기 위한 예문일 뿐이었다.

> 울시는 레스터 사원에서 죽었고
> 그곳에서 수도원장들이 그를 묻었다.
> 마름병은 식물의 병이고,
> 암은 동물의 병이다.

손을 베개 삼아 머리를 괴고 벽난로 앞의 깔개 위에 누워서 저 문장들이나 생각하면 좋을 텐데. 그는 마치 살갗에 차고 끈적이는 물이 닿은 것처럼 몸서리쳤다. 밤을 마흔 개나 땄다는, 길이 잘 든 웰스의 밤 치기[6]용 밤과 그의 작은 코담배갑을 교환하려 하지 않았다는 이유로 웰스가 그를 화장실 하수통에 빠뜨린 것은 비열한 짓이었다. 얼마나 차고 끈적이던지! 누군가 그 구정물로 큰 쥐가 뛰어드는 것도 보았단다. 어머니는 아줌마와 난로 앞에 앉아 브리지드가 차를 가져오기

---

5 Archibald Hamilton Rowan(1751~1834). 아일랜드의 독립운동가. 영국군에게 폭도로 쫓기다 클롱고우즈 학교로 도망 왔을 때 2층에서 모자를 던져 추격자들을 유인해 탈출한 이야기를 말함.
6 밤을 실에 꿰어 서로 쳐서 상대의 것을 깨뜨리면 이기는 놀이.

를 기다리고 있다. 어머니는 난로 망에 발을 걸쳤는데, 그러자 어머니의 보석 박힌 슬리퍼는 뜨거워지고 슬리퍼에서 따뜻하고 좋은 냄새가 났다! 아줌마는 아는 게 많았다. 아줌마는 그에게 모잠비크 운하가 어디에 있는지, 미국에서 가장 긴 강은 무엇인지, 달에서 가장 높은 산은 무엇인지 가르쳐 주었다. 아놀 신부는 신부님이니까 아줌마보다 많이 아는 것이 당연했지만, 아버지와 찰스 아저씨는 아줌마가 총명하고 학식이 많은 여성이라고 말했다. 그리고 아줌마는 저녁을 먹은 후 어떤 소리를 내고 손을 가슴에 얹었는데, 그건 소화 불량이었다.

운동장 저 멀리서 외치는 소리가 들렸다.

— 전원 입실!

그러자 다른 목소리가 중학년, 저학년 대열에서 들려왔다.

— 전원 입실! 전원 입실!

선수들은 상기되고 진흙투성이인 채로 둘러섰고, 그도 들어간다는 것을 기뻐하며 그들 사이에 꼈다. 로디 키컴은 기름 낀 끈을 잡아 공을 들었다. 한 녀석이 한 번만 더 하자고 그를 졸랐으나, 그는 그 녀석에게 대답도 하지 않고 걸어갔다. 사이먼 무넌은 그에게 담임이 보고 있으니 하지 말자고 말했다. 그 녀석이 사이먼 무넌에게 가더니 말했다.

— 네가 왜 그렇게 얘기하는지 우린 다 알아. 너는 맥글레이드를 쪽쪽 빠는 놈이잖아.

〈쪽쪽 빠는 놈〉이란 괴이한 말이었다. 그 녀석이 사이먼 무넌을 그렇게 부른 이유는 사이먼 무넌이 담임의 펄럭이는 장식용 소매를 등 뒤에서 묶어 놓으면, 담임이 짐짓 화난 척하곤 했기 때문이다. 그러나 그 말은 아주 듣기 흉했다. 그는 위클로 호텔의 화장실에서 손을 씻은 적이 있는데, 그의 아버지가 사슬을 잡아당겨 세면대 마개를 뽑았고 세면대의 구멍으로 더러운 물이 흘러내려 갔다. 더러운 물이 세면대의 구멍으로 천천히 모두 흘러내려 갔을 때 그런 소리가 났다. 쪼옥. 단지 좀 더 크게 났을 뿐이다.

그 기억과 화장실의 하얀 색조 때문에 그는 냉기를 느꼈다가 온기를 느꼈다. 수도꼭지가 두 개 있었고 돌리면 물이 나왔다. 찬물과 더운물. 그는 냉기를 느꼈고 또 약간의 온기도 느꼈다. 꼭지에 새겨진 글자가 눈에 보이는 듯했다. 아주 괴이한 일이었다.

복도의 공기도 한기를 느끼게 했다. 괴이하고도 습했다. 그러나 곧 가스 불이 켜질 것이다. 가스 불은 타면서 짧은 노래 같은 작은 소리를 냈다. 늘 그랬다. 휴게실에서 아이들이 이야기를 하지 않을 때면 그 소리를 들을 수 있었다.

산수 시간이었다. 아놀 신부가 칠판에 어려운 덧셈 문제를 써놓고 말했다.

— 자, 누가 이길까? 어서 해봐, 요크! 어서 해봐, 랭커스터![7]

스티븐은 최선을 다했으나 그 덧셈은 너무 어려워서 머리가 어지러웠다. 그의 재킷 가슴에 꽂혀 있는 하얀 장미 문양의 작은 실크 배지가 떨리기 시작했다. 그는 덧셈을 그리 잘하지 못했지만, 요크 팀이 지지 않도록 최선을 다했다. 아놀 신부의 얼굴은 어두웠지만 화가 난 것은 아니었다. 그는 웃고 있었다. 그러자 잭 로턴이 손가락으로 딱 소리를 냈고, 아놀 신부는 그의 연습장을 보더니 말했다.

7 학생들의 경쟁심을 고취하기 위해 장미 전쟁(1455~1485)의 양편이었던 흰 장미의 요크가와 붉은 장미의 랭커스터가로 편을 나눔.

— 맞았다. 브라보, 랭커스터! 붉은 장미가 이겼다. 자, 요크! 힘내라!

잭 로턴이 곁눈으로 넘겨다보았다. 그는 푸른색의 세일러복을 입고 있었기 때문에 그 옷에 달린 붉은 장미 문양의 작은 실크 배지가 더 선명해 보였다. 스티븐은 초등부에서 잭 로턴과 자기 중 누가 수석을 할 것인가를 두고 모두가 내기를 하고 있다는 것을 생각하곤, 얼굴이 붉게 달아오르는 것을 느꼈다. 몇 주간은 잭 로턴이 수석 카드를 받았고, 또 몇 주간은 그가 수석 카드를 받았다. 그가 다음 문제를 풀면서 아놀 신부의 목소리를 들었을 때 그의 흰 실크 배지는 흔들리고 또 흔들렸다. 그러고는 열의가 모두 사라지면서 얼굴이 싸늘해지는 것을 느꼈다. 얼굴이 싸늘하게 느껴졌기 때문에 그는 그의 얼굴이 분명 새하얄 것이라고 생각했다. 그는 그 덧셈 문제의 답을 알아낼 수 없었지만, 상관없었다. 흰 장미와 붉은 장미. 생각하니 그건 아름다운 색깔이었다. 수석과 차석과 3등에게 주는 카드의 색깔도 모두 아름다운 색깔이었다. 분홍과 크림과 라벤더. 라벤더색과 크림색과 분홍색 장미도 생각해 보면 아름다웠다. 아마 들장미가 그런 색깔일 수도 있을 것이다. 작은 풀밭에 핀 들장미에 관한 노래가 생각났다. 그러나 풀밭처럼 푸른 장미는 없다. 하지만 세상 어느 곳엔가는 있을지도 모른다.

종이 울리고 교실마다 학생들이 줄지어 나와 복도를 따라 식당으로 향했다. 그는 틀로 찍어 낸 버터 두 조각이 접시 위에 있는 것을 바라보며 앉아 있었지만, 축축한 빵을 먹을 수는 없었다. 식탁보는 축축하게 늘어져 있었다. 그러나 그는 흰 앞치마를 두른 서툰 하인이 컵에 따라 준 뜨겁고 연한 차는 다 마셨다. 그는 그 하인의 앞치마도 축축할까, 그게 아니면 모든 흰 물건은 차고 축축한 것일까 궁금했다. 내스티 로시와 소린은 집에서 깡통에 담아 보내 준 코코아를 마셨다. 그들은 너무 맛이 없어서 차를 마실 수가 없다고 말했다. 애들 말로는 그들의 아버지들이 모두 치안 판사라고 했다.

그에겐 소년들이 모두 매우 낯설어 보였다. 그들은 모두 아버지와 어머니가 있었고, 옷도 목소리도 모두 달랐다. 그는 집에 가서 어머니의 무릎을 베고 눕고 싶었다. 그러나 그럴 수가 없었고, 그래서 그는 놀이와 공부와 기도가 끝나고 얼른 잠자리에 들기를 고대했다.

그가 뜨거운 차를 한 잔 더 마시고 나자 플레밍이 말했다.

— 왜 그래? 어디 아파, 아니면 무슨 일 있어?

— 모르겠어. 스티븐은 말했다.

— 배가 아픈가 봐. 플레밍이 말했다. 얼굴이 새하얀데. 괜찮아지겠지.

— 응. 스티븐이 말했다.

하지만 그는 배가 아픈 게 아니었다. 만약 가슴이 아플 수 있다면 가슴이 아픈 것이라고 그는 생각했다. 그렇게 물어 주다니 플레밍은 정말 괜찮은 놈이다. 그는 울고 싶었다. 그는 탁자에 팔꿈치를 괴고 귓바퀴를 손으로 열었다 닫았다 했다. 그리고 귓바퀴를 열 때마다 식당에서 들리는 소음을 들었다. 야간열차처럼 우르릉 소리가 났다. 귓바퀴를 닫으면 우르릉 소리는 열차가 터널에 들어간 것처럼 차단되었다. 달키에서의 그날 밤도 열차는 그렇게 우르릉 소리를 냈고, 터널에 들어가면 그 소리가 멈췄다. 그는 눈을 감았고 열차는 우르릉 소리를 내다가 멈추다가, 내다가 멈추다가 하면서 계속 달렸다. 열차가 우르릉 달리다 소리가 멈추고 또 우르릉 소리를 내며 터널에서 나오고 다시 소리가 멈추는 것을 들으니 좋았다.

그때 고학년 학생들이 식당 가운데 깔린 매트를 따라 걸어가기 시작했다. 패디 래스와 지미 매기, 시가를 피우도록 허락받은 스페인 학생과 털모자를 쓴 작은 포르투갈인 그리고 중학년 테이블, 저학년 테이블의 학생들도 걷기 시작했다. 모든 학생들이 서로 다른 걸음걸이로 걸었다.

그는 휴게실 구석에 앉아 도미노 게임을 보는 척했는데 한두 번은 가스 불이 타면서 내는 짧은 노래를 잠깐씩 들을 수 있었다. 담임이 몇몇 학생들과 문간에 있었고 사이먼 무넌은 그의 장식용 소매를 묶고 있었다. 그는 그들에게 툴라벡[8]에 대한 이야기를 해주고 있었다.

담임이 문간에서 떠나자 웰스가 스티븐에게 와서 말했다.

— 말해 봐, 디덜러스, 너 자기 전에 엄마한테 키스하냐?

스티븐이 대답했다.

— 응.

웰스는 다른 학생들에게 돌아서서 말했다.

— 아하, 여기 밤마다 자기 전에 엄마한테 키스한다는 놈이 있네.

다른 아이들이 게임을 멈추고 돌아보며 웃었다. 스티븐은 그들의 시선에 얼굴을 붉히며 말했다.

— 아니야.

웰스가 말했다.

— 아하, 여기 자기 전에 엄마한테 키스도 안 한다는 놈이

8 Tullabeg. 예수회 수사가 수련 기간에 사는 집이 있던 곳.

있네.

그들은 모두 웃었다. 스티븐도 그들을 따라 웃으려고 했다. 그는 순간 온몸이 화끈거리고 어지러워짐을 느꼈다. 그럼 뭐가 맞는 대답이란 말인가? 그는 두 가지 대답을 했지만 여전히 웰스는 웃고 있었다. 그러나 웰스는 문법 상급반에 속해 있으니 정답을 알 것이다. 그는 웰스의 엄마를 생각하려고 했지만 감히 눈을 들어 웰스의 얼굴을 볼 수 없었다. 그는 웰스의 얼굴을 좋아하지 않았다. 밤을 마흔 개나 땄다는, 길이 잘든 웰스의 밤 치기용 밤과 그의 작은 코담배 갑을 교환하려 하지 않았다는 이유로 그날 그를 화장실 하수통에 밀어 넣은 것이 바로 웰스였다. 그것은 비열한 짓이었다. 모든 아이들이 그렇게 말했다. 얼마나 차고 끈적이던지! 누군가 그 구정물로 큰 쥐가 뛰어드는 것도 보았단다.

차고 끈적이는 하수가 그의 온몸을 감쌌다. 그리고 자습 시작종이 울려 아이들이 휴게실에서 빠져나갔을 때, 그는 옷 속에 복도와 계단의 찬 공기가 스며드는 것을 느꼈다. 그는 여전히 정답이 무엇인지 생각해 내려 애쓰고 있었다. 어머니에게 키스를 하는 게 맞는 건가, 아니면 잘못된 건가? 키스한다는 건 무슨 뜻이지? 얼굴을 이렇게 치켜들어 〈안녕히 주무세요〉라고 말하면 어머니는 얼굴을 아래로 기울여 주었다. 그게 키스지. 어머니는 그의 뺨에 입술을 댔다. 어머니의 입술은 부드러웠고 뺨을 촉촉하게 적셨다. 입술이 닿을 때 작은 소리도 났다. 키스. 왜 사람들은 얼굴 둘로 그런 일을 하는 거지?

자습실에 앉아 그는 책상의 뚜껑을 열고 안쪽에 붙여 놓은 숫자를 77에서 76으로 바꾸었다. 하지만 크리스마스 휴가는 아직 멀리 있었다. 그러나 지구는 늘 돌고 도니까 언젠가는 오겠지.

지리 교과서 첫 페이지에는 지구 그림이 있었다. 구름 가운데 커다란 공처럼. 플레밍은 크레용을 한 상자 가지고 있었고, 어느 날 밤 자습 시간에 지구를 초록색으로, 구름은 밤색으로 칠해 버렸다. 그건 마치 아줌마의 옷장 속에 든 두 개의 옷솔, 파넬을 기리는 초록 벨벳 등을 댄 솔과 마이클 대빗을 기리는 밤색 벨벳 등을 댄 솔 같았다. 그러나 그가 플레밍에게 그런 색깔로 칠하라고 그런 것은 아니었다. 플레밍이 스스로 그렇게 칠한 것이었다.

그는 공부를 하려고 지리 교과서를 폈다. 그러나 미국의 지명들을 익힐 수가 없었다. 서로 다른 이름을 가진 또 다른 장소들이었다. 그 지명들은 모두 서로 다른 나라에 속해 있고 그 나라들은 서로 다른 대륙에 있으며 대륙들은 세계 안에 있고 이 세계는 우주에 속해 있다.

그는 지리 교과서 앞부분의 여백 페이지를 펼쳐 거기에 자신이 써놓은 것을 읽었다. 자기 자신, 즉 그의 이름과 소속이었다.

스티븐 디덜러스
초등부
클롱고우즈 우드 학교
살린스
킬데어 카운티
아일랜드
유럽

세계
우주

그건 그가 써놓은 글씨였다. 그랬더니 어느 날 플레밍이 장난으로 맞은편 페이지에 다음과 같이 써넣었다.

스티븐 디덜러스는 내 이름이고,
아일랜드는 내 나라.
클롱고우즈는 내가 사는 곳이며,
하늘은 내가 소망하는 곳.

그는 이 운문을 거꾸로 읽어 보았지만 그래도 그건 시가 아니었다. 그는 여백 페이지에 써놓은 것을 아래에서 위로 자기 이름까지 읽어 보았다. 그게 그였다. 그러고는 그 페이지를 위에서 아래로 다시 읽었다. 우주 다음에는 무엇이 있는 걸까? 아무것도 없다. 그렇지만 우주의 주변에는 아무것도 아닌 장소가 시작되기 전에 우주가 어디서 끝나는지 보여 주는 그 무언가가 있어야 하는 것 아닐까?

그건 벽일 리가 없다. 그러나 모든 것을 감싸는 얇디얇은 선은 있을 것이다. 모든 것과 모든 장소에 대해 생각한다는 것은 아주 엄청난 일이다. 하느님만이 그렇게 할 수 있다. 그는 분명 존재할 가장 거대한 생각을 해보려고 했다. 그러나 하느님만을 생각할 수 있을 뿐이었다. 그의 이름이 스티븐이듯이 하느님의 이름은 하느님이다. 프랑스어로 하느님은 〈듀 *Dieu*〉이고 그것도 하느님의 이름이다. 누군가 하느님께 기도하면서 〈듀〉라고 말한다면 하느님은 단박에 기도하는 사람이 프랑스인임을 아신다. 그러나 이 세상의 모든 언어로 하느님을 부르는 온갖 다른 이름이 있지만, 하느님은 기도하는 사람들이 제각기 자기들의 언어로 말하는 것도 다 알아들으시며, 그래도 언제나 하느님은 같은 하느님이고 하느님의 진짜 이름은 하느님이다.

이런 식으로 생각하노라니 아주 피곤했다. 머리가 엄청 커다래진 것 같았다. 그는 여백 페이지를 넘기고 밤색 구름 중간에 걸린 초록색 둥근 지구를 지친 시선으로 바라보았다. 그는 초록과 밤색 중 어느 쪽이 옳은지 궁금해했는데, 왜냐하면 아줌마가 어느 날 파넬을 위한 옷솔의 초록색 벨벳을 가위로 잘라 내면서 그에게 파넬이 나쁜 놈이라고 했기 때문이었다. 그는 그 문제로 식구들이 집에서 싸우고 있을지도 궁금했다. 그게 정치라는 거였다.

정치에는 두 편이 있었다. 아줌마는 한쪽 편이었고, 아버지와 케이시 씨는 다른 편이었지만 엄마와 찰스 아저씨는 어느 쪽 편도 아니었다. 매일 신문에 그에 관한 이야기가 났다.

그는 정치가 무엇을 의미하는지 잘 몰라서, 그리고 우주가 어디서 끝나는지 몰라서 고통스러웠다. 그는 자신이 작고 약하다고 느꼈다. 언제쯤에나 시와 웅변에 나오는 사람들처럼 될 것인가? 그들은 목소리가 우렁찼고 큰 신발을 신었으며 삼각법도 공부했다. 그건 아주 먼 얘기였다. 우선 방학이 다가올 것이고 그다음 학기, 다시 방학, 또 다음 학기, 또 방학이 올 것이다. 그건 터널에 들어갔다 나왔다 하는 열차와 같고, 귓바퀴를 열었다 닫았다 했을 때 식당에서 들리는 아이들 소리와도 같다. 학기, 방학. 터널, 바깥. 소음, 정지. 그건 얼마나 아득히 멀리 있는가! 침대에 가서 자는 게 좋겠다. 이제 예배당에서 기도만 하고 자면 된다. 그는 부르르 몸을 떨고 하품을 했다. 시트가 조금 따뜻해지면 침대에 있는 것이 무척 편안할 것이다. 처음 침대에 들어가면 너무 추워. 그는 처음에 시트가 얼마나 차가운가 생각하며 부르르 떨었다. 그러나 시트가 따뜻해지면 잠을 잘 수 있다. 피곤하다는 건 좋은 일이야. 그는 다시 하품을 했다. 밤 기도를 하고 자러 간다. 그는 부르르 떨었고 하품이 나려 했다. 이제 몇 분만 있으면 편안해질 거야. 그는 추위로 떠는 시트에서 따사로운 기운이 피어올라 점점 따뜻해져서 마침내 온몸이 아주 따스해지는 것을 생각했지만, 약간 몸을 떨었고 여전히 하품이 나려 했다.

밤 기도 종이 울리고 그는 다른 학생들을 따라 자습실에서 나와 계단을 내려가서 복도를 따라 예배당으로 갔다. 복도는 어둠침침했고 예배당도 어둠침침했다. 곧 전부 어두워질 것이고 모두 잠이 들 것이다. 예배당에는 차가운 밤공기가 맴돌았고 대리석은 밤바다 빛깔이었다. 바다는 낮이나 밤이나 차가웠다. 그러나 밤에 더 찼다. 아버지 집 옆의 방파제 아래 바다는 차갑고 어두웠다. 그렇지만 펀치를 끓이는 주전자가 난로 위에 있을 것이다.

예배당의 담임은 그의 머리 위에서 기도를 했고 그는 응답 기도문을 기억하고 있었다.

오, 주여 우리 입을 열어 주소서.
우리의 입이 당신을 찬송하게 하소서.
오, 하느님, 우리를 구원해 주소서!
오, 주여, 어서 우리를 도와주소서!

예배당에서는 차가운 밤의 냄새가 났다. 그러나 그건 거룩한 냄새였다. 그것은 일요일 미사 때 예배당 뒤편에 무릎을 꿇은 늙은 농부들의 냄새와는 달랐다. 그건 바람과 비와 토탄과 코듀로이 냄새였다. 그러나 그들은 매우 경건한 농부들이었다. 그들은 그의 뒤에서 그의 목덜미에 입김을 내뿜었고 기도를 하면서 한숨을 쉬었다. 클레인에 사는 사람들이야, 라고 누군가가 말했다. 거기엔 작은 오두막들이 있었고 그는 살린스에서 오는 마차가 지나갈 때 한 여인이 팔에 아이를 안고 어떤 오두막 쪽문에 서 있는 것을 본 적도 있었다. 그러나 오, 나무 사이로 난 길은 어두웠다! 어둠 속에서 길을 잃을 지경이었다. 그때를 생각하면 두려워졌다.

그는 예배당 담임의 목소리가 마지막 기도를 하는 것을 들었다. 그 역시 바깥의 나무 밑 어둠을 물리치려는 듯 기도를 했다.

오, 주여, 간청하오니, 이곳에 오셔서 원수의 모든 함정들을 물리치소서. 당신의 거룩한 천사들이 이곳에 머물러 우리를 평화롭게 지켜 주게 하시고 당신의 축복이 우리 주 예수 그리스도를 통해 늘 우리와 함께하소서. 아멘.

기숙사에서 옷을 벗는데 손가락이 떨렸다. 그는 손가락에게 서두르라고 재촉했다. 죽어서 지옥에 가지 않으려면 가스등 불빛이 어두워지기 전에 옷을 벗고 꿇어앉아 기도를 드리고 잠자리에 들어야 했다. 그는 가스 불이 꺼질까 봐, 양말을 돌돌 말아 벗어 버리고 재빨리 잠옷을 입은 후 침대 옆에서 덜덜 떨면서 무릎을 꿇고 재빨리 기도를 반복했다. 이렇게 중얼거리는데 어깨가 덜덜 떨리는 것이 느껴졌다.

　주님, 아버지와 어머니를 축복하시고 그들을 저와 살게
하소서!
　주님, 제 동생들을 축복하시고 그들을 저와 살게 하소서!
　주님, 아줌마와 찰스 아저씨를 축복하시고 그들을 저와
살게 하소서!

　그는 성호를 긋고 재빨리 침대로 올라가, 잠옷 끝자락을
발 아래 끼워 넣고, 덜덜 떨면서 차가운 흰 시트 속에서 몸을
동그랗게 웅크렸다. 하지만 죽고 나서 지옥엔 가지 않을 것이
다. 그리고 떨리는 것도 이제 그칠 것이다. 기숙사의 소년들
에게 잘 자라고 인사하는 목소리가 들려왔다. 잠시 이불 너머
로 내다보니 사방에서 그의 침대를 둘러싸고 있는 노란 커튼
이 보였다. 불빛이 조용히 꺼져 갔다.
　담임의 발소리가 멀어졌다. 어디로? 계단을 내려가 복도
를 따라서, 혹은 복도 끝 그의 방으로? 그는 어둠을 보았다.
밤이면 마차의 등불만 한 눈을 가진 검은 개가 어둠 속을 돌
아다닌다는 게 정말일까? 살인자의 유령이라고 하던데. 그의
몸이 두려움으로 오래도록 떨렸다. 그는 본관의 검은 입구도
보았다. 낡은 옷을 입은 늙은 하인들이 계단 위의 다림질 방
에 있었다. 그건 오래전 얘기다. 늙은 하인들은 조용하다. 거
기엔 불이 켜져 있었지만, 현관은 여전히 깜깜했다. 어떤 이가
현관에서 계단으로 올라왔다. 그는 원수(元帥)의 흰 제복을
입었다.[9] 그의 얼굴은 창백하고 기이했다. 그는 한 손으로 옆
구리를 누르고 있었다. 그는 기이한 눈으로 늙은 하인들을 보

았다. 그들이 그를 보곤 주인의 얼굴과 제복을 알아보았으며 그가 치명상을 입었음을 알았다. 그러나 그들이 본 곳엔 어둠뿐이었다. 어둡고 적막한 허공뿐. 그들의 주인은 바다 건너 멀리 프라하의 전쟁터에서 치명상을 입었다. 그는 전쟁터에 서 있었다. 그의 한 손이 옆구리를 누르고 있었다. 얼굴은 창백하고 기이했으며 원수의 흰 제복을 입고 있었다.

그것을 생각하면 얼마나 춥고 이상한지! 모든 어둠은 춥고 이상하다. 거기엔 창백하고 이상한 얼굴들도, 마차의 등불 같은 커다란 눈들도 있었다. 그들은 살인자의 유령이요, 바다 건너 먼 곳의 전쟁터에서 치명상을 입은 원수들의 형상이다. 그렇게 이상한 얼굴들을 하고 그들은 무슨 얘기를 하고 싶었던 걸까?

오, 주여, 간청하오니, 이곳에 오셔서…… 모두 물리치소서…….

방학에 집에 간다! 그건 정말 신 날 거야. 아이들이 그에게 말했다. 초겨울 아침 본관의 문밖에서 마차에 오른다. 마차는 자갈길을 굴러가고 있다. 교장 선생님, 만세!

만세! 만세! 만세!

마차가 예배당을 지나자 모두 모자를 벗어 인사했다. 그들

9 클롱고우즈 성의 옛 주인 중 직업 군인으로 오스트리아군의 원수가 된 이가 있었는데, 그가 1757년 프라하 전투에서 전사한 날 그의 유령이 이 성에 나타났다는 전설이 있다.

은 경쾌하게 시골길을 달려갔다. 마부들은 채찍을 들어 보덴
스타운을 가리켰다. 아이들이 환호했다. 그들은 졸리 파머의
농장을 지나갔다. 환호하고 환호하고 환호한다. 클레인을 지
나며 환호하고 또 환호를 받는다. 농부의 여인들은 쪽문에 서
있고, 남자들은 여기저기 서 있다. 겨울 공기에선 좋은 냄새가
났다. 클레인의 냄새. 비와 겨울 공기와 토탄 타는 냄새와 코
듀로이 냄새.

열차는 아이들로 꽉 차 있었다. 크림색으로 내장을 한 길
고 긴 초콜릿색 열차. 역무원들이 오가며 문을 열고, 닫고, 잠
그고, 열었다. 그 남자들은 감색과 은색 제복을 입었다. 그들
은 은색 호루라기를 가지고 있었으며 그들의 열쇠 꾸러미는
빠른 음악 소리를 냈다. 짤랑, 짤랑. 짤랑, 짤랑.

열차는 평원을 가로질러 앨런 언덕을 지나쳐 달려갔다. 전
신주가 획획 지나갔다. 열차는 달리고 또 달렸다. 열차는 알
고 있었다. 그의 아버지 집 현관에 등불이 켜지고 초록색 가
지로 엮은 줄 장식이 걸려 있다는 것을. 창문 사이의 긴 거울
주변은 호랑가시나무와 담쟁이로 장식되어 있었고, 초록색
과 붉은색의 호랑가시나무와 담쟁이가 샹들리에 주변에도
감겨 있었다. 벽에 걸린 오래된 초상화 주변에도 붉은 호랑가
시나무와 초록빛 담쟁이가 장식되어 있었다. 그와 크리스마
스를 위한 호랑가시나무와 담쟁이.

예쁘다…….

온 가족이 모였다. 어서 와라, 스티븐! 떠들썩한 인사. 어머
니가 그에게 키스했다. 괜찮은 건가? 아버지는 이제 원수(元
帥)다. 치안 판사보다 높다. 어서 와라, 스티븐!

소음…….

커튼이 젖혀지면서 커튼 봉 위로 커튼 링 스치는 소리, 세면대에서 물 튀는 소리가 났다. 기숙사에서 일어나서 옷을 입고 씻는 소리. 담임이 오가면서 애들에게 정신 차리라며 손뼉을 쳐대는 소리. 희미한 햇살 속에 젖혀진 노란 커튼과 던져 놓은 이부자리들이 보였다. 그의 침대는 아주 더웠고 그의 얼굴과 몸도 아주 뜨거웠다.

그는 일어나서 침대 가장자리에 앉았다. 기운이 없었다. 그는 양말을 신으려고 했다. 끔찍하게 거친 느낌이었다. 햇살은 괴이하고도 차가웠다.

플레밍이 말했다.

— 어디 아파?

잘 모르겠는걸. 플레밍이 다시 말했다.

— 다시 좀 누워. 내가 맥글레이드에게 너 아프다고 말해 줄게.

— 얘 아파.

— 누구?

— 맥글레이드에게 얘기 좀 해줘.

— 다시 좀 누워.

— 얘 아픈 거야?

그가 발에 걸쳐 있던 양말을 빗고 더운 침대로 도로 올라가는데 한 아이가 그의 팔을 잡아 주었다.

그는 시트에 아직 미지근한 온기가 남아 있는 것을 기뻐하며 몸을 웅크렸다. 그는 아이들이 미사에 가기 위해 옷을 입으며 저희끼리 그에 대해 이야기하는 것을 들었다. 개를 화장실 하수통에 밀어 넣은 건 비열한 짓이야, 라고 그들은 말하고 있었다. 그러고는 그들의 목소리가 들리지 않았다. 가버린 것이다. 누군가 침대로 다가와 말했다.

— 디덜러스, 우리 일러바치면 안 돼, 안 그럴 거지?

웰스의 얼굴이었다. 그는 그 얼굴을 보면서 웰스가 두려워하고 있음을 알았다.

— 일부러 그랬던 건 아니야. 일러바치지 않을 거지?

아버지가 그에게 말했다, 무슨 일이 있어도 친구를 고자질하지 말라고. 그는 고개를 저으며 아니라고 대답하곤 기분이 좋아졌다.

웰스가 말했다.

— 일부러 그건 거 아니야. 정말이야. 장난이었어. 미안해.

그의 얼굴과 목소리가 멀어졌다. 무서우니까 미안하다는 거다. 병이 났을까 봐 무서운 거야. 마름병은 식물의 병이고, 암은 동물의 병. 혹은 그게 아닐지도. 오래전 일 같아. 석양 아래 운동장의 대열 가장자리에서 이리저리 기고 있는데 뿌연 햇살을 뚫고 육중한 새 한 마리가 날아왔지. 레스터 사원에 불이 켜졌다. 울시는 거기서 죽었다. 수도원장들이 직접 그를 묻었다.

웰스의 얼굴이 아니었다. 담임의 얼굴이었다. 속이는 거 아닌가. 아뇨, 아뇨. 그는 정말 아팠다. 속이는 게 아니었다. 이마에 담임의 손길이 닿는 것을 느꼈다. 그의 이마는 담임의 차갑고 축축한 손에 닿아 덥고 축축하게 느껴졌다. 쥐의 촉감처럼 끈적이고 축축하고 차가웠다. 모든 쥐들은 두 개의 눈으로 내다본다. 반들거리고 끈적이는 털, 뛰어오르려고 오므린 아주 작은 발, 주위를 살피는 검고 끈적이는 눈. 그들은 뛰어오를 줄 안다. 그러나 쥐의 정신은 삼각법을 이해할 수 없지. 쥐들은 죽으면 옆으로 눕는다. 털가죽은 말라 있다. 그냥 죽은 물체일 뿐.

다시 담임이 왔고, 일어나야 한다고, 교장 신부님이 일어나 옷을 입고 보건실로 가라고 하셨다고 말하는 소리가 들렸다. 그가 가능한 한 서둘러 옷을 입고 있는데 담임이 말했다.

— 배가 아프니 얼른 마이클 수사에게 가야겠네. 배가 아프면 끔찍하지! 배가 아프면 비틀비틀하잖아.[10]

그렇게 말해 주니 마음에 들었다. 그건 모두 그를 웃겨 주려는 것이었으니까. 그러나 빰과 입술이 계속 덜덜 떨려서 웃을 수가 없었다. 그래서 담임은 자기 혼자 웃어야 했다.

담임이 외쳤다.

— 뛰어갓! 왼발, 오른발!

그들은 계단을 내려가 복도를 따라 욕실을 지나갔다. 욕실 문을 지나칠 때 그는 토탄색의 더운 똥물과, 덥고 습한 공기와, 풍덩 뛰어드는 소리와, 마치 약 냄새 같은 수건 냄새를 막연히 두려운 느낌으로 기억했다.

마이클 수사는 보건실의 입구에 서 있었고, 그의 오른편 검은 캐비닛 문에서는 약 냄새가 났다. 선반 위에 놓은 병에서도 약 냄새가 났다. 담임은 마이클 수사에게 이야기했고 마이클 수사는 담임에게 존댓말로 대답했다. 그의 불그레한 머리엔 백발이 섞여 있었고, 모습은 괴이했다. 그가 늘 수사여야 한다는 건 괴이한 일이있다. 그가 수사이고 좀 다르게 생겼다고 해서 그에게 존대를 할 수 없다는 것 또한 괴이한 일이었다. 그가 충분히 독실하지 않은 것일까, 아니면 왜 그는 다른 사람들을 따라잡지 못한 것일까?

방에는 침대가 두 개 있었고, 한 침대에는 어떤 아이가 누

---

10 말장난을 하고 있다. 복통은 〈*collywobbles*〉, 비틀비틀거리는 것은 〈*wobble*〉
이라고 한다.

위 있었다. 그들이 들어가자 그가 외쳤다.

— 어이! 꼬마 디덜러스구나! 무슨 일이야?

— 무슨 일은. 마이클 수사가 말했다.

그는 저학년 문법반 학생이었는데, 스티븐이 옷을 벗고 있을 때, 마이클 수사에게 버터 바른 토스트를 한 쪽만 갖다 달라고 부탁했다.

— 아, 좀! 그가 말했다.

— 버터 발라 달라고! 마이클 수사가 말했다. 의사 선생님 오시면 오전 중에 바로 나가게 될 텐데.

— 그래요? 그 아이가 말했다. 나 아직 아픈데.

마이클 수사가 반복했다.

— 나가게 될 거야, 분명히.

그는 몸을 굽혀 난롯불을 휘저었다. 그의 등은 마치 마차를 끄는 말의 등처럼 길었다. 그는 부지깽이를 뜸직이 흔들고는 이 저학년 문법반 아이에게 고개를 끄덕였다.

마이클 수사가 가버리자 잠시 후 저학년 문법반 아이는 벽을 향해 돌아눕더니 잠이 들어 버렸다.

보건실은 그랬다. 그는 아팠다. 학교에서 부모님께 편지를 써서 알렸을까? 신부님 중 한 명이 직접 가서 알리는 게 빠를 텐데. 아니면 그가 편지를 써서 신부님께 갖다 달라고 할 수도 있는데.

어머니께

아파요. 집에 가고 싶어요. 와서 데려가 주세요. 저는 보건실에 있어요.

사랑스러운 아들, 스티븐

부모님은 얼마나 멀리 계신지! 창밖의 햇살은 차가웠다. 그는 자기가 죽는 게 아닐까 하고 생각했다. 햇살이 화창한 날에 죽을 수도 있다. 어머니가 오시기 전에 죽을지도 모른다. 그러면 리틀이 죽었을 때 그랬다고들 하는 것처럼 예배당에 시체로 누워 있을 것이다. 학생들이 모두 검은 옷을 입고 슬픈 표정을 하고 미사에 올 것이다. 웰스도 올 테지만 아무도 그를 쳐다보지 않을 것이다. 교장은 검은색과 금색의 법의를 입고 올 것이며, 제단 위와 상여 주변에는 노랗고 길쭉한 초가 켜져 있을 것이다. 그들은 천천히 관을 예배당 밖으로 옮길 것이며 그는 보리수가 늘어선 큰길에서 접어든 동네 묘지에 묻힐 것이다. 그러면 웰스는 그가 한 일에 대해서 미안해하겠지. 그리고 조종이 천천히 울릴 것이다.

그의 귀에 조종 소리가 들리는 듯했다. 그는 브리지드가 가르쳐 준 노래를 혼자 웅얼거렸다.

딩, 동! 성의 종이 울리네.
안녕히 계세요, 어머니!
나를 저 낡은 교회 묘지
형 옆에 묻어 주세요.
내 관은 검은색,
내 뒤엔 여섯 명의 천사,
두 명은 노래하고 두 명은 기도하고
두 명은 내 영혼을 데려가네요.

얼마나 아름답고 슬픈 노래인가! 〈나를 저 낡은 교회 묘지에 묻어 주세요〉라는 가사는 얼마나 아름다운가! 그의 온몸이 전율했다. 얼마나 슬프고 얼마나 아름다운가! 그는 조용히 울고 싶었지만 그건 자신 때문이 아니었다. 음악처럼, 그렇게도 아름답고 슬픈 가사 때문이었다. 종소리! 종소리! 안녕히! 오, 안녕히!

차가운 햇살이 희미해지고 마이클 수사가 침대 옆에 고깃국을 한 그릇 들고 나타났다. 입이 화끈거리고 말라 있어서 국물을 보자 반가웠다. 아이들이 운동장에서 노는 소리가 들렸다. 마치 그가 거기 있는 것처럼 학교의 하루 일과가 진행되고 있었다.

마이클 수사가 가려고 하자 저학년 문법반의 아이가 그에게 꼭 돌아와서 신문에 실린 뉴스를 전해 달라고 말했다. 그는 스티븐에게 자기 이름이 어사이이며 그의 아버지가 실력이 아주 뛰어난 경주마를 여러 마리 가지고 있고 아버지는 그가 원하면 언제라도 마이클 수사에게 사례를 할 것이라고 했다. 마이클 수사는 매우 점잖고 본관에서 매일 받아 보는 신문에 난 뉴스를 늘 그에게 전해 주기 때문이라고 말했다. 신문에는 온갖 뉴스가 실렸다. 사고, 조난, 스포츠 그리고 정치.

— 요샌 신문에 온통 정치 얘기뿐이야. 그가 말했다. 너희 가족들도 정치 얘기 하니?

— 응. 스티븐이 말했다.

— 우리도 그래. 그가 말했다.

그는 잠시 생각하고는 말했다.

— 디덜러스, 너 이름이 괴상해. 근데 내 이름도 괴상해, 어사이. 내 이름은 동네 이름이야. 네 이름은 라틴어 같아.

그러고는 그가 물었다.

— 너 수수께끼 잘해?

스티븐이 답했다.

— 잘 못해.

그러자 그가 말했다.

— 이거 한번 대답해 볼래? 왜 킬데어 카운티는 바짓가랑이 같을까?

스티븐은 답이 뭘까 생각하다가 말했다.

— 모르겠어.

— 그 속에 허벅지가 있기 때문이야. 그가 말했다. 무슨 말인지 알겠어? 〈어사이Athy〉는 킬데어 카운티에 있는 동네인데, 〈어 사이*a thigh*〉는 허벅지잖아.

— 아아. 스티븐이 말했다.

— 옛날 수수께끼야. 그가 말했다.

잠시 후 그가 말했다.

— 저기 있지!

— 뭐? 스티븐이 물었다.

— 있잖아. 그가 말했다. 그 수수께끼를 거꾸로 물어볼 수도 있어.

— 그래? 스티븐이 말했다.

— 똑같은 수수께끼를 말이야. 그가 말했다. 이걸 다르게 물어보는 방법 알아?

— 아니. 스티븐이 말했다.

— 다른 방법이 뭔지 모르겠어? 그가 말했다.

그는 말하면서 이불 너머로 스티븐을 쳐다보았다. 그러고는 다시 베개에 누워 말했다.

— 다르게 물어보는 방법이 있지만 말해 주지 않을 거야.

왜 말해 주지 않는다는 거지? 경주마들을 가지고 있다는 그의 아버지도 분명 소린의 아버지나 내스티 로시의 아버지처럼 치안 판사일 거야. 그는 자기 아버지를, 어머니가 연주할 때 아버지가 어떻게 노래하는지를, 6펜스만 달라고 했을 때 늘 그에게 1실링짜리를 주었던 것[11]을 생각했고, 아버지가 다른 아이들의 아버지처럼 치안 판사가 아닌 것을 아쉬워했다. 그럼 왜 아버지는 그를 다른 아이들과 함께 이곳에 보냈을까? 그렇지만 아버지는 아버지의 종조부께서 50년 전 이곳에서 해방자[12]에게 연설을 하셨으니 여기가 그에게도 낯설지 않을 거라고 말했다. 그 당시엔 사람들이 입은 옷만 보아도 어떤 사람인지 알아볼 수 있었다. 그에겐 그 시절이 엄숙한 시절로 보였다. 그는 클롱고우즈의 학생들이 놋쇠 단추가 달린 푸른 상의에 노란 조끼를 입고 토끼 가죽으로 만든 모자를 쓰고 어른들처럼 맥주를 마시고 제각기 토끼 사냥을 하기 위한 사냥개를 키우던 시절이었던가 하고 생각했다.

창밖을 보니 햇살이 더 약해진 것이 보였다. 운동장 위로는 구름에 가린 잿빛 햇볕이 내리쬐고 있을 것이다. 운동장에선 아무 소리도 들리지 않았다. 아마 작문 과제를 하는 중이거나, 아놀 신부가 성인전(聖人傳)을 읽어 주고 있겠지.

그에게 아무 약도 주지 않은 것이 이상했다. 아마 마이클 수사가 돌아올 때 가져올지도 몰라. 보건실에 들어가면 냄새가 고약한 것을 마셔야 한다던데. 그렇지만 아까보단 나아진 듯했다. 천천히 낫는 게 좋겠어. 그러면 책을 읽을 수도 있고. 네덜란드에 대한 책이 도서관에 하나 있는데, 그 속엔 아름다

11 당시 1실링은 12펜스였다.
12 영국과의 합병을 철회하라고 주장한 대니얼 오커넬Daniel O'Connell을 말함.

운 외국 이름들과 낯설게 보이는 도시와 배의 그림들이 있었
다. 그걸 보면 정말 행복해져.

창가의 햇살이 어찌나 희미한지! 그렇지만 그것도 좋아.
난로의 불길이 벽에 비쳐 솟구쳤다 가라앉았다 하네. 파도 같
아. 누군가가 석탄을 집어넣었고 목소리도 들렸다. 그들이 얘
기를 하고 있었다. 파도 소리. 아니면 파도가 일렁이며 자기
들끼리 얘기를 하고 있는 것일지도.

그는 파도치는 바다, 달도 없이 캄캄한 밤에 일렁이는 길고
검은 파도가 치는 바다를 보았다. 배가 들어오고 있는 부두에
작은 불빛 하나가 깜박인다. 항구로 들어오고 있는 배를 보려
고 물가에 모여 있는 수많은 사람들이 보인다. 키 큰 남자 하
나가 갑판에 서서 평평하고 어두운 육지를 내다보고 있다. 부
둣가의 불빛에 비친 그의 얼굴이, 아니 마이클 수사의 슬픈
얼굴이 보인다.

그가 사람들을 향해 손을 쳐들고 물결 너머로 슬픈 목소리
로 크게 외치는 소리가 들렸다.

— 그가 죽었습니다. 관대에 누운 그를 보았습니다. 사람
들이 슬피 울부짖기 시작했다.

— 파넬! 파넬! 그가 죽었다!

그들은 무릎을 꿇고 슬픔으로 탄식했다.

그는 아줌마가 밤색 벨벳 드레스를 입고 어깨에 초록 벨벳
망토를 걸친 채 당당하게 말없이 물가에 무릎을 꿇은 사람들
을 지나쳐 걸어가는 것을 보았다.

....

장작을 높이 쌓아 올린 벽난로에서는 불이 뻘겋게 활활 타

고, 담쟁이 넝쿨을 휘감아 장식한 샹들리에 아래에는 크리스마스 식탁이 차려져 있었다. 가족들이 좀 늦게 왔지만 아직 저녁은 준비되지 않았다. 그렇지만 금방 다 차릴 거라고 어머니가 말했다. 그들은 문이 열리고 육중한 금속 뚜껑을 덮은 큰 접시를 든 하인들이 들어오기를 기다리고 있었다.

모두 기다리고 있었다. 찰스 아저씨는 창문 곁에 멀찍이 앉아 있었고, 아줌마와 케이시 씨는 벽난로 양쪽의 안락의자에 각기 앉아 있었으며, 스티븐은 그들 사이의 의자에 앉아 따뜻하게 덥힌 발판에 발을 올려놓고 있었다. 디덜러스 씨는 벽난로 위 거울에 자기 모습을 비춰 보며 콧수염 끝을 왁스로 다듬고는, 상의 뒷자락을 양쪽으로 들추고 벽난로 불을 등지고 섰다. 그러고는 때때로 한 손을 상의 자락에서 빼내어 콧수염의 한쪽 끝을 다듬곤 했다. 케이시 씨는 머리를 한쪽으로 기울이고, 웃으며 손가락으로 자기 목선 부위를 톡톡 쳤다. 스티븐도 미소를 지었다. 왜냐하면 이제 그는 케이시 씨의 목에 은화가 든 지갑이 있다는 말이 사실이 아님을 알고 있었기 때문이다. 그는 케이시 씨가 내곤 했던 그 짤랑거리는 소리에 속았던 것을 생각하고는 웃었다. 그가 은화 지갑을 손에 숨겼나 하고 케이시 씨의 손을 열어 보려고 했을 때, 그는 그의 손가락이 똑바로 펴지지 않는다는 것을 알았다. 케이시 씨는 빅토리아 여왕의 생일 선물을 만드느라 손가락 세 개가 곱아 버렸다고 했다. 케이시 씨는 목선 부위를 톡톡 치면서 졸린 눈으로 스티븐을 보고 웃었다. 디덜러스 씨가 그에게 말했다.

— 그래. 자, 좋아. 산책 잘 했어, 그렇지, 존? 그래……. 그런데 저녁은 먹게 되는 건지 뭔지. 그래……. 아, 우리 오늘은 브레이 곳에 가서 오존을 실컷 마셨지. 그럼, 그럼.

그는 아줌마를 보고 말했다.

— 리오던 부인께선 오늘 꼼짝도 안 하셨지요?

아줌마는 얼굴을 찌푸리고 퉁명스럽게 말했다.

— 안 했지.

디덜러스 씨는 뒷자락을 내려뜨리곤 찬장 쪽으로 갔다. 그는 찬장에서 돌로 만든 커다란 위스키 단지를 꺼냈고, 식탁용 술병에 그것을 천천히 따르며 때때로 몸을 굽혀 얼마나 따랐는지 살폈다. 찬장에 단지를 도로 넣은 후 그는 잔 두 개에 위스키를 조금씩 따르고는 물을 조금 섞어 벽난로 쪽으로 돌아왔다.

— 아주 조금이야, 존. 그는 말했다. 식욕이나 돋우라고.

케이시 씨는 잔을 받아 마시고 그것을 자기 가까운 쪽의 벽난로 시렁 위에 놓았다. 그러고 나서 말했다.

— 아, 우리 친구 크리스토퍼를 생각 안 할 수 없네, 그 친구가 만드는 게…….

그는 말을 하다 말고 막 웃더니 기침을 쿨럭하고는 덧붙였다.

— 그놈들에게 줄 샴페인을 만들다가 말이야.

디덜러스 씨가 크게 웃었다.

— 그게 크리스티인가? 그가 말했다. 그 대머리에 난 사마귀 중 하나에만 해도 여우가 떼로 모인 것 이상으로 잔꾀가 들어있지.

그는 고개를 기울이고 눈을 감은 후 입술을 추르륵 핥더니 호텔 주인 목소리를 흉내 내 말하기 시작했다.

— 알잖나, 그 친구가 얘기를 할 때는 얼마나 감언이설에 능한지. 턱의 군살은 또 얼마나 촉촉하고 물기가 많다고. 신이시여, 그를 축복하소서.

케이시 씨는 아직도 기침과 웃음 사이에서 쩔쩔매는 중이었다. 스티븐은 아버지의 얼굴과 목소리가 호텔 주인과 똑같아서 웃었다.

디덜러스 씨는 안경을 쓰고 그를 빤히 내려다보면서 조용히 그리고 다정하게 물었다.

— 요 강아지, 넌 뭘 안다고 웃니?

하인들이 들어와 식탁 위에 요리를 내려놓았다. 디덜러스 부인이 따라 들어와 앉을 자리를 정했다.

— 와서 앉으세요. 그녀가 말했다.

디덜러스 씨가 테이블 끝으로 가서 말했다.

— 자, 리오던 부인, 와서 앉으세요. 존, 이 친구야, 와서 앉아. 그는 찰스 아저씨를 돌아보고 말했다.

— 자, 아저씨, 여기 새 한 마리가 기다리고 있네요.

모두 자리에 앉자 아버지는 뚜껑에 손을 얹었다가 떼면서 급히 말했다.

— 자, 스티븐.

스티븐은 일어서서 식전 기도를 했다.

오, 주여, 우리를 축복하소서, 은혜로써 우리에게 내리신 이 음식에도 축복을 주소서. 우리 주 예수 그리스도의 이름으로 기도하옵나이다, 아멘.

모두 성호를 그었고, 디덜러스 씨는 기쁨에 큰 숨을 내쉬며 가장자리에 반짝이는 물방울이 방울방울 맺힌 무거운 뚜껑을 접시에서 들어 올렸다.

스티븐은 단단히 묶이고 꼬챙이로 고정된 채 식탁에 놓인 통통한 칠면조를 보았다. 그는 아버지가 돌리어 거리의 던스 상점에서 1기니를 주고 그것을 샀으며, 주인이 품질이 좋다는 것을 보여 주려고 가슴뼈 부분을 쿡쿡 찔렀던 것을 알고 있었다. 그는 가게 주인의 목소리도 기억했다.

— 그걸로 하쇼. 정말 최고로 좋은 겁니다.

클롱고우즈의 배럿 선생은 왜 손바닥 때리는 회초리를 〈칠면조〉라고 불렀을까? 그러나 클롱고우즈는 멀리 있었다. 그리고 칠면조와 햄과 셀러리의 따뜻하고 진한 냄새가 접시에서 솔솔 올라오고 있었으며, 벽난로에 높이 쌓아 올린 장작은 뻘겋게 활활 타고 있었고 초록 담쟁이덩굴과 빨간 호랑가시나무 덕분에 행복했고 저녁 식사가 끝나면 껍질 벗긴 아몬드와 호랑가시나무 가지가 점점이 박히고 주위엔 파란 불이 타고 있으며 꼭대기엔 작은 초록색 깃발이 휘날리는 커다란 플럼 푸딩이 나올 것이었다.

그건 그가 참석한 첫 번째 크리스마스 만찬이었다. 그는 푸딩이 나오기를 기다리며, 어릴 때 그가 그랬듯이 애들 방에서 기다리고 있는 남동생과 여동생들을 떠올렸다. 그 깊고 낮은 옷깃의 연미복 때문에 그는 이상하고 나이 들어 보였다. 그날 아침 어머니가 미사에 갈 옷차림을 한 그를 데리고 거실로 내려왔을 때 그의 아버지는 울었더랬다. 아버지는 아버지의 아버지 생각이 났던 것이다. 찰스 아저씨도 그렇게 말했다.

디딜러스 씨는 쟁반 뚜껑을 덮고 시장한 듯 먹기 시작했다. 그러고는 말했다.

— 불쌍한 크리스티, 나쁜 짓을 하다 보니 이젠 사람이 거의 망가진 것 같아.

— 사이먼. 디딜러스 부인이 말했다. 리오던 부인에게 소

스를 드리지 않았어요.

디덜러스 씨는 소스 그릇을 잡았다.

— 안 드렸나? 그는 외쳤다. 리오던 부인, 죄송합니다. 정신이 없어요. 아줌마는 자기 접시를 손으로 가리며 말했다.

— 괜찮다.

디덜러스 씨는 찰스 아저씨에게로 몸을 돌렸다.

— 아저씬 어떠세요?

— 아주 잘 먹고 있다, 사이먼.

— 존, 자네는?

— 잘 먹고 있네. 자네도 먹어.

— 메리는? 자, 스티븐, 이거 겁나게 맛있는 거란다.

그는 스티븐의 접시에 소스를 듬뿍 부어 주곤 소스 그릇을 식탁에 내려놓았다. 그러고 나서 아버지는 찰스 아저씨에게 고기가 연하냐고 물었다. 찰스 아저씨는 입에 음식이 가득 차 있어 말을 할 수가 없었지만, 그렇다며 고개를 끄덕였다.

— 우리 친구가 교단에 했다는 답변이 참 걸작이야. 뭐였더라? 디덜러스 씨가 말했다.

— 그 친구가 그렇게 생각이 많은 줄은 몰랐어. 케이시 씨가 말했다.

— 〈신부님, 하느님의 전당을 투표소로 바꾸기를 그만두신다면 저도 신부님께 드려야 할 것을 당연히 드리지요.〉

— 아주 훌륭하네. 아줌마가 말했다. 소위 가톨릭 신자라는 사람이 사제에게 그런 대답을 하다니.

— 다 사제들 탓이죠. 디덜러스 씨가 부드럽게 말했다. 조금이라도 충고를 귀담아듣는다면, 종교에만 신경을 쓸 텐데 말입니다.

— 그게 종교야. 아줌마가 말했다. 사람들에게 경고를 하는 사제의 의무를 다하고 있는 거라고.

— 우리는 하느님의 전당에 가는 겁니다. 케이시 씨가 말했다. 우리를 만드신 분께 겸허하게 기도를 드리러 가는 것이지 선거 연설을 들으러 가는 게 아니거든요.

— 그게 종교야. 아줌마가 다시 말했다. 그들이 옳아. 회중을 인도해야지.

— 그렇다고 제단에서 정치 연설을 해요? 디덜러스 씨가 물었다.

— 그럼. 아줌마가 말했다. 그건 대중의 도덕에 관한 문제야. 회중에게 무엇이 옳고 무엇이 그른지 말해 주지 않는다면 사제가 아니지.

디덜러스 부인은 칼과 포크를 내려놓고 말했다.

— 제발, 제발, 1년 중 오늘만이라도 정치 토론은 하지 말자니까요.

— 맞다. 찰스 아저씨가 말했다. 자, 사이먼, 이제 그만. 한마디도 더 하지 마라.

— 네, 네. 디덜러스 씨가 잽싸게 말했다.

그는 쟁반을 과감하게 열며 말했다.

— 자, 누구 칠면조 더 드실 분?

아무도 대답하지 않았다. 아줌마가 말했다.

— 가톨릭 신자라면서 그런 말을 하다니!

— 리오던 부인, 제발요. 디덜러스 부인이 말했다. 이제 그 얘긴 그만하세요.

아줌마가 그녀를 돌아보며 말했다.

— 그럼 내가 여기 앉아서 내 교회의 성직자가 모욕당하는

걸 그냥 듣고만 있어야 한다는 거야?

— 아무도 그들을 욕하지 않아요. 디덜러스 씨가 말했다. 그들이 정치에 휘말리지만 않는다면 말이죠.

— 아일랜드의 주교나 사제가 말한 것이면, 하고 아줌마가 말했다. 그 말을 따라야지.

— 정치는 그냥 내버려 둬야죠. 케이시 씨가 말했다. 아니면 사람들이 교회를 그냥 내버려 둘 겁니다.

— 들었어? 아줌마가 디덜러스 부인에게 말했다.

— 케이시 씨, 사이먼! 디덜러스 부인이 말했다. 이제 그만해요.

— 이런! 이런! 찰스 아저씨가 말했다.

— 뭐요? 디덜러스 씨가 외쳤다. 그럼 영국인들이 시키는 대로 우리가 그를 버려야 합니까?

— 그는 더 이상 리더의 자격이 없어. 아줌마가 말했다. 그는 누구나 다 아는 죄인이라고.

— 우리 모두가 죄인이죠, 그것도 흉악한 죄인이요. 케이시 씨가 쌀쌀맞게 말했다.

— 〈그로 인하여 망측한 사건이 벌어지는 자에게 불행이 있으리니.〉 리오던 부인이 말했다. 〈그가 이 보잘것없는 자들 중 한 사람이라도 죄를 짓도록 하게 하느니, 그의 목에 맷돌을 달아 바다에 빠뜨리는 것이 나으리라.〉 이것이 성령의 말씀이야.

— 굳이 말하자면, 나쁜 말씀이지요. 디덜러스 씨가 냉랭하게 말했다.

— 사이먼! 사이먼! 찰스 아저씨가 말했다. 애가 듣는다.

— 네, 네. 디덜러스 씨가 말했다. 그러니까…… 기차역 짐

꾼들이 쓰는 나쁜 말을 생각하고 있었죠. 자, 좋습니다. 스티
븐, 접시 좀 보자꾸나, 애야. 먹어라. 여기, 받아.

그는 스티븐의 접시에 음식을 수북하게 쌓아 주고 찰스 아
저씨와 케이시 씨에게 커다란 칠면조 고기 조각과 소스를 풍
성하게 나눠 주었다. 디덜러스 부인은 거의 먹지 않았으며 아
줌마는 두 손을 무릎에 모으고 앉아 있었다. 그녀의 얼굴이
붉어져 있었다. 디덜러스 씨는 쟁반 끝 부분에 칼을 찔러 넣
으며 말했다.

— 여기가 교황의 코[13]라고 불리는 맛난 부위죠. 누구 원
하시는 분······.

그는 칠면조 한 조각을 고기 자르는 포크 끝으로 찔러 들
었다. 아무도 말하지 않았다. 그는 그것을 자기 접시에 놓으
며 말했다.

— 자, 일단 권하긴 했으니 이젠 뭐라 못 하십니다. 이건 제
가 먹어야겠어요. 제가 요새 몸이 좀 좋질 않아서 말이죠.

그는 스티븐을 향해 슬쩍 윙크를 하고는 쟁반 뚜껑을 다시
덮고 먹기 시작했다.

그가 먹는 동안 침묵이 흘렀다. 그러자 그가 말했다.

— 참, 이번 크리스마스는 잘 지냈어요. 낯선 사람들도 많
았고.

아무도 말하지 않았다. 그가 또 말했다.

— 거리에 지난 크리스마스보다 낯선 사람들이 많더라고요.

그는 다른 사람들의 얼굴을 훑어보았고, 그들은 얼굴을 각
자의 접시 쪽으로 수그리고 있었다. 답이 없자 그는 잠시 기
다렸다가 씁쓸하게 말했다.

13 칠면조의 궁둥이 부분을 말함.

— 에이, 어쨌건 내 크리스마스 만찬은 망쳤어.

— 행운도 은총도 없을 거다. 아줌마가 말했다. 교회의 성직자들을 존경하는 마음이 없는 집에는 말이지.

디덜러스 씨는 칼과 포크를 접시 위로 소리 나게 던졌다.

— 존경이라고요! 그가 말했다. 입만 살아 있는 빌리[14]를, 아니면 아마의 배불뚝이[15]를? 존경이라고!

— 교회의 군주들이시죠. 케이시 씨가 느릿느릿 조롱조로 말했다.

— 라이트림 경[16]의 마부들이고요, 네. 디덜러스 씨가 말했다.

— 주의 기름 부음을 받은 자들이야. 아줌마가 말했다. 이 나라의 영광이고.

— 배불뚝이. 디덜러스 씨가 거칠게 말했다. 잘생기긴 했죠, 뭐랄까, 가만히 있을 때만요. 그자가 추운 겨울날 베이컨과 양배추를 먹는 꼴을 보셨어야 하는데. 세상에나!

그는 얼굴을 뒤틀어서 짐승같이 심하게 일그러진 표정을 짓고는 입술로 쩝쩝 소리를 냈다.

— 정말이지, 사이먼, 스티븐 앞에서 그런 식으로 말하면 안 돼요. 옳지 않아요.

— 오, 재는 자라서도 다 기억할 거야. 아줌마가 열띠게 말했다. 자기 집에서 하느님과 종교와 사제들을 비난하는 말을 들은 것을 말이지.

— 이것도 기억해야죠. 케이시 씨가 식탁 너머 아줌마에게

14 William J. Walsh(1841~1921). 더블린의 대주교를 말함.
15 1887년 대주교가 된 마이클 로그Michael Logue로 추측된다.
16 Lord Leitrim(1806~1878). 코노트의 영국인 대지주. 그에게 여동생을 겁탈당한 농부에게 살해당했으며, 그의 마부와 시종이 농부를 막으려다 같이 죽임을 당함.

말했다. 사제와 사제의 졸개들이 파넬을 상심하게 하고 그를 무덤까지 몰아넣으려 했다는 말을요. 크면 그것도 기억해야 합니다.

— 개새끼들! 디덜러스 씨가 외쳤다. 파넬이 무너지니 다 달려들어 배신하고 하수구의 쥐들처럼 그를 갈기갈기 찢어 놓았어. 비열한 개새끼들 같으니! 정말 생기기도 그렇게 생겼어! 정말로, 그렇게 생겼다니까!

— 그들은 올바르게 행동한 거야. 아줌마가 외쳤다. 그들은 주교들과 사제들의 말을 따른 거지. 그들이 잘한 것이라고!

— 아, 이렇게 말하는 것도 정말 지겹네요. 디덜러스 부인이 말했다. 1년 중 오늘 하루만이라도 이 지겨운 논쟁을 좀 안 할 수 없느냐고요!

찰스 아저씨가 부드럽게 두 손을 쳐들고 말했다.

— 자, 자, 자! 우리 각자 그게 뭐든 간에 이렇게 성질내지 않고 나쁜 말 쓰지 않고 자기 의견을 가질 수는 없는 걸까? 이건 좀 너무 심한데.

디덜러스 부인이 아줌마에게 낮은 소리로 무언가를 말했는데 아줌마는 큰 소리로 말했다.

— 말을 안 할 수가 없네. 가톨릭의 배교자들이 내 교회와 내 종교를 모욕하고 침을 뱉는데 방어를 해야지.

케이시 씨는 접시를 식탁 한가운데로 무례하게 밀어내곤, 팔꿈치를 괴고 집주인에게 거친 목소리로 말했다.

— 말해 보게, 내가 자네한테 그 유명한, 침 뱉은 얘기 해줬던가?

— 안 해줬네, 존. 디덜러스 씨가 말했다.

— 아, 그럼, 하고 케이시 씨가 말했다. 이건 정말 교훈적인

애기거든. 얼마 전에 우리가 지금 사는 위클로에서 일어난 일이야.

그는 잠시 말을 멈추고는, 아줌마를 쳐다보며 조용히 분개하는 태도로 말을 이었다.

— 부인께서 저를 지적하신 거라면, 전 가톨릭 배교자가 아니라고 말씀드립니다. 저는 아버지가 그랬고, 할아버지가 그랬고, 또 증조할아버지가 그랬듯이 가톨릭 신자고, 신앙을 파느니 목숨을 포기하는 집안이죠.

— 그렇다면 더 창피한 일이지. 아줌마가 말했다. 그렇게 말한다는 건.

— 존, 이야기를 해야지. 디덜러스 씨가 웃으며 말했다. 어쨌거나 그 얘기를 들어 보자고.

— 가톨릭이라고, 진짜! 아줌마가 비꼬며 되풀이했다. 이 나라에서 제일 사악한 개신교도라도 오늘 저녁에 내가 들은 것 같은 말은 쓰지 않아요.

디덜러스 씨는 컨트리 가수처럼 머리를 앞뒤로 흔들며 노래를 흥얼거리기 시작했다.

— 다시 말씀드리지만, 전 개신교도가 아닙니다. 케이시 씨가 낯을 붉히며 말했다.

디덜러스 씨는 계속 흥얼거리고 머리를 흔들면서 그르렁거리는 콧소리로 노래를 부르기 시작했다.

오, 모든 로마 가톨릭 신자들이여 오라,
미사에 가지 않는 신자들이여.

그는 기분 좋게 칼과 포크를 다시 집어 들고 먹기 시작하면서, 케이시 씨에게 말했다.

— 존, 그 얘기 좀 들어 보자. 소화에 도움이 될 거야.

스티븐은 맞잡은 두 손 너머 식탁 건너편을 노려보고 있는 케이시 씨의 얼굴을 다정하게 바라보았다. 그는 난로 옆 그와 가까운 자리에 앉아 그의 검고 사납게 생긴 얼굴을 보는 게 좋았다. 그러나 그의 검은 눈은 사납지 않았고 그의 느릿한 목소리는 듣기에 좋았다. 그런데 왜 그는 사제들에 반대하는 것일까? 아줌마가 옳을 것인데 말이다. 그러나 그는 아버지로부터 아줌마가 수녀가 되려다 실패했다는 것, 즉 그녀의 오빠가 싸구려 장신구나 목걸이 따위를 야만인들에게 팔아 돈을 벌었을 때 앨러게니 산맥에 있는 수도원에서 나왔다는 이야기를 들은 적이 있었다. 어쩌면 그 때문에 아줌마가 파넬에게 야박하게 구는 것인지도 몰랐다. 그가 아일린과 노는 것을 아줌마가 싫어하는 것도 아일린이 개신교도이기 때문이었다. 아줌마는 젊은 시절에 개신교도의 아이들과 노는 아이들을 알고 있었는데 개신교도들은 성모송(聖母誦)으로 장난을 친다는 것이다. 그들은 〈상아탑!〉 〈황금의 집!〉이라며 장난친다고 했다. 어떻게 여자가 상아탑, 혹은 황금의 집이 될 수 있지? 누구 말이 옳은 것인가? 그는 클롱고우즈의 보건실에서 보낸 그날 저녁과, 캄캄한 바다와, 부둣가의 등불과, 소식을 듣고 사람들이 슬퍼서 내는 울음소리를 기억했다.

아일린의 손은 길고 희었다. 어느 날 저녁 술래잡기를 하는데 아일린이 두 손으로 그의 눈을 가렸다. 길고 희고 가늘고 차갑고 부드러운 손으로. 그것이 상아였다. 차고 하얀 것. 그것이 〈상아탑〉의 의미였다.

— 이야기는 아주 짧고 재미있어요. 케이시 씨가 말했다.

날씨가 춥고 사나웠던 어느 날 아클로우에서 있었던 일입니다. 대장[17]이 죽기 얼마 전 일이죠. 하느님, 그의 명복을!

그는 지그시 눈을 감고 잠시 말을 멈추었다. 디덜러스는 자기 접시에서 뼈를 하나 집어 들고 이로 뼈에 붙은 고기를 뜯으며 말했다.

— 그가 살해당하기 전이란 말이겠지.

케이시 씨는 눈을 뜨고 한숨을 쉬더니 이야기를 계속했다.

— 어느 날 아클로우에서 있었던 일입니다. 우리는 어떤 집회에 갔는데, 집회가 끝나고 나서 군중을 뚫고 기차역으로 가야 했지요. 그렇게 요란하게 야유하는 소리는 정말 들어 본 적이 없었어요. 우리에게 온갖 욕을 다 해댔지요. 거기 한 노파가 있었는데, 이 술 취한 심술쟁이 할망구가 나만 보는 거예요. 진흙탕 속에서도 내 옆에 춤을 추듯 붙어 다니며 내 면전에다 꽥꽥 고함을 치는 거요. 〈사제 사냥꾼! 파리 펀드! 여우 씨! 키티 오셰이!〉[18]

— 그래서 어쨌나, 존? 디덜러스 씨가 물었다.

— 그냥 소리를 지르게 내버려 뒀지. 케이시 씨가 말했다. 추운 날이라 기운을 내려고 (부인, 실례의 말씀입니다만) 입 안에 툴라모어산 씹는담배를 집어넣고 있었거든. 입에 담배 씹은 물이 한가득이니 어찌 되었든 한마디도 할 수가 없었던 거야.

17 파넬을 말한다.
18 모두 파넬을 비난하는 말. 〈파리 펀드〉는 퇴거당한 소작인들을 구제하기 위한 미국인 등의 기부금으로, 파리의 은행에 맡겨져 있었는데 파넬이 이 자금을 횡령, 착복했다는 비난을 받음. 〈여우〉는 파넬이 키티와 내통할 때 사용하던 가명 중 하나. 키티는 파넬의 부관인 오셰이의 아내였으며 파넬은 이 스캔들로 실각함.

— 그래서, 존?

— 그래, 그냥 키티 오셰이 어쩌고 하면서 실컷 소리 지르게 내버려 뒀지. 그러다 키티 오셰이에 대해서 욕을 하는 거야. 크리스마스 식탁에서 그 욕을 되풀이하여 부인의 귀도, 내 입도 더러워지는 짓은 하지 않겠습니다요.

그는 잠시 말을 멈추었다. 디덜러스 씨는 먹던 뼈에서 얼굴을 들고 물었다.

— 그래서 어떻게 했어, 존?

— 어떻게 하다니! 케이시 씨가 말했다. 그 노파가 욕을 하면서 못생긴 얼굴을 내게 쳐들고 있고 내 입은 담배 씹은 물로 꽉 차 있었는데. 노파에게로 몸을 굽혀서는 〈퉤!〉 하고 내뱉었지.

그는 옆으로 돌아서서 침을 뱉는 흉내를 냈다.

— 〈퉤!〉 하고 뱉은 거야, 눈에다 정통으로.

그는 자기 눈을 손으로 찰싹 치곤 거친 고통의 비명 소리를 냈다.

— 〈오, 예수님, 성모 마리아, 요셉이여!〉라고 말하더군. 〈눈이 안 보여요, 눈이 안 보여요, 쫄딱 젖었어요!〉라고.

그는 기침과 웃음이 터져 나와 잠시 멈추었다가 다시 말했다.

— 눈이 하나노 안 보여요.

디덜러스 씨는 큰 소리로 웃으며 의자 뒤로 기대었고 찰스 아저씨는 고개를 앞뒤로 끄덕끄덕했다.

아줌마는 완전히 화가 나서 그들이 웃고 있는 동안 이렇게 반복했다.

— 아주 잘했네! 하! 자알했어!

여인의 눈에 침을 뱉은 건 잘한 게 아니었다.

그러나 그 여인이 키티 오셰이에게 무슨 욕을 했기에 케이시 씨는 말하지 못하겠다는 걸까? 그는 케이시 씨가 군중 속에서 나와 작은 수레 위에 올라가 연설을 하는 광경을 생각했다. 그 때문에 그는 감옥에도 갔었다. 그는 어느 날 밤 오닐 경사가 집으로 찾아와 현관에 서서 낮은 소리로 아버지와 이야기를 나누며 모자에 달린 턱 끈을 초조하게 씹어 대던 일을 기억했다. 그리고 그날 케이시 씨는 기차를 타고 더블린으로 가지 않았고, 대신 차 한 대가 문 앞에 와서 아버지가 캐빈틸리 거리에 대해 뭔가 이야기하던 것을 그는 들었다.

그는 아일랜드와 파넬을 지지했고 그의 아버지도 그랬다. 아줌마도 마찬가지였다. 어느 날 광장에서 악단이 마지막에 「신이여 여왕을 구하소서God Save the Queen」[19]를 연주하는데 한 신사가 모자를 벗자 아줌마가 우산으로 그의 머리를 때렸던 적도 있다.

디덜러스 씨는 경멸조로 코웃음을 쳤다.

— 아, 존, 하고 그가 말했다. 그 애긴 정말이야. 우린 불행하게도 사제들에 얽매인 종족이야. 늘 그랬고, 끝까지 그럴 거야.

찰스 아저씨가 고개를 저으며 말했다.

— 안 좋아! 안 좋아!

디덜러스 씨가 되풀이했다.

— 사제에게 얽매인, 신이 버린 종족!

그는 오른쪽 벽에 걸린 할아버지의 초상화를 가리켰다.

— 존, 저기 저 할아버지 보여? 그가 말했다. 그는 아무런 이득이 없을 때에도 훌륭한 아일랜드인이었지. 그는 화이트

보이[20]로 사형 선고를 받았어. 그렇지만 성직자 친구들에 대해선 할 말이 있었지. 그건 사제들 중 누구라도 그의 마호가니 식탁엔 앉게 하지 않겠다는 거였어.

아줌마가 분개하며 끼어들었다.

— 우리가 사제에 얽매인 종족이라면 자랑스러워야 마땅하지! 그분들은 하느님이 아끼시는 분들이니까! 예수께서 말씀하셨지, 〈그들을 건드리지 말라, 그들은 내 눈동자와 같으니라〉라고.

— 그럼 우리 나라를 사랑하지 말아요? 케이시 씨가 말했다. 우리를 이끌기 위해 태어난 사람을 따라서도 안 된다고요?

— 조국을 배신한 자야! 아줌마가 답했다. 배신자, 간통한 자! 사제들이 그를 버린 건 옳아. 사제들은 언제나 아일랜드의 진정한 친구들이니까.

— 그들이? 정말로? 케이시 씨가 말했다.

그는 주먹으로 식탁을 내리쳤고, 화가 나서 얼굴을 찌푸리며 손가락을 하나씩 내밀었다.

— 라니건 주교가 콘월리스 후작에게 충성을 맹세했던 통합 시대[21]에도 아일랜드 주교들이 우리를 배신하지 않았던가요? 1829년에 주교와 사제들이 가톨릭 해방[22]의 대가로 아일랜드의 소망을 팔아넘기지 않았던가요? 제단과 고해소에서 페니아회[23] 운동을 비난하지 않았던가요? 그리고 테렌스 벨

20 18세기 후반 토지 개혁을 주장한 아일랜드 비밀 결사.
21 1799년 영국과 아일랜드 의회를 통합한 사건을 말함. 아일랜드 성직자들은 이 법안에 찬성함.
22 가톨릭교도에 대한 차별을 철폐한 법안.
23 아일랜드의 독립운동 단체로서 미국에 있는 아일랜드인들이 주축을 이뤘다.

로 맥머너스[24]의 유해를 모독하지 않았던가요?

그의 얼굴은 분노로 달아올랐고 스티븐은 그가 한 말에 전율을 느끼며 자신의 얼굴도 달아오르는 것을 느꼈다. 디덜러스 씨는 거친 경멸을 담은 웃음을 터뜨렸다.

— 아, 세상에. 그가 외쳤다. 그 폴 컬른이라는 작은 노인네를 잊고 있었네. 역시나 하느님이 애지중지하시는 분이지!

아줌마가 식탁 너머로 몸을 굽혀 케이시 씨에게 외쳤다.

— 옳아! 옳아! 그분들은 늘 옳다고! 하느님과 도덕과 종교가 우선이지.

디덜러스 부인은 아줌마가 흥분한 것을 보고 말했다.

— 리오던 부인, 일일이 대꾸하느라 흥분하지 마세요.

— 하느님과 종교가 먼저야! 아줌마가 소리쳤다. 이 세상보다 하느님과 종교가 우선이라고.

케이시 씨는 꽉 쥔 주먹을 쳐들어 식탁을 쾅 내리쳤다.

— 좋습니다. 그가 거칠게 외쳤다. 정 그러시다면, 아일랜드엔 하느님 필요 없소!

— 존! 존! 디덜러스 씨가 손님의 소맷자락을 붙잡으며 외쳤다.

아줌마는 뺨을 파르르 떨며 식탁 너머로 노려보았다. 케이시 씨는 간신히 일어나서 아줌마 쪽으로 몸을 내밀고 마치 거미줄이라도 뜯어내듯이 한 손으로 눈앞의 허공을 휘저었다.

— 아일랜드엔 하느님 필요 없어! 그가 외쳤다. 우리 아일랜드는 하느님한테 질렸어. 하느님 좀 없어졌으면!

— 신성 모독자! 악마! 아줌마가 벌떡 일어나 거의 그의

24 Terence Bellew MacManus(1823?~1861). 아일랜드의 독립운동가로 샌프란시스코에서 사망. 추기경 폴 컬른Paul Cullen이 그의 매장을 반대함.

얼굴에 침을 뱉을 지경으로 악을 썼다.

찰스 아줌마와 디덜러스 씨가 케이시 씨를 다시 자리에 앉히고 양쪽에서 차근차근 이야기를 했다. 그는 이글거리는 검은 눈으로 앞쪽을 노려보며 말했다.

— 하느님이 없어져야 해, 정말!

아줌마는 의자를 거칠게 옆으로 밀치고 식탁을 떠났고, 그 바람에 아줌마의 냅킨 고리가 떨어져 카펫 위로 데굴데굴 굴러가다가 안락의자 다리에 부딪쳐 멈췄다. 디덜러스 부인은 재빨리 일어나 아줌마를 따라 문 쪽으로 갔다. 문에서 아줌마가 홱 돌아서더니, 격노하여 뺨이 붉게 달아올라 부들부들 떨며 방 쪽을 향해 소리쳤다.

— 지옥에서 온 악마야! 우리가 이겼어! 우리가 그놈을 눌러 죽였다고! 이 악마야!

아줌마가 나가고 문이 쾅 하고 닫혔다.

케이시 씨는 붙들렸던 팔을 빼내고는 갑자기 머리를 숙여 두 손으로 감싸고 고통스럽게 흐느껴 울었다.

— 가엾은 파넬! 그는 엉엉 울었다. 나의 죽은 왕이여!

그는 큰 소리로 격렬하게 흐느껴 울었다.

공포에 질린 얼굴을 쳐든 스티븐은 아버지의 눈에 눈물이 가득 고여 있는 것을 보았다.

....

아이들이 삼삼오오 모여 이야기를 하고 있었다.

한 아이가 말했다.

— 라이언스 언덕 근처에서 잡혔대.

— 누가 잡았대?

— 글리슨 선생하고 교감이. 마차에 타고 있었대. 같은 애가 덧붙였다.

— 어떤 선배가 말해 줬어.

플레밍이 물었다.

— 근데 왜 도망갔을까, 알아?

— 왜 그랬는지 알아. 세실 선더가 말했다. 걔들이 교장 선생님 방에서 돈을 슬쩍해서 그런 거래.

— 누가 슬쩍한 거야?

— 키컴의 형이래. 그러고 다 같이 나눠 가졌대.

하지만 그건 도둑질이다. 어떻게 그럴 수가 있지?

— 선더, 너 참 많이도 안다. 웰스가 말했다. 난 걔들이 왜 튀었는지 알아.

— 말해 봐.

— 말하지 말랬어. 웰스가 말했다.

— 에이, 말해 봐, 웰스. 모두가 말했다. 말해 줘. 비밀 지킬게.

스티븐은 들어 보려고 머리를 기울였다. 웰스는 누가 오지 않나 둘러보았다. 그러고는 은밀하게 말했다.

— 너희들, 제의실 찬장에 들어있는 미사용 와인 알지?

— 응.

— 그러니까, 걔들이 그걸 마셨는데 냄새가 나서 들켰다는 거야. 그게 걔네들이 도망간 이유야. 그렇게 알아 둬.

그러자 처음 말문을 열었던 아이가 말했다.

— 응, 나도 선배에게 그렇게 들었어.

아이들은 모두 말이 없었다. 스티븐도 그들 틈에서 말하기가 두려워 듣고만 있었다. 두려워서 살짝 구역질이 나면서 힘이 빠졌다. 어떻게 그런 짓을 할 수가 있지? 그는 캄캄하고 조용한 제의실을 생각했다. 어두운 색의 목제 장들이 있고, 그 안엔 주름을 잡은 흰 예복이 얌전히 접힌 채 놓여 있었다. 예배당은 아니지만 속삭이듯 조용히 말해야 했다. 신성한 장소였다. 어느 여름날 숲 속의 작은 제단으로 가는 행렬에서 향 그릇을 들고 가기 위해 옷을 입으러 거기 갔던 것이 기억났다. 낯설고도 거룩한 곳이었다. 향로를 들고 가는 소년은 불을 꺼뜨리지 않게 중간의 사슬을 잡고 향로를 흔들었다. 그것은 숯불이라고 했다. 숯불은 그 아이가 향로를 부드럽게 흔들자 조용히 타올라서 약간 시큼한 냄새를 풍겼다. 모두 옷을 차려입었을 때 그는 향 그릇을 교장 신부님 쪽으로 내밀었고 교장이 향을 한 수저 떠서 넣으니 향은 빨간 숯불 위에서 치익치익 소리를 냈다.

아이들이 운동장에 삼삼오오 모여 이야기를 하고 있었다. 그의 눈에는 아이들의 키가 작아진 것 같았다. 그 이유는, 그 전날 문법 2반의 한 아이가 자전거를 타고 가다 그를 치었기 때문이다. 그는 석탄재로 다진 보도에서 자전거에 가볍게 치어 쓰러졌으며, 안경이 세 동강 나고 재 알갱이가 입으로 들어갔다.

그 때문에 아이들이 더 작게 멀리 있는 것처럼 보이고 골대의 기둥은 희미하고 멀리 보이고 부드러운 회색 하늘은 더 높아 보였던 것이다. 그러나 이제 크리켓 시즌이 다가오고 있어서 축구장엔 아무 경기도 없었다. 어떤 아이들은 밴스가 대장이 될 거라고 했고, 어떤 아이들은 플라워스가 될 거라고도 했다. 운동장에는 온통 라운더스[25]나 변화구, 혹은 낮고 느린 공 던지기 연습을 하고 있는 학생들이었다. 여기저기서 부드

25 야구와 비슷한 구기.

러운 회색 공기를 뚫고 크리켓의 배트 소리가 들려왔다. 배트
에선 이런 소리가 났다. 픽, 팍, 폭, 픽. 찰찰 넘치는 분수대에
물이 한 방울씩 천천히 떨어지는 소리처럼.

말이 없던 어사이가 조용히 말했다.

— 다 틀렸어.

모두 솔깃해서 그에게로 돌아섰다.

— 왜?

— 넌 알아?

— 누가 말해 줬어?

— 말해 봐, 어사이.

어사이는 운동장 건너편 사이먼 무넌이 혼자 앞에 놓인 돌
멩이를 툭툭 차며 걷고 있는 곳을 가리켰다.

— 쟤한테 물어봐. 그는 말했다.

아이들이 그쪽을 보고는 말했다.

— 왜 쟤야?

— 그럼 쟤도 관련된 거야?

어사이는 목소리를 낮추어 말했다.

— 왜 개네들이 튀었는지 알아? 말해 줄 테니 절대로 어디
가서 말하면 안 돼.

— 말해 봐, 어사이. 어서. 알면 말해 줘도 되잖아.

그는 잠시 멈추었다가 알쏭달쏭하게 말했다.

— 개네들이 어느 날 밤 사이먼 무넌하고 터스커 보일하고
함께 화장실에서 잡혔대.

아이들이 그를 보며 물었다.

— 잡혀?

— 뭐 하다가?

어사이가 말했다.

— 얼레리꼴레리.

다들 말이 없었다. 어사이가 말했다.

— 그래서 그런 거래.

스티븐은 아이들의 얼굴을 쳐다보았지만 그들은 모두 운동장 건너편을 보고 있었다. 그는 누군가에게 물어보고 싶었다. 화장실에서 얼레리꼴레리 한다는 것은 무슨 뜻인가? 어째서 고학년의 다섯 학생들이 그것 때문에 도망친 거지? 농담이겠지. 그는 생각했다. 사이먼 무넌은 좋은 옷을 입고 다녔고, 어느 날 밤 그에게 크림 맛 사탕이 든 공을 보여 주며, 그가 문에 서 있을 때 럭비 팀 선수들이 식당에 깔린 카펫 위로 그에게 굴려 준 것이라고 했다. 벡티브 레인저스와의 경기가 있던 날 밤이었다. 그 공은 빨간색과 녹색의 사과처럼 생겼지만 열어 보면 크림 맛 사탕이 가득 차 있었다. 어느 날 보일은 코끼리에게 두 개의 〈엄니*tusk*〉가 있다고 말해야 할 것을 그만 두 개의 〈엄니 동물*tusker*〉이 있다고 말해 버렸고 그래서 그 후로 터스커 보일이라고 불렸지만, 어떤 아이들은 그가 늘 손톱을 다듬는다고 해서 레이디 보일이라고 불렀다.

아일린도 여자애였기 때문에 길고 가늘고 차갑고 흰 손을 가졌다. 마치 상아 같았다. 상아와 달리 부드럽긴 했지만. 그것이 〈상아탑〉의 의미였지만 개신교도들은 그것을 이해하지 못하고 놀려 댔다. 어느 날 그는 그녀와 나란히 호텔 마당을 바라보고 있었다. 웨이터가 깃대에 장식용 깃발을 달아매고 있었고 폭스테리어가 햇살 가득한 잔디밭을 이리저리 뛰어다니고 있었다. 그녀는 그가 손을 넣고 있는 그의 호주머니에 자기 손을 집어넣었고 그는 그녀의 손이 얼마나 차고 가늘고 부드러운지 느꼈다. 그녀는 호주머니란 참 재미있는 것이라고 했다. 그러고는 갑자기 돌아서더니 웃으며 굽은 내리막길을 따라 달려가 버렸다. 그녀의 등 뒤로 물결치는 금발 머리가 햇살 아래 황금빛으로 빛났다. 〈상아탑〉. 〈황금의 집〉. 무엇에 대해 가만 생각해 보면 그것을 이해할 수 있는 것이다.

그렇지만 왜 화장실이지? 화장실에 가는 건 볼일을 보고 싶어서다. 화장실엔 온통 두꺼운 슬레이트뿐이고 작은 구멍으로 물이 종일 떨어지며 거기선 괴이한 썩은 물 냄새가 났다. 그리고 어떤 칸의 문 뒤편엔 붉은 색연필로 로마 시대 의상을 입은 턱수염 난 사내 한 사람이 양손에 벽돌을 하나씩 들고 있는 그림이 있었고 그 아래엔 그림 제목이 적혀 있었다.

〈발부스는 벽을 쌓고 있었다.〉

어떤 녀석이 장난으로 거기 그려 놓은 것이었다. 얼굴은 우스꽝스럽게 생겼지만 턱수염이 난 남자와 비슷하긴 했다. 다른 칸의 벽에는 왼편으로 기운 글씨체로 예쁘게 쓰여 있었다.

〈율리우스 카이사르가 『옥양목 배[腹]』를 썼다.〉[26]

화장실이란 어떤 아이들이 장난으로 낙서를 하는 곳이므로 그들도 그래서 거기에 갔을지도 모른다. 그러나 그렇다 해도 어사이가 말한 것과 왜 그가 그 말을 했는지는 알 수 없었다. 그건 장난이 아니었다. 그들이 달아났으니까. 그는 다른 아이들과 함께 운동장 건너편을 보다가 두려운 느낌이 들기 시작했다.

마침내 플레밍이 말했다.

— 그럼 다른 애들이 한 일 때문에 우리가 모두 벌을 받아

---

26 〈옥양목 배 *The Calico Belly*〉의 발음이 카이사르가 쓴 『갈리아 전기 *De Bello Gallico*』와 비슷한 것을 표현한 말장난.

야 하는 거야?

— 난 절대 안 돌아온다, 어디 돌아오나 보라고. 세실 선더가 말했다. 식당에서 3일간 잡담 금지일 거고 우리를 계속 불러내서 여섯, 여덟 대씩 때릴 텐데.[27]

— 그래. 웰스가 말했다. 그리고 배럿 선생은 체벌 통지서를 묘하게 꼬아 놓는 방법을 개발해서는 매를 얼마나 맞게 되나 보려고 그걸 폈다가는 다시 접을 수도 없다니까. 나도 안 돌아올 거야.

— 그래. 세실 선더가 말했다. 그런데 오늘 아침엔 담임이 문법 2반에 들어가 있더라.

— 반대 운동을 일으키자. 플레밍이 말했다. 할 거지?

모두 말이 없었다. 사방이 아주 조용해서 크리켓 배트 소리만 들려 왔다. 그것도 아까보다는 느리게 들렸다. 픽, 폭.

웰스가 물었다.

— 걔네들 어떻게 될까?

— 사이먼 무넌과 터스커는 매를 맞을 거야. 어사이가 말했다. 그리고 선배들은 매를 맞거나 퇴학당하거나 선택해야 하겠지.

— 그럼 어떻게 하려나? 처음 말했던 아이가 물었다.

— 코리건만 빼곤 다 퇴학당하는 편을 택할걸. 어사이가 대답했다. 글리슨 선생에게 매를 맞겠지.

— 코리건이라면 그 덩치 큰 놈? 플레밍이 물었다. 흠, 글리슨이 두 명이라도 끄떡없겠던걸!

— 난 왜 그런지 알아. 세실 선더가 말했다. 코리건이 옳고 다른 애들은 틀렸어. 왜냐면 매 맞은 것은 좀 지나면 잊히지

27 양손을 각각 세 대씩, 그리고 다시 네 대씩 때리는 체벌이 있다.

만 학교에서 퇴학당한 학생은 평생 그 일로 알려지게 되니까. 게다가 글리슨이 그리 심하게 때리지도 않을 거고.

— 그러지 않는 게 좋겠지. 플레밍이 말했다.

— 사이먼 무넌이나 터스커 처지가 되긴 싫어. 세실 선더가 말했다. 그렇지만 매질을 당할 것 같진 않아. 그냥 손바닥을 아홉 대 정도 맞지 않을까.

— 아니, 아니야. 어사이가 말했다. 거시기에 매를 맞을 거야. 웰스는 몸을 부비며 우는 소리로 말했다.

— 제발, 선생님, 용서해 주세요!

어사이는 씩 웃고 소매를 걷어 올리며 말했다.

어쩔 수 없어,
해야만 해.
그러니 바지를 내리고
엉덩이를 까라.

아이들이 웃었다. 그러나 그는 그들이 조금은 두려워하고 있다고 느꼈다. 부드러운 회색 공기의 침묵 속에 그는 여기저기서 크리켓 배트 소리를 들었다. 폭. 소리만 듣는 건 괜찮지만 맞으면 아플 것이다. 회초리도 소리를 냈지만 저런 소리는 아니다. 아이들은 그 회초리가 속에 납을 넣고 고래 뼈와 가죽을 대어 만든 것이라고 했다. 그는 맞으면 그 고통이 어떨까 생각했다. 세상엔 서로 다른 소리들이 있다. 길고 가느다란 지팡이는 높은 휘파람 소리를 냈고 그는 그것으로 맞으면 그 고통이 어떨까 생각했다. 그 생각을 하니 몸서리가 쳐지고 추워졌다. 어사이가 말한 것도 그랬다. 그렇지만 그 말에 뭐

그리 웃을 게 있단 말인가. 그 말을 들으니 몸서리가 쳐졌다. 그렇지만 그건 바지를 내리면 늘 부르르 떨리는 듯한 기분이 들었기 때문이다. 욕실에서 옷을 벗을 때에도 마찬가지다. 그는 바지를 내리는 건 누굴까, 선생님일까 아니면 학생 자신일까, 하고 생각했다. 아, 그런데 애들은 왜 그런 식으로 웃는 거지?

그는 어사이의 걷어 올린 소매와 잉크 묻은, 뼈마디가 굵은 손을 바라보았다. 그는 글리슨 선생이 어떻게 소매를 걷어 올리는지 보여 주느라 소매를 걷었던 것이다. 그러나 글리슨 선생은 동그랗고 반짝거리는 커프스에 깨끗하고 하얀 손목과 통통하고 흰 손과 길고 뾰족한 손톱을 지녔다. 아마도 그는 레이디 보일처럼 손톱을 손질하는 것인지도 모른다. 그러나 그 손톱은 끔찍할 정도로 길고 뾰족했다. 그 손톱은 너무 길고 잔인해 보였다. 통통하고 흰 손은 잔인해 보이진 않고 부드러웠지만 말이다. 그는 잔인하고 긴 손톱을, 회초리가 내는 높은 휘파람 소리를, 옷을 벗을 때 셔츠 끝에서 느껴지는 냉기를 생각하며 한기와 두려움을 느꼈지만, 또한 희고 통통한, 깨끗하고 강인하고 부드러운 손을 생각하며 속에서 괴이하고도 고요한 쾌감을 느끼기도 했다. 그리고 그는 세실 선더가 한 말을 생각했다. 글리슨 선생이 코리건을 세게 때리진 않을 거라는. 플레밍은 그렇게 하지 않는 것이 최선이므로 자기 같으면 그렇게 하지 않겠다고 말했다. 그러나 그게 이유가 되진 않는다.

운동장 저쪽에서 누가 외쳤다.

— 전원 입실!

다른 목소리도 외쳤다.

― 전원 입실! 전원 입실!

쓰기 수업 시간에 그는 팔짱을 끼고 앉아서 천천히 긁적이는 펜 소리를 들었다. 하퍼드 선생은 앞뒤로 오가며 빨간 연필로 작은 표시들을 해주고 때로는 학생 옆에 앉아서 펜 쥐는 법을 가르쳐 주기도 했다. 그는 혼자서 표제의 철자를 말해 보려고 했다. 책의 제일 마지막에 있었기 때문에 그는 그게 무엇인지 이미 알고 있었지만 말이다. 〈분별없는 열정은 표류하는 배와 같다.〉 그러나 그 글자들의 선은 눈에 보이지 않는 가느다란 실 같아서, 오른쪽 눈을 질끈 감고 왼쪽 눈으로 노려보아야만 대문자의 곡선을 온전히 알아볼 수 있었다.

그러나 하퍼드 선생은 매우 점잖아서 화를 내는 때가 없었다. 다른 선생들은 모두 무섭게 화를 내는데 말이다. 그렇지만 왜 그들이 선배들이 한 짓 때문에 고통을 받아야 한다는 말인가? 웰스는 그들이 제의실의 찬장에서 미사용 와인 일부를 마셨으며 냄새 때문에 발각되었다고 했다. 아마도 그들은 성광[28]을 훔쳐 내어 어디엔가 팔아 버리려고 했을지도 모른다. 그건 중죄임이 틀림없다, 밤에 그곳에 살짝 들어가서 어두운 색의 찬장을 열어, 학생이 향로를 흔들어 양옆으로 향연이 뭉게뭉게 피어오르고 도미니크 켈리가 성가대에서 첫 부분을 솔로로 부르는 가운데 성체 강복을 할 때 하느님을 제단에 모시는 데 사용하는 그 빛나는 황금빛 물건을 훔치는 건 말이다. 물론 그들이 그것을 훔칠 때 하느님이 그 안에 들어가 계셨던 것은 아니다. 그렇지만 그래도 그것을 건드린다는 것만으로도 이상하고 엄청난 죄인 것이다. 그 생각을 하니 깊은 경외심이 느껴졌다. 끔찍하고 낯선 죄. 펜이 가볍게 종이를

28 성체를 보여 주는 데 쓰는 도구.

읽는 소리가 들리는 가운데 침묵 속에서 그 생각을 하니 전율이 느껴졌다. 찬장에서 미사용 와인을 꺼내 마시고 냄새가 나서 들킨 것도 죄는 죄지만, 그건 끔찍하거나 낯설진 않았다. 그냥 그건 와인 냄새 때문에 약간 욕지기를 일으킬 뿐이었다. 그가 예배당에서 첫 영성체를 하던 날 그는 눈을 감고 입을 벌리고 혀를 약간 내밀었다. 교장 신부님이 몸을 굽혀 영성체를 주려는 순간 그는 미사용 와인을 마시고 난 교장 신부님의 숨결에서 희미한 와인 냄새를 맡았다. 그 단어는 아름다웠다. 와인. 그것은 그리스의 흰 사원 같은 집 밖에서 자라난 짙은 자주색의 포도로 만들어졌기 때문에 짙은 자주색을 생각나게 했다. 그러나 교장 신부님의 숨결에서 풍기는 희미한 냄새는 그의 첫 영성체 아침에 그를 약간 구역질나게 했다. 첫 영성체 날은 일생에서 가장 행복한 날이다. 옛날에 장군들이 모여 나폴레옹에게 평생 가장 행복했던 날이 언제냐고 물었다. 그들은 그가 큰 전투에서 승리한 날이나 황제가 된 날을 말할 것이라고 생각했다. 그러나 그는 이렇게 말했다.

— 여러분, 내 평생 가장 행복했던 날은 처음으로 영성체를 한 날이었습니다.

아놀 신부가 들어오고 라틴어 수업이 시작되었는데 그는 그대로 팔짱을 끼고 책상에 기대어 있었다. 아놀은 작문 숙세를 나눠 주고는 모두 엉망진창이니 당장 수정해 준 대로 다시 쓰라고 말했다. 가장 형편없었던 것은 플레밍의 과제물이었는데, 왜냐면 종이들이 잉크 얼룩 때문에 서로 달라붙어 있었기 때문이다. 아놀 신부는 그 과제물의 귀퉁이를 잡고 들어 올려선 이런 과제물을 선생에게 제출하는 것은 모욕이라고 말했다. 그리고 그는 잭 로턴에게 명사 〈바다*mare*〉를 격 변화 시켜 보라고 했는데, 잭 로턴은 탈격(奪格) 단수형에서 막혀 복수형으로 넘어가지 못했다.

— 창피한 줄을 알아야지. 아놀 신부가 엄격하게 말했다. 너, 반장이 되어 가지고 말이야!

그리고 그는 다음 소년에게, 그리고 또 다음, 또 다음 소년에게 물었다. 아무도 대답을 하지 못했다. 아놀 신부는 말이 없어졌고, 학생들이 대답을 하려 하다가 하지 못하자 점점 더 조용해졌다. 그의 얼굴은 시커멓게 보였고 목소리는 조용했지만 눈은 아이들을 노려보고 있었다. 그리고 그는 플레밍에게 물었고, 플레밍은 그 단어에는 복수형이 없다고 말했다. 아놀 신부는 갑자기 책을 덮더니 그에게 소리쳤다.

— 교실 중간으로 나와서 무릎 꿇고 앉아. 너같이 게으른 놈은 처음 본다. 너희들은 숙제를 다시 쓰도록 해.

플레밍이 뭉그적거리며 자리에서 나와 맨 뒤의 두 자리 사이에 무릎을 꿇었다. 다른 아이들은 작문 숙제 위로 머리를 숙이고 쓰기 시작했다. 침묵이 교실을 메웠고 스티븐은 아놀 신부의 시커먼 얼굴을 소심하게 힐끔거리다가 그의 얼굴이 화가 나서 약간 붉어진 것을 보게 되었다.

아놀 신부가 화를 내는 것은 죄일까, 아니면 아이들이 게으름을 피울 때 화를 내는 건 아이들로 하여금 공부를 더 하게 만드는 것이므로 괜찮은 것일까, 아니면 그는 그냥 화난 척하는 것일까? 그러나 어떤 때 그가 실수로 화를 낸다면 그는 고해 성사에서 어떻게 할 것인가? 그는 교감 신부님에게 고해를 할지도 모른다. 교감 신부님이 그런 실수를 한다면 교장 신부님에게 가겠지. 교장 신부님은 관구장에게, 관구장은 예수회 총장에게 가겠지. 그게 질서라는 거다. 그는 아버지에게 그들이 모두 총명한 사람들이라고 들었다. 그들은 모두 예수회 신부가 되지 않았다면 사회에서 높은 사람들이 될 수 있었을 것이다. 예수회에 들어오지 않았다면 아놀 신부나 패디 배럿은 과연 무엇이 되었을까, 그리고 맥글레이드 선생과 글리슨 선생은 무엇이 되었을까 하고 그는 생각했다. 그들을 다른 방식으로, 다른 색의 상의와 바지를 입은 상태로, 턱수염과 콧수염을 기르고 다른 종류의 모자를 쓴 모습으로 생각해 보아야 했으므로, 그들이 무엇이 되었을지는 생각하기가 어려웠다.

문이 조용히 열렸다가 닫혔다. 재빨리 속삭이는 소리가 교실에 번졌다. 학습 담임이었다. 잠깐 동안 죽은 듯 침묵이 흐르다가, 제일 뒤 책상을 회초리로 요란하게 내리치는 소리가 났다. 겁에 질린 스티븐의 심장이 뛰었다.

— 아놀 신부님, 여기 맞아야 할 학생이 있습니까? 학습 담임이 외쳤다. 이 반에 매를 맞아야 할 게으르고 빈둥거리는 놈이 있습니까?

그는 강의실 중간으로 왔고 플레밍이 무릎을 꿇고 있는 것을 보았다.

— 호오! 그가 외쳤다. 애는 누굽니까? 왜 무릎을 꿇고 있지요? 학생, 이름이 뭔가?

— 플레밍입니나.

— 호오, 플레밍! 물론 게으른 놈이겠군. 눈에 다 쓰여 있다. 애는 왜 무릎을 꿇고 있습니까, 아놀 신부님?

— 라틴어 작문 숙제를 엉망으로 해서요. 아놀 신부가 말했다. 그리고 문법 질문에도 하나도 답을 못했습니다.

— 그랬겠죠! 학습 담임이 외쳤다. 물론 그랬겠죠? 천성이 게으른 놈이니! 눈꼬리가 그렇게 생겼습니다.

그는 책상 위로 회초리를 내리치며 외쳤다.

— 일어나라, 플레밍! 일어나!

플레밍은 천천히 일어났다.

— 내밀어! 학습 담임이 외쳤다.

플레밍이 손을 내밀었다. 요란하게 철썩하는 소리와 함께 회초리가 손바닥을 내리쳤다. 하나, 둘, 셋, 넷, 다섯, 여섯.

— 다른 쪽 손!

회초리가 다시 요란하게 여섯 번의 철썩하는 소리를 내며 빠르게 내려쳤다.

— 무릎 꿇어! 학습 담임이 외쳤다.

플레밍은 겨드랑이에 양손을 끼우고 고통으로 얼굴을 찡그리며 꿇어앉았다. 그러나 스티븐은 그의 손바닥이 얼마나 딱딱한지 알고 있었다. 플레밍은 늘 손바닥에 송진을 문지르곤 했으니까. 그렇지만 회초리 소리가 끔찍해서 고통스러워하는지도 몰랐다. 스티븐의 심장은 벌렁거리며 마구 뛰었다.

— 모두 공부해라! 학습 담임이 외쳤다. 게으르고 빈둥거리는 놈들, 게으름 피우면서 슬슬 꾀나 부리는 놈들은 필요 없다. 공부해라, 알겠나. 돌런 신부님이 매일 너희들을 보러 오실 거다. 돌런 신부님이 내일 다시 오실 것이다.

그가 회초리로 한 학생의 옆구리를 쿡 찌르며 말했다.

— 너! 돌런 신부님이 언제 오신다고?

— 내일 오십니다. 톰 펄롱의 목소리가 말했다.

— 내일 또 내일 또 내일. 학습 담임이 말했다. 마음 단단히 먹어라. 매일 돌런 신부님이 오신다. 얼른 써. 너, 이름이 뭐냐?

스티븐의 심장이 갑자기 펄떡 뛰었다.

— 디덜러스입니다.

— 왜 넌 다른 학생처럼 쓰질 않는 거냐?

— 저…… 저의 …….

그는 두려워서 말을 할 수가 없었다.

— 왜 애는 글을 쓰지 않죠, 아놀 신부님?

— 안경이 깨졌어요. 아놀 신부가 말했다. 그래서 숙제를 면제해 줬습니다.

— 깨져요? 이건 또 무슨 소린가요? 네 이름이 뭐라고! 학습 담임이 말했다.

— 디덜러스입니다.

— 이리 나와, 디덜러스. 게으른 게 꾀나 피우고. 네 얼굴에 그렇게 쓰여 있다. 안경은 어디서 깨뜨렸나?

스티븐은 두려움과 조급함에 눈이 멀어 교실 한가운데서 허둥댔다.

— 안경을 어디서 깨뜨렸냐니까? 학습 담임이 되물었다.

— 길에서 깨졌습니다.

— 호오! 길에서! 학습 담임이 외쳤다. 그 꼼수를 내가 알지.

스티븐이 놀라 눈을 들어 보니 잠깐 동안 돌런 신부의 젊지 않은 회백색 얼굴과 대머리가 벗겨져 가장자리에만 보송보송 나 있는 백발 머리와 쇠테 안경과 안경 너머로 보이는 색깔 없는 눈이 보였다. 왜 그 꼼수를 안다고 말하는 걸까?

— 게으르고 빈둥거리는 놈 같으니! 학습 담임이 외쳤다. 안경이 깨졌다고! 학생들이 늘 쓰는 케케묵은 꼼수지! 당장 손을 내놔!

스티븐은 눈을 감고 떨리는 손을 손바닥을 위로 한 채 허공에 내밀었다. 그는 학습 담임이 손바닥을 손가락으로 잠시 만져서 곧게 펴는 것을, 곧이어 손바닥을 때리려고 회초리를 치켜들면서 수단의 소매가 휘릭 하고 움직이는 것을 느꼈다. 막대기가 부러지며 딱 소리가 나는 것처럼 뜨겁게 타는 듯 쏘아 대고 얼얼한 타격으로 인해 그의 떨리는 손은 불길에 집어넣은 나뭇잎처럼 오그라들었다. 그리고 그 소리와 고통 때문에 뜨거운 눈물이 눈에 고였다. 온몸은 두려움에 떨리고 팔도 떨리고 불타는 듯 오그라든 창백한 손은 바람에 날리는 낙엽처럼 떨고 있었다. 비명이, 놓아 달라는 간청이 목구멍까지 솟구쳤다. 하지만 뜨거운 눈물이 고이고 고통과 공포로 사지가 떨렸음에도 불구하고 그는 뜨거운 눈물과 목구멍을 태우는 듯한 비명을 참았다.

— 다른 쪽 손! 학습 담임이 외쳤다.

스티븐은 마비되고 떨리는 오른팔을 내려놓고 왼손을 내밀었다. 수단의 소매가 다시 휘릭 날리며 회초리가 쳐들렸고 커다란 딱 소리와 맹렬하고 미칠 듯 얼얼하고 타는 듯한 고통으로 그의 손바닥과 손가락이 오그라들어 덜덜 떠는 창백한 살덩이가 되었다. 뜨거운 눈물이 눈에서 솟구쳤고, 수치와 고통과 두려움에 불타며 그는 떨리는 팔을 공포에 질려 내려놓으며 고통의 신음 소리를 냈다. 온몸이 공포의 발작으로 떨렸고, 수치심과 분노로 그는 목에서 뜨거운 울음이 북받치고 뜨거운 눈물이 흘러나와 달아오른 뺨 위로 흘러내리는 것을 느꼈다.

— 꿇어앉아. 학습 담임은 외쳤다.

스티븐은 맞은 손을 허리에 대고 누르며 재빨리 무릎을 꿇었다. 한순간에 두 손이 맞아서 고통으로 부어오른 것을 생각하니 그는 그 손이 마치 자기 것이 아니고 남의 것이라도 되는 양 안타까운 마음이 들었다. 마지막 흐느낌을 목구멍에서 진정시키고 양 옆구리에 댄 손에서 타는 듯 얼얼한 고통을 느끼면서 꿇어앉는 동안, 그는 자신이 손바닥을 위로 하여 허공에 내밀었던 두 손에 대해, 떨리는 손가락들을 고정시킬 때의 학습 담임의 단호한 손길에 대해, 그리고 얻어맞아 부풀어오르고 벌겋게 된 채로 허공에서 무기력하게 떨리던 손바닥과 손가락의 살덩이에 대해 생각했다.

— 공부해라, 모두들. 문간에서 학습 담임이 외쳤다. 돌런 신부님이 매일 오셔서 어떤 학생이, 어떤 게으르고 빈둥거리는 놈이 맞아야 하는지 보실 거다. 매일매일.

그가 나가고 문이 닫혔다.

학급 아이들은 조용히 작문 숙제를 베껴 썼다. 아놀 신부는 자리에서 일어나 학생들 사이를 오가며 부드러운 말로 아이들을 도와주고 실수한 부분을 말해 주었다. 그의 목소리는 매우 온화하고 부드러웠다. 그러고 나서 그는 자리로 돌아가 플레밍과 스티븐에게 말했다.

— 너희 둘, 자리에 가서 앉아.

플레밍과 스티븐은 일어나서 자기 자리로 가 앉았다. 스티븐은 수치심에 얼굴이 빨개져서 후들거리는 손으로 책을 재빨리 열고 고개를 숙여 책에 얼굴을 가까이 댔다.

의사가 책을 읽을 때에는 꼭 안경을 끼라고 했으므로 이건 부당하고도 잔인한 처사였고, 그는 이미 그날 아침에 아버지에게 편지를 써서 새 안경을 보내 달라고 부탁했던 터였다. 그리고 아놀 신부는 그에게 새 안경이 도착할 때까지는 공부를 하지 않아도 된다고 했던 것이었다. 그런데 반 아이들 앞에서 꾀부리는 아이라 불리고 매를 맞다니, 늘 1등 아니면 2등 카드를 받으며 요크 팀의 리더였던 그가! 어떻게 학습 주임은 그게 꼼수라고 생각할 수 있단 말인가? 주임의 손가락이 그의 손을 가지런히 하던 그 감촉이 느껴지는 듯했다. 그는 처음에 그가 악수를 하려는 줄 알았다. 손가락이 부드럽고 단호했으므로. 그러나 곧 그는 수단의 소매가 휘릭 날리는 소리를, 그리고 짝 하는 소리를 들었던 것이다. 그리고 그를 교실 한가운데 무릎 꿇게 한 것은 부당하고도 잔인한 일이었다. 게다가 아놀 신부는 두 사람을 전혀 구분하지 않고 그냥 자리에 돌아가 앉으라고 말했다. 그는 아놀 신부가 작문 숙제를 고쳐 주면서 말하는 낮고 부드러운 목소리를 들었다. 아마 그는 이제 미안한 마음에 점잖게 대하고 싶었는지도 모른다. 그러나 그건 부당하고 잔인한 일이었다. 학습 담임은 사제였지만 그것 역시 잔인하고 부당한 일이었다. 그의 회백색 얼굴과 쇠테 안경 너머로 보이는 색깔 없는 눈은 잔인해 보였다. 왜냐하면 그는 단호하고도 부드러운 손가락으로 손을 평평하게 펼쳤고, 그건 손바닥을 더 잘, 더 크게 때리기 위한 것이었기 때문이다.

— 정말 고약하고 야비한 일이야, 정말로. 플레밍이 수업 후 식당으로 줄지어 가면서 복도에서 말했다. 잘못도 하지 않았는데 때리다니.

— 너 정말 사고 때문에 안경 깨뜨렸잖아, 안 그래? 내스티로시가 물었다.

스티븐은 플레밍의 말에 마음이 북받쳐 대답을 하지 않았다.

— 그랬지! 플레밍이 말했다. 나라면 못 참아. 가서 교장 선생님께 이를 텐데.

— 그래. 세실 선더가 열을 내어 말했다. 그리고 내가 보니

까 회초리를 어깨 위로 들던데 그렇게 하면 안 되는 거야.

— 많이 아팠어? 내스티 로시가 물었다.

— 아주 많이. 스티븐이 말했다.

— 나라면 안 참아. 플레밍이 다시 한 번 말했다. 그 대머리든 다른 대머리든 말이야. 이건 고약하고 비열하고 천한 짓이야, 정말로. 나라면 곧장 저녁 먹은 후에 교장 선생님께 가서 모두 말씀드릴 거야.

— 응, 그래. 응, 그렇게 해. 세실 선더가 말했다.

— 응, 그러자, 가서 교장 선생님께 일러, 디덜러스. 내스티 로시가 말했다. 내일 다시 와서 때리겠다고 말했잖아.

— 그래그래. 교장 선생님께 말씀드려. 모두가 말했다.

옆에서 문법 2반의 몇몇 아이들이 듣더니 그중 하나가 말했다.

— 원로원과 로마 시민들은 디덜러스가 부당하게 처벌받았음을 선언한다.

그건 잘못되었다. 그건 부당하고 잔인했다. 식당에 앉아서 시간이 지나가도 기억 속에서 똑같은 모욕감에 고통스러웠으며 마침내 그의 얼굴에 잔꾀 부리는 놈으로 보이게 만드는 뭔가가 정말 있는 건 아닐까 하는 생각이 들어 거울을 보고 싶어졌다. 그러나 그럴 리 없었고, 그건 불공정하고 잔인하고 부당한 일이었다.

그는 사순절 기간 수요일마다 나오는 거무스레한 생선 튀김을 먹을 수 없었고, 그의 몫으로 나온 감자에는 삽에 찍힌 자국이 그대로 있었다. 그렇다, 그는 친구들이 말한 대로 할 것이다. 그는 가서 교장 선생님께 그가 부당하게 처벌받았다고 말할 것이다. 역사 속에서도 그런 일을 한 사람이, 역사책에 얼굴이 나와 있는 위대한 인물이 있었다. 로마의 원로원과 시민들은 그런 일을 한 사람들을 두고 부당하게 처벌받았노라고 선언했으므로, 교장 선생님도 그가 부당하게 처벌받았다고 선언할 것이다. 그들은 리치멀 마그날의 『문제집』에도 나오는 위대한 사람들이었다. 역사는 모두 그런 사람들과 그들이 한 일에 관한 이야기이고, 피터 팔리의 『그리스 로마 이야기』도 다 그런 이야기들이다. 피터 팔리 자신이 첫 페이지의 그림에 나와 있었다. 광야 너머로 길이 나 있고 양옆에는 풀과 작은 관목들이 있었다. 피터 팔리는 개신교 목사처럼 챙이 넓은 모자를 쓰고 큰 막대기를 든 채 잰걸음으로 길을 따라 그리스와 로마로 가는 중이었다.

그가 무슨 일을 해야 하는지는 간단했다. 그가 해야 할 일이란 저녁을 다 먹은 후 걸어 나와서 복도로 가지 않고 본관으로 이어지는 오른편의 계단으로 올라가는 거였다. 그렇게만 하면 된다. 오른쪽으로 돌아서 재빨리 계단으로 올라가면 된다. 30분 후에 그는 본관으로 이어져 교장 선생님의 방으로 가는 어둡고 좁은 복도에 있을 것이다. 그리고 모든 아이들이 그건 부당한 일이라고 말했으며, 심지어 로마의 원로원과 시민들에 대해 이야기한 문법 2반 학생도 그렇게 말했다.

어떻게 될 것인가? 그는 고학년 학생들이 식당 저쪽에서 일어서는 소리를 들었고, 그들이 깔판을 밟고 가는 소리도 들었다. 패디 래스와 지미 매기와 스페인 학생과 포르투갈 학생과, 다섯 번째는 글리슨 선생에게 매를 맞을 예정인 덩치 큰 코리건이었다. 그게 바로 학습 담임이 그를 잔꾀쟁이라 부르며 아무 이유도 없이 때린 이유였다. 눈물로 피로해진 침침한 눈을 찌푸리며, 그는 덩치 큰 코리건의 넓은 어깨와 푹 수그린 검고 큰 머리가 대열 속에서 지나가는 것을 보았다. 그렇지만 그는 뭔가 잘못을 했고 게다가 글리슨은 그를 그리 세게 때리지는 않을 거라지 않은가. 그는 덩치 큰 코리건이 목욕탕에서 어떻게 보였는지를 기억했다. 그의 피부색은 욕탕의 얕은 쪽에 고인 토탄 빛깔의 구정물 같았으며 그가 옆으로 지나갈 때 그의 발이 젖은 타일에 요란하게 철썩거렸고 매 걸음마다 살이 찐 그의 허벅지가 출렁거렸다.

식당은 반쯤 비었고 아이들은 계속 줄을 지어 지나갔다. 이제 식당 문 밖엔 사제도 주임도 없으므로 그는 계단을 올라갈 수 있었다. 그러나 그는 갈 수가 없었다. 교장은 학습 담임의 편을 들 것이고 그게 다 학생의 속임수라고 생각할 것이며 어쨌거나 학습 담임은 매일 올 것이고, 교장 선생님께 그에 대해 일러바치는 학생이 누구든 무시무시하게 화를 낼 것이므로 상황은 악화되기만 할 것이다. 아이들은 그에게 교장 선생님께 가라고 했지만 정작 그들 자신은 가지 않을 것이다. 그들은 이미 모두 잊었을 것이다. 아니, 이 모든 것을 잊어버리는 편이 최선일지도 몰랐다. 학습 담임은 그저 말로만 오겠다고 했을지도 모른다. 아니, 그냥 눈에 띄지 않게 가만있는 편이 최선이다. 작고 어릴 때에는 그렇게 빠져나갈 수도 있으니까 말이다.

그의 식탁에 앉았던 아이들이 일어났다. 그는 일어나서 그들 틈에 섞여 줄을 지어 나갔다. 그는 결정해야 했다. 문 가까이 가고 있었다. 만약 그가 아이들과 함께 간다면 운동장을 떠날 수는 없으므로 교장 선생님에게 갈 수 없을 것이다. 만약 그가 교장실에 갔는데도 여전히 매를 맞는다면 아이들은 모두 그를 놀리며 어린 디덜러스가 교장 선생님께 학습 담임

애기를 일러바치러 갔더라고 떠들 것이다.

그는 깔판을 따라 걸었고 바로 앞에 문이 보였다. 불가능해. 그는 할 수가 없었다. 그는 학습 담임의 벗겨진 머리와 그를 바라보는 가혹한 무채색의 눈동자를 떠올렸다. 이름이 뭐냐고 두 번씩 묻던 그의 목소리가 들리는 듯했다. 왜 처음에 답했을 때 그의 이름을 기억하지 못했단 말인가? 처음 대답할 때는 듣고 있지 않았던 것인가 아니면 그 이름을 놀리기 위해서였던가? 역사의 위대한 인물들은 모두 그런 이름을 가졌고 아무도 그들을 놀리지 않았다. 정말 놀려야 한다면 놀릴 이름은 바로 그의 이름이다. 돌런. 그건 빨래하는 여자 이름 같아.

그는 문에 이르러 재빨리 오른쪽으로 돌아 계단을 걸어 올라갔다. 그리고 되돌아올까 채 마음을 먹기도 전에 그는 이미 본관으로 향하는 낮고 어둡고 좁은 복도에 들어서 있었다. 복도의 문턱을 넘어서면서 그는 돌아보지 않아도 모든 학생들이 줄지어 가면서 그를 쳐다보고 있다는 것을 알았다.

그는 좁고 어두운 복도를 지나며 교단 사제들이 거처하는 방문을 지나쳐 갔다. 그는 어둠 속에서 앞과 좌우를 살폈고 저것이 초상화임이 틀림없다고 생각했다. 그곳은 어둡고 고요했으며 눈이 눈물로 침침하고 피로해 제대로 볼 수가 없었다. 그러나 그는 그가 지나가는 것을 조용히 내려다보는 것이 성인과 교단의 위인들 초상화라고 생각했다. 책을 펼쳐 들고 〈하느님의 더욱 큰 영광을 위하여*Ad Majorem Dei Gloriam.*〉라는 글귀를 가리키고 있는 성 이그나티우스 로욜라,[29] 자기 가슴을 가리키고 있는 성 프란시스 사비에르, 각 학년의 담임

29 Ignatius of Loyola(1491~1556). 예수회를 창립한 스페인의 수도사.

처럼 머리에 비레타[30]를 쓴 로렌소 리치, 젊어서 죽은지라 모두 젊은 얼굴을 하고 있는, 거룩한 젊은이들의 수호성인인 성 스타니슬라우스 코츠카, 성 알로이시우스 곤사가, 복자(福者) 존 베르크만스 그리고 커다란 외투를 입고 의자에 앉은 피터 케니 신부.

그는 입구 위의 층계참으로 나와서 주위를 둘러보았다. 그곳은 해밀턴 로완이 지나갔던 곳이고 군인들이 쏘았던 총탄 자국이 남아 있었다. 그리고 이곳이 바로 늙은 하인들이 흰 외투를 입은 원수의 유령을 보았던 곳이었다.

늙은 하인 한 사람이 층계참 끝을 닦고 있었다. 그는 그에게 교장실이 어디냐고 물었고 늙은 하인은 저쪽 끝의 방문을 가리킨 후 그가 그리로 가서 노크를 할 때까지 그의 뒤를 지켜보았다.

아무 소리도 나지 않았다. 그는 다시 좀 더 크게 노크를 했고, 들릴 듯 말 듯한 목소리가 들렸을 때 그의 심장이 벌떡거렸다.

— 들어와요!

그는 손잡이를 돌려 문을 열고 녹색 천으로 만든 안쪽 문의 손잡이를 찾아 더듬었다. 그는 손잡이를 찾아 밀어 열고 들어갔다.

그는 교장이 책상에 앉아 뭔가 쓰고 있는 것을 보았다. 책상에는 두개골이 하나 놓여 있었고 방에서는 낡은 가죽 의자 냄새 같은 이상하고 묵직한 냄새가 났다.

그가 와 있는 엄숙한 장소와 그 방의 침묵 때문에 그의 가슴이 마구 뛰었다. 그는 두개골과 교장 신부의 친절하게 보이

30 신부가 쓰는 사각모자.

는 얼굴을 쳐다보았다.

— 그래, 얘야. 교장이 말했다. 무슨 일이지?

스티븐은 목에 뭔가 막힌 것을 꿀꺽 삼키고는 말했다.

— 안경을 깨뜨렸습니다, 교장 선생님.

교장은 입을 벌리고 말했다.

— 오!

그러고는 웃으며 말했다.

— 그래, 안경이 깨졌으면 집에다 새 안경을 보내 달라고 편지를 써야지.

— 썼습니다. 스티븐이 말했다. 그리고 아놀 신부님께서 안경이 도착할 때까지는 공부를 하지 않아도 된다고 하셨습니다.

— 그래야지! 교장이 말했다.

스티븐은 다시 꿀꺽 침을 삼키고 다리와 목소리가 떨리지 않게 하려고 애썼다.

— 그런데요, 선생님…….

— 응?

— 돌런 신부님께서 오늘 오셔서 작문 숙제를 쓰지 않는다고 저를 때리셨습니다.

교장은 말없이 그를 바라보았고, 그는 얼굴로 피가 솟구치고 눈물이 고이는 것을 느꼈다.

교장이 말했다.

— 이름이 디덜러스지?

— 네.

— 안경을 어디서 깨뜨렸느냐?

— 길에서요. 어떤 아이가 자전거를 타고 나와서 넘어졌고

안경이 깨졌습니다. 그 아이의 이름은 모릅니다.
교장은 그를 말없이 바라보았다. 그러고는 웃으며 말했고.
— 아, 그래, 실수였구나. 돌런 신부님이 모르셨던 게다.
— 그렇지만 안경이 깨졌다고 말씀드렸는데 저를 때리셨습니다.
— 새 안경을 보내달라고 집에 편지를 썼다고 말씀드렸니? 교장이 물었다.
— 아뇨.
— 아, 그래. 교장이 말했다. 돌런 신부님이 이해를 못 하셨던 거다. 며칠 동안 공부를 하지 않아도 된다고 내가 봐주었다고 말하면 된다.
스티븐은 떨려서 말을 더 하지 못할까 봐 서둘러 말했다.
— 네, 그렇지만 돌런 신부님께서 내일 또 오셔서 저를 때리겠다고 말씀하셨습니다.
— 알았다. 교장은 말했다. 그건 실수고 내가 돌런 신부에게 직접 말씀드리겠다. 그러면 되겠지?
스티븐은 눈물이 나오는 것을 느끼며 중얼거렸다.
— 네, 선생님. 감사합니다.
교장은 두개골이 있는 책상 옆으로 손을 내밀었고, 스티븐은 잠시 그 손을 잡고는 차고 축축한 손바닥의 감촉을 느꼈다.
— 그럼, 잘 가라. 교장이 잡았던 손을 빼고 고개를 끄덕이며 말했다.
— 안녕히 계세요. 스티븐이 말했다.
그는 인사를 하고 조용히 방에서 나와 문을 조심스럽게 천천히 닫았다.
그러나 그가 층계참에 있는 늙은 하인을 지나쳐 다시 낮고 좁고 어두운 복도에 섰을 때 그는 점점 빨리 걷기 시작했다. 점점 빨리 걸어 어둠 속을 흥분 상태에서 빠져나왔다. 그는 복도 끝의 문을 팔꿈치로 밀어젖히고 계단을 서둘러 내려와서 두 개의 복도를 재빨리 지나 밖으로 나왔다.

운동장에서 노는 아이들의 목소리가 들렸다. 그는 뛰기 시작했고, 점점 더 빨리 뛰어가 보도를 건너서 숨을 헐떡이며 저학년 학생들이 노는 곳으로 갔다.

아이들이 그가 뛰어오는 것을 보았다. 그들은 이야기를 들으려고 서로 밀치며 그를 둥그렇게 에워쌌다.

— 말해 봐! 말해 봐!

— 뭐래?

— 가긴 갔어?

— 뭐라고 해?

— 말해 봐! 말해 봐!

그는 아이들에게 그가 했던 말과 교장 신부가 했던 말을 들려줬고 그가 말을 마치자 아이들은 모두 모자를 위로 훌렁 집어 던지며 외쳤다.

— 만세!

그들은 모자를 잡아서 다시 하늘 높이 빙글빙글 던져 올리며 다시 외쳤다.

— 만세! 만세!

그들은 손을 깍지 끼고 가마를 만들어 그를 높이 들어 올려서는 그가 내리겠다고 버둥거릴 때까지 그를 쳐들고 다녔다. 그가 빠져나오자 아이들은 모자를 공중으로 던져 올리고 모자가 빙글빙글 하늘로 올라갈 때 휘파람을 불고 외치며 제각각 흩어졌다.

— 만세!

그들은 대머리 돌런에게 세 번의 야유를 보내고 콘미 교장을 위해서 세 번의 환호를 보냈으며 그가 클롱고우즈 사상 가장 괜찮은 교장이라고 말했다.

부드러운 회색 공기 사이로 환호가 사라졌다. 그는 혼자 남았다. 그는 행복하고 홀가분했다. 그러나 결코 돌런 신부에 대해 으쓱하는 마음은 없었다. 그는 그냥 조용히 순종할 것이다. 그는 그가 으스대지 않는다는 것을 보여 주기 위해 그에게 뭔가 좋은 일을 해줄 수 있었으면 하고 바랐다.

공기는 부드럽고 온화하게 회색빛을 띠었으며 저녁이 다가오고 있었다. 공기에서 저녁 냄새가 났다. 바턴 소령의 집으로 산책을 나가서 순무를 캐 껍질을 벗겨 먹었던 시골 들판의 냄새가, 붉나무 열매가 있던 정자 너머 작은 숲에서 나던 냄새가.

아이들은 멀리 던지기나 낮은 공, 느린 변화구 던지기를 연습하고 있었다. 부드러운 회색 침묵 속에서 그는 공이 부딪히는 소리를 들을 수 있었다. 여기저기서 조용한 공기를 뚫고 크리켓 배트 소리가 들려왔다. 픽, 팍, 폭, 퍽. 찰랑찰랑 넘치는 분수대에 부드럽게 떨어지는 물방울 소리처럼.

제2장

　찰스 아저씨는 끈 모양의 검은 담배를 너무 많이 피워서 조카는 그에게 정원 끝에 있는 작은 별채에서 아침 담배를 피우라고 권했다.

　— 좋아, 사이먼. 괜찮아, 사이먼. 노인이 조용히 말했다. 어디든 너 좋을 대로 하마. 별채도 좋아. 건강에도 더 좋을 거야.

　— 아이고 참, 하고 디덜러스 씨는 솔직하게 말했다. 정말이지 어떻게 그리 흉악하고 고약한 담배를 피우시는지 모르겠어요. 세상에나, 꼭 화약 같아요.

　— 이게 아주 좋은 거다, 사이먼. 노인이 대답했다. 아주 시원하고 마음을 진정시켜 줘.

　그래서 매일 아침 찰스 아저씨는 별채로 갔고, 가기 전에 뒷머리에 조심스럽게 기름을 바르고 빗질을 한 후, 실크해트를 솔질해 썼다. 그가 담배를 피울 때면 별채의 문설주 너머로 그가 쓴 실크해트의 챙과 파이프의 통만 간신히 보였다. 그가 자기 정자라고 부르는 그 냄새나는 별채엔 고양이와 정원 손질하는 도구들이 있었는데 그곳은 또한 그에게 공명 상자 역할도 했다. 그는 매일 아침 그곳에서 자기가 좋아하는 노래를 즐겁게 허밍하곤 했다. 「오, 내게 정자를 지어 주오」나 「푸른 눈과 금발」이나 아니면 「블라니의 숲」을 노래하는 동안 그의 파이프에서는 회색과 푸른빛 연기가 모락모락 피어올라 맑은 공기 속으로 사라졌다.

블랙록에서 보낸 그 여름의 초반 동안 찰스 아저씨는 스티븐과 늘 함께 했다. 찰스 아저씨는 잘 그을린 피부와 우락부락한 얼굴에 흰 구레나룻이 난 정정한 노인이었다. 주중에 그는 케어리스포트 애버뉴의 집과 가족들이 거래하던 시내 중심가의 가게들 사이를 오가며 심부름을 했다. 스티븐은 이 심부름에 동행하는 것을 좋아했는데, 왜냐하면 찰스 아저씨가 카운터 바깥의 열려 있는 상자와 통에 진열해 놓은 것은 무엇이든지 한 주먹씩 맘대로 사주었기 때문이다. 그는 포도나 톱밥 사탕, 혹은 미국산 사과 서너 개를 움켜쥐곤 종손자의 손에 맘씨 좋게 안겨 주곤 했고, 그러면 가게 주인은 억지로 미소를 지었다. 스티븐이 그것을 사양하는 듯하면 그는 얼굴을 찡그리며 이렇게 말하곤 했다.

— 받아라. 알겠니? 다 속에 좋은 거란다.

주문서의 목록을 다 기입하고 나면 두 사람은 공원으로 갔고, 그곳에는 아버지의 오랜 친구인 마이크 플린이 벤치에 앉아 그들을 기다리고 있었다. 그러고 나면 스티븐은 공원을 달리기 시작했다. 스티븐이 마이크 플린 스타일로, 고개를 높이 쳐들고 무릎을 쭉쭉 들어 올리며 손은 옆구리에 똑바로 붙이고 트랙을 따라 달리는 동안, 마이크 플린은 손에 시계를 들고 기차역 쪽의 공원 입구에 서 있곤 했다. 오전 연습이 끝나면 트레이너는 논평을 하고, 때로는 낡은 캔버스 운동화를 신은 채 1~2야드 정도를 발을 질질 끌며 우스꽝스럽게 달려 자신의 논평을 직접 시연해 보이기도 했다. 신기한 광경에 몇몇 아이들과 보모들이 둥그렇게 모여들어 그를 구경했고 그와 찰스 아저씨가 다시 자리에 앉아 육상과 정치에 대해 이야기할 때까지도 주변을 맴돌았다. 그는 아버지에게서 마이크 플린이 현대 육상의 최고 선수들 중 몇몇을 직접 길러 냈다는 얘기를 듣긴 했지만, 스티븐은 자기 트레이너가 수염을 깎지 않은 축 늘어진 얼굴을 숙여 길고 더러운 손가락으로 담배를 말 때, 길고 부어오른 손가락이 담배 마는 일을 멈추고 담배 알갱이와 부스러기들이 쌈지 속으로 떨어지는데도 갑자기 담배를 말다 말고 저 푸른 하늘을 멍하니 쳐다보곤 하던 그 부드럽고 흐리멍덩한 푸른 눈을 애처롭게 바라보았다.

집으로 오는 길에 찰스 아저씨는 종종 예배당에 들렀고, 성수반에 스티븐의 손이 닿지 않아 노인은 자기 손을 담가서 스티븐의 옷 주변과 입구의 바닥에 물을 탁탁 뿌렸다. 기도할 때면 그는 빨간 손수건을 깔고 무릎을 꿇고는 매 페이지의 아래쪽마다 바닥글이 인쇄된, 시커멓게 손때 묻은 기도서를 소리 내어 읽곤 했다. 스티븐은 옆에서 무릎을 꿇고 그의 경건함을, 비록 공감하진 않았으나, 존경했다. 그는 종종 자신의 종조부가 무슨 기도를 그리 진지하게 할까 궁금하게 생각했다. 아마도 그는 연옥에 있는 영혼들을 위해, 혹은 행복한 죽음의 은총을 위해 기도했을 것이다. 아니면 하느님께서 그가 코크에서 탕진해 버린 큰 재산 중 일부를 돌려주시기를 기도했을지도 모른다.

일요일마다 스티븐은 아버지와 종조부와 함께 건강을 위해 산책을 나갔다. 노인은 티눈이 있음에도 불구하고 꽤 잘 걸었다. 종종 10마일 혹은 12마일 정도를 걷곤 했다. 스틸로

건이라는 작은 마을이 갈림길에 있었다. 그들은 왼쪽으로 접어들어 더블린 산맥을 향해 가거나, 아니면 고츠타운 로드를 따라 던드럼과 샌디퍼드를 거쳐 돌아왔다. 길을 따라 터벅터벅 걷거나 길가에 있는 우중충한 술집에 서서 어른들은 속에 있는 이야기나 아일랜드 정치나 먼스터 지역이나 집안에서 내려오는 이야기들을 계속 나누곤 했고, 스티븐은 그 모든 이야기에 열심히 귀를 기울였다. 그가 이해하지 못하는 말은 그 말을 외울 때까지 속으로 되풀이해 말했다. 그리고 그 말들을 통해서 그는 그들 주변의 현실 세계를 조금이나마 엿볼 수 있었다. 그가 그 세계의 삶에 참여해야 할 시간은 점점 가까워지는 듯 보였고, 그는 그가 그 본질을 막연하게만 알고 있는, 그를 기다리고 있다고 느껴지는 엄청난 역할을 위해 은밀히 준비를 하기 시작했다.

저녁 시간은 온전히 그의 것이었다. 그는 너덜거리는『몽테크리스토 백작』번역본을 열심히 읽었다. 원수를 갚는 자의 그 어두운 모습은 그의 마음속에 어린 시절에 듣거나 상상했던 모든 이상하고도 무서운 것을 대표하는 것이었다. 밤이면 그는 거실 탁자 위에 판박이 종이와 종이꽃과 색지와 초콜릿을 포장했던 금박 은박 종잇조각으로 멋진 섬의 동굴 모양을 만들었다. 그 반짝이 조각에 싫증 나서 만든 것을 부숴 버리고 나면 그의 마음속에는 마르세유와 햇살에 반짝이는 격자무늬 창살과 메르세데스의 화사한 모습이 떠오르곤 했다.

산맥으로 향하는 블랙록 외곽의 길 위에는 정원에 장미 덤불이 가득 자라는, 회벽을 칠한 작은 집 한 채가 있었다. 그는 혼자서 그 집에 또 다른 메르세데스가 살고 있다고 상상했다. 산책을 나가거나 집으로 돌아올 때 매번 그는 이 집을 기준

삼아 거리를 측정했다. 상상 속에서 그는 책에 나오는 것과 같은 놀라운 온갖 모험들을 계속하며 살았고, 그 상상의 마지막에는 나이를 먹어 슬픔을 간직한 그가 오래전 그의 사랑을 무시했던 메르세데스와 함께 달빛 어린 정원에 서 있는 모습이 떠올랐다. 그는 서글프도록 자존심 강한 거절의 몸짓으로 다음과 같이 말하는 것이었다.

— 부인, 난 무스카텔 포도는 먹지 않습니다.[31]

그는 오브리 밀스라는 소년과 한패가 되어 함께 길거리의 모험가 무리를 만들었다. 오브리는 단춧구멍에 호루라기를 달고 다녔고 벨트에는 자전거용 램프를 매달았으며 다른 아이들은 짧은 막대기를 벨트에 단도처럼 차고 다녔다. 스티븐은 나폴레옹의 소박한 옷차림에 대해 읽고 나서는 치장을 하지 않기로 했고 그렇게 함으로써 명령을 내리기 전에 보좌관들과 의논하는 기쁨을 스스로 증대시켰다. 그 무리들은 혼자 사는 여인들의 정원을 습격하거나 성으로 내려가 잡초투성이의 울퉁불퉁한 바위 위에서 전투를 벌이다가, 콧구멍에서는 갯비린내가 진동하고 손과 머리에는 해조류의 고약한 기름이 끈적이는 채로 지친 낙오병들처럼 집으로 돌아왔다.

오브리와 스티븐네 집 우유 배달부는 같은 사람이어서, 그들은 우유 수레를 타고 젖소가 풀을 뜯는 캐릭마인까지 가곤했다. 사람들이 우유를 짜는 동안 소년들은 다루기 쉬운 암말을 타고 들판을 돌아다녔다. 그러나 가을이 되면 소들은 풀밭에서 축사로 돌아갔다. 스트라드브룩의 더러운 축사를 처음 보았을 때 그 초록색으로 썩은 웅덩이와 질척한 똥 덩어

31 『몽테크리스토 백작』의 주인공 에드몽 당테스가 감옥을 탈출하여 원수의 부인이 된 옛사랑 메르세데스를 만나 하는 대사.

리와 김이 무럭무럭 나는 겨가 담긴 여물통들 때문에 스티븐은 구역질이 났다. 화창한 날 시골에선 그렇게 아름답게 보이던 소가 역겹게 느껴져서 그는 심지어 그들이 내놓는 우유도 쳐다볼 수 없었다.

올해는 9월이 와도 걱정이 없었다. 클롱고우즈로 돌아가지 않을 것이니까. 마이크 플린이 병원에 가자 공원에서의 달리기 연습도 끝났다. 오브리는 학교에 가서 저녁때 한두 시간밖에는 자유 시간이 없었다. 무리는 흩어지고 바위 언덕에서의 야간 습격이나 전투도 더 이상 없었다. 스티븐은 가끔 저녁 우유를 배달하는 마차를 타고 돌아다니곤 했고, 그 쌀쌀한 마차 여행 덕에 축사의 더러움에 관한 기억이 사라져 버려서 우유 배달부의 겉옷에 소털이나 건초 씨앗이 달라붙어 있는 것을 보아도 전혀 혐오스럽지 않았다. 마차가 배달할 집 앞에 설 때마다 그는 기다리면서 잘 닦아 놓은 부엌이나 부드러운 불빛이 흘러나오는 현관을 흘끗 보았고 하인이 우유 단지를 들고 문을 닫는 모습도 보았다. 그는 따뜻한 장갑과 간식으로 먹을 생강 쿠키 주머니만 빵빵하다면야 매일 저녁 거리를 달리며 우유를 배달하는 것도 유쾌한 인생일 거라고 생각했다. 그러나 공원을 뛰고 있을 때 갑자기 그의 마음을 역겹게 하고 다리를 풀리게 만들었던 바로 그 예감이, 그의 트레이너가 길고 더러운 손가락 위로 둔중하게 몸을 굽히고 있을 때 그의 수염도 깎지 않은 축 늘어진 얼굴을 미심쩍게 바라보게 만들었던 바로 그 직감이 그런 미래의 비전을 없애 버리고 말았다. 막연하게 그는 아버지가 곤란한 처지에 있음을, 그리고 바로 그 이유로 인해서 자신이 클롱고우즈로 돌아갈 수 없었다는 것을 알고 있었다. 얼마 동안 그는 집에 약간의 변화가 있음을 느꼈다. 그가 변하지 않으리라고 여겼던 것들에 일어난 그 변화는 세상에 대한 그의 소년다운 생각에 여러 차례 작은 충격을 주었다. 그의 영혼 어두운 곳에서 때때로 들끓던 야망은 출구를 찾지 못했다. 록 로드의 전찻길을 따라 암말의 굽이 또각또각하는 소리를 내고 커다란 깡통이 그의 뒤에서 흔들리며 덜컹거릴 때, 세상 밖에서 온 것 같은 어둠이 그의 마음을 흐려 놓았다.

그는 다시 메르세데스를 생각했고, 그녀의 모습을 생각할 때면 이상한 불안감이 그의 핏줄 속으로 스며들었다. 때로는 열이 나서 저녁에 조용한 길을 혼자 돌아다니기도 했다. 정원과 창가의 따스한 불빛의 평화로움이 그의 불안한 마음을 부드럽게 어루만져 주었다. 노는 아이들이 내는 소리는 짜증스러웠고 그들의 바보 같은 목소리를 듣고 있노라면 그는 클롱고우즈에서 느꼈던 것보다 더 절절하게 그가 다른 아이들과 다르다고 느꼈다. 그는 놀고 싶지 않았다. 그는 마음속에 계속 간직했던 꿈같은 모습을 현실 세계에서 만나고 싶었다. 그는 그것을 어디서 어떻게 찾아야 할지 몰랐지만, 어쩐지 그를 이끌고 있는 예감은 그가 어떤 공공연한 행위를 하지 않더라도 그 이미지와 만나게 될 것이라고 말해 주었다. 그들은 마치 서로 알고 있던 사람들이 밀회를 하듯, 아마도 어떤 문 앞에서 혹은 좀 더 은밀한 장소에서 조용히 만날 것이다. 그들은 단둘이, 어둠과 침묵에 둘러싸여 있을 것이다. 그리고 다정한 분위기가 절정에 이를 때 그는 변신하게 될 것이다. 그는 그녀의 눈앞에서 만질 수 없는 어떤 것으로 변해 사라질 것이며 그 순간 변신할 것이다. 그 마법 같은 순간에 나약함과 소심함과 무경험이 그로부터 사라지게 될 것이다.

어느 날 커다랗고 노란 짐마차 두 대가 문 앞에 멈춰 서더니 사람들이 집으로 우당탕 들어와 집을 헤집어 놓기 시작했다. 밀짚 조각과 밧줄 부스러기가 뿌려진 앞마당으로 가구들이 거칠게 옮겨져 문 앞에 서 있는 커다란 마차에 실렸다. 모든 물건을 단단히 싣고 나자 짐마차는 요란스럽게 떠났다. 눈시울이 붉어진 어머니와 함께 객차에 앉아 창문으로 내다보던 스티븐은 그 마차들이 메리언 로드를 따라 육중하게 굴러가는 모습을 지켜보았다.

그날 저녁 거실의 불이 잘 지펴지지 않자 디덜러스 씨는 난로 쇠살대에 부지깽이를 기대어 놓고 불꽃을 피워 보려 했다. 찰스 아저씨는 가구를 반쯤 들어내고 카펫도 걷어 낸 방의 한 구석에서 졸고 있었고 그의 옆에는 가족들의 초상화가 벽에 기대져 있었다. 짐꾼들의 발자국으로 더러워진 마루 위로 탁자의 램프에서 나온 희미한 빛이 비쳤다. 스티븐은 아버지 옆의 발받침에 앉아 길게 횡설수설하는 독백을 듣고 있었다. 그는 처음에는 무슨 말인지 거의, 혹은 전혀 이해할 수 없었지만 아버지에게 적들이 있고 뭔가 싸움이 벌어지고 있음을 서서히 알게 되었다. 그도 역시 싸움에 동원되어 있으며 그의 어깨에도 무언가 임무가 주어질 것임도 느껴졌다. 블랙록에서의 안락하고도 꿈같은 생활로부터 갑자기 떠나온 것, 침침하게 안개 낀 도시를 지나온 것, 그리고 지금 그들이 살게 된 삭막하고 칙칙한 집에 대한 생각이 그의 마음을 무겁게 했고, 다시 한 번 미래에 대한 직관, 혹은 예감이 그에게 떠올랐다. 그는 또한 왜 하인들이 현관에 모여 소곤거렸고 왜 아버지가 종종 난롯불을 등지고 깔개 위에 선 채로, 앉아서 저녁을 먹으라고 종용하는 찰스 아저씨에게 큰 소리로 이야기를 하곤 했는지 이해했다.

— 아직은 기회가 남아 있단다, 스티븐. 디덜러스 씨는 사그라지는 불을 맹렬하게 쿡쿡 쑤시며 말했다. 아들아, 우리 아직 안 죽었어. 아니다마다, 예수님의 이름으로(하느님 용서하세요), 아직 안 죽었단 말이다.

더블린은 새롭고도 복잡한 느낌을 주었다. 찰스 아저씨는 이제 너무 정신이 없어져서 더 이상 심부름을 다닐 수 없었고 새로운 집에 정착하는 과정에서의 혼란 때문에 스티븐은 블랙록 시절보다 더 자유로웠다. 처음에는 이웃의 광장을 소심하게 돌아다니거나 기껏해야 골목길을 반쯤 내려가 보는 데서 만족했지만, 머릿속에 도시의 약도를 대강 그릴 수 있게 되자 그는 대담하게도 중앙 도로 중 하나를 따라 세관 건물까지 가보기도 했다. 그는 제재를 받지 않은 채 부두와 선창을 돌아다니며 두꺼운 노란 찌꺼기가 낀 수면 위에 까딱거리며 떠 있는 수많은 코르크 부표들이며, 선창의 짐꾼 무리들과 덜컹거리는 짐마차들과 허름한 옷차림에 수염을 기른 경찰들을 신기하게 바라보았다. 담을 따라 쌓여 있거나 증기선의 짐칸에서 높이 매달려 나오는 짐짝들이 그에게 암시하는 삶의 방대함과 신기함으로 인해 그는 다시 불안한 느낌으로 저녁마다 이 정원에서 저 정원으로 메르세데스를 찾아 방황했다. 이렇게 번잡한 새 생활 속에서 그는 자신이 또 다른 마르세유에 있다고 상상했지만 또한 활짝 갠 하늘과 햇볕에 데워진 와인 가게의 격자무늬 창살이 그리워졌다. 선창과 강과 구름이 낮게 깔린 하늘을 보고 있노라니 마음속에 막연한 불안이 피어올랐지만 그는 마치 정말로 그에게서 달아난 누군가를 찾고 있는 듯 매일 여기저기 계속 쏘다녔다.

한두 차례 어머니와 함께 친척들을 방문하기도 했다. 크리스마스를 맞아 불을 켜고 장식한 유쾌한 느낌의 가게들을 지나갔지만 씁쓸한 침묵의 분위기가 그를 떠나지 않았다. 그가 씁쓸한 이유는 멀게 혹은 가깝게 여러 가지가 있었다. 그는 자신이 너무 어린 데다가 불안하고 어리석은 충동에 휘둘리는 것에 화가 났고, 그를 둘러싼 세계를 남루함과 위선의 모습으로 다시 만들고 있는 운명의 변화에도 화가 났다. 그러나 그의 분노는 그 미래상에 아무런 영향을 주지 못했다. 그는 끈기 있게 그가 보았던 것을 기록하며, 그로부터 거리를 두면서 그 고통스러운 맛을 남몰래 음미했다.

그는 숙모네 부엌에서 등받이 없는 의자에 앉아 있었다. 반사판이 달린 등이 옻칠한 벽난로 벽에 걸려 있었고, 그 불빛으로 숙모는 무릎에 놓인 석간신문을 읽고 있었다. 숙모는 신문 속의 미소 짓고 있는 사진을 한참 보더니 생각에 잠겨 말했다.

— 메이블 헌터[32]는 참 예뻐!

곱슬머리 소녀가 일어나 발꿈치를 들고 그 사진을 보더니 부드럽게 말했다.

— 어디 나와, 엄마?

— 팬터마임[33]에 나온단다.

그 아이는 곱슬머리를 엄마의 소매에 기댄 채, 사진을 보고 홀린 듯 중얼거렸다.

32 여배우의 이름.
33 더블린의 극장에서 상연되던 무언극을 말함.

— 메이블 헌터는 참 예뻐!

마치 홀린 듯이, 새침한 듯 도발적인 사진 속의 눈을 오래 바라보더니, 소녀는 사랑에 빠진 듯 중얼거렸다.

— 정말 아름답지 않아?

1스톤[34]쯤 되는 석탄을 지고 비틀비틀 쿵쾅거리며 밖에서 들어온 소년이 그녀의 말을 들었다. 그는 잽싸게 바닥에 짐을 내려놓고 그 옆으로 와서 신문을 보았다. 그는 빨갛게 얼고 석탄으로 검게 된 손으로 신문 모서리를 잡아당기며 소녀를 옆으로 밀치고 안 보인다고 투덜거렸다.

그는 침침한 창문이 달린 낡은 집 위층의 좁은 거실에 앉아 있었다. 난로의 불빛이 벽에 비쳐 흔들리고 창문 너머에는 강 위로 유령 같은 황혼이 지고 있었다. 불 앞에는 한 노파가 부지런히 차를 만들고 있었고, 찻상을 차리느라 수선을 피우는 동안 노파는 낮은 소리로 사제와 의사들이 했던 얘기를 들려주었다. 그녀는 또한 최근에 그녀에게 일어난 어떤 변화들에 대해서, 그녀의 이상한 언행에 관해서 이야기했다. 그는 앉아서 이야기를 들으며 아치와 둥근 천장과 구불거리는 갱도와 울퉁불퉁한 동굴을 따라 펼쳐진 석탄에 관한 모험의 길을 따라갔다.

갑자기 그는 문에 뭔가가 있는 것을 느꼈다. 해골 하나가 어둠침침한 문간에 매달려 있었다. 원숭이처럼 빈약하게 생긴 사람 하나가 난롯가에서 나는 목소리에 이끌려 그리로 왔던 것이다. 문 앞에서 애처로운 목소리가 들렸다.

— 조세핀이냐?

부산을 떨던 노파가 난롯가에서 명랑하게 대답했다.

34 6.4킬로그램가량.

— 아니, 엘렌. 스티븐이야.

— 오오, 잘 지냈니, 스티븐.

그는 인사에 답하면서 문간에 서 있는 사람의 얼굴에 바보스러운 미소가 번지는 것을 보았다.

— 뭐 필요한 거 없어, 엘렌? 불가에 앉은 노파가 물었다.

그러나 그녀는 그 질문엔 답하지 않고 말했다.

— 조세핀이 온 줄 알았지. 네가 조세핀인 줄 알았단다, 스티븐.

그렇게 몇 번을 되풀이하더니 그녀는 조그맣게 웃었다.

그는 해롤즈 크로스에서 있었던 아이들의 파티에 참석하고 있었다. 조용히 관찰하는 태도가 어느새 몸에 배어 그는 놀이에 거의 참여하지 않았다. 아이들은 폭죽에서 나온 것들을 뒤집어쓰고 요란하게 춤을 추며 뛰어놀았는데, 그도 같이 즐겁게 놀려고 했으나 재밌게 생긴 삼각 모자나 햇빛 가리는 모자들 사이에서 스스로가 음울한 인물인 것처럼 느껴졌다.

그러나 노래를 부르고 나서 아늑한 방구석으로 물러났을 때 그는 외로움의 기쁨을 음미하기 시작했다. 그날 초저녁에는 헛되고 사소한 것으로 보이던 즐거움이 이제는 그를 다독이는 공기처럼 그의 감각을 유쾌하게 스쳐 갔고, 둥글게 춤을 추는 아이들과 음악과 웃음소리 사이로 그녀의 시신이 그기 있는 구석까지 찾아와 그의 마음을 설레게 하고 도발하고 살펴보고 흥분시키는 동안 그의 핏줄에 스며든 열띤 흥분을 다른 사람의 눈으로부터 감춰 주기도 했다.

제일 늦게까지 남아 있던 아이들이 현관에서 자기 옷을 입고 있었다. 파티는 끝났다. 그녀는 숄을 두르고 있었고, 함께 마차를 타러 가는데 그녀의 신선하고 따스한 숨결은 뾰족한 모자를 쓴 그녀의 머리 위로 유쾌하게 흩어지고 그녀의 발은 매끄러운 길 위로 경쾌하게 타박타박 소리를 냈다.

막차였다. 호리호리한 갈색 말들은 막차라는 사실을 안다는 듯 청명한 밤공기 속으로 경고의 방울 소리를 울렸다. 차장은 마부와 이야기를 나누며 녹색 불빛 아래 서로 고개를 끄덕였다. 마차의 빈자리에는 색색의 표들이 흩어져 있었다. 길에는 오가는 사람의 발소리도 들리지 않았다. 호리호리한 말들이 서로 코를 비비며 방울을 흔들 뿐 밤의 평화를 깨뜨리는 소리는 들리지 않았다.

그는 윗자리에 타고 그녀는 아랫자리에 탄 채 서로 귀를 기울이는 듯했다. 몇 마디 주고받는 사이 그녀는 여러 번 그의 자리로 올라왔다가 다시 자기 자리로 내려갔으며 한두 번은 아래층으로 내려가는 것을 잊어버리고 위층에 앉은 그의 바로 옆에 한참 서 있다가 내려가기도 했다. 그의 심장은 그녀의 움직임에 따라 물결 위의 코르크 부표처럼 출렁였다. 그는 모자 아래 그녀의 눈이 그에게 하는 말을 들었고 꿈에서건 현실에서건 희미한 과거 언젠가 그 얘기를 들은 적이 있다는 것을 알았다. 그는 멋진 드레스와 허리띠와 긴 검정 스타킹에서 그녀의 허영심이 발휘되는 것을 보았으며, 자신이 그 허영심에 무수히 굴복했던 것도 알고 있었다. 그렇지만 그의 두근거리는 심장 소리 너머로 들려오는 마음의 소리는 그에게 손을 내밀기만 하면 가질 수 있는 그녀의 선물을 가지려느냐고 묻고 있었다. 그는 그와 아일린이 호텔 마당에서 웨이터들이 깃발 천 한 줄기를 깃대에 매달고 폭스테리어가 햇살 환한 잔디밭을 이리저리 뛰어다니는 것을 지켜보던 그날을, 그리고 그녀가 갑자기 크게 웃음을 터뜨리고는 구부러진 경사로를 따라 뛰어 내려갔던 것을 기억하고 있었다. 그때처럼 지금도, 그는 눈앞의 광경을 차분하게 지켜보는 것 같은 모습으로, 맥이 탁 풀린 채 제자리에 서 있었다.

— 그녀도 내가 자기를 잡아 주길 바라고 있어. 그는 생각했다. 그게 그녀가 나와 함께 마차를 타러 온 이유야. 내 자리로 올라올 때 쉽게 그녀를 잡을 수도 있어. 아무도 안 보는걸. 그녀를 안고 키스할 수도 있어.

그러나 그는 아무것도 하지 않았다. 그러고는 텅 빈 차 안에 홀로 앉아서 차표를 조각조각 찢어 버리고 주름진 발판을 우울하게 노려보았다.

다음 날 그는 위층 텅 빈 자기 방 탁자에 앉아 몇 시간을 보냈다. 그의 앞에는 새 펜, 새 잉크병 그리고 초록색 새 연습장이 놓여 있었다. 습관 덕분에 그는 첫 페이지의 위쪽에 예수회 좌우명의 첫 글자인 A.M.D.G.[35]를 써 놓았다. 페이지의 첫 줄에는 그가 쓰려고 했던 시의 제목이 쓰여 있었다. 「E — C — 에게」. 그는 그렇게 시작하는 것이 옳다는 것을 알고 있었다. 바이런 경의 시집에서 비슷한 제목을 본 적이 있으니까. 이 제목을 쓰고 장식으로 밑줄을 그을 때 그는 백일몽에 빠져 책 표지에 도형들을 그리기 시작했다. 그는 브레이에서 크리스마스 만찬 식탁에서의 토론 다음 날 아침 책상에 앉아 아버지의 하반기 고지서 뒷면에다 파넬에 관한 시를 써보려 하던 자신의 모습을 떠올렸다. 그러나 당시 그의 머리는 그런 주제와 씨름하기를 거부했고 그래서 그는 단념하고 그 페이지를 반

35 〈*Ad Majorem Dei Gloriam*〉의 약자. 〈하느님의 더욱 큰 영광을 위하여〉라는 뜻.

친구들의 이름과 주소로 채웠다.

　　로드릭 키컴
　　존 로턴
　　앤서니 맥스위니
　　사이먼 무넌

　이번에도 그는 실패할 것 같았다. 그렇지만 그 사건에 대해 곰곰이 생각해 봄으로써 그는 다시 자신감을 얻었다. 그 과정에서 그가 평범하고 하찮다고 여기는 모든 요소들은 그 장면으로부터 떨어져 나갔다. 마차 자체는 흔적도 남지 않았고 마차를 모는 사람들이나 말들도 마찬가지였다. 그러나 그녀도 그리 생생하게 등장하진 않았다. 시는 오로지 그날 밤과 온화한 산들바람과 수줍은 달빛만을 이야기했다. 그들이 앙상한 나무 아래 말없이 서 있을 때 주인공의 마음에는 무어라 규정할 수 없는 슬픔이 숨겨져 있었고, 이별의 순간이 다가오자 이제까지 한쪽에서 참고 있던 키스를 이젠 두 사람이 서로 나누었다. 이렇게 쓴 후 페이지 아래쪽에는 L.D.S.[36]라고 적고, 공책을 숨겨 놓은 후 그는 어머니의 침실로 가서 화장대 위의 거울 속에 비친 자신의 얼굴을 오래도록 들여다보았다.
　그러나 그의 기나긴 여가와 자유의 기간도 이제 끝나 가고 있었다. 어느 날 저녁 아버지가 집에 와서는 온갖 소식을 저녁 식탁에서 쉬지 않고 들려주었다. 스티븐은 그날 양고기 해시[37]가 있었기 때문에 아버지가 돌아오시길 기다리고 있었고,

36 〈*Laus Deo Semper*〉의 약자. 〈하느님을 영원히 찬미하라〉라는 뜻.
37 *hash*. 고기와 감자 등을 잘게 다져 만드는 요리.

그는 아버지가 빵을 고기 국물에 찍어 먹도록 해줄 것임을 알고 있었다. 그러나 클롱고우즈 이야기가 나오는 바람에 입천장이 역겨운 찌꺼기로 덮인 듯 느껴져 해시를 맛있게 먹지 못하고 말았다.

— 그분과 딱 마주쳤단다. 디덜러스 씨는 네 번씩이나 말했다. 광장 모퉁이에서 말이다.

— 그렇다면, 하고 디덜러스 부인이 말했다. 그분께서 해결해 주실 수도 있겠네요. 벨비디어로 말예요.

— 물론 해주시겠지. 디덜러스 씨가 말했다. 그분이 이젠 관구장이시라는 얘기 안 했었나?

— 애를 형제 수도회 학교[38]에 보내는 건 싫어요. 디덜러스 부인이 말했다.

— 형제 수도회라니, 젠장! 디덜러스 씨가 말했다. 거긴 개똥이니 마당쇠니 하는 애들이나 가는 데잖아? 기왕 예수회 교단 학교로 시작했으니 계속 예수회 교단 쪽으로 끝까지 가야지. 나중에도 애한테 도움이 될 거야. 일자리도 얻어 줄 수 있는 사람들이니까.

— 그리고 교단에 돈이 많잖아요. 그렇죠, 사이먼?

— 그렇지. 잘사는 사람들이잖아. 클롱고우즈 학교에서 식탁 봤잖아. 맙소사, 싸움닭처럼 잘 먹는다고.

디덜러스 씨는 자기 접시를 스티븐에게 밀어 주며 남은 것을 먹으라고 했다.

— 자, 그러니까 스티븐. 그가 말했다. 이젠 너도 분발해야 한다, 애야. 실컷 놀았잖니.

38 빈민 교육을 위한 평신도 단체의 학교로, 등록금이 싸고 실업 교육에 중점을 둠.

　— 오, 이젠 공부 열심히 할 거예요. 디덜러스 부인이 말했다. 게다가 모리스와 함께 있으면요.

　— 아이쿠, 이런, 모리스를 잊었군. 디덜러스 씨가 말했다. 이봐, 모리스, 이리 와봐라, 이 바보야! 아빠가 널 학교에 보내서 〈c, a, t〉라는 철자는 〈고양이cat〉가 된다는 것을 배우게 할 거야. 그리고 콧물을 닦을 수 있게 1페니짜리 예쁘고 작은 손수건도 사줄 거야. 좋겠지?

　모리스는 아버지를, 그리고 형을 보고는 히죽 웃었다.

　디덜러스 씨는 외알 안경을 눈에 끼우고 두 아들을 찬찬히 보았다. 스티븐은 아버지의 시선을 아랑곳하지 않고 빵을 우물거렸다.

　— 그런데, 하고 마침내 디덜러스 씨가 말했다. 교장 신부님, 아니, 관구장님께서 너와 돌런 신부에 관한 이야기를 해주시더구나. 네가 아주 당돌한 놈이라고 하셨어.

　— 오, 그럴 리가요, 사이먼!

　— 그럴 리가라니! 디덜러스 씨가 말했다. 일의 전말을 자세히 다 얘기해 주셨어. 그러니까, 서로 한참 한마디 하면 또 한마디 받으면서 이야기를 하고 있었어. 그건 그렇고, 시의회에 누가 자리를 차지하게 될 것인지, 신부님이 뭐라고 하셨을 것 같아? 그 얘긴 나중에 하고. 참, 얘기를 사이좋게 나누고 있는데 신부님이 묻기를 여기 이 친구가 아직도 안경을 끼느냐는 거야. 그러고는 얘기를 전부 해주셨지.

　— 화가 나셨던가요, 사이먼?

　— 화가 났다고? 그럴 리가! 〈씩씩한 꼬마더군요!〉라고 하시던데.

　디덜러스 씨가 관구장의 점잔 빼는 콧소리를 흉내 내며 말했다.

— 돌런 신부와 나는요, 만찬 때 그 일을 내가 모두에게 이야기했을 때, 돌런 신부와 내가 엄청 웃었지 뭡니까. 〈돌런 신부님, 조심하는 게 좋겠습니다〉 하고 내가 말했죠. 〈아니면 꼬마 디덜러스가 신부님을 내게 올려 보내 양손에 아홉 대씩 매를 맞게 할 테니까요.〉 정말 한참 크게 웃었어요. 하! 하! 하!

디덜러스 씨는 아내를 돌아보며 원래의 목소리로 말했다.

— 그 사람들이 학교에서 아이들을 다루는 정신을 보여 주는 거지. 아, 아무튼 예수회는 정말이지 외교술이 대단해!

그는 관구장의 목소리를 흉내 내어 반복했다.

— 만찬 때 그 일을 내가 모두에게 이야기하고, 돌런 신부와 우리 모두가 엄청나게 맘껏 웃었다니까요. 하! 하! 하!

….

성령 강림절 기념 연극 공연의 밤이 왔다. 스티븐은 분장실의 창으로 중국풍 등불이 늘어선 작은 풀밭을 내다보았다. 그는 방문객들이 건물 계단으로 내려와 극장으로 들어가는 것을 지켜보았다. 벨비디어 학교 졸업생인, 야회복 차림의 안내원들이 극장 입구에 삼삼오오 모여 있다가 방문객들을 정숙하게 안내하고 있었다. 등 하나가 갑자기 켜지면서 미소 짓고 있는 한 사제의 얼굴이 그의 눈에 들어왔다.

성체는 이미 감실(龕室)에서 옮겨 내왔고 앞줄의 벤치는 뒤로 밀어서 제단의 무대와 그 앞의 공간을 넓혀 놓았다. 벽에는 역기와 체조용 곤봉들을 기대어 세워 놓았다. 한구석에는 아령이 쌓여 있었다. 운동화와 스웨터와 운동복이 지저분한 갈색 꾸러미로 산더미처럼 쌓여 있는 가운데 가죽으로 감싼 도마(跳馬)용 뜀틀이 무대로 옮겨지기를 기다리며 서 있었다. 제단 벽에 기대어 놓은, 은으로 가장자리를 장식한 커다란 청동 방패도 무대 위로 옮겨져 체조 경연 대회가 끝나고 난 후 우승팀 한가운데 놓이기를 기다리고 있었다.

스티븐은 글쓰기를 잘한다는 이유로 체육관의 서기로 선출되긴 했지만 그날 프로그램의 1부 순서에선 아무 역할이 없었다. 그러나 2부에서는 중요한 역할을 맡았는데, 그건 우스꽝스러운 선생 역할이었다. 그는 키가 큰 데다가 벨비디어에 온 지 2년이 지나 중급반이었고 근엄한 태도를 지녔기 때문에 그 역할을 맡게 된 것이었다.

흰색 반바지에 운동 셔츠를 입은 하급생 아이들이 무대에서 우르르 내려와 부속실을 거쳐 예배당으로 몰려갔다. 부속실과 예배당은 열성적인 선생들과 학생들로 가득 찼다. 통통하고 머리가 벗겨진 선임 하사는 자기 발로 도마 뜀틀의 발 구름판을 시험해 보는 중이었다. 어려운 곤봉 체조의 특별 시범을 보여 줄 예정으로, 은으로 코팅한 곤봉이 깊숙한 옆 주머니에서 비죽 튀어나와 있는, 긴 외투 차림의 야윈 청년이 가까이서 흥미롭게 지켜보고 있었다. 다른 팀이 무대로 올라갈 준비를 하는 동안, 나무로 된 아령이 부딪치며 나는 텅 빈 소리가 들렸다. 다음 순간 흥분한 담임이 수단 자락을 신경질적으로 펄럭거리며 뒤처진 아이들에게 서두르라고 외치면서, 마치 거위 떼를 몰아대듯 아이들을 부속실을 통해서 내몰았다. 나폴리 농부 차림을 한 일군의 아이들이 예배당 끝 쪽에서 스텝을 연습하고 있었다. 어떤 아이들은 머리 위로 팔을 둥글게 올리고, 또 어떤 아이들은 종이로 만든 제비꽃 바구니를 흔들면서 인사했다. 복음서를 읽는 제단 왼편, 예배당의 컴컴한 한구석에는 웬 뚱뚱한 노파가 펑퍼짐한 검정 치마를 입고 무릎을 꿇고 있었다. 노파가 일어나자 분홍색 드레스를 입고 곱슬곱슬한 금발 머리 가발에 유행 지난 밀짚모자를 쓰고 눈썹을 검게 그리고 볼에는 살짝 루주를 바르고 분칠을 한 사람이 나타났다. 이 소녀 같은 이를 보고 예배당에는 호기심 어린 나지막한 수군거림이 번져 나갔다. 담임 중 한 사람이 미소를 지으며 고개를 끄덕이고는 그 컴컴한 구석으로 다가와 뚱뚱한 노파에게 인사를 하고 상냥하게 말했다.

— 탤런 부인, 함께 계신 분이 아름다운 아가씨인가요, 아니면 인형인가요?

그러고는 몸을 굽혀 모자챙 아래에서 웃고 있는 화장한 얼굴을 들여다보며 외쳤다.

— 아니! 이것 참, 정말 꼬마 버티 탤런이로군!

스티븐은 창가의 자기 자리에서 노파와 사제가 함께 웃는 소리를 들었고, 혼자서 밀짚모자 춤을 추기로 한 어린 소년을 보려고 아이들이 그의 뒤로 지나가면서 감탄조로 웅얼거리는 소리도 들었다. 그는 자기도 모르게 조바심에 몸을 움직였다. 그는 블라인드의 끝을 내려뜨리고 그가 올라서 있던 벤치에서 내려와 예배당에서 걸어 나왔다.

그는 학교 건물에서 빠져나와 정원 옆에 지어 놓은 창고 아래에서 멈춰 섰다. 건너편 극장에서는 관객들이 내는 희미한 소리와 군악대가 내는 갑작스러운 금속성의 굉음이 들렸다. 유리 지붕에서 위로 퍼져 가는 빛 때문에 극장은 선박 같은 집들 사이에 등불들을 매단 연약한 줄로 정박지와 연결된 채로 정박하고 있는, 축제의 방주 같았다. 갑자기 극장 옆문이 열리고 풀밭을 가로질러 불빛이 길게 비췄다. 방주에서 갑자기 음악이 크게 들려왔다. 왈츠의 전주였다. 다시 옆문이 닫히니 음악의 희미한 박자만이 들려왔다. 첫 부분 몇 마디의 그 정서, 그 나른하고 나긋나긋한 율동이 그가 종일 느꼈던 불안과 조금 전 그가 보였던 초조한 동작의 원인이었던, 그 뭐라 말할 수 없는 감정을 불러일으켰다. 마치 소리의 파도처럼 불안감이 밀려 나왔다. 흐르는 음악의 물결 따라 방주는 그 뒤로 꼬리에 등이 달린 줄을 매달고 항해 중이었다. 그때 난쟁이 나라의 포대에서 나는 것 같은 소리가 음악을 중지시켰다. 그건 무대 위에 아령 시범 팀이 올라오는 것을 환영하는 박수 소리였다.

길 가까이 있는 창고의 끝 어둠 속에서 반짝하는 분홍색 빛이 보였다. 그쪽으로 다가가자 그는 희미한 연기 냄새가 난다는 것을 알게 되었다. 두 소년이 문간의 으슥한 곳에 서서 담배를 피우고 있었다. 그들에게 다가가기 전에 그는 목소리를 듣고 헤런이라는 것을 알았다.

— 고상한 디덜러스 아냐! 높고 목쉰 목소리가 말했다. 믿음직한 친구, 어서 와!

이 환영 인사는 헤런이 이슬람식으로 절을 하고 지팡이로 땅을 쿡쿡 쑤시는 것으로 시작하면서, 기쁨이 섞이지 않은 나지막한 웃음소리로 마무리되었다.

— 나야. 스티븐은 멈춰 서서 헤런과 그의 친구를 번갈아 보며 말했다.

헤런의 친구는 모르는 아이였지만 어둠 속에서 타오르는 담뱃불의 도움으로 그는 천천히 미소가 번져 가는 창백하고 멋진 얼굴, 외투를 입은 늘씬한 체구와 정장 모자를 알아볼 수 있었다. 헤런은 굳이 소개도 하지 않고 그 대신 이렇게 말했다.

— 내가 지금 내 친구 월리스에게 오늘 밤 네가 교장 선생 역할에서 우리 교장 흉내를 내면 얼마나 재미있을까 이야기 하던 참이었어. 정말 째지게 웃길 것 같아.

헤런은 그의 친구 월리스를 위해 교장의 현학적인 저음을 흉내 내려다 제대로 하지 못하고는, 안 되겠다고 웃으며 스티븐에게 해보라고 했다.

— 해봐, 디덜러스. 그가 재촉했다. 끝내주게 흉내 낼 수 있잖아. 〈그가 교회의 마알을 들으려 하지 않거든 너어는 그를 이바앙인이나 술집 주우인처럼 여겨라아.〉

월리스가 물부리에 담배를 너무 꽉 끼웠다며 가볍게 화를 내는 바람에 더 이상 흉내는 내지 못했다.

— 이 망할 놈의 물부리 같으니. 그는 입에서 물부리를 빼어 보며 관대하게 미소를 지었다 눈살을 찌푸렸다 하면서 말했다. 늘 이렇게 막힌다니까. 너 물부리 쓰는 거 있냐?

— 난 담배 안 피워. 스티븐이 말했다.

— 그럼. 헤런이 말했다. 디덜러스는 모범 청년이야. 담배도 안 피우고 바자회에도 안 가고 여자들 희롱도 안 하고, 젠장, 아무것도 안 해, 아무것도.

스티븐은 고개를 젓고, 새의 부리같이 뾰족한 모양에 화끈 달아올라 움직이는 라이벌의 얼굴을 보며 미소를 지었다. 그는 종종 빈센트 헤런이 이름도 새 이름[39]이지만 얼굴도 새 같은 것이 이상하다고 생각했다. 이마에 헝클어진 엷은 색의 머리카락은 구겨진 볏 같았다. 이마는 좁고 뼈가 도드라졌으며, 희미하고 표정이 없으며 가운데로 몰린 튀어나온 두 눈 사이

39 〈heron〉은 〈왜가리〉라는 뜻이다.

에는 가늘고 구부러진 코가 자리 잡고 있었다. 두 적수는 학교 친구였다. 그들은 교실에서 같이 앉았고, 예배당에서 같이 무릎을 꿇었으며, 묵주 기도 후 점심을 먹으면서 같이 이야기도 했다. 상급반 아이들이 모두 너 나 할 것 없이 멍청했기 때문에 스티븐과 헤런이 그 학년에서는 실질적인 학교 수석이었다. 교장에게 찾아가서 휴일을 달라고 한다든지 어떤 학생을 봐달라고 하는 것은 바로 그들이었다.

— 아, 그런데, 하고 갑자기 헤런이 말했다. 네 보스께서 들어가시는 거 봤어.

스티븐의 얼굴에서 미소가 사라졌다. 학생이든 선생이든 아버지 얘기를 꺼내면 그는 단숨에 침착함을 잃어버렸다. 그는 소심하게 침묵하면서 헤런이 그 다음에 무슨 이야기를 할까 기다렸다. 그러나 헤런은 팔꿈치로 그를 의미심장하게 꾹 찌르며 말했다.

— 이 교활한 놈아.

— 왜 그래?

— 너 시치미 떼면 될 줄 알지? 헤론이 말했다. 하지만 넌 교활한 놈이야.

— 무슨 말을 하고 계신 겁니까? 스티븐이 정중하게 물었다.

— 그래. 헤런이 답했다. 우리 그 여자 봤어, 월리스, 그렇지? 엄청 예쁘기까지 하던데! 그리고 호기심도 많아요! 〈스티븐은 무슨 역할을 맡아요, 디덜러스 씨? 노래는 하지 않나요, 디덜러스 씨?〉 너희 아버지가 외알 안경을 끼고 그 여자를 유심히 쳐다보더라. 그래서 난 어르신께서 너에 관해서도 다 아시는 줄 알았지. 뭐, 나 같으면 아무래도 상관없겠어. 그 여자 정말 끝내주던데, 그렇지, 월리스?

— 나쁘지 않더라. 월리스가 다시 입꼬리 쪽으로 물부리를 물면서 조용히 말했다. ·

낯선 사람이 듣는 데서 이렇게 상스럽게 이야기를 하는 것에 대한 순간적인 분노가 섬광처럼 스티븐의 마음을 스쳐 갔다. 그는 소녀에 대한 관심이나 호감을 농담거리로 생각하지 않았다. 하루 종일 그는 해롤즈 크로스의 마차 계단에서 그들이 나누었던 작별 인사와, 그것 때문에 그의 마음속에 강물처럼 흘렀던 침울한 감정과 그에 대해 썼던 시 이외에는 아무것도 생각하지 않았다. 그녀가 연극을 보러 오기로 했다는 것을 알고 있었으므로 하루 종일 그는 그녀와의 새로운 만남을 상상했던 것이다. 오래 묵은 불안한 우울이 파티가 있던 그날 밤처럼 다시 그의 가슴을 채웠지만 시로 분출되지는 못했다. 그때와 지금 사이에 소년 시절의 2년이 흘렀고 그만큼 그는 성장하고 지식도 많아져서 그러한 분출을 하지 못했던 것이다. 하루 종일 그 내부에 흐르던 우울한 애틋함이 터져 나왔다가 다시 어두운 수로와 소용돌이로 되돌아와 결국에는 그를 지치게 만들었고 마침내 담임의 유쾌한 농담과 화장한 어린 소년 때문에 더 이상 견디지 못하고 움직이게 된 것이었다.

— 그러니까 인정하는 게 좋아. 헤런이 말을 이었다. 이번엔 우리한테 들켰다고. 더 이상 넌 성인군자인 척할 수 없어, 이건 정말 확실해.

그의 입술에서 기쁘지도 않은 부드러운 웃음소리가 흘러나왔다. 그는 좀 전처럼 몸을 굽히고 익살스럽게 나무라듯 지팡이로 스티븐의 종아리를 톡톡 쳤다.

스티븐은 이미 분노의 순간을 지나쳤다. 그는 기분이 좋지도, 혼란스럽지도 않았으며, 단지 이 장난이 끝나기만을 바랐다. 그는 자신의 정신적 모험이 이런 말로는 위험에 처하지 않는다는 것을 알고 있었으므로, 바보스러운 무례함으로 보이는 것에 대해서는 거의 화를 내지 않았다. 그의 얼굴은 적수의 가짜 미소를 그대로 흉내 내고 있었다.

— 인정해! 헤런이 반복하며 지팡이로 정강이를 툭툭 쳤다.

장난으로 때린 것이었지만 첫 번째 때린 것처럼 그리 가볍지는 않았다. 스티븐은 피부가 따끔하면서 살짝, 거의 아프지는 않게 달아오른 것을 느꼈다. 그는 친구의 농담하는 분위기에 맞춰 주려는 듯 순종하는 것처럼 고개를 숙이며 고백의 기도를 외우기 시작했다. 생뚱맞은 이 반응에 헤런과 월리스가 한껏 웃어 젖혔으므로, 이 이야기는 잘 마무리되었다.

고백은 스티븐의 입술에서 나왔는데, 이 말을 하면서, 그가 헤런의 미소 짓는 입술 구석에 있는 희미하고 잔혹해 보이는 보조개를 보는 순간, 그리고 종아리에 익숙한 매질을 느끼고 익숙한 꾸지람 소리를 듣는 순간, 갑작스러운 기억이 그에게 마치 마술처럼 또 다른 장면을 떠올리게 했다.

— 인정해.

그건 그가 하급반이었던, 이 학교에 와서 첫 학기 말 무렵의 일이었다. 그의 예민한 본성은 예상치 못했던 추잡한 생활 방식의 채찍 아래 고통스러워하고 있었다. 그의 영혼은 더블린의 우중충한 겉모습으로 인해 여전히 불안하고 우울했다. 그는 2년간의 꿈에서 깨어나 새로운 환경에 처하게 되었고, 모든 사건이나 인물들은 그에게 밀접하게 영향을 미치고 그를 낙담하게 하거나 유혹하곤 했으며, 유혹하든 낙담하게 하든 간에 늘 그를 불안과 씁쓸한 생각으로 가득 채웠다. 학교 일과에서 모든 여가 시간을 그는 체제에 반항하는 작가들과 벗하며 보냈고, 그들의 험하고 난폭한 말은 그의 머릿속에서 동요를 일으키고 머리에서 빠져나와 조야한 글로 표현되곤 했다.

일주일의 공부 중에서 작문이 가장 우선이었고, 매주 화요일 학교에서 집으로 돌아오면서 그는 일부러 앞에 있는 사람과 경쟁해 걸음을 빨리하여 특정한 목표물에 이르기 전에 그를 앞지른다거나, 보도블록의 조각들의 공간에 정확하게 발을 디디며 걸어서, 자기가 이번 주의 작문에서 1등을 할 것인지 못할 것인지, 길에서 겪은 사건들로 그의 운명을 점쳐 보았다.

어느 화요일, 그의 승리의 행보가 불시에 짓밟혔다. 영어 교사인 테이트가 그를 지목하며 퉁명스럽게 말했다.

— 이 학생의 에세이는 이단이야.

교실이 조용해졌다. 테이트 선생은 침묵을 깨지 않고 허벅지 사이에 손을 집어넣었고 그의 목과 팔목 주변에서 뻣뻣하게 풀을 먹인 리넨이 바스락 소리를 냈다. 스티븐은 고개를 들지 않았다. 쌀쌀한 봄날 아침이었고 그의 눈은 여전히 아프고 약했다. 그는 자신의 실패작과 그것이 탄로 난 것, 그리고 자기 마음과 집안의 누추함을 의식했으며, 목덜미에 세워 놓은 옷깃의 울퉁불퉁하고 거친 가장자리의 감촉을 느꼈다.

테이트 선생의 짧고 큰 웃음소리 때문에 교실은 조금 편안해졌다.

— 너도 몰랐겠지. 그가 말했다.

— 어느 부분입니까? 스티븐이 물었다.

테이트 선생은 허벅지 사이에 끼고 있던 손을 빼 에세이를 펼쳤다.

─ 여기. 창조주와 영혼에 관한 것 말이다. 음…… 음……
음…… 아! 〈영영 가까이 접근할 가능성도 없이.〉 이 부분이
이단이다.

스티븐은 중얼거렸다.

─ 제 뜻은 〈영영 도달할 가능성도 없이〉라는 것이었습니다.

그건 일종의 항복이었고 테이트 선생은 누그러져서 에세이
를 접어 그에게 건네주며 말했다.

─ 오…… 아! 〈영영 도달할〉. 그럼 얘기가 완전히 달라지지.

그러나 학생들은 그리 빨리 수그러들지 않았다. 수업 후
아무도 그 일에 대해서 그에게 말은 하지 않았지만 그는 주변
에서 모두들 막연하게 악의적인 기쁨을 느끼고 있다는 것을
느낄 수 있었다.

그렇게 공개적으로 야단을 맞고 난 며칠 후 편지를 들고 드
럼콘드라 로드를 걷고 있는데 누군가 그를 불렀다.

─ 거기 서!

그가 돌아서니 같은 반 학생들 세 명이 황혼 속에서 그에게
로 걸어오고 있는 것이 보였다. 그를 부른 것은 헤런이었고,
두 수행원을 양옆에 거느리고 다가오면서 발걸음에 맞춰 가
느다란 지팡이를 앞쪽 허공에 휘둘렀다. 그의 친구 볼런드는
옆에서 히죽 웃으며 걸어오고 있었고, 내시는 몇 발짝 뒤에 떨
어져서 따라오느라 숨을 헐떡이며 커다란 붉은 머리를 꺼떡
거리고 있었다.

클론리프 로드로 접어들자마자 소년들은 함께 책과 작가
에 관한 이야기들, 어떤 책을 읽고 있으며 집의 아버지 책장에
는 책이 얼마나 많다는 등의 이야기를 시작했다. 학급에서 볼
런드는 바보고 내시는 게으름뱅이였기 때문에 스티븐은 그들

의 이야기를 들으며 좀 신기했다. 결국엔, 좋아하는 작가들에 대해 잠시 이야기한 후 내시는 메리어트 선장[40]이 정말 가장 위대한 작가라고 선언했다.

— 말도 안 돼! 헤런이 말했다. 디덜러스에게 물어봐. 가장 위대한 작가가 누구냐, 디덜러스?

스티븐은 그 질문에 조롱이 섞인 것을 알아채고 말했다.

— 산문 작가 말이야?

— 응.

— 내 생각엔, 뉴먼[41]이야.

— 뉴먼 추기경 말이야? 볼런드가 물었다.

— 응. 스티븐이 답했다.

내시는 주근깨투성이 얼굴로 활짝 웃으며 스티븐에게 돌아서서 말했다.

— 뉴먼 추기경을 좋아하는 거야, 디덜러스?

— 오, 많은 사람들이 뉴먼의 산문 스타일은 최고라고 해. 헤런이 다른 두 명에게 설명했다. 물론 시인은 아니지만.

— 그럼 최고의 시인은 누군데, 헤런? 볼런드가 물었다.

— 물론 테니슨 경이지. 헤런이 대답했다.

— 아, 그래, 테니슨 경이야. 내시가 말했다. 집에 한 권으로 된 테니슨 시 전집이 있어.

그 말에 스티븐은 남몰래 다짐했던 맹세를 잊고 갑자기 소리를 질렀다.

— 테니슨이 시인이라니! 그냥 각운이나 맞추는 엉터리

40 Frederick Marryat(1792~1848). 영국의 해군 대령이자 해양 소설가.
41 John Henry Newman(1801~1890). 영국의 가톨릭 추기경이며 옥스퍼드 운동의 지도자.

라고!

— 아, 뭔 소리야! 헤런이 말했다. 테니슨이 가장 위대한 시인이라는 건 누구나 알아.

— 그럼 넌 누가 가장 위대한 시인이라고 생각하는데? 볼런드가 친구를 꾹 찌르며 물었다.

— 물론 바이런이지. 스티븐이 대답했다.

헤런이 비웃음을 터뜨리자 나머지도 따라 웃었다.

— 왜 웃는 건데? 스티븐이 물었다.

— 너, 하고 헤런이 말했다. 바이런이 가장 위대한 시인이라고! 그는 못 배운 사람들을 위한 시인일 뿐이야.

— 괜찮은 시인인가 본데! 볼런드가 말했다.

— 입 다물어. 스티븐이 대담하게 볼런드에게 맞서며 말했다. 네가 시에 대해서 아는 거라곤 화장실 소변기에 끄적거리다 들켜서 벌받으러 위층으로 가는 그런 것뿐이잖아.

실제로 볼런드가 방과 후 조랑말을 타고 집으로 가곤 하던 그의 동급생에 대한 2행 대구(對句)를 화장실 소변기 위에 썼다는 얘기가 있었다.

타이슨이 말을 타고 간 곳은 예루살렘
떨어져서 다친 건 그의 알렉 카푸살렘.

이 공격으로 두 보좌관은 잠잠해졌으나 헤런은 계속 말했다.

— 어쨌거나 바이런은 이단이고 부도덕하기도 해.

— 난 상관없어. 스티븐이 열이 나서 외쳤다.

— 그가 이단이건 아니건 상관없다는 거야? 내시가 말했다.

— 네가 뭘 알아? 스티븐이 외쳤다. 평생 자습서 말고는 한

줄도 안 읽는 게, 볼런드 너도 마찬가지고.

— 바이런이 나쁜 사람이라는 건 알아. 볼런드가 말했다.

— 자, 이 이단자를 잡아. 헤런이 소리쳤다. 곧 스티븐은 그들에게 붙잡혔다.

— 지난번엔 테이트가 널 봐줬지. 헤런이 말을 이었다. 네 에세이의 이단성에 관해서 말이야.

— 내일 테이트에게 일러야지. 볼런드가 말했다.

— 그래? 스티븐이 말했다. 겁나서 말도 못 할 걸.

— 겁난다고?

— 그래, 겁나서 죽겠지.

— 똑바로 해! 지팡이로 스티븐의 다리를 후려치며 헤런이 외쳤다.

이것을 신호로 그들은 공격을 개시했다. 내시가 팔을 꺾어 잡고 있는 동안 볼런드가 하수구에 버려진 길쭉한 양배추 밑동을 집어 들었다. 그들이 지팡이로 후려치고 옹이진 밑동으로 때리는 와중에 스티븐은 몸부림치고 버둥거리며 철조망 울타리 쪽으로 밀려갔다.

— 바이런이 나쁘다고 인정해.

— 싫어.

— 인정해.

— 싫어.

— 인정해.

— 싫어. 싫어.

마침내 맹렬하게 마구잡이로 저항한 끝에 그는 빠져나왔다. 그를 고문하던 자들은 그를 비웃고 놀려 대며 존스 로드 쪽으로 가버렸고, 그는 눈물로 시야가 흐려져 비틀거리며 미친 듯이 두 주먹을 꼭 쥐고 흐느꼈다.

그가 아이들의 맘껏 웃는 소리를 들으며 고백의 기도를 되풀이하는 동안, 그리고 그 악의에 찬 일화의 장면들이 마음속에 아직도 생생하고 빠르게 지나가는 동안, 그는 왜 그가 그를 고문한 아이들에 대해서 지금 아무런 원한이 없는지 궁금해졌다. 그는 그들의 비겁함과 잔혹함을 조금도 잊지 않았지만 그 기억은 그에게 어떤 분노도 불러일으키지 않았다. 그렇기에 책에서 그가 만났던 모든 맹렬한 사랑과 증오의 묘사는 그에게 비현실적으로 보였다. 존스 로드를 따라 그가 비틀거리며 귀가하던 그날 밤에도 그는 마치 과일에서 부드럽게 잘 익은 껍질을 벗겨 내듯 어떤 힘이 그에게서 갑자기 꾸며진 분노를 벗겨 내고 있는 느낌이 들었다.

그는 두 친구와 함께 창고 옆에 서서 그들이 하는 이야기나 극장에서 터져 나오는 갈채 소리를 멍하니 듣고 있었다. 그녀는 아마 다른 사람들 틈에서 그가 나타나기를 기다리며 앉아 있을 것이다. 그는 그녀의 생김새를 떠올리려 했지만 생각이 나지 않았다. 그녀가 단지 숄을 고깔모자처럼 머리에 두르고 있었고 검은 눈이 그의 마음을 끌면서 맥이 풀리게 했다는 것만을 기억할 뿐이었다. 그는 그가 그녀를 생각하고 있었던 것처럼 그녀도 그를 생각하고 있었을까 궁금했다. 그러고는 다른 두 친구가 보지 못하는 사이 어둠 속에서 그는 한 손의 손가락 끝을 다른 손의 손바닥에 갖다 대고는 닿을 듯 말 듯 가볍게 어루만졌다. 그러나 그녀의 손가락의 감촉은 그보다 더 가벼우면서도 안정감이 있었다. 갑자기 그 감촉이 그의 머리와 몸을 보이지 않는 파도처럼 가로질러 갔다.

한 소년이 창고 벽을 따라 그들에게로 달려왔다. 그는 흥분해서 숨을 헐떡이고 있었다.

― 아, 디덜러스. 그는 외쳤다. 도일이 너 때문에 완전히 열 받았어. 당장 들어가서 분장을 해야 해. 얼른, 서두르는 게 좋겠어.

― 갈 거야. 헤런이 말을 전하러 온 소년에게 거만하게 느린 말투로 말했다. 가고 싶을 때 갈 거라고.

소년은 헤런에게 돌아서서 반복했다.

― 하지만 도일이 무지하게 열 받았다고.

― 음, 나 가봐야겠다. 스티븐이 말했다. 체면 따위는 상관없었다.

― 나 같으면 안 간다. 헤런이 말했다. 진짜 안 간다. 선배를 불러오라고 하는데 그게 뭐야. 열 받았다고! 그 엄청 낡아빠진 연극에서 네가 역할을 맡아 주는 걸로 충분하다고 봐.

그의 라이벌에게서 그가 최근에 관찰하게 된, 이 걸핏하면 싸우려는 호전적인 정신도 스티븐을 조용한 복종의 습관으로부터 유혹해 내지 못했다. 그에게 이는 어른이 된다는 것을 초라하게 예견해 주는 것으로 보였지만, 그는 이러한 소란을 불신했고 그 진정성도 의심했다. 여기서 제기된 위신의 문제는 그런 모든 문제들과 마찬가지로 그에게는 하찮은 것이었다. 그의 마음이 만져 볼 수 없는 환영을 좇다가 미적거리며 그 추적을 그만두는 사이, 그는 무엇보다도 신사가 되어야 하며 무엇보다도 훌륭한 가톨릭 신자가 되어야 한다고 종용하는 아버지와 선생님들의 목소리를 계속 주변에서 들어 왔다. 이 목소리들은 이제 그의 귀에 공허하게 들리게 되었다. 체육관이 열리자 그는 그에게 강해져야 할 것이며 남자답고 건강해야 한다고 종용하는 또 다른 목소리를 들었고, 학교에서 민족중흥을 위한 운동이 시작되었다고 느꼈을 때에는 또 다른 목소리가 그에게 조국에 충실하고 조국의 언어와 전통을 육성하는 데 기여해야 한다고 명했다. 세속에서는, 그의 예상대로, 세속의 목소리가 그의 노력으로 아버지의 떨어진 지위를 높여야 한다고 했으며, 한편으로는 학교 친구들의 목소리가 그에게 괜찮은 친구가 될 것이며 다른 아이들이 야단맞지 않게 보호해 주고 그들이 벌받지 않게 모면해 줄 것이며 학교에서 휴일을 많이 얻어 내도록 최선을 다해야 한다고 종용했다. 환영을 좇다가 망설이며 멈추도록 만드는 것은 바로 이렇게 요란하고 공허하게 들리는 목소리들이었다. 그는 잠시 그 목소리에 귀를 기울일 뿐이었고 오히려 그 목소리가 들리지 않을 정도로 멀리 떨어져, 혼자서, 혹은 상상 속의 친구들과 함께 있을 때에만 행복했다.

부속실에선 통통하고 산뜻한 얼굴의 예수회 사제와 초라한 푸른 옷을 입은 노인이 페인트와 분필통을 만지작거리고 있었다. 분장을 마친 소년들은 몰래 손가락 끝으로 조심조심 얼굴을 만져 보면서 이리저리 걷거나 어색하게 서 있었다. 부속실 가운데서는 당시 학교에 파견 중이던 젊은 예수회 사제가 두 손을 옆 주머니에 푹 찔러 넣은 채 발끝으로 섰다가 다시 발꿈치로 서는 동작을 리드미컬하게 반복하면서 몸을 앞뒤로 흔들고 있었다. 반들거리는 빨간 곱슬머리 때문에 그의 작은 머리가 돋보였고 갓 면도한 얼굴은 얼룩 하나 없이 말끔한 수단과 깔끔한 신발과 잘 어울렸다.

이렇게 흔들거리는 모습을 보며 그 사제의 비웃는 듯한 미소가 무슨 의미인지 읽어 내려고 할 때 스티븐의 기억 속에 그가 클롱고우즈로 오기 전에 아버지에게서 들었던, 예수회 회원은 옷차림만 봐도 알 수 있다는 말이 떠올랐다. 동시에 그는 아버지의 마음과 미소 짓고 있는 깔끔한 옷차림의 사제의 마음 사이에 닮은 점을 보았다고 생각했다. 그는 사제의 직무, 혹은 떠들고 농담하는 소리로 정숙한 분위기가 깨지고 가스등과 기름 냄새로 공기가 매캐해진 부속실 자체가 약간 모독당하고 있다는 것을 깨달았다.

노인이 그의 이마에 주름을 그리고 턱을 검푸른 색으로 칠하는 동안, 그는 그 통통하고 젊은 예수회 사제가 큰 소리로 말해야 하며 요점을 분명히 전달해야 한다고 당부하는 소리를 건성으로 들었다. 악단이 「킬라니의 백합」을 연주하는 소리가 들렸고 그는 이제 몇 분 있으면 막이 오를 것임을 알았다. 그는 무대 공포증을 느끼지는 않았으나 그가 연기할 배역을 생각하면 모욕감을 느꼈다. 그의 대사 중 일부를 생각하면 갑자기 분장한 뺨이 화끈 달아올랐다. 그는 관객들 사이에서 그녀의 진지하고 유혹적인 눈길이 그를 지켜보고 있는 것을 알았고, 그 눈의 이미지는 그의 망설임을 단번에 날려 버리고 그의 의지를 단단하게 해주었다. 또 다른 본성이 그에게 주어진 것 같았다. 그 주변의 흥분과 젊음이 그에게 옮아와서 그의 우울한 불신의 분위기를 변화시켰다. 그 희귀한 순간에 그는 정말로 소년 시절의 옷을 입고 있는 것 같았다. 다른 배우들과 함께 무대 옆에 서서 그는 모든 사람의 유쾌한 기분을 공유했고, 그러는 동안 두 명의 건장한 사제가 막을 세차게 잡아당겨 마구 구겨지게 하면서 위로 걷어 올렸다.

잠시 후 그는 무대 위 번쩍이는 가스등과 침침한 배경 가운데 서서, 허공의 무수한 얼굴들 앞에서 연기를 하고 있었다.

그는 리허설에서는 연결이 안 되는 무생물이라고 여겼던 연극이 갑자기 그 나름의 생명을 얻는 것을 보고 놀랐다. 이제 연극은 저절로 진행되는 듯했고, 그와 동료 배우들은 그저 각자의 역할로 그것을 돕고 있을 뿐이었다. 마지막 장면에서 막이 내리자 그는 허공이 박수갈채로 가득 차는 것을 들었고, 무대 옆 틈새로 그가 이제까지 그 앞에서 연기했던, 단순해 보이던 관객들의 덩어리가 마술처럼 변형되고, 얼굴들로 가득했던 허공이 사방에서 갈라져 저마다 분주한 집단으로 흩어지는 것을 보았다.

그는 재빨리 무대를 떠나 거추장스러운 무대 의상을 벗어버리고 예배당을 지나 학교 마당으로 나왔다. 연극이 끝나고 나니 그의 신경은 그 이상의 모험을 갈구하고 있었다. 그는 그 모험을 따라잡겠다는 듯 서둘러 전진했다. 극장 문은 모두 열려 있었고 관객들도 이미 빠져나갔다. 방주의 정박지라고 그가 상상했던 줄에는 등불 몇 개가 희미하게 껌벅거리며 밤바람에 흔들리고 있었다. 그는 먹이를 놓칠세라 정원에서 서둘러 계단을 올라가 현관의 군중을 뚫고 나가는 사람들을 바라보며, 방문객들에게 인사하고 악수를 하고 있는 두 명의 예수회 사제들을 지나쳤다. 그는 더더욱 서두르는 척하면서 그의 분칠한 머리 때문에 사람들이 뒤에서 웃고 쳐다보고 서로 쿡쿡 찌르는 것을 희미하게 의식하며 초조하게 앞으로 밀고 나아갔다.

계단으로 나왔을 때 그는 첫 번째 가로등 아래서 가족들이 그를 기다리고 있는 것을 보았다. 그는 가족 모두의 익숙한 모습을 한눈에 알아보았고, 화가 난 듯이 계단을 뛰어 내려갔다.

— 조지 거리에 가서 전할 말이 있어요. 그는 아버지에게

재빨리 말했다. 먼저 집에 가 계시면 바로 갈게요.

아버지의 질문을 기다리지 않고 그는 길을 뛰어 건너가서 언덕 아래로 정신없이 빠르게 걸어갔다. 자기가 어디를 걷고 있는지도 모를 지경이었다. 가슴속엔 자존심과 희망과 욕망이 마치 허브를 으깨 놓은 것처럼 그의 마음의 눈앞에 미칠 듯한 향내를 피워 올리고 있었다. 그는 상처 입은 자존심과 무너진 희망과 좌절된 욕망이 갑자기 연기처럼 솟구쳐 요동치는 가운데 언덕으로 달려 내려갔다. 그 감정들이 고뇌에 찬 그의 눈앞에 미칠 듯 자욱한 연기처럼 피어올랐다가 사라졌고 마침내 공기는 다시 깨끗하게 차가워졌다.

그의 눈에는 아직도 얇은 막이 씌워진 듯했으나 더 이상 화끈거리지는 않았다. 종종 그로 하여금 분노나 앙심을 떨쳐 버리게 만들었던 것과 비슷한 어떤 힘이 그의 발걸음을 멈추었다. 그는 가만히 서서 시신 안치소의 음울한 현관을, 그리고 그 옆의 자갈이 깔린 어두운 골목길을 바라보았다. 그는 골목의 벽에서 〈로츠〉라는 글자를 보고는 퀴퀴하고 묵직한 공기를 천천히 들이마셨다.

— 이건 말 오줌과 썩은 밀짚 냄새야. 그는 생각했다. 들이마시기에 좋은 냄새야. 내 마음을 달래 주겠지. 내 마음은 이제 차분해. 놀아가야겠어.

. . . .

스티븐은 킹스브리지에서 객차 구석에 다시 아버지와 앉아 있었다. 그는 아버지와 함께 야간 우편 열차를 타고 코크로 여행하는 중이었다. 기차가 증기를 내뿜으며 역에서 빠져나오자 그는 오래전에 느꼈던 어린아이다운 놀라움과 클롱고우즈의 초반에 있었던 모든 사건들을 회상했다. 그러나 그는 이제 더 이상 신기하게 느끼지 않았다. 그는 어두워지는 땅이 미끄러지듯 그의 뒤로 흘러 지나가고, 말없는 전신주가 4초마다 그의 창가를 스쳐 가며, 말없는 경비원 몇 명이 지키는 불이 깜빡이는 작은 역들이 마치 우편 열차가 뒤로 내던지기라도 한 것처럼, 달리기 선수가 뒤로 던진 불붙은 알갱이들처럼 어둠 속에서 잠시 동안 깜빡이는 것을 보았다. 그는 아버지가 코크와 젊은 시절의 일들을 회고하며, 죽은 친구의 애기가 나오거나, 지금 코크를 방문하는 목적이 떠오를 때면 한숨을 쉬거나 주머니에서 작은 술병을 꺼내어 마시며 종종 이야기를 중단하는 것을, 아무런 공감도 없이 들었다. 스티븐은 이야기를 듣긴 했으나 아무런 애석한 감정도 느끼지 못했다. 죽은 자들의 이미지는 찰스 아저씨를 제외하면 그에겐 모두 낯선 사람들이었고, 찰스 아저씨마저도 최근엔 기억에서 희미해지고 있었던 것이다. 그러나 그는 아버지의 재산이 경매로 팔릴 것임을 알고 있었고, 이렇게 몰수를 당하는 과정에서 그는 세상이 그의 환상이 거짓임을 무자비하게 드러내고 있다고 느꼈다.

메어리버러에서 그는 잠이 들었다. 그가 깨어났을 때 기차는 맬로를 벗어나고 있었고 아버지는 다른 쪽 자리에서 몸을 뻗고 잠이 들어 있었다. 차가운 새벽빛이 시골 풍경 위로, 인적 없는 들판과 문이 닫힌 오두막 위로 비치고 있었다. 조용한 시골 풍경을 지켜보고, 때로 아버지의 깊은 숨소리나 자면서 갑자기 뒤척이는 소리를 듣고 있노라니, 잠에 대한 공포심이 그를 사로잡았다. 근처에 보이지 않으나 잠자는 사람들이 있다는 사실이, 마치 그들이 그를 해칠 수도 있다는 듯 그를 낯선 두려움으로 채워, 그는 날이 빨리 밝기를 기도했다. 싸늘한 아침 바람이 객차 문틈으로 들어와 그의 발치에 이르러, 하느님에게도 성인에게도 향한 것이 아닌 그의 기도는 으스스 떠는 것으로 시작되었고, 기차의 끈질긴 리듬에 맞춰 내뱉은 일련의 바보스러운 말들로 마무리되었으며, 조용히 4초 간격으로 지나가는 전신주는 정확한 마디 사이에 약동하는 음악의 선율을 담고 있는 듯했다. 이 격렬한 음악이 그의 두려움을 덜어 주었고, 그래서 그는 창턱에 기대어 다시 눈을 감았다.

그들은 아직 이른 아침일 때에 이륜마차를 타고 코크를 가로질러 갔고, 스티븐은 빅토리아 호텔의 한 침실에서 잠을 마저 잤다. 창문 너머로 환하고 따스한 햇살이 쏟아져 들어왔고 차량이 오가는 소음이 들려왔다. 아버지는 화장대 앞에 서서 물병 너머로 목을 길게 빼기도 하고 더 잘 보려고 물병을 옆으로 치우기도 하면서, 꼼꼼하게 머리와 얼굴과 콧수염을 살피고 있었다. 그렇게 하면서 그는 혼자 기묘한 악센트와 가사로 조용히 노래를 불렀다.

젊고 어리석기에
젊은이들은 결혼하지,
그러니, 내 사랑, 나는
더 이상 머무르지 않으리.
고칠 수 없는 것이라면, 정말,
견뎌야 하는 것이니, 정말.
그러니 나는 가네,
아메리카로.

내 사랑 그녀는 아름답고,
내 사랑 그녀는 어여쁘다네.
그녀는 좋은 위스키 같아,
싱싱한 위스키.
그러나 늙고
싸늘하게 식으면
스러져 죽어 버리네,
산에 내린 이슬처럼.

창밖에 따뜻하고 환한 도시가 있는 것이 느껴지고, 아버지가 기묘하고 슬프고 행복한 노래를 부드럽게 떨리는 목소리로 장식하고 있는 것을 들으니, 간밤의 불쾌한 기분의 안개가 스티븐의 머릿속에서 사라졌다. 그는 벌떡 일어나 옷을 입고 노래가 끝나자 말했다.

— 〈다들 이리 와보시오〉로 시작되는 어떤 노래보다 이게 훨씬 좋은데요.

— 그러냐? 디덜러스 씨가 물었다.

— 마음에 들어요. 스티븐이 말했다.

— 이건 꽤 오래된 노랜데. 디덜러스 씨가 콧수염의 끝을 꼬면서 말했다. 아, 그렇지만 믹 레이시가 이 노래를 부르는 걸 들었어야 해! 가엾은 믹 레이시! 그만의 표현법이 있었지. 장식음들을 붙이곤 했는데 나는 그렇게 못 해. 〈다들 이리 와보시오〉류의 노래를 제대로 부를 줄 아는 사람이 있다면 바로 그 사람이지.

디덜러스 씨는 아침 식사로 드리신[42]을 주문했고 식사 중에는 웨이터에게 지역 뉴스를 챙겨 물었다. 어떤 이름이 언급

될 때마다 웨이터는 현재의 소유주를 염두에 둔 반면 디덜러스 씨는 그의 아버지나 혹은 할아버지를 생각하고 있었기 때문에, 두 사람은 대부분 엇갈리는 이야기를 했다.

— 그래, 어쨌건 그들이 퀸스 칼리지를 다른 데로 옮기지 않았으면 하는데. 디덜러스 씨가 말했다. 이 아이에게 보여주고 싶거든.

마다이크의 가로수엔 꽃이 활짝 피어 있었다. 그들은 대학 교정에 들어섰고 수다스러운 수위의 안내를 받아 사각형 안뜰을 가로질렀다. 그러나 그들은 자갈밭을 지나며 수위의 말을 듣느라 열 발짝도 못 가서 멈춰야 했다.

— 아, 그렇소? 그럼 불쌍한 포틀벨리가 죽었다는 거요?

— 네, 죽었습니다.

이렇게 멈춰 선 동안 스티븐은 두 사람 뒤에 어색하게 서서 이야기에 지루해하며 다시 느린 걸음이 계속되기를 초조하게 기다렸다. 그들이 사각형 안뜰을 다 건너갈 때쯤 그의 초조함은 거의 열병이 날 지경이었다. 그는 어떻게 아버지처럼 기민하고 의심 많은 사람이 수위의 비굴한 태도에 그리 쉽게 넘어갈 수 있는지 의아했다. 아침 내내 그를 즐겁게 했던 생기발랄한 남부 억양이 이제는 짜증스럽게 들렸다.

그들은 해부학 교실로 들어갔고, 디덜러스 씨는 수위의 도움을 받아 그의 이니셜이 새겨진 책상을 찾아냈다. 스티븐은 그 계단식 강의실의 어둠과 침묵에, 그리고 강의실의 따분하고 딱딱한 공부의 분위기에 더더욱 짓눌려 뒤쪽에 남아 있었다. 그는 시커멓게 때가 탄 책상에 〈태아〉라는 낱말이 여러

42 *drisheen*. 양이나 소의 피와 젖 등을 섞어서 만든, 순대와 비슷한 아일랜드 음식.

차례 새겨져 있는 것을 보았다. 그렇게 새겨 놓은 것이 갑자기 그의 피를 끓게 했다. 그는 지금은 없는 대학생들이 자기 옆에 있는 듯 느꼈고, 자신이 그들로부터 움츠러드는 것을 느꼈다. 아버지의 얘기로는 잘 떠오르지 않았던 그들의 삶이 갑자기 책상에 새겨진 그 한 마디로 인해 그 앞에 생생하게 튀어나오는 듯했다. 어깨가 넓고 콧수염을 기른 한 학생이 잭나이프로 진지하게 단어를 새기고 있었다. 다른 학생들은 그 옆에 서거나 앉아서 키득거리며 그 광경을 보고 있었다. 한 학생이 그의 팔꿈치를 툭 쳤다. 그 덩치 큰 학생은 얼굴을 찌푸리며 그를 돌아보았다. 그는 헐렁한 회색 옷을 입고 황갈색 부츠를 신었다.

스티븐의 이름이 불렸다. 그는 그 모습에서 되도록 멀리 도망가기 위해 계단식 강의실을 서둘러 뛰어 내려갔고, 아버지의 이니셜이 새겨진 것을 들여다보며 붉어진 얼굴을 감췄다.

그러나 다시 사각형 안뜰을 가로질러 대학 입구에 이를 때까지 그 단어와 그 모습은 그의 눈앞에 어른거렸다. 그때까지만 해도 자기 마음속에만 있는 난폭하고 개인적인 병이라 여겼던 것의 흔적을 외부 세계에서 발견한 것은 그에게 충격이다. 그의 흉측한 몽상들이 그의 기억 속으로 밀려들어 왔다. 그 몽상들도 단지 몇몇 말에서 갑자기 격렬하게 그의 앞에 솟아났던 것이다. 그는 곧 그 몽상들에 굴복하고 그들이 그의 지성을 휩쓸고 지나며 비하하도록 내버려 두면서도, 그들이 어디서, 어떤 흉측한 이미지들의 소굴에서 오는 것일까 의아해했고, 그들이 휩쓸고 갈 때면 스스로에게 초조해지고 역겨워하면서 다른 사람에게는 늘 나약하고 비굴했다.

— 아, 맞다! 매점도 있었지! 디덜러스 씨가 외쳤다. 스티

븐, 내가 매점 얘길 자주 하지 않았니. 우린 출석 체크만 하고 그리로 우르르 몰려갔지. 해리 피어드, 꼬마 잭 마운틴, 봅 다이어스, 프랑스인 모리스 모리아티, 톰 오그레이디, 오늘 아침에 내가 얘기했던 믹 레이시, 조이 코벳, 탠타일스 출신인 착하고 불쌍한 조니 키버스.

마다이크 로드의 나뭇잎이 햇살 속에서 살랑거리며 속삭였다. 플란넬 바지와 블레이저 재킷을 입은 날렵한 젊은이들로, 그중 한 명이 길쭉한 녹색의 위켓 가방을 들고 있는, 크리켓 선수단이 지나갔다. 조용한 옆길에선 낡은 제복을 입고 찌그러진 금관 악기를 든 다섯 명의 독일 밴드가 길거리 부랑아들과 어슬렁거리는 심부름꾼 소년들만 듣는 가운데 연주를 하고 있었다. 하얀 모자를 쓰고 흰 앞치마를 두른 하녀 한 명이 따스한 햇살을 받아 석회암 판처럼 반짝이는 창턱에 놓인 화분에 물을 주고 있었다. 열어 놓은 다른 창문에선 고음을 향해 점점 높아 가고 있는 피아노 소리가 들려왔다.

스티븐은 아버지 옆에서 걸으며 전에 들었던 이야기를 다시 듣고, 한때 아버지의 젊은 시절 벗들이었던, 지금은 여기저기 흩어지고 죽은 술꾼들의 이름을 다시 들었다. 그러고는 약간의 욕지기가 느껴져 마음속으로 한숨을 쉬었다.

그는 벨비니어에서의 애매한 자기 위치를 떠올렸다. 장학생, 자신의 권위를 두려워하는 리더, 자기 삶의 남루함과 들끓는 마음과 싸우는, 도도하고 민감하고 의심 많은 자. 얼룩진 책상 위에 새겨진 글자들이 그의 육체적 나약함과 부질없는 열정을 비웃으며, 자신의 터무니없고 추잡한 광란으로 인해 스스로를 혐오하게 만들면서, 그를 노려보고 있었다. 목에 걸린 침은 점점 씁쓸해져 삼킬 수가 없었고, 희미한 욕지기가 머릿속까지 올라와 잠시 동안 그는 눈을 감은 채로 어둠 속을 걸어갔다.

여전히 아버지의 목소리가 들렸다.

— 스티븐, 네가 혼자 힘으로 세상에 나가거든(곧 그렇게 될 것이다만) 무슨 일을 하든 신사들과 어울려야 한다는 걸 기억해라. 내가 젊었을 때는 정말 즐겁게 살았다. 점잖고 괜찮은 친구들과 어울렸어. 우리 모두 한 가지씩 할 줄 알았지. 한 놈은 목소리가 좋고, 다른 놈은 연기를 잘하고, 다른 놈은 재미있는 노래를 잘하고, 다른 놈은 노를 잘 젓거나 라켓 경기를 잘하고, 또 다른 놈은 이야기를 잘하고, 그런 식이었다. 우린 어쨌든 계속 잘 놀았고 즐기면서 인생을 조금 맛보기도 했는데 우리 중 누구도 그 때문에 잘못되진 않았어. 그래도 우리는 모두 신사였다(최소한 우리 모두 그랬길 바라지), 스티븐. 그리고 정말 괜찮고 정직한 아일랜드인이기도 했다. 난 네가 그런 사람들과 어울리길 바라는 거야. 속이 제대로 박힌 녀석들 말이다. 스티븐, 난 지금 친구로서 말하는 거다. 아들이 아버지를 무서워해야 한다고는 생각지 않아. 아니, 나는 너를 네 할아버지가 나 젊었을 때 나를 대했던 방식으로 대하는 거야. 우린 부자지간이라기보다는 형제 같았단다. 처음 담배를 피우다가 아버지에게 들켰을 때를 잊을 수 없어. 어느 날 내 또래 아이들과 사우스테라스의 끝에 서 있었는데, 입 한구석에 담배 파이프를 꼬나물고는 우리가 대단한 놈들이라고 생각했던 것 같아. 그때 영감이 지나갔어. 그는 아무 말도 하지 않고 심지어 걸음도 멈추지 않았지. 그렇지만 다음 날, 함께 일요일 산책을 나갔을 때 집에 오는 길에 아버지가 시가 통을 꺼내 들고 이러시는 거야. 〈그런데 사이먼, 난 네가 담배 피

우는 줄 몰랐다〉, 뭐 그런 얘기였어. 물론 나는 가능한 한 어물쩍 잘 넘어가려고 했지. 〈진짜 좋은 담배를 피우려면…….〉하고 아버진 말씀하셨어. 〈이 시가를 한번 피워 봐. 어젯밤 퀸스타운에서 한 미국인 선장이 내게 선물로 준 거다.〉

아버지가 웃음을 터뜨렸고, 스티븐에게 그것은 거의 흐느낌처럼 들렸다.

— 당시 아버진 코크에서 가장 잘생긴 남자였단다. 아무렴! 여자들이 길거리에 서서 그분이 지나가는 걸 쳐다보곤 했으니까.

그는 아버지가 흐느낌을 목구멍으로 꿀꺽 넘기는 소리를 들으며 신경질적인 충동에 눈을 번쩍 떴다. 시야에 갑자기 퍼진 햇살 때문에 하늘과 구름이 어두운 장미색 빛의 호수 같은 공간을 품은 어두운 덩어리들로 이루어진 환상적인 세계로 바뀌었다. 그의 두뇌는 멀미를 느끼며 무기력해졌다. 가게의 간판에 새겨진 글자를 해독할 수도 없을 지경이었다. 기괴한 생활 방식으로 인해 스스로를 현실의 한계 밖으로 밀어내 버린 것 같았다. 자기 내부의 격노한 절규가 반영된 어떤 것이 아닌 한 현실 세계로부터의 어떤 것도 그를 움직이지 못했고 와닿지도 않았다. 여름과 기쁨과 친구의 부름에도 귀먹고 무감각한, 아버지의 목소리에 지치고 우울해진 그는 어떤 지상의, 인간적인 호소에도 반응할 수 없었다. 그는 자신의 생각마저 자기 것인지 알아볼 수 없을 지경이었고, 그래서 천천히 이렇게 되뇌었다.

— 나는 스티븐 디덜러스. 나는 아버지 옆에서 걷고 있으며 아버지의 이름은 사이먼 디덜러스다. 우리는 아일랜드의 코크에 있다. 코크는 도시다. 우리의 방은 빅토리아 호텔에

있다. 빅토리아와 스티븐과 사이먼. 사이먼과 스티븐과 빅토리아. 이름들.

어린 시절의 기억이 갑자기 희미해졌다. 생생한 몇몇 순간들을 기억해 보려고 했으나 기억이 나지 않았다. 이름들만이 기억났다. 아줌마, 파넬, 클레인, 클롱고우즈. 어린 소년은 옷장에 두 개의 옷솔을 간직하고 있는 노파에게서 지리를 배웠다. 그러고 나서 그는 집을 떠나 학교로 갔고, 첫 번째 영성체를 하고 크리켓 모자에서 슬림 짐[43] 과자를 꺼내 먹었고 보건실의 작은 침실 벽에서 불꽃이 뛰놀며 춤추는 것을 지켜보았고, 자신이 죽어서 검은색과 금색의 망토를 입은 교장이 자신을 위한 미사를 드리고 자신이 보리수가 있는 중앙로에서 돌아 들어간 작은 공동묘지에 매장되는 꿈을 꾸었다. 그러나 그는 죽지 않았다. 죽은 것은 파넬이다. 예배당에선 죽은 자를 위한 미사도 없었고 장례 행렬도 없었다. 그는 죽은 것이 아니라 햇살 속의 얇은 막처럼 사라져 버렸던 것이다. 그는 더 이상 존재하지 않으니까, 존재의 영역에서 벗어나 길을 잃고 헤매고 있는 것이다. 그가 그런 식으로, 죽음에 의해서가 아니라 햇살 아래 사라지거나, 우주의 어느 곳에선가 길을 잃고 잊힘으로써 존재의 영역에서 벗어난 것이라고 생각하면 얼마나 이상한가! 그의 작은 체구가 잠시 다시 나타난 것을 보니 신기했다. 벨트를 맨 회색 양복을 입은 작은 소년. 그의 손은 옆 주머니에 들어가 있었고, 그의 바지는 무릎 부분에서 고무밴드로 접혀 있었다.

재산이 팔려 나가던 날 저녁 스티븐은 시내의 술집을 전전하는 아버지를 양순하게 따라다녔다. 시장의 장사치들에게,

43 가느다란 소시지 모양의 스낵.

바의 주인들과 여종업원에게, 한 푼만 달라고 귀찮게 구는 거지들에게, 디덜러스 씨는 같은 말을 되풀이했다. 그는 코크 사람인데 더블린에 와서 30년 동안 코크 억양을 없애려고 애를 썼다든지, 옆에 있는 이 웃기는 놈은 내 장남인데 그는 더블린 놈일 뿐이라든지.

그들은 이른 아침 뉴컴의 커피 하우스에서 나왔다. 디덜러스 씨는 컵을 받침 접시에 요란하게 내려놓았고 스티븐은 자기 의자를 움직이며 기침을 함으로써 아버지가 전날 밤새 퍼마셨다는 창피한 표식을 감추려고 했다. 모욕적인 일은 계속 이어졌다. 장사치들의 거짓 미소, 아버지가 희롱하던 바의 여종업원들이 펄쩍 뛰면서도 추파를 던지던 모습, 아버지 친구들이 해준 칭찬과 격려의 말들. 그들은 그가 할아버지의 좋은 인물을 닮았다고 했고 디덜러스 씨는 밉게 닮았다고 했다. 그들은 그의 말에서 코크 억양의 흔적을 찾아내려고 했고, 리 강이 리피 강보다 훨씬 아름다운 강임을 인정하도록 만들었다. 그들 중 한 사람은 그의 라틴어 실력을 테스트하려고 『딜렉투스』의 한 구절을 번역해 보라고 했으며, 〈*Tempora mutantur nos et mutamur in illis*〉라고 하는 게 맞는지 〈*Tempora mutantur et nos mutamur in illis*〉라고 하는 게 맞는지 묻기도 했다. 디덜러스 씨가 조니 캐시먼이라고 부르는 명랑한 노인 한 사람은 그에게 더블린 여자가 예쁘냐, 아니면 코크 여자가 예쁘냐고 물어서 그를 혼란에 빠뜨리기도 했다.

— 애는 그런 거 몰라. 디덜러스 씨가 말했다. 그냥 놔둬. 애는 신중하고 생각이 깊은 아이라 그런 말도 안 되는 일로 머리를 어지럽히진 않아.

— 그럼 아버지랑은 안 닮았네. 작은 노인이 말했다.

— 몰라, 그런가 봐. 디덜러스 씨가 흐뭇하게 웃으며 말했다.

— 네 아버진 말이다, 하고 작은 노인이 스티븐에게 말했다. 한창때는 코크 시에서 제일 과감한 바람둥이였어. 알고 있니?

스티븐은 고개를 숙이고 그들이 흘러들어 온 바의 타일 바닥을 들여다보았다.

— 애 머리에 이상한 생각을 집어넣지 말라고. 디덜러스 씨가 말했다. 그냥 하느님의 뜻에 맡겨 둬.

— 이런, 내가 무슨 생각을 집어넣는다고 그래. 난 애 할아버지뻘이야. 그리고 난 진짜 손주도 있다고. 노인이 스티븐에게 말했다. 너 그거 아냐?

— 정말요? 스티븐이 물었다.

— 그럼, 그렇고말고. 작은 노인이 말했다. 선데이스웰에 가면 손자가 두 명이나 뛰놀고 있지. 자, 이제! 내가 몇 살로 보이냐? 빨간 웃옷을 입은 네 할아버지가 말을 타고 사냥개를 앞세워 사냥하던 모습을 본 기억이 난다. 네가 태어나기도 전이지.

— 아, 낳을 생각도 하기 전이지. 디덜러스 씨가 말했다.

— 그럼 그럼. 작은 노인이 되풀이했다. 그것뿐인가, 네 증조할아버지인 존 스티븐 디덜러스 노인도 기억하지. 정말 욱하는 성질이 불같은 분이셨다고. 어때, 대단한 기억력이지!

— 그럼 3대, 아니 4대네. 다른 사람이 말했다. 와, 조니 캐시면, 당신은 그럼 한 백 살쯤 되었겠네.

— 사실은 말이지, 하고 작은 노인이 말했다. 난 이제 겨우 스물일곱 살이라네.

128

— 우린 스스로 느끼는 것만큼 나이를 먹은 거야, 조니. 디덜러스 씨가 말했다. 잔이나 비우게. 한 잔 더 하게. 어이, 팀인가 톰인가 이름이 뭐든 간에, 여기 같은 걸로 한 잔씩 더 줘. 참 나, 난 열여덟 살밖에 안 된 것 같은데 말이야. 저기 내 아들놈은 내 나이 반도 안 되지만 뭘 해도 재보단 내가 나을 것 같은데.

— 말은 잘하는군, 디덜러스. 이젠 당신이 뒷자리로 물러나야 할 것 같은데. 앞에 말했던 남자가 말했다.

— 아니라니까! 디덜러스 씨가 우겼다. 테너 노래를 해도 내가 낫고, 가로 막대 다섯 개인 문을 뛰어 넘어도 내가 낫고, 30년 전에 1등이었던 케리 출신 아이와 그랬던 것처럼 사냥개를 따라 들판을 뛰어가는 시합을 해도 될 거야.

— 그렇지만 이건 재가 자네보다 낫잖나. 작은 노인이 이마를 톡톡 두드리며 술잔을 들어 올려 비우며 말했다.

— 글쎄, 아비만큼만 되길 바랄 뿐이지. 그밖에 할 말이 없네. 디덜러스 씨가 말했다.

— 그렇기만 하면야 괜찮지. 작은 노인이 말했다.

— 다행인 건 말이야, 조니. 디덜러스 씨가 말했다. 우리가 이렇게 오래 살면서도 나쁜 짓은 거의 안 했다는 거야.

— 좋은 일을 많이 했지, 사이먼. 작은 노인이 심각하게 말했다. 다행스럽게도 이렇게 오래 살면서 좋은 일을 많이 했으니.

스티븐은 아버지와 그의 두 친구가 과거의 기억에 축배를 들기 위해 세 개의 술잔을 카운터에서 집어 드는 것을 지켜보았다. 운명의 차이인지, 기질의 차이인지, 심연이 그와 그들 사이를 갈라놓았다. 그의 마음은 그들보다 늙은 것 같았다. 그의 마음은 마치 달이 젊은 지구를 비추듯이 그들의 갈등과

행복과 후회 위에 싸늘하게 빛나고 있었다. 어떤 생명도 젊음
도 그들 안에서 요동치듯이 그 안에서 움직이질 않았다. 그는
다른 사람들과 어울리는 즐거움도, 저속한 남성적 건강의 활
력도, 효성스러운 마음도 알지 못했다. 그의 마음속에 요동치
고 있는 것은 단지 차갑고 잔혹하고 사랑 없는 욕정뿐이었다.
그의 어린 시절은 죽거나 사라졌고, 그와 함께 단순한 기쁨을
느낄 수 있는 영혼도 사라졌다. 그는 달의 황량한 껍데기처럼
삶 한가운데를 떠돌고 있을 뿐이었다.

> 하늘로 올라가 지상을 굽어보며
> 홀로 떠돌아다니느라
> 그대는 지쳐서 창백한가요?[44]

그는 셸리의 시 중 몇 줄을 혼자 중얼거렸다. 인간의 슬픈
무기력과 광대한 비인간적인 활동의 교차가 그를 오싹하게
했고, 그는 자신의 인간적이고 부질없는 근심을 잊어버렸다.

. . . .

그와 아버지가 계단을 올라가 하일랜드 경비대가 열병식
을 하는 회랑을 따라가는 동안, 스티븐의 어머니와 남동생과
사촌 한 명은 조용한 포스터 플레이스의 구석에서 기다렸다.
그들이 커다란 홀로 들어서서 카운터 앞에 서자, 스티븐은 아
일랜드 은행 총재 명의의 30파운드짜리와 3파운드짜리 수표
를 꺼냈다. 그가 경시대회와 에세이 상으로 받은 이 돈을 은
행원은 재빨리 지폐와 동전으로 각각 바꾸어 내주었다. 그는

44 낭만주의 시인 셸리P. B. Shelley의 「달에게To the Moon」의 일부.

짐짓 아무렇지도 않은 듯 돈을 주머니에 넣었고, 아버지가 잡담을 건넨 상냥한 은행원이 넓은 카운터 너머로 손을 내밀어 악수를 하며 그에게 앞으로 크게 성공하라는 덕담을 늘어놓는 것을 들어야 했다. 그는 그들의 목소리를 참을 수 없어 잠시도 발을 가만히 둘 수가 없었다. 그러나 은행원은 다른 손님을 맞지 않은 채, 우리가 달라진 시대에 살고 있으며 아이에게 돈이 되는 한 최고의 교육을 시키는 것 만한 일이 없다고 말했다. 디덜러스 씨는 홀을 서성이며 주변을 둘러보고 천장을 올려다보며, 그만 나가자고 재촉하는 스티븐에게 그들이 지금 옛 아일랜드 국회의 하원 건물에 와 있는 것이라고 말했다.

— 하느님이 도우시길! 그는 경건하게 말했다. 그 시절 사람들을 생각해 봐, 스티븐. 힐리 허친슨, 플러드, 헨리 그래턴, 찰스 켄달 부시와, 그리고 지금 나라 안팎에서 아일랜드 국민을 지도한다는 귀족들을 보란 말이다. 이런, 그들은 그분들과 한 들판에 묻혀서도 안 된단 말이다. 안 되고말고, 스티븐. 안타까운 얘기다만, 그들은 즐겁고 아름다운 7월에 〈아름다운 5월의 아침 유랑을 떠났네〉라고밖에 못 하는 지경인 게야.

은행 주변으로 쌀쌀한 시월의 바람이 불고 있었다. 진창길의 끝에 서 있던 세 사람은 잔바람에 볼이 시리고 눈에 눈물이 그렁그렁했다. 스티븐은 얇은 옷을 입은 어머니를 보며 며칠 전에 바나도 상점의 진열장에서 20기니의 가격이 매겨진 망토를 보았음을 기억했다.

— 자, 이제 됐다. 디덜러스 씨는 말했다.

— 저녁 먹으러 가요. 스티븐이 말했다. 어디로 갈까요?

— 저녁? 디덜러스 씨가 말했다. 그러자꾸나, 뭘 먹을까?

— 너무 비싸지 않은 데로 가요. 디덜러스 부인이 말했다.

— 언더던스?

— 그래, 조용한 곳으로.

— 가죠. 스티븐이 재빨리 말했다. 비싼 건 상관없어요.

그는 앞장서서 종종걸음으로 미소를 띠며 걸었다. 그들은 열심인 그의 모습에 미소를 지으며, 그와 보조를 맞추려 애썼다.

— 천천히 가거라. 아버지가 말했다. 우리가 달리기 시합하는 건 아니잖니?

떠들썩하게 웃고 즐기는 계절은 빨리 지나갔고, 그 사이 상금으로 받은 돈은 스티븐의 손가락 사이로 줄줄 새어 나갔다. 시내에서 식료품과 별미 음식과 말린 과일의 커다란 꾸러미들이 배달되어 왔다. 매일 그는 가족들을 위한 메뉴를 마련하고, 매일 밤 서너 명의 가족들을 데리고 나가 「잉고마르」나 「리옹의 귀부인」 같은 연극을 보았다. 상의 주머니엔 손님들에게 줄 사각형의 비엔나 초콜릿을 가지고 다녔고, 바지 주머니는 늘 은화, 혹은 동전으로 불룩했다. 그는 모두에게 선물을 사주고, 그의 방을 정비하고, 결심들을 써놓고, 책꽂이의 책들을 위아래로 옮겨 정돈하고, 모든 가격표를 다 들여다보았으며, 일종의 가족 연방국을 구상하여 모든 구성원들이 자기 업무를 갖게 하고, 가족을 위해 대출 은행을 개설하여 원하는 대출자들에게 돈을 빌려 주고는 신나게 영수증을 발행하거나 빌려 준 돈에 대한 이자를 계산했다. 더 이상 할 일이 없자 그는 마차를 타고 시내를 오갔다. 그리고 쾌락의 시절이 끝났다. 분홍색 에나멜페인트 통이 바닥났고, 그의 침실 벽은 아직 칠이 다 마무리되지 않은 채로 남게 되었다.

그의 가족들은 평상시로 돌아갔다. 어머니는 더 이상 그에게 돈을 흥청망청 쓴다고 잔소리를 할 필요가 없게 되었다. 그 또한 예전의 학교생활로 돌아갔고 그의 새로운 사업들은 산산조각이 났다. 연방국은 붕괴하고, 대출 은행은 금고를 닫았고 은행의 장부는 상당한 손실을 기록했으며, 그가 주변에 만들어 놓았던 삶의 규칙들은 폐지되고 말았다.

그의 목표는 얼마나 어리석었던가! 그는 바깥의 추잡한 삶의 조류에 대항하여 질서와 우아함의 방파제를 세우려고 했으며, 행실의 규칙과 적극적인 관심과 새로운 부모 자식 간의 관계로써 그의 내부에 그 조류가 다시 강력하게 일어나는 것을 막고자 했던 것이다. 외부에서는 물론이요 내부에서도 물은 그가 세워 놓은 장벽을 넘쳐흘렀다. 또 다시 그 조류가 무너진 방파제 위로 거칠게 밀려들기 시작했다.

그는 자신의 고립이 부질없음도 똑똑히 알고 있었다. 그는 그가 다가가려고 하는 삶에 한 발짝도 더 가까이 가지 못했고 그를 어머니와 형제자매들과 갈라놓았던 초조한 수치심과 원한을 메워 놓지도 못했다. 그는 그들과 한 핏줄이 아니며 차라리 양자나 의형제 같은 알 수 없는 수양 관계를 맺고 있는 것 같이 느꼈다.

그는 그 앞에선 다른 모든 것이 부질없고 생경하게 보이는 마음속의 격렬한 갈망을 달래려고 몸이 달았다. 그는 그가 죽을죄를 지었다든지, 그의 삶이 일말의 거짓과 허위가 되어버렸다는 것은 개의지 않았다. 그가 곰곰이 생각했던 극악무도한 짓들을 실현하려는 그 안의 사나운 욕망 이외에 신성한 것은 아무것도 없었다. 그는 그의 눈길을 끄는 모든 이미지들을 끈질기게 망치며 환호하는 은밀한 반란의 모든 수치스러운 세부 사항들을 냉소적으로 간직했다. 낮이나 밤이나 그는 외부 세계의 뒤틀린 이미지들 속에서 움직였다. 그에게 낮에 얌전하고 순진무구하게 보였던 여인의 모습은 밤이 되면 음탕한 간계로 변형된 얼굴과 야수 같은 쾌락으로 빛나는 눈을 한 채로 휘감아 드는 잠의 어둠을 뚫고 그에게 다가왔다. 아침이 되어서야 그는 어두운 광란의 격동에 대한 희미한 기억과 그 생생하고도 모욕적인 탈선의 느낌 때문에 고통스러워했다.

그는 다시 방황하기 시작했다. 베일을 쓴 듯 흐릿한 가을 저녁이면 그는 수년 전 블랙록의 조용한 길에서 그러했듯이 이 길에서 저 길로 걸어다녔다. 그러나 정원들의 단정한 외양이나 창문에서 내비치는 다정한 불빛은 이제 그에게 어떤 따스함도 주지 못했다. 때때로 욕망이 사라진 잠깐 사이 그를 쇠잔케 하던 사치가 좀 더 부드러운 나른함에 자리를 내어 줄 때면, 메르세데스의 모습이 그의 기억의 뒷마당을 가로질러 가곤 할 뿐이었다. 그는 다시 자그마한 하얀 집과 산으로 이어진 길가에 장미 덤불이 우거진 정원을 보았고, 그가 수년간의 이별과 모험 뒤에 달빛 어린 정원에 그녀와 함께 서서, 거기서 하게 되어 있는 슬프도록 오만한 거부의 몸짓을 기억했다. 그 순간에 클로드 멜노트[45]의 말이 입으로 나와서 그의 불안을 가라앉혀 주었다. 그가 고대하고 있던 밀회에 대한 부드러운 예감이 그의 마음을 건드렸다. 그때 그가 품었던 희망과 지금 사이에 놓인 끔찍한 현실에도 불구하고, 그가 그때 상상했던 것처럼 나약함과 소심함과 무경험이 그에게서 떨어

45 앨런 핑커턴Allan Pinkerton(1819~1884)의 소설 『탐정 클로드 멜노트』의 주인공.

져 나갈 신성한 만남이었다.

　그러한 순간들이 지나가면 다시 소모적인 정욕의 불꽃이 타올랐다. 그의 입에선 시가 흘러나왔고 그의 머리에서는 분명치 않은 절규와 발설되지 않은 난폭한 말들이 주체할 수 없이 마구 흘러나왔다. 그의 피가 반란을 일으켰다. 그는 무슨 소리가 나지 않나 열심히 귀를 기울인 채 골목길과 문간의 어둠 속을 들여다보며 어둡고 질척거리는 길을 이리저리 떠돌았다. 그는 마치 어쩔 줄 모르고 어슬렁거리는 짐승처럼 혼자서 신음했다. 그는 자기와 같은 부류의 사람과 함께 죄를 짓고 싶었으며, 다른 이에게 자기와 함께 죄를 짓도록 강요하고 싶었으며, 그녀와 함께 죄를 지으며 환호하고 싶었다. 그는 어둠 속에서 어떤 어두운 존재가, 마치 그를 가득 채우는 홍수처럼 미묘하게 소곤거리는 존재가 저항할 수 없이 그에게 들이닥치는 것을 느꼈다. 그 소곤거림은 마치 잠결에 듣는 군중의 중얼거림처럼 그의 귀에 몰려들었다. 그 미묘한 흐름은 그의 존재를 꿰뚫고 들어왔다. 그는 그것이 뚫고 들어오는 고통을 견디면서 두 손을 발작적으로 꼭 쥐고 이를 악물었다. 그는 그에게서 멀어지면서 그를 자극하는, 연약하게 스러져 가는 형체를 꼭 붙들려고 길에서 두 팔을 쭉 뻗었다. 그리고 그가 그렇게도 오랫동안 목구멍에 묶어 두었던 외침이 그의 입에서 흘러나왔다. 그것은 마치 고통 받는 자들의 지옥에서 나오는 절망의 통곡처럼 터져 나왔다가, 격렬한 간청의 비탄 속에, 사악한 자포자기를 갈망하는 외침 속에, 그가 화장실의 물이 새는 벽 위에서 읽었던 음탕한 낙서의 메아리에 불과한 울음 속에 사라졌다.

　그는 미로처럼 얽힌 좁고 더러운 길을 방황했다. 더러운 골목길에서 그는 거칠게 터져 나오는 난동과 말다툼과 취한 사람이 부르는 질질 끄는 노랫소리를 들었다. 그는 낙담하여 계속 걷다가, 자기가 유대인들 동네까지 흘러들어 간 게 아닌가 싶었다. 선명한 색깔의 긴 옷을 입은 여인들과 소녀들이 이 집에서 저 집으로 길을 가로질러 갔다. 그들은 여유로워 보였고 향수 냄새도 났다. 갑자기 몸이 떨렸고 눈앞이 침침해졌다. 마치 제단 앞에서 타오르듯이 자욱한 하늘을 배경으로 노란 가스 불빛이, 잘 안 보이는 그의 눈앞에 나타났다. 문 앞과 불이 켜진 입구에는 사람들이 마치 무슨 의식을 치르는 것 같은 의상을 입고 모여 있었다. 그는 다른 세계에 온 것이었다. 그는 수 세기의 잠에서 깨어났던 것이다.

그가 길 한가운데 가만히 서 있는데, 심장이 가슴 안에서 요란하게 쿵쾅거렸다. 긴 분홍색 드레스를 입은 젊은 여자 한 사람이 그의 팔에 손을 얹어 붙잡고 그의 얼굴을 응시했다. 그녀는 쾌활하게 말했다.

— 안녕, 총각!

그녀의 방은 따뜻하고 환했다. 커다란 인형이 침대 옆의 거대한 안락의자에 다리를 벌린 채 앉아 있었다. 그는 그녀가 옷을 벗는 것을 보며, 그녀의 향수 냄새 나는 머리가 도도하게 의식적으로 까닥거리는 것을 알아채곤, 여유 있게 보이기 위해 뭐라고 말을 하려고 했다.

그녀의 방 한가운데 가만히 서 있으니 그녀가 그에게로 다가와 그를 쾌활하게, 그리고 진지하게 껴안았다. 그녀의 통통한 팔이 그를 꽉 껴안았다. 그는 그녀의 진지하고 차분한 얼굴이 그에게로 향한 것을 보고, 그녀의 가슴이 따뜻하고도 차분하게 오르내리는 것을 느끼며, 갑자기 히스테릭하게 울음을 터뜨렸다. 환희와 안도의 눈물이 그의 기쁨 어린 눈에서 빛났고 그의 입술은 말을 하지 못하면서도 저절로 벌어졌다.

그녀는 찰랑거리는 손길로 그의 머리카락을 쓰다듬으며 그를 어린 건달이라고 불렀다.

— 키스해 줘. 그녀가 말했다.

그의 입술은 그녀와 키스하려고 내려가지 않았다. 그는 그녀의 팔에 꼭 안겨서 애무받고 싶었다, 천천히, 천천히, 천천히. 그녀의 팔에 안겨 그는 자신이 갑자기 강하고 두려움 없고 자신감에 넘친다고 느꼈다. 그러나 그의 입술은 그녀에게 키스하려 하지 않았다.

갑자기 그녀가 그의 머리를 숙이게 하여 자기 입술과 그의 입술을 갖다 댔으며, 그는 그녀의 솔직하게 치켜뜬 눈에서 그 동작이 의미하는 바를 읽었다. 그는 눈을 감고 그녀에게 자신을, 몸과 마음을 모두 맡겼다. 그녀의 부드럽게 벌어진 입술의 어두운 압력 이외엔 세상의 아무것도 의식하지 않은 채. 그녀의 입술은 마치 모호한 말을 싣고 있는 양, 그의 입술 뿐 아니라 그의 머리도 눌렀다. 그 입술 사이에서 그는 아득한 죄보다 더 어둡고, 소리나 향기보다 더 부드러운, 미지의 수줍은 압력을 느꼈다.

제3장

흐릿한 날이 저물자 12월의 땅거미가 재빨리 우스꽝스럽게 뒹굴며 찾아들었고, 그가 교실의 칙칙하고 네모난 창문 너머를 응시하고 있을 때, 배에서는 음식을 달라고 꼬르륵거리는 소리가 났다. 그는 저녁 식사가 무와 당근과 으깬 감자와 기름기 많은 양고기 조각에 후추를 넣고 밀가루로 뻑뻑하게 만든 소스에 끓여 국자로 퍼 주는 스튜면 좋겠다고 생각했다. 그의 배는 그에게 배불리 먹으라고 신호를 보내고 있었다.

우울하고 은밀한 밤일 듯했다. 일찌감치 밤이 찾아온 후엔 노란색 램프가 너저분한 매음굴 지역의 여기저기에 켜질 것이다. 그는 구불구불 길을 멀리 돌아가다가, 늘 두려움과 환희에 떨며 조금씩 가까이 다가가, 갑자기 발길을 돌려 어두운 길모퉁이를 돌아설 것이다. 창녀들이 잠에서 깨어나 게으르게 하품을 하며 머리카락을 뭉쳐 머리핀을 꽂으며 밤일을 준비하러 집에서 나올 것이다. 그는 자신의 의지가 갑자기 움직이거나 그들의 부드럽고 향수 냄새 나는 살갗으로 인해 죄를 갈망하는 영혼이 불려 나오기를 기다리며 그들의 옆을 침착하게 지나갈 것이다. 그러나 그가 오로지 욕망으로 인해 멍한 상태로 그러한 부름을 찾아 어슬렁거리는 동안, 그의 감각은 상처 주고 수치심을 안겨 주는 모든 것들을 민감하게 알아차릴 것이다. 그의 눈은 테이블보를 덮지 않은 탁자에 놓인 흑맥주 거품이나 차렷 자세를 하고 있는 두 명의 군인, 혹은 요란한 연극 광고지를 볼 테고, 귀로는 질질 끄는 판에 박힌 인사말들을 듣고 있겠지.

— 안녕, 버티, 뭐 좋은 일 있어?

— 당신이야, 멍청이?

— 10번. 풋풋한 넬리가 잘해 드려요.

— 안녕, 자기! 숏 타임 어때요?

그의 연습장에 적힌 방정식이 마치 눈 모양과 별 모양의 무늬가 있는 공작의 꼬리처럼 널찍하게 펼쳐지기 시작했고, 그 지수들의 눈 모양과 별 모양을 제거하고 나니 다시 천천히 접히기 시작했다. 나타나고 사라지는 지수들은 떴다 감았다 하는 눈이었고, 떴다 감았다 하는 눈들은 태어나고 꺼지는 별이었다. 별들의 생애의 거대한 순환이 그의 지친 마음을 가장자리까지 데리고 나갔다가 중심으로 끌어들였고, 희미한 음악 소리가 나갔다 들어왔다 하는 그를 계속 따라다녔다. 어떤 음악? 음악 소리가 점점 가까이 들렸고 그는 그 가사를 기억해 냈다. 홀로 지쳐 창백한 얼굴로 방황하는 달에 관한 셸리의 시였다. 별들이 부서지기 시작했고 미세한 성운(星雲)이 우주 공간으로 흩어졌다.

희끄무레한 빛이 더더욱 희미하게 종이 위를 비췄고, 그 위엔 또 다른 방정식이 천천히 펼쳐져 그 널찍한 꼬리를 멀리 펼치기 시작했다. 그것은 경험을 하러 나가서, 죄를 지을 때마다 조금씩 펼쳐지며, 그 불타는 별의 고통스러운 불꽃을 널리

퍼뜨리고, 다시 접혀서, 서서히 스러지며, 스스로의 빛과 불꽃을 꺼뜨리고 마는 자신의 영혼이었다. 불꽃은 모두 꺼졌다. 차가운 어둠만이 혼돈을 메우고 있었다.

차갑고 명징한 무심함이 그의 영혼을 지배하고 있었다. 처음으로 격렬한 죄를 저지르며 그는 생명력의 파도가 그에게서 빠져나가는 것을 느꼈고, 그의 육체나 영혼이 그 과다함으로 인해 손상되지 않을까 두려웠다. 그 대신 생명의 파도는 그를 품어 자신의 바깥으로 데리고 나갔다가 물이 빠지면 그를 다시 데려다 놓았다. 육체와 영혼의 어떤 부분도 손상되지 않았고 다만 그들 사이에 어두운 평화가 자리 잡았을 뿐이었다. 열정이 스스로 꺼져 버린 혼돈은 자신에 대한 냉정하고도 무심한 앎이었다. 그는 한 번이 아니라 여러 번 죽을죄를 지었고, 그가 처음 지은 죄만으로도 영원히 저주받을 위험에 처해 있는 데다가, 그 뒤에 이어서 저지른 죄들로 인해 자신의 유죄 사실과 처벌이 가중된다는 것을 알고 있었다. 죄를 정화하는 은총의 샘도 더 이상 그의 영혼을 새롭게 하지 않았으므로, 대낮의 일과와 공부와 생각들은 그에게 속죄가 되지 못했다. 기껏해야 거지에게 자선을 베풀고는 그 거지가 주는 축복을 피해 달아남으로써, 그는 어느 정도의 실질적인 은총을 얻을 수 있지 않을까 하고 지친 희망을 품을 수 있을 뿐이었다. 신앙심은 완전히 사라졌다. 그의 영혼이 스스로 파괴되기를 욕망하고 있는 걸 아는데 기도를 해봐야 무슨 소용이 있단 말인가? 어떤 오만함, 어떤 경외심 때문에 그는 하룻밤도 하느님께 기도를 올리지 못했다. 자고 있는 동안 그의 생명을 앗아 가거나 그가 자비를 구걸하기도 전에 그의 영혼을 지옥으로 던져 버리는 것이 모두 하느님의 권능 안에 있음을 알고 있었지만 말이다. 자신의 죄에 대한 자부심, 하느님을 향한 사랑 없는 경외심은 그에게 그의 죄가 너무 심각하여 모든 것을 보시고 모든 것을 아시는 존재에게 거짓으로 경의를 표하는 것으로는 전체적으로든 부분적으로든 속죄할 수 없다고 말해 주었다.

— 그래, 에니스, 네게 머리가 있다면 내 지팡이에도 머리가 있다고 하겠다! 그러니까 지금 무리수가 뭔지 모르겠다고 하는 거니?

더듬거리는 대답이 동급생에 대한 그의 경멸의 불씨를 들쑤셨다. 다른 사람들에게 그는 부끄러움도 두려움도 느끼지 않았다. 일요일 아침 교회 문을 지날 때면 그는 교회 바깥에 4열 횡대로 서서 모자를 벗은 채로 그들이 보지도 듣지도 못하는 미사에 마음으로 참여하고 있는 신자들을 냉랭하게 흘끗 쳐다보곤 했다. 그들의 따분한 신앙심과 그들이 머리에 바른 싸구려 머릿기름의 역겨운 냄새가 그들이 기도하고 있는 제단으로부터 그를 밀쳐 냈다. 그는 다른 사람들의 순진함이란 매우 쉽게 농락할 수 있다는 회의적인 생각을 품었기에, 스스로 몸을 낮춰 그들에게 위선이라는 죄악을 저질렀다.

그의 침실 벽에는 채색한 두루마리 문서가 걸려 있었는데, 그것은 학교 성모 마리아 신심회 회장직의 임명장이었다. 토요일 아침마다 예배당에서 신심회가 모여 소성무일도(小聖務日禱)를 낭송할 때면 그의 자리는 제단 오른편의 무릎 부분에 쿠션을 댄 자리였고, 그 자리에서 그는 아이들의 응송(應誦)을 주도했다. 그의 위치가 거짓이라는 사실이 그를 고통스럽게 하지는 않았다. 때로는 그 명예로운 자리에서 일어나 모든 이들 앞에서 자기가 자격이 없음을 고백하고 예배당을 떠나고 싶은 충동을 느끼기도 했지만, 그들의 얼굴을 보면 그런 생각이 사라졌다. 예언과 관련된 시편의 이미지들이 그의 어리석은 자만심을 어루만져 주었다. 마리아의 영광이 그의 영혼을 사로잡았다. 하느님이 성모에게 내리신 선물의 귀중함을 상징하는 감송향(甘松香)과 몰약(沒藥)과 유향(乳香), 성모의 고귀한 혈통을 상징하는 화려한 의복, 인간들 사이에 성모에 대한 숭배가 서서히 오랜 시간을 두고 성장했음을 상징하는, 늦게 꽃피는 화초와 늦게 꽃피는 나무 같은 성모의 상징들. 일도(日禱)의 결말 부분에 이르러 그가 영경(鈴經)을 읽을 때면 그는 그 음악적인 가락으로 자신의 양심을 달래며 은근한 목소리로 그것을 읽었다.

Quasi cedrus exaltata sum in Libanon et quasi cupressus in monte Sion. Quasi palma exaltata sum in Gades et quasi plantatio rosae in Jericho. Quasi uliva speciosa in campis et quasi platanus exaltata sum juxta aquam in plateis. Sicut cinnamomum et balsamum aromatizans odorem dedi et quasi myrrha electa dedi suavitatem odoris.

나는 레바논의 송백처럼, 헤르몬 산의 삼나무처럼 자랐고, 엔게디의 종려나무처럼, 예리고의 장미처럼 자랐으며, 들판의 우람한 올리브 나무처럼, 또는 물가에 심어진 플라타너스처럼 무럭무럭 자랐다. 나는 계피나 아스파라거스처럼, 값진 유향처럼 향기를 풍겼다. 풍자향(楓子香)이나 오닉스 향이나 또는 몰약처럼, 장막 안에서 피어오르는 향연처럼 향기를 풍겼다.[46]

46 공동 번역 성서 개정판 「집회서」 24장 13~15절.

그의 죄는 그를 하느님의 시선으로부터 가려 주고, 그를 죄인들의 피난처로 더 가까이 이끌어 갔다. 성모의 눈은 그를 부드러운 연민으로 바라보는 듯했다. 성모의 거룩함, 그녀의 연약한 육신에서 희미하게 빛나는 묘한 빛은 그녀에게 다가오는 죄인들에게 굴욕감을 주지 않았다. 그가 죄를 내던지고 참회해야 한다고 느꼈다면 그를 움직였던 충동은 성모의 기사가 되겠다는 소망이었다. 그의 육체적 욕정의 광란이 사그라진 후에 수줍게 성모의 처소로 다시 들어간 그의 영혼이 〈환하고 음악적이며 하늘을 말하고 평화를 스며들게 하는〉 샛별을 상징으로 삼는 성모에게 다가가게 된다면, 그것은 추잡하고 부끄러운 말들과 음탕한 키스의 맛이 아직도 맴돌고 있는 입술이 성모의 이름을 부드럽게 속삭일 때일 것이다.

이상한 일이었다. 그는 어떻게 그럴 수 있는지 생각해 보려 했다. 그러나 교실에 깊이 내려앉은 땅거미가 그의 생각을 덮어 버렸다. 종이 울렸다. 선생은 다음 시간에 할 계산 문제를 표시해 주고 교실에서 나갔다. 헤론은 스티븐 옆에서 가락을 무시한 채 흥얼거리기 시작했다.

내 멋진 친구 봄베이도스.

운동장에 나갔다 온 에니스가 말했다.

— 시종 아이가 교장 선생님을 부르러 오고 있어.

스티븐 뒤에 앉은 키 큰 소년이 손을 부비며 말했다.

— 결정타네. 한 시간은 땡땡이칠 수 있겠다. 1시 30분이 지나기 전까지는 안 올 테니까. 그러고 나선 네가 교리 문답에 관한 질문이나 하면 되지, 디덜러스.

뒤로 기대어 연습장에 낙서를 끄적이던 스티븐은 자기에 관한 애기를 들었고 헤런이 간간이 저지하는 소리도 들었다.
— 닥쳐, 좀. 그렇게 떠들지 말라니까!

교회의 엄격한 교리를 끝까지 따라가고 흐릿한 침묵 속으로 뚫고 들어가 저주받은 자신의 운명을 그만큼 더 깊이 듣고 느끼는 데서 건조한 쾌락을 느낀다는 것은 이상한 일이었다. 하나의 계명을 어긴 사람은 모든 계명을 어긴 것과 마찬가지라고 하는 성 제임스의 말은 처음에는 과장된 것으로 보였지만, 마침내 그는 어둠 속을 더듬거리다 자신의 상태를 파악하기 시작했던 것이다. 욕정의 사악한 씨앗에서 모든 다른 극심한 죄악이 비롯된 것이다. 스스로에 대한 교만, 다른 이들에 대한 경멸, 불법적인 쾌락을 구매하는 돈 씀씀이의 탐욕스러움, 자신이 가닿을 수 없을 정도의 악덕에 대한 질투, 경건한 자들에 대한 중상모략의 속삭임, 음식을 즐기는 탐욕, 자신의 갈망에 대해 생각하면서 불타오르는 무지근한 분노, 그의 온 존재가 빠져들어 버린 정신적 육체적 태만의 늪.

자기 의자에 앉아 교장 선생의 날카롭고 가혹한 얼굴을 보고 있자니, 그의 마음은 그 얼굴을 보며 떠오른 기묘한 질문들을 둘러싸고 이리저리 오갔다. 만약 어떤 사람이 젊은 시절에 1파운드를 훔쳐서 그 돈을 엄청나게 불리는 데 사용했다면 그는 얼마를 도로 내놓아야 하는 것일까, 그가 훔쳤던 1파운드, 아니면 그것에 복리 이자를 계산하여 더한 금액, 아니면 그의 엄청난 재산 전부? 평신도가 세례를 받는데 말씀이 있기 전에 물을 부어 버리면 그 아이는 세례를 받은 것일까? 생수로 세례를 받아도 유효한가? 산상 수훈의 진복팔단(眞福八端) 중 첫 번째가 마음이 가난한 자에게 천국을 약속하는데,

두 번째로 마음이 온유한 자에게 땅을 약속하는 건 무슨 영문인가?[47] 예수 그리스도께서 육신과 피, 영혼과 신성으로서 빵에만, 그리고 와인에만 계신다면, 왜 성체 성사는 빵과 와인 두 종류로 집행되는 것인가? 축성된 빵의 작은 조각에는 예수 그리스도의 모든 육신과 피가 들어있는 것인가, 아니면 육신과 피의 일부만 들어 있는 것인가? 축성된 이후에 와인이 식초로 변하거나 빵이 상해 버려도 예수 그리스도는 여전히 신으로서, 또한 인간으로서 그 안에 현존하시는 것인가?

— 온다! 온다!

창가의 한 소년이 자리에서 일어나 교장이 사택에서 오는 것을 보았다. 다들 교리 문답을 펴놓고 말없이 그것을 들여다보고 있었다. 교장이 들어와서 연단에 자리를 잡고 앉았다. 뒷자리의 키 큰 소년이 스티븐의 의자를 가볍게 툭 차서 어려운 질문을 좀 해보라고 재촉했다.

교장은 일과를 듣기 위해 교리 문답을 요구하지 않았다. 그는 책상 위에 손깍지를 끼고 말했다.

— 토요일이 성 프란시스 사비에르의 축일임을 기념하여 수요일 오후부터 피정(避靜)이 있을 것이다. 피정은 수요일부터 금요일까지다. 금요일엔 묵주 기도 후 오후 내내 고해를 들을 것이다. 고해 신부를 따로 정해 놓은 학생이 있으면 바꾸지 않는 것이 좋겠다. 미사는 토요일 아침 9시에 있을 것이고, 전교생이 영성체를 할 것이다. 토요일은 휴일이다. 그러

47 〈마음이 가난한 사람은 행복하다. 하늘나라가 그들의 것이다. 슬퍼하는 사람은 행복하다. 그들은 위로를 받을 것이다. 온유한 사람은 행복하다. 그들은 땅을 차지할 것이다.〉 공동 번역 성서 개정판 「마태오의 복음서」 5장 3~5절.

나 토요일과 일요일이 휴일이라고 해서 월요일도 휴일이라고 생각하는 학생이 있을지도 모른다. 그런 실수는 하지 말아라. 내 생각에는 너, 롤리스가 그런 실수를 할 것 같구나.

— 제가요, 왜요?

교장 선생의 엄한 미소에서 조용한 웃음의 물결이 교실로 번져 갔다. 스티븐의 마음은 두려움으로 인해 시들어 가는 꽃처럼 천천히 접히고 움츠러들었다.

교장은 엄숙하게 말을 이었다.

— 여러분 모두 우리 학교의 수호성인이신 성 프란시스 사비에르의 생애에 관해서는 잘 알고 있을 것이라 생각한다. 그는 스페인의 유서 깊은 명문가 출신이고, 성 이냐시오의 초기 추종자들 중 한 분이시다. 두 분은 프란시스 사비에르가 대학에서 철학 교수이셨을 때 파리에서 만났다. 젊고 총명한 귀족 청년이자 문인이었던 이분은 우리 교단의 훌륭한 창시자의 이념에 마음과 영혼을 다했고, 스스로 원해서 성 이냐시오에 의해 인도로 파견되어 설교를 하셨다. 알다시피 그분은 인도의 사도로 불리고 있다. 그분은 아프리카에서 인도로, 인도에서 일본으로, 동방의 여러 나라를 다니며 사람들에게 세례를 주셨지. 그분은 한 달에 1만 명이나 되는 이교도에게 세례를 주셨다고 한다. 세례를 받는 사람들의 머리 위로 오른팔을 너무 자주 들어 올려서 나중엔 오른팔을 쓸 수 없을 지경이었다고도 한다. 그분은 더 많은 영혼을 하느님께로 이끌기 위해 중국에 가기를 원하셨지만, 그만 상환 섬에서 열병으로 돌아가셨다. 위대한 성인, 위대한 프란시스 사비에르! 하느님의 위대한 용사여!

교장은 잠시 말을 멈췄다가 깍지 낀 손을 흔들며 계속 말을 이었다.

　― 그분에게는 산이라도 움직일 만한 믿음이 있었다. 한 달에 1만 명의 영혼을 하느님에게로 이끌다니! 〈하느님의 더욱 큰 영광을 위하여〉라는 우리 교단의 모토에 충실한 진정한 정복자다. 기억해 둬라, 천국에선 막강한 힘을 가진 성인이시다. 우리의 불행을 중재해 주실 힘, 우리 영혼에 유익한 것이라면 우리가 기도하는 것을 무엇이든 얻게 해주실 힘, 무엇보다 우리가 죄에 들었을 때 회개할 수 있게 자비를 베풀어 주실 힘을. 위대한 성인, 성 프란시스 사비에르! 영혼을 낚는 위대한 어부!

　그는 깍지 낀 손을 흔들기를 멈추고 두 손을 이마에 갖다 대고는, 검고 단호한 눈으로 그의 이야기를 듣는 학생들을 좌우로 예리하게 둘러보았다.

　침묵 속에서 그 눈동자의 검은 불길이 황혼을 불태워 황갈색 불꽃을 일으키는 것 같았다. 스티븐의 마음은 먼 데서 불어오는 모래 폭풍을 감지한 사막의 꽃처럼 시들어 버렸다.

‥‥

　― 〈무슨 일을 하든지 너의 마지막 순간을 생각하고 절대로 죄를 짓지 말아라〉, 그리스도 안의 형제 여러분, 「전도서」 7장 14절[48]의 말씀입니다. 성부와 성자와 성령의 이름으로, 아멘.

　스티븐은 예배당의 앞쪽 벤치에 앉아 있었다. 아놀 신부는

---

48 인용된 부분은 실제로는 라틴어 성서 「집회서Ecclesiasticus」의 7장 36절이다. 조이스의 실수인지 아놀 신부의 실수를 드러내는 것인지는 불분명하다.

제단 왼쪽의 탁자에 앉아 있었다. 그는 어깨에 묵직한 외투를 걸치고 있었다. 그의 창백한 얼굴은 일그러지고 목소리는 코감기로 갈라졌다. 이렇게 이상하게 다시 나타난 옛 선생의 모습은 스티븐의 마음속에 클롱고우즈에서의 생활을 떠오르게 했다. 아이들이 북적거리는 널찍한 운동장, 화장실 하수통, 그가 묻혔으면 하고 꿈꿨던, 보리수가 서 있는 중앙로에서 굽어 들어간 작은 묘지, 아파서 누워 있을 때 보건실 벽에 비추던 불빛, 마이클 신부의 슬픈 얼굴. 이런 기억들이 되살아오면서 그의 영혼은 다시금 어린 아이의 영혼이 되었다.

— 그리스도 안의 어린 형제 여러분, 우리는 여기 외부 세계의 번잡함으로부터 잠깐 동안이나마 멀리 떨어져, 가장 위대한 성자들 가운데 한 분이시며, 인도의 사도이자, 이 학교의 수호성인인 성 프란시스 사비에르를 경축하고 기리고자 오늘 여기에 모였습니다. 학생 여러분, 여기 있는 여러분들이 기억할 수 있는, 아니 내가 기억할 수 있는 것보다 훨씬 오랜 세월 동안, 이 학교의 학생들은 바로 이 예배당에 모여 수호성인의 축일 전에 매년 피정을 하곤 했습니다. 세월이 흐르면서 많은 것이 변했습니다. 최근 몇 년 사이에도 변화가 있었음을 여러분 대부분이 기억하고 있지 않습니까? 몇 년 전 이 앞자리에 앉아 있던 학생들 중 다수가 지금은 먼 나라에, 뜨거운 열대 지방에 가 있거나, 전문적인 직분에 몰두해 있거나, 공부를 하고 있거나, 망망대해를 항해하고 있을 것입니다. 아니면 이미 위대하신 하느님의 부름을 받아 다른 삶을 살면서 하느님의 청지기 노릇을 해 올리고 있을지도 모르겠습니다. 세월이 흘러가면 좋은 쪽으로든 나쁜 쪽으로든 변화가 일어나지만, 그러면서도 이 학교 학생들은, 우리의 성모이신 교회에서

가톨릭 스페인의 위대한 아들들 중 한 사람의 이름과 명성을 영원히 전하고자 마련해 놓은 그의 축일에 앞서 매년 성기적으로 피정을 하면서 위대한 성인의 기억을 기리고 있습니다.

— 그럼 이 피정이라는 말은 무슨 뜻이며, 왜 이것이 하느님과 인간들 앞에서 진실한 크리스천의 삶을 살고자 바라는 모든 이들에게 가장 유익한 실천이라고들 하는 것일까요? 여러분, 피정이란 우리 양심의 상태를 점검하고 거룩한 종교의 신비에 대해 명상하고 왜 우리가 이 세상에 왔는지 더 잘 이해하기 위해서, 잠시 우리 삶의 근심으로부터, 이 일상 세계의 근심으로부터 물러 나오는 것을 말합니다. 이 며칠간 나는 여러분 앞에 사말에 관한 생각들을 보여 드리고자 합니다. 사말이란, 교리 문답을 통해 알고 있겠지만, 죽음, 심판, 지옥, 천국을 말합니다. 우리는 이 며칠간 이 네 가지를 완전히 이해해 그 이해로부터 우리 영혼의 영원한 이로움을 얻어 내야 할 것입니다. 여러분, 우리가 이 세상에 보내진 것은 한 가지, 오로지 한 가지 이유 때문임을 기억하십시오. 그것은 하느님의 거룩한 뜻을 이루고 불멸의 우리 영혼을 구원하기 위해서입니다. 그 외에 다른 모든 것은 무가치한 것입니다. 오로지 한 가지만이 필요합니다, 영혼의 구원 말입니다. 불멸의 영혼을 잃어버리게 된다면 온 세상을 얻은들 무슨 소용이 있겠습니까? 아, 여러분, 그러한 손실을 보상해 줄 수 있는 것은 이 비참한 세상에 아무것도 없습니다.

— 그러므로, 여러분, 나는 여러분에게 이 며칠 동안, 공부든, 쾌락이든, 야망이든, 모든 세속적인 생각들로부터 마음을 멀리하고, 모든 관심을 여러분의 영혼의 상태에만 집중시키기를 요구합니다. 피정 기간 동안 모든 학생들이 조용하고 경

건한 행실을 보여야 하고 모든 요란하고 꼴사나운 쾌락을 피해야 한다는 것은 따로 상기시킬 필요가 없겠지요. 물론 상급생들은 이 습관이 지켜지도록 유의해야 하며, 특히 성모 신심회나 천사 신심회의 회장과 간부들은 동료 학생들에게 모범을 보이기 바랍니다.

— 그러므로 우리의 온 마음과 정신을 다 바쳐 이 피정이 성 프란시스를 기릴 수 있도록 노력합시다. 그러면 하느님의 축복이 여러분이 1년 내내 공부하는 동안 함께하실 것입니다. 그러나 무엇보다도 이 피정이, 여러 해가 지나 여러분들이 학교를 멀리 떠나 매우 다른 환경에 처하더라도 기쁨과 감사로 되돌아보며 독실하고 영예롭고 열성적인 크리스천의 삶을 살아갈 수 있는 첫 번째 기초를 놓을 기회를 마련해 주신 하느님께 감사할 수 있는 계기가 되도록 합시다. 이 순간, 혹시라도 이 자리에 하느님의 거룩한 은총을 잃어버리고 중대한 죄악으로 떨어지는, 말할 수 없는 불행을 겪은 불쌍한 영혼이 있다면, 나는 이 피정이 그 영혼에게 삶의 전환점이 될 수 있을 것이라고 열렬히 믿으며 그렇게 기도하겠습니다. 나는 하느님의 열성적인 종이었던 프란시스 사비에르의 은혜가 그러한 영혼을 진실한 회개로 이끌 것을, 그리고 올해 성 프란시스 축일의 영성체가 하느님과 그 영혼 사이의 영원한 맹약이 될 것을 기도합니다. 정의로운 자에게나 불의한 자에게나 성자에게나 죄인에게 모두 이 피정이 기억할 만한 것이 되게 하소서.

— 그리스도 안의 어린 형제들이여, 나를 도와주십시오. 경건한 주의로써, 여러분의 헌신으로써, 여러분의 외형적인 행실로써 나를 도와주십시오. 여러분의 마음으로부터 모든

세속적인 생각을 내몰아 버리고 오로지 사말만을, 죽음, 심판, 지옥, 천국만을 생각하십시오. 「전도서」에서 말하길, 이것을 기억하는 자는 영원히 죄짓지 않으리라 하였습니다. 이 사말을 기억하는 자는 늘 그것들을 염두에 두고 행동하고 생각할 것입니다. 그런 사람은 그가 지상의 삶에서 많은 것을 희생했더라도 영원한 왕국에서 누릴 다음 생에서는 그것을 백배 천배로 되돌려 받을 것임을 믿으며, 훌륭한 삶을 살고 훌륭하게 죽을 것입니다. 여러분, 이것이 내가 온 마음을 다해 진심으로 여러분에게 드리는 축복입니다. 성부와 성자와 성령의 이름으로, 아멘!

그가 말없는 친구들과 숙소로 돌아갈 때, 짙은 안개가 그의 마음을 감싸는 듯했다. 그는 멍한 상태로 안개가 걷히고 안개 속에 숨은 것이 드러날 때까지 기다렸다. 그는 식욕이 별로 없어 저녁을 대충 먹고 식사가 끝나자 기름기 묻은 접시를 탁자에 그대로 버려 둔 채 일어나 창가로 가서 혀로 입에 잔뜩 남은 찌꺼기를 청소하고 입술에 묻은 것을 핥아 냈다. 그렇게 그는 고기를 먹고 입술을 핥는 짐승의 상태로 전락했다. 그걸로 끝이었다. 그러자 희미한 두려움이 그의 마음속 안개를 뚫고 명멸하기 시작했다. 그는 창문에 얼굴을 갖다 대고 어두워지는 길을 내다보았다. 희미한 불빛을 뚫고 사람들이 이리저리 오가고 있었다. 그리고 저게 삶이었다. 더블린이라는 이름의 철자들이 그의 마음에 무겁게 내려앉아 느리고 투박하고 끈질기게 서로를 이리저리 퉁명스럽게 밀치고 있었다. 그의 영혼은 점점 살이 쪄서 탁한 기름 덩어리로 응고되어, 멍한 두려움을 느끼며 거무칙칙하고 위협적인 땅거미 속으로 점점 깊게 빠져들어 갔고, 그의 육신은 무기력하고 망신스럽게, 우신(牛神)이 노려보는 사람처럼 어찌할 바를 모르고 불안해하며 잘 보이지 않는 눈으로 응시하며 서 있었다.

다음 날은 죽음과 심판 얘기여서, 그의 영혼은 천천히 나른한 절망에서 깨어났다. 설교자의 거친 목소리가 그의 영혼에 죽음을 불어넣자 명멸하는 두려움은 정신적 공포가 되었다. 그는 그 고통을 겪어 냈다. 그는 느꼈다. 죽음의 냉기가 팔다리를 스치고 심장으로 스멀스멀 기어오르는 것을, 죽음의 막이 눈을 가리는 것을, 두뇌 한가운데의 밝은 부분이 램프처럼 하나하나 꺼지는 것을, 피부에서 마지막 진땀이 배어 나오는 것을, 죽어 가는 사지의 무기력함을, 말이 엉키고 꼬이고 안 나오는 것을, 심장이 희미하게, 점점 희미하게 고동치는 것을, 거의 굴복하여, 숨이, 가엾은 숨결이, 가엾고 의지할 데 없는 인간의 정신이, 흐느끼고 한숨 쉬고, 목구멍에서 그르렁 가르랑 소리를 내는 것을. 어쩔 수 없어! 어쩔 수 없어! 그가, 그 자신이, 그가 굴복했던 육신이 죽어 가고 있었다. 그 육신과 함께 무덤으로. 시신을 나무 상자에 담아 못질하라. 그것을 고용한 사람들의 어깨에 들려 집 밖으로 가지고 나가라. 땅에 긴 구멍을 파고 보이지 않게 그것을 무덤 속에 처넣고, 썩어 가게, 기어다니는 벌레들의 무리에 먹히게, 바삐 오가는 배가 통통한 쥐들에게 뜯어 먹히게 하라.

친구들이 아직 침대 곁에서 눈물에 젖어 서 있는 동안, 죄인의 영혼은 심판받았다. 의식의 마지막 순간에 모든 지상의 삶이 영혼의 시야 앞으로 스쳐 갔고, 미처 생각도 하기 전에 육신은 죽고 영혼은 공포에 질려 심판의 자리에 서 있었다. 오래도록 자비로우셨던 하느님은 그때엔 공정하실 것이다. 하느님은 오래도록 인내심을 가지고, 죄 많은 영혼에게 호소하고, 죄 많은 영혼에 회개할 시간을 주셨으며, 잠시 그에게 유예의 시간을 주셨다. 그러나 이제 그 시간은 지나갔다. 죄짓고 즐기는 시간이었고, 하느님과 그의 신성한 교회의 경고를 비웃는 시간이었고, 하느님께 반항하며, 하느님의 명령을 거역하고, 동료 인간을 농락하고, 죄에 죄를 거듭하여 범하고 사람들의 눈길로부터 자신의 타락을 숨기는 시간이었다. 그러나 그 시간은 끝났다. 이제 하느님의 차례다. 그리고 하느님은 농락당하거나 속지 않으실 것이다. 신의 뜻에 가장 크게 반항한 죄, 우리의 불쌍하고 타락한 본성을 가장 많이 타락시킨 죄, 가장 작은 흠집과 가장 흉악한 잔혹 행위까지, 모든 죄가 숨겨진 장소에서 튀어나올 것이다. 그때가 되면 위대한 황제였든, 위대한 장군이었든, 놀라운 발명가였든, 식자들 중 가장 학식이 높은 자였든, 그게 무슨 소용이 있겠는가? 모두가 하느님의 심판의 자리 앞에서는 하나인 것이다. 하느님께선 선한 자에게 보상을 내리고 사악한 자를 벌하실 것이다. 한 인간의 영혼을 재판하는 것은 한순간이면 충분하다. 육신이 죽은 후 순식간에 영혼의 무게는 이미 저울에서 달아졌을 것이다. 각각의 심판이 끝나면 영혼은 지복(至福)의 거처로, 혹은 연옥의 감옥으로 들어가거나, 아니면 울부짖으며 지옥으로 던져질 것이다.

그게 다가 아니었다. 하느님의 정의는 사람들 앞에서 옹호되어야 했다. 각각의 심판이 끝난 후에도 보편의 심판이 남아 있었다. 최후의 날이 왔다. 심판의 날이 다가왔다. 하늘의 별이 바람에 흔들린 무화과나무에서 무화과가 떨어지듯 지상으로 떨어지고 있었다. 우주의 거대한 발광체인 태양은 이미 말총으로 만든 상복처럼 되어 버렸다. 달은 핏빛이었다. 창공은 두루마리처럼 말려 버렸다. 천군(天軍)의 우두머리인 대천사 미카엘은 하늘을 배경으로 멋지고도 무시무시한 모습으로 나타났다. 한 발은 바다에, 한 발은 육지에 디딘 채, 그는 대천사의 트럼펫을 불어 요란하게 시간의 죽음을 알렸다. 세 차례에 걸친 천사의 나팔 소리가 온 우주에 가득 찼다. 시간이 있고, 시간이 있었지만, 이제 더 이상 시간은 없을 것이다. 마지막 나팔 소리에 모든 인류의 영혼이, 부자와 빈자, 귀한 자와 천한 자, 현명한 자와 어리석은 자, 선한 자와 사악한 자들이 모두 여호사밧 골짜기로 모여들었다. 이제까지 존재했던 모든 인간의 영혼, 아직 태어나지 않은 모든 이들의 영혼, 아담의 모든 아들딸들이 모두 이 최후의 날에 모였다. 그리고 보라, 최후의 판관이 오신다! 더 이상 겸손한 하느님의 어린양도 아니고, 더 이상 온유한 나사렛의 예수도 아니며, 더 이상 슬픔의 인간도 아니며, 더 이상 선한 목자도 아닌, 그분이 이제 구름을 타고, 아홉 계품의 천사들, 천사와 대천사, 권품(權品), 능품(能品), 역품(力品), 좌품(座品), 주품(主品) 천사, 케루빔과 세라핌의 호위를 받으며, 강력하고 위풍당당하게 오고 계시는 것이 보인다. 전능하신 하느님, 영원하신 하느님. 그분이 말씀하신다. 그분의 목소리는 우주의 가장 끝에서도, 바닥 없는 심연에서도 들린다. 최후의 판관, 그의 선고에 대해서는 아무런 항소도 없을 것이며, 있을 수도 없을 것이다. 그는 의로운 자들을 옆으로 불러 그들을 왕국으로, 그들을 위해 준비된 영원한 지복의 왕국으로 들게 하신다. 부정한 자들은 위풍당당한 성난 목소리로 이렇게 외치며 쫓아 버리신다. 〈너희 저주받은 자들아, 나에게서 떠나 악마와 그의 무리들을 위해 준비된 영원한 불속으로 들어가라.〉 오, 그러면 비참한 죄인들은 얼마나 고통스러울까! 친구들이 서로 헤어지고, 아이들이 부모와 헤어지고, 남편이 아내와 헤어진다. 가없은 죄인은 지상에서 자신에게 소중했던 사람들에게, 그 단순한 경건함을 그가 조롱했을지도 모르는 사람들에게, 그를 타이르며 옳은 길로 인도하려 했던 사람들에게, 친절한 형제에게, 사랑하는 자매에게, 그를 극진히 사랑했던 어머니와 아버지에게 두 팔을 내민다. 그러나 너무 늦었다. 의로운 자들은 이제 모두의 눈앞에 그 끔찍하고 사악한 모습으로 나타난 저주받은 비참한 영혼들로부터 돌아선다. 오, 너희 위선자들이여, 회칠한 무덤 같은 자들이여, 네 안의 영혼은 죄악의 더러운 늪인데도 세상을 향해 부드럽게 미소 짓는 얼굴을 보이는 자들이여, 그 무서운 날에 너희는 어떻게 될 것인가?

그날은 올 것이고, 오기 마련이며, 와야만 한다. 죽음의 날 그리고 심판의 날. 인간은 죽기 마련이고, 죽은 후에는 심판을 받게 되어 있다. 죽음은 확실하다. 긴 병치레 후일지, 예기치 않은 사고일지, 언제 어떻게 죽느냐는 불확실하다. 하느님의 아들은 기대하고 있지 않을 때 찾아오신다. 그러니 매 순간 준비하라, 언제라도 죽을 수 있으니. 죽음은 우리 모두에게 종말이다. 우리의 첫 조상들이 지은 죄로 인해 세상에 존재하게 된 죽음과 심판은 우리의 지상의 삶을 종결짓는 암흑의 입구, 알지 못하고 보이지 않는 것들을 향해 열려 있는 입구, 그것을 통해서 모든 영혼이 홀로, 자신의 선행을 제외하면 아무 도움도 받지 못한 채, 도와줄 친구도 형제도 부모도 선생도 없이 홀로 부들부들 떨며 지나가는 입구인 것이다. 이러한 생각을 늘 우리 마음에 간직한다면 죄를 지을 수가 없을 것이다. 죄인에게는 공포의 원인이 되는 죽음이, 인생에서 자기 직분을 다하며 아침저녁으로 기도하고, 성체를 자주 가까이 하며 선하고 자비로운 일을 행하며 올바른 길을 걸어갔던 자에게는 축복받은 순간이다. 경건하고 믿음이 굳은 가톨릭교도에게, 의로운 자에게, 죽음이란 공포의 원인이 되지 않는다. 위대한 영국 작가 애디슨은 임종 시에 젊고 사악한 워릭 백작을 불러다가 어떻게 크리스천이 종말을 맞이하는가를 보여주지 않았던가? 경건하고 믿음이 굳은 크리스천, 바로 그만이 마음속으로 이렇게 말할 수 있는 것이다.

오, 무덤이여, 너의 승리는 어디에?
오, 죽음이여, 너의 독침은 어디에?

그 설교의 한마디 한마디가 그를 위한 것이었다. 더럽고 은밀한 그의 죄로 하느님의 모든 분노가 향해 있었다. 설교자의 칼날이 폭로된 그의 양심 깊숙이 파고들었고 이제 그의 영혼이 죄 속에서 곪고 있다고 느꼈다. 그렇다. 설교자의 말이 맞았다. 하느님 차례였다. 소굴에 처박힌 짐승처럼 그의 영혼은 자신에게서 나온 오물 속에 누웠지만 천사의 나팔 소리는 그를 죄의 어둠으로부터 빛으로 이끌었다. 천사가 외치는 최후의 말씀이 순식간에 그의 염치없는 평화를 산산조각 냈다. 심판의 날에 부는 바람이 그의 마음속에 불어왔고, 그의 죄와, 그가 상상하던 보석 같은 눈의 매춘부들은 허리케인 앞에서 겁에 질린 쥐 떼처럼 갈기털 아래 몸을 움츠리고 도망쳤다.

광장을 가로질러 숙소로 돌아오는데 한 소녀의 가벼운 웃음소리가 그의 뜨거운 귀에 들려왔다. 그 희미하고 쾌활한 소리가 나팔 소리보다 더 강렬하게 그의 가슴에 저며 왔고, 감히 눈을 들지 못한 채 그는 옆으로 돌아서 걸어가면서 뒤엉킨 관목 그늘 쪽을 쳐다보았다. 그의 저린 가슴에서 수치심이 솟아올라 그의 온 존재에 넘쳐 났다. 그의 앞에 에마의 모습이 나타났고 그녀의 눈길을 받으며 수치심의 홍수가 마음속에서 새삼스럽게 솟구쳤다. 그의 마음이 그녀를 어떻게 만들었는지, 혹은 그의 짐승 같은 욕정이 그녀의 순수함을 어떻게 찢어 버리고 짓밟았는지 그녀가 안다면! 그게 소년다운 사랑이었나? 그게 기사도였나? 그게 시(詩)였나? 그가 흥청망청 놀았던 그 모든 너저분하고 소소한 일들이 그의 콧구멍 바로 아래에서 악취를 풍겼다. 그가 벽난로의 연통 속에 숨겨 놓았다가 그 뻔뻔하거나 수줍은 음탕함을 들여다보며 여러 시간 동안 생각으로나 행동으로 죄를 저질렀던, 검댕 묻은 사진 꾸러미, 유인원 같은 생물들과 빛나는 보석 같은 눈을 가진 매춘부들이 등장하는 그의 흉측한 꿈들, 그가 죄스러운 고백의 기쁨으로 써 내려가서는 여러 날 동안 은밀히 가지고 다니다가 밤을 틈타서 들판 구석의 풀밭이나 한 소녀가 걸어가다가 다가와 몰래 읽을 수도 있을 산울타리의 어떤 구석 경첩 빠진 문 밑에 던져 놓은, 길고 추잡한 편지. 미쳤어! 미쳤어! 그가 이런 일을 했다는 게 가능한 일인가? 추잡한 기억들이 그의 머릿속에 응축되면서 식은땀이 이마에 솟아났다.

부끄러움의 고통이 지나가자 그는 자신의 영혼을 비굴한 무기력 상태에서 일으키려 했다. 하느님과 성모는 그에게서 너무 멀리 있었다. 하느님은 너무 위대하고 엄격하며, 성모는 너무 순결하고 거룩했다. 그렇지만 그는 넓은 대지에서 에마 가까이에 서서 겸손하게 눈물을 글썽이며 몸을 굽혀 그녀의 옷소매 팔꿈치 부분에 키스를 하는 상상을 했다.

부드럽고 투명한 저녁 하늘 아래 넓은 대지, 연초록 바다 같은 하늘에는 구름 한 점이 서쪽으로 흘러가는 가운데, 잘못을 범했던 아이들인 그들은 함께 서 있었다. 그들의 잘못은 비록 두 아이의 잘못이긴 했으나 하느님의 위엄을 크게 해쳤다. 그러나 〈차마 바라보기에도 위험한 지상의 아름다움과는 다른, 그 상징인 샛별 같은 환하고 음악적인 아름다움〉을 지닌 그녀의 마음을 거스르지는 않았다. 그에게로 향한 성모의 눈길은 성나지도 않았고 나무라는 눈빛도 아니었다. 성모는 그들의 손을 합쳐 잡게 하고 그들의 마음을 향해 말했다.

— 손을 잡아라, 스티븐과 에마여. 지금 하늘은 아름다운 저녁이다. 너희들은 잘못을 저질렀으나 늘 나의 자녀들이니라. 한 마음이 다른 마음을 사랑하는 것이란다. 내 아이들아, 손을 잡아라, 그러면 함께 행복할 것이며 너희들의 마음이 서로를 사랑할 것이다.

예배당에는 블라인드를 통해 걸러진 희미한 붉은빛이 가득했다. 마지막 블라인드와 창틀 사이의 틈으로 희미한 불빛이 창처럼 뚫고 들어와 제단에 놓인 촛대의, 전투로 낡아 버린 천사의 사슬 갑옷처럼 빛나는 놋쇠 양각을 비추었다.

예배당에, 정원에, 학교에, 비가 내리고 있었다. 소리 없이 영원히 비가 올 것 같았다. 물이 조금씩 불어나 잔디밭과 관목 숲을 뒤덮고, 나무와 집들을 뒤덮고, 기념비와 산꼭대기를 뒤덮을 것이다. 모든 생명은 소리 없이 숨이 막혀 버릴 것이다. 새, 사람, 코끼리, 돼지, 아이들. 세상의 잔해물들이 어질러진 사이로 소리 없이 떠도는 시신들. 40일 낮과 40일 밤 동안, 마침내 물이 지구의 표면을 뒤덮을 때까지 비가 내릴 것이다.

그럴 수도 있지. 왜 아니겠어?

— 〈땅이 목구멍을 열고 입을 찢어지게 벌릴 것이니〉 예수 그리스도 안의 어린 형제 여러분, 「이사야」 5장 14절의 말씀입니다. 성부와 성자와 성령의 이름으로, 아멘.

설교자는 사슬이 달리지 않은 시계를 평상복 주머니에서 꺼내 잠시 말없이 자판을 들여다보고는 말없이 앞의 탁자에 내려놓았다.

그는 조용한 어조로 말하기 시작했다.

— 여러분, 아담과 이브는 알다시피 우리의 첫 번째 조상이며, 하느님은 루시퍼와 그 반란의 무리들이 타락하여 비게 된 천국의 자리를 다시 채우시려고 그들을 창조하셨습니다. 루시퍼는 아침의 아들이며 찬란하고 강력한 천사였다고 합니다. 그러나 그는 타락했습니다. 그가 타락하면서 그와 함께 천군의 3분의 1이 떨어져 버렸습니다. 그는 타락했고 반란의 무리들과 함께 지옥으로 던져졌습니다. 그의 죄가 무엇이었는지 우리는 말할 수 없습니다. 신학자들은 그것이 교만의 죄였다고, 순간에 생겨난 죄스러운 생각이었다고 말합니다. 〈*Non serviam*(나는 섬기지 않겠노라).〉 그 순간이 그의 파멸이었던 것입니다. 그는 순간의 죄스러운 생각으로 하느님의 위엄을 해쳤고 하느님은 그를 천국에서 지옥으로 영원히 쫓아 버리신 것입니다.

— 그러고 나서 아담과 이브가 하느님에 의해 창조되어 에덴에 자리를 잡았지요. 다마스쿠스의 들판, 햇빛과 온갖 색깔들로 눈부시고, 오곡백과 풍성한 아름다운 정원에 말입니다. 풍요로운 대지는 그들에게 선물을 주었습니다. 짐승과 새들은 기꺼이 그들의 종이 되었고, 그들은 우리의 육신이 물려받은 불행, 질병과 가난과 죽음을 알지 못했지요. 위대하고 너

그러우신 하느님께서 해줄 수 있는 것은 다 이루어졌습니다. 그러나 하느님은 그들에게 한 가지 조건을 부과했지요. 그의 말씀에 복종하라는 것. 그들은 금지된 나무의 열매를 먹어서는 안 되었어요.

— 아, 여러분, 그들도 역시 타락했답니다. 한때는 빛나는 천사였고 아침의 아들이었던 악마는 이제 사악한 마귀가 되어, 지상에서 가장 영묘한 짐승인 뱀의 모습을 하고 다가왔습니다. 그는 그들에게 질투가 났어요. 타락한 영웅인 그는, 그가 자기 죄로 인해 영원히 몰수당했던 유산을 한낱 진흙으로 만든 존재인 인간이 소유할 것을 생각하니 참을 수가 없었지요. 그는 좀 더 약한 쪽인 여자에게로 다가가 그녀의 귀에 감언이설의 독을 부어 넣으며 그녀에게(아, 그 약속은 신성 모독입니다!) 그녀와 아담이 금단의 열매를 먹는다면 신처럼 될 것이라고, 아니 하느님이 될 수 있다고 약속했습니다. 이브는 원조 유혹자의 농간에 넘어가고 말았지요. 그녀는 사과를 먹고 그것을 아담에게도 주었습니다. 아담은 그녀를 거부할 도덕적 용기가 없었지요. 사탄의 독 발린 혀가 성공한 것입니다. 그들은 타락했어요.

— 그러자 정원에서 그의 피조물인 인간을 책망하는 하느님의 목소리가 들려왔습니다. 천군의 우두머리인 미카엘은 손에 불꽃의 검을 들고 죄지은 한 쌍 앞에 나타나 그들을 에덴으로부터 세상으로, 병과 노역의 세상, 잔인함과 실망의 세상, 노동과 고난의 세상으로 이마에 땀을 흘려 빵을 얻으라며 몰아냈습니다. 그러나 그 순간에도 하느님은 얼마나 자비로우신지요! 하느님은 우리의 가여운 타락한 조상들을 동정하시어, 시간이 다하면 하늘로부터 그들을 구원해 줄 그분을,

그들을 다시 한 번 하느님의 자녀로 만들고 천국을 물려받게 해줄 그분을 보내겠다고 약속하셨습니다. 타락한 인간의 구원자인 그분은 하느님의 독생자요, 축복받은 성 삼위일체의 두 번째이시며, 영원한 말씀이십니다.

— 그분이 오셨습니다. 그분은 순결한 처녀이신 동정녀 성모 마리아에게서 태어났습니다. 그분은 유대의 허름한 마구간에서 태어나 소명의 시간이 올 때까지 30년을 초라한 목수로 사셨습니다. 그러고는 인간에 대한 사랑으로 충만하여 세상으로 나아가 사람들에게 새로운 복음을 들으라 하셨습니다.

— 그들이 그분의 말씀을 들었을까요? 듣긴 했으나 귀 기울여 듣지는 않았습니다. 그분은 붙잡혀서 일반 범죄자처럼 묶여, 광대처럼 조롱당하고, 강도에게 자리를 내주기 위해 옆으로 밀려나고, 5천 번의 채찍질을 당했으며, 가시관을 쓰고, 유대인 폭도들과 로마 병정들에게 거리로 이끌려 다니고, 옷이 벗겨졌으며, 형틀에 매달려 창으로 옆구리를 찔렸습니다. 우리 주님의 상처 입은 육신에서 물과 피가 계속 솟아났습니다.

— 그러나 그렇게 극도의 고통을 겪는 그 시간에도, 우리의 자비로운 구원자께서는 인류를 동정하셨습니다. 갈보리 언덕에서도 그분은 거룩한 가톨릭교회를 세우고 지옥의 문도 교회를 이기지는 못하리라 약속하셨습니다. 그분은 교회를 반석 위에 세우시고 교회에 그분의 은총과 영성체와 희생을 주셨으며, 인간이 그의 교회의 말씀에 복종하면 그래도 영생을 누리게 되겠으나, 그 모든 일을 해주었는데도 그들이 여전히 사악한 삶을 계속한다면 그들에게는 영원한 고통, 지옥이 있을 것이라고 약속하셨습니다.

설교자의 목소리가 가라앉았다. 그는 말을 멈추고, 양 손바닥을 잠시 맞대었다가, 다시 떼었다. 그러고는 다시 시작했다.
— 자, 그럼 우리가 할 수 있는 한, 손상당한 하느님의 정의
가 죄인들을 영원히 벌하기 위해 만들어 낸, 저주받은 자들의
거처가 어떤 곳인지 깨달아 보도록 합시다. 지옥은 좁고 어둡
고 냄새가 고약한 감옥이며, 불과 연기로 가득 찬, 마귀들과
길 잃은 영혼들의 거처입니다. 이 감옥의 협소함은 하느님께
서 그의 율법에 얽매이기를 거부하는 자들을 벌하기 위해 일
부러 그렇게 고안한 것입니다. 지상의 감옥에서 가여운 수감
자들은 감방의 네 벽 안에서, 혹은 감옥의 어두운 마당에서라
면, 최소한 약간 움직일 자유라도 있습니다. 지옥에선 그렇지
않습니다. 그곳에선 저주받은 자들의 숫자가 아주 많아서, 수
감자들이 그 끔찍한 감옥에 겹겹이 쌓여 있고, 그 벽은 두께
가 4천 마일이나 된다고 합니다. 저주받은 자들은 완전히 묶
이고 어찌할 수가 없기에, 축복받은 성인인 성 안셀모는 비유
에 관한 책에서 심지어는 자기 눈을 파먹는 벌레조차도 떼어
낼 수 없을 정도라고 썼습니다.
— 그들은 외부의 암흑 속에 누워 있습니다. 기억하십시
오, 지옥의 불꽃은 불빛을 내지 않기 때문입니다. 하느님의
명에 의해 바빌로니아의 화덕이 그 열을 잃었지만 빛은 잃지
않았던 것처럼, 하느님의 명에 의해서 지옥의 불은 그 열기는
유지하고 있지만 영원히 어둠 속에서 타고 있습니다. 그것은
영영 끝나지 않는 암흑의 폭풍이며, 불타는 유황의 어두운 불
꽃과 어두운 연기이며, 이 가운데에 육신들이 공기가 조금도
통하지 않게 겹겹이 쌓여 있는 것입니다. 파라오의 땅을 강타
했던 모든 재앙들 중에 어둠의 재앙만이 끔찍하다고 하였습
니다. 그렇다면 사흘만이 아니라 영원히 계속되는 지옥의 어

둠을 우리는 어떻게 표현할 수 있겠습니까?

— 이 좁고 어두운 감옥의 공포는 끔찍한 악취로 인해 증가합니다. 마지막 날의 무시무시한 화염이 세상을 휩쓸어 버리고 나면, 세상의 모든 오물, 세상의 모든 폐물과 찌꺼기들이, 마치 악취 나는 거대한 하수도로 몰려가듯이, 한꺼번에 그리로 흘러갈 것입니다. 그곳에서 타고 있는 엄청난 분량의 유황도 그 참을 수 없는 악취로 지옥을 꽉 채웁니다. 저주받은 자들의 육신이 그렇게 해로운 냄새를 들이마시기 때문에, 성 보나벤투라가 말하듯이, 그들 중 한 명만 가지고도 온 세상을 다 오염시킬 수 있을 정도입니다. 순수한 원소였던 공기는 이 세계에 와서 오래 밀폐되고 난 후에는 더러워지고 들이마실 수 없게 됩니다. 지옥의 공기가 얼마나 더러울지 생각해 보십시오. 더럽고 부패한 시신이 무덤에서 썩어 분해되어 가며 액체 상태로 변질되어 가는 젤리 같은 덩어리가 되는 것을 상상해 보십시오. 그런 시신에 불길이 붙어서 활활 타오르는 유황불에 휩싸이며 구역질 나고 혐오스러운 부패물의 질식할 듯 빽빽한 연기를 내뿜는다고 상상해 보십시오. 그리고 악취 나는 어둠 속에 한데 뭉쳐 있는 구린내 나는 수백 수천만 구의 사체들, 거대하게 썩어 가는 인간 진균류 같은 사체들로 인해 이 역겨운 악취가 수백만 배 수천만 배 더 심해진다고 상상해 보십시오. 이 모든 것을 상상해 보십시오, 그러면 여러분은 지옥에서 나는 악취의 공포를 조금은 알게 될 것입니다.

— 그러나 이 악취는 매우 끔찍하긴 하지만, 저주받은 자들이 당하는 최악의 육체적 고통은 아닙니다. 불 고문은 폭군이 인간에게 가했던 가장 심한 고문이죠. 여러분의 손가락을 잠시 촛불에 대어 보십시오, 그러면 여러분은 불에 의한 고통

을 느낄 것입니다. 그러나 지상의 불은 하느님께서 인간의 이익을 위해, 그에게 삶의 불꽃을 유지하도록 하며, 유용한 기술에 도움이 되게끔 창조하신 것인 반면에, 지옥의 불은 질적으로 달라서, 하느님께서 회개하지 않는 죄인들을 고문하고 벌주시려고 창조하신 것입니다. 우리 지상의 불은 불이 붙은 물체의 가연성 정도에 따라 다소간 빨리 연소되어 버리기 때문에, 인간의 재주는 불의 작용을 억제하거나 막는 화학 물질을 발명해 내는 데 성공하기도 했습니다. 그러나 지옥에서 타는 이 유황불은 말할 수 없을 정도로 격렬하게 영원히 타오르도록 특별히 고안된 물질입니다. 더욱이 우리 지상의 불은 불타면서 그것을 파괴하므로, 불이 더 강렬하게 타오를수록 그지속 시간은 그만큼 짧습니다. 그러나 지옥의 불은 그 성질이 특별하여, 태우면서도 그것을 그대로 보존하며, 믿을 수 없이 강렬하게 활활 타오르지만, 영원히 꺼지지 않습니다.

— 또한 우리 지상의 불은 아무리 거세고 넓게 퍼져도 한계가 있습니다. 그러나 지옥의 불의 호수에는 경계도, 기슭도, 바닥도 없습니다. 악마 자신도 어떤 병사의 질문을 받고는 지옥의 불타는 바다에 산 하나를 통째로 집어넣어도 한순간에 밀랍 조각처럼 타버릴 것이라고 고백해야 했다고 기록되어 있습니다. 이 무시무시한 불은 저주받은 자의 몸을 바깥에서 괴롭힐 뿐만 아니라 각각의 길 잃은 영혼은 주요 장기에 끝없는 불길이 활활 타고 있어서 그 자체가 지옥입니다. 아, 이 비참한 존재들의 운명은 얼마나 무시무시한 것일까요! 혈관에서는 피가 부글부글 끓어오르고, 뇌가 두개골 속에서 끓고 있으며, 심장은 가슴 속에서 활활 타서 터져 나갈 듯하며, 내장은 뻘겋게 달라 올라 활활 타는 조직 덩어리이고, 부드러

운 두 눈은 녹은 공 같을 테니까요.

— 그러나 이 불길의 강도와 특징과 무한함에 대해 이제까지 내가 말했던 것은 그 불길의 세기, 영혼과 육신을 다 같이 벌주기 위한 신의 계획이 선택한 도구이기에 가지게 된 그 강렬함입니다. 이는 하느님의 진노에서 바로 나온 불길이며, 그 자체의 활동이 아니라 신의 복수의 도구로서 작용하는 것입니다. 세례의 물이 육체와 더불어 영혼도 깨끗이 씻듯이, 징벌의 불길도 육체와 함께 정신까지 고문하는 것입니다. 육신의 모든 감각이 고통스러우면, 영혼의 모든 능력도 그렇게 됩니다. 눈은 헤아릴 수 없는 완전한 어둠으로, 코는 역겨운 냄새로, 귀는 고함과 울부짖음과 저주로, 미각은 더러운 물질과 문둥병 같은 부패와 질식할 것 같은 이름 모를 오물로, 촉각은 뻘겋게 달아오른 곤봉과 대못으로, 널름대는 잔인한 불꽃으로 고통 받습니다. 감각들에 대한 몇 가지 고문을 겪으면, 불멸의 영혼은, 전능하신 하느님의 손상된 위엄에 의해 심연에서 불붙고 하느님의 분노의 숨결로 영원히 점점 더 세게 타오르도록 부채질되는, 여러 길 타오르는 불 속에서 그 본질이 영원히 고통을 받게 됩니다.

— 마지막으로, 지옥의 감방에서 받는 고통은 저주받은 자들 자신이 함께 있음으로 인하여 더욱 커진다는 것을 생각하십시오. 지상에서의 나쁜 친구들은 너무 해로운 것이어서, 식물들도 마치 본능적인 듯 그들에게 치명적이거나 해로운 것들과 가까이 하려 하지 않습니다. 지옥에서는 모든 법칙이 뒤집어집니다. 가족이나 국가, 유대, 관계라는 개념이 없습니다. 저주받은 자들은 서로 울부짖고 외쳐 대, 그들의 고통과 격분은 그들과 마찬가지로 고통 받고 날뛰는 존재들이 있음

으로 인해 더 강화됩니다. 모든 인간적인 분별이 잊힙니다. 고통 받는 죄인의 고함 소리가 거대한 심연의 가장 먼 구석까지도 가득합니다. 저주받은 자들의 입은 하느님에 대한 신성 모독과, 함께 고통 받는 자들에 대한 증오와, 죄를 지을 때 그들과 공모했던 자들에 대한 저주로 가득합니다. 예전에는 존속 살해범, 즉 아버지를 살해한 자를 자루에 수탉, 원숭이, 뱀과 함께 넣어 바다 깊이 던져 넣어 처벌하는 것이 관습이었습니다. 우리 시대의 관점에서는 잔인해 보이는 이러한 법을 구상한 입법자의 의도는 범죄자에게 해를 입힐 수 있고 또한 혐오스러운 짐승들과 함께 있도록 함으로써 처벌한다는 것이었습니다. 그러나 지옥에서 함께 고통 받는 자들, 죄를 짓는 일에 도움을 주거나 사주를 했던 자들, 그들의 마음속에 최초로 사악한 생각과 사악한 삶의 씨앗을 뿌린 말을 한 자들, 음란한 암시로 그들을 죄로 이끈 자들, 눈길로 그들을 덕의 길에서 유혹하고 꾀어낸 자들을 보았을 때, 지옥에 있는 저주받은 자들의 바싹 탄 입술과 쓰라린 목구멍에서 터져 나오는 저주의 격노에 비하면 그 말 못 하는 짐승들의 격노는 무엇이란 말입니까. 그들은 그 공범들에게 달려들어 그들을 질책하고 저주합니다. 그러나 그들을 도울 길도 없고 희망도 없습니다. 회개하기에 너무 늦은 것이지요.

— 끝으로, 유혹한 자나 유혹당한 자를 막론하고 그 저주받은 영혼들이 악마들과 함께 지내면서 받게 되는 무서운 고통을 생각해 보십시오. 이 악마들은 저주받은 자들을 두 가지 방법으로, 즉 그들의 존재 자체로, 그리고 비난으로 고통스럽게 합니다. 우리는 이 악마들이 얼마나 끔찍한지 전혀 모릅니다. 시에나의 성 캐서린은 예전에 악마를 보고, 그렇게

무서운 괴물을 다시 한순간이라도 보게 되느니 차라리 삶이 끝나는 날까지 빨갛게 달아오른 석탄 위를 걷겠다고 쓴 바 있습니다. 이 악마들은 한때는 아름다운 천사들이었지만, 그들이 한때 아름다웠던 그만큼 끔찍하고 흉측하게 되었습니다. 그들은 그들이 파멸로 끌어내린 길 잃은 영혼들을 비웃고 조롱합니다. 지옥에서 양심의 목소리 역할을 하는 것이 바로 그들, 추악한 악마들입니다. 왜 너는 죄를 지었나? 왜 너는 친구의 유혹에 귀를 기울였나? 왜 너는 경건한 실천과 선행으로부터 돌아섰는가? 왜 너는 죄를 지을 기회를 피하지 않았나? 왜 너는 사악한 벗들을 떠나지 않았는가? 왜 너는 그 음탕한 습관, 불순한 습관을 포기하지 못했는가? 왜 너는 고해 신부의 조언을 듣지 않았나? 왜 너는 처음, 혹은 두 번째, 혹은 세 번째, 혹은 네 번째, 혹은 백 번째에라도 너의 사악한 생활을 회개하고 너의 죄를 사하여 주시려고 너의 회개만을 기다리는 하느님께로 돌아가지 않았나? 이제 회개할 시간은 지나가 버렸다. 시간이 있고, 시간이 있었지만, 이제 시간은 더 이상 없을 것이다! 은밀하게 죄를 짓고, 나태와 교만에 탐닉하고, 불법적인 것을 바라고, 너의 비천한 본성이 촉구하는 바에 굴복하고, 들판의 짐승처럼, 아니 그들은 최소한 야수일 뿐이고 그들을 인도한 이성이 없으니, 오히려 들판의 짐승만도 못하게 사는 시간이었다. 그런 시간이 있었으나, 이제 더 이상 시간은 없을 것이다. 하느님은 네게 수많은 목소리들을 통해 말씀하셨으나 너는 들으려 하지 않았다. 너는 마음속의 교만과 분노를 억제하지 못하고, 나쁘게 취한 물건들을 돌려 놓지 않았으며, 거룩한 교회의 계율에 복종하지 않았고 종교적 의무도 다하지 않았으며, 사악한 벗들을 저버리려 하지도 않았으며, 위험한 유혹을 피하려고도 하지 않았다. 그것이 저 악마 같은 고문자들의 말, 조롱과 질책, 증오와 혐오의 언어입니다. 혐오의 말, 그렇습니다! 왜냐하면 그들도, 그 악마들도 죄를 지었지만, 그렇게 천사 같은 본성과 병존할 수 있는 유일한 죄, 즉 지성의 반항이라는 죄를 지었지만, 그들도, 그들조차도, 추악한 악마들도, 불쾌하고 역겨워서 타락한 인간이 성령의 전당을 격노케 하고 망쳐 놓고, 자신도 오염시키고 망쳐 놓은, 그 말할 수도 없는 죄를 생각하면 고개를 돌려야 하기 마련이기 때문입니다.

— 오, 그리스도 안의 어린 형제들이여. 그런 말을 듣는 운명을 맞지 않게 하소서! 제발, 그런 운명은 맞지 않도록 하소서! 그 무서운 심판을 하는 마지막 날에, 이 예배당에 오늘 모인 이들 중 단 한 사람도 위대한 판관이 영원히 시야에서 사라지라고 명령하는 비참한 존재들 사이에 포함되지 않기를, 우리 중 누구도 그 귀로 〈너희 저주받은 자들아, 내게서 떠나 악마와 그 무리들을 위해 준비한 영원한 불길 속으로 들어가라!〉라는 끔찍한 거부의 선고를 듣지 않게 되기를, 하느님께 열렬히 기도하옵니다.

예배당의 통로로 걸어 나오면서, 그의 다리는 후들거리고 머리는 마치 유령의 손가락으로 건드리기라도 한 듯 떨렸다. 그는 층계를 올라가서 외투와 비옷이 마치 머리가 잘린 채 뭔가를 뚝뚝 흘리며 형체가 뭉개져 교수대에 매달린 범죄자들처럼 걸려 있는 벽을 따라 복도를 걸어갔다. 걸음걸음마다 그는 자기가 이미 죽은 것이 아닌가, 그의 영혼이 그의 육신의 껍데기에서 쥐어짜져 나온 것이 아닌가, 그가 우주 공간을 뚫고 거꾸로 처박히고 있는 것이 아닌가 하고 두려웠다.

발로 바닥을 딛고 설 수 없어서 그는 무겁게 책상에 앉아 아무 책이나 한 권 펼쳐서 읽었다. 모든 말이 그에게 해당되었다. 정말이었다. 하느님은 전능하시다. 하느님은 지금, 그가 책상에 앉아 있는 지금이라도, 그가 부름을 의식하기도 전에 그를 부르실지도 모른다. 하느님은 이미 그를 불렀다. 네? 뭐라고요? 네? 주변의 숨 막히는 공기의 소용돌이 때문에 메마르게 느껴지는, 게걸스럽게 날름거리는 불길이 다가오는 것을 느끼는 듯 그의 육신은 움츠러들었다. 그는 이미 죽었다. 그는 심판을 받았다. 불길이 파도처럼 그의 몸을 휩쓸고 지나갔다. 처음이었다. 그리고 다시 파도가 몰려왔다. 그의 머리가 불타기 시작했다. 또 한 번. 쩍쩍 갈라지는 두개골 안에서 그의 뇌가 지글거리며 거품을 일으키고 있었다. 그의 두 뇌에서 꽃부리 같은 화염이 터져 나오며 여러 가지 목소리로 비명을 질렀다.

—지옥! 지옥! 지옥! 지옥! 지옥!

목소리들이 그의 가까이에서 이야기했다.

—지옥에 대해서요.

—머리에 쏙쏙 잘 집어넣어 주신 것 같네.

—그럼요. 모두 새파랗게 질렸다니까요.

—그게 필요한 거야. 많이 들으면 더 열심히 공부하게 되지.

그는 책상에 힘없이 기대어 있었다. 그는 죽지 않았다. 하느님이 아직 그를 봐주신 것이다. 그는 여전히 학교라는 익숙한 세계에 있었다. 테이트 선생과 빈센트 헤런이 창가에 서서 이야기하며 농담하고 우울하게 내리는 비를 내다보고 머리를 까닥거리고 있었다.

—날이 갰으면 좋겠는데. 친구들하고 자전거로 말라하이드

를 한 바퀴 돌기로 했거든. 그런데 길이 무릎까지 빠지겠는걸.

— 갤 것 같은데요, 선생님.

그가 너무 잘 아는 목소리들, 흔한 말들, 목소리가 멈추고 다른 아이들이 조용히 점심을 우물거리며 소들이 풀을 뜯을 때 나는 부드러운 소리로 그 침묵을 채울 때 교실의 고요함, 이런 것들이 그의 아픈 영혼을 달래 주었다.

아직은 시간이 있었다. 오, 성모여, 죄인들의 피난처여, 그를 위해 중재해 주소서! 순결한 동정녀여, 그를 죽음의 심연에서 구해 주소서!

영어 시간은 역사를 듣는 것으로 시작되었다. 왕족, 총신(寵臣), 음모가, 주교들이 그 이름의 베일 뒤에 숨어서 말 없는 유령처럼 지나갔다. 모두 이미 죽은 사람들이었다. 모두가 이미 심판을 받았다. 영혼을 잃는다면 온 세상을 얻은들 무슨 소용이 있겠는가? 마침내 그는 이해했다. 그 주변의 인간의 삶이란 개미 같은 인간들이 우애로 노동하며 죽은 자들은 조용한 무덤 속에서 잠자고 있는 평화의 들판인 것이다. 친구의 팔꿈치가 그를 건드리니, 그의 심장이 건드려졌다. 그가 선생의 질문에 대답을 하려 입을 열었을 때 그에게는 자신의 목소리가 겸손과 회한의 평온으로 가득한 것으로 들렸다.

그의 영혼은 점점 회개의 평화로 깊숙하게 빠져들어 가서, 더 이상 두려움의 고통을 느낄 수 없었고, 그렇게 빠져들면서 가냘픈 기도만을 드릴 뿐이었다. 아, 그래, 그는 아직 용서받을 수 있을 것이다. 그는 진심으로 회개하고 용서를 받을 것이다. 그러면 저 위에 있는 분들, 천국에 있는 분들이 그가 과거를 만회하고자 무엇을 할지 지켜보리라. 평생, 매시간마다. 그저 기다려 주시길.

— 전부요, 하느님! 전부, 전부!

문에 심부름꾼이 와서 고해 성사가 지금 예배당에서 진행되고 있다고 말했다. 네 명의 소년이 교실을 떠났다. 그리고 그는 다른 아이들이 복도를 따라 걸어가는 소리를 들었다. 가벼운 바람 정도밖에 안 되는 떨리는 냉기가 그의 마음을 휘감았고, 조용히 귀를 기울이며 괴로워할 때 그는 마치 자신의 심장 근육에 귀를 대고 심장이 닫히고 움츠러드는 것을 느끼고 심실이 두근거리는 소리를 듣는 것 같았다.

피할 수가 없다. 고해를 해야 했다. 그가 행하고 생각했던 것들을 또박또박 말해야 했다. 어떻게? 어떻게?

— 신부님, 전…….

그 생각이 차갑게 반짝이는 쌍날의 칼처럼 그의 부드러운 살 속으로 미끄러져 들어왔다. 고해를 해야 한다는 것. 그러나 학교 예배당에선 아니다. 그는 모든 것을, 행실과 생각의 죄를 모두 진심으로 고해할 것이다. 그러나 학교 친구들 사이에선 아니다. 그곳에서 멀리 떨어진 어떤 어두운 곳에서 그는 자신의 수치스러움을 우물거리며 말하리라. 그는 하느님께 그가 학교 예배당에서 고해를 하려 하지 않았다고 해서 노하시지는 말라고 겸허하게 빌었으며 완전히 비참한 상태의 영혼으로 주변의 소년다운 마음들에 대해서도 말없이 용서를 구했다.

시간이 흘러갔다.

그는 다시 예배당의 앞자리에 앉아 있었다. 바깥의 햇살이 이미 기울고 있었고, 칙칙한 붉은 블라인드 사이로 천천히 떨어지는 햇살은 마지막 날의 해가 져서 모든 영혼이 심판을 받으려 모여드는 것 같았다.

— 〈주님 눈 밖에 났구나.〉 그리스도 안의 어린 형제들이여, 「시편」 30장 23절의 말씀입니다. 성부와 성자와 성령의 이름으로, 아멘.

설교자는 조용하고 친근한 어조로 말하기 시작했다. 그의 얼굴은 상냥했고 그는 양손의 손가락을 부드럽게 모아서 손가락 끝을 맞대어 작은 새장 모양을 만들었다.

— 오늘 아침 우리는 지옥에 대해 명상하면서 우리 교단의 창시자께서 영신 수련에 관한 책에서 장소의 구성이라 부른 것을 해보았습니다. 즉 우리는 상상 속에서 정신의 감각으로 그 끔찍한 장소의 실질적인 성격과 지옥에 있는 모두가 견뎌야 하는 육체적 고통을 상상해 보려고 노력했던 것입니다. 오늘 저녁 우리는 잠시 지옥의 영적인 고통의 본질에 대해 생각해 보고자 합니다.

— 죄란 이중으로 극악무도한 것임을 명심하십시오. 그것은 우리의 타락한 본성이 가장 천한 본능을, 역겹고 짐승 같은 그것을 부추기는 데 비열하게 동의하는 것입니다. 또한 그것은 우리의 고귀한 본성이 타이르는 바로부터, 모든 순결하고 거룩한 것으로부터, 거룩하신 하느님으로부터 돌아서는 것입니다. 이러한 이유로 인간의 죄는 지옥에서 육체적인 처벌과 영적인 처벌이라는 두 가지 다른 형태로 벌해지게 됩니다.

— 그런데 이 모든 영적인 고통 중에서 가장 심한 것은 상실의 고통입니다. 상실의 고통은 사실 너무나 큰 것이어서 그 자체로도 다른 모든 고통보다 더한 고문입니다. 교회에서 가장 훌륭한 박사, 천사 같은 박사라 불리는 성 토마스[49]는 최

---

49 St. Thomas Aquinas(1225~1274). 중세 철학자 토마스 아퀴나스를 말함.

악의 저주란, 인간의 이해력에서 신성의 빛이 박탈당하고 인간의 감정이 하느님의 선하심으로부터 완강하게 돌아서는 데에 있다고 하셨습니다. 하느님은 무한히 선하시므로, 그러한 존재를 상실한다는 것은 무한히 고통스러운 것입니다. 이 생애에서 우리는 그러한 손실이 어떤 것인지 잘 모릅니다만, 지옥에 있는 저주받은 자들은 그 심한 고통 때문에 그들이 잃어버린 것이 무엇인지 완전히 이해하고 있으며, 그들이 그것을 자신의 죄로 인해 잃었고 또한 영원히 잃어버렸다는 것을 알고 있습니다. 죽음의 순간에 육신의 결합은 산산이 부서지고 우리의 영혼은 곧장 존재의 중심인 하느님을 향해서 날아갑니다. 기억하십시오, 내 어린 형제여, 우리의 영혼은 주님과 함께 하기를 갈망합니다. 우리는 하느님으로부터 왔고, 우리는 하느님에 의해서 살며, 우리는 하느님의 것입니다. 우리는 그분의 것, 양도할 수 없는 그분의 것입니다. 하느님은 신의 사랑으로 모든 인간 영혼을 사랑하시며, 모든 인간 영혼은 그 사랑 속에 살아갑니다. 어떻게 아닐 수가 있겠습니까? 우리가 호흡하는 모든 숨결, 우리 머릿속의 모든 생각, 삶의 모든 순간이 하느님의 다함 없는 선으로부터 나오는 것입니다. 어머니가 아이와 헤어지는 것이, 사람이 따뜻한 가정으로부터 유배되는 것이, 친구들이 서로 헤어지는 것이 고통이라면, 오, 생각해 보십시오, 가엾은 영혼이 그 영혼을 무(無)로부터 지어 내시고 삶에서 그 영혼을 지탱해 주시며 헤아릴 수 없는 사랑으로 사랑해 주신, 지극히 선하신 사랑의 창조주의 존재로부터 쫓겨난다면 얼마나 큰 고통일지 말입니다. 그러니까 그것은 최상의 선으로부터, 하느님으로부터 영원히 분리되는 것이며, 그 이별의 고통을 느끼며 더 이상 바뀔 수 없음을 완전히 알게 되는 것입니다. 그것이 창조된 영혼이 감당할 수 있는 최고의 고통인 〈*poena damni*〉, 즉 상실의 고통입니다.

— 지옥에 있는 저주받은 자들의 영혼을 괴롭히는 두 번째 고통은 양심의 고통입니다. 죽은 육신에서 부패로 벌레들이 생겨나듯이, 길 잃은 영혼에도 죄의 부패로부터 영원한 회한이, 양심의 가책이, 교황 이노센티우스 3세가 말씀하셨듯이 3중의 침을 가진 벌레가 생겨납니다. 이 잔인한 벌레가 쏘아 대는 첫 번째 침은 지난날 누렸던 쾌락의 기억입니다. 얼마나 끔찍한 기억일까요! 모든 것을 집어삼키는 불꽃의 호수에서, 오만한 왕은 자기 궁전의 장관을, 똑똑하지만 사악한 인간은 그의 서재와 연구의 도구들을, 예술적 쾌락의 애호가는 그의 대리석 조각과 그림들과 다른 예술적 보물들을, 식탁의 쾌락을 즐기던 이는 그의 멋진 연회와 섬세하게 마련된 요리들과 최고급 와인을, 구두쇠는 그의 금 무더기를, 강도는 부정한 방법으로 얻은 그의 부를, 복수심에 분노하는 잔혹한 살인자들은 그들이 맘껏 저질러 놓은 피와 폭력의 행위들을, 불순하고 음탕한 자들은 그들이 즐겼던 말할 수 없이 추잡한 쾌락을 기억할 것입니다. 그들은 이 모든 것을 기억하고 그들 자신과 그들의 죄를 혐오하게 될 것입니다. 오랜 세월 동안 지옥 불에서 고통 받는 저주를 받은 영혼에게 그 모든 쾌락은 얼마나 끔찍하게 보이겠습니까. 지상에서 그 쓸모없는 것들, 몇 조각의 금속, 부질없는 명예, 육체적인 안락, 신경의 자극을 구하느라 천국의 지복을 잃었다고 생각하면, 그들이 얼마나 약이 오르고 화가 나겠습니까. 그들은 정말 후회할 것입니다. 그리고 이것이 양심이라는 벌레의 두 번째 침, 저질러진 죄에 대한 뒤늦은, 소용없는 슬픔입니다. 신의 정의는 이 불쌍

한 자들의 오성을 지속적으로 그들이 저지른 죄에만 집중하게 하고, 더욱이, 성 아우구스티누스가 지적한 대로, 하느님께서는 죄에 대한 당신의 지식을 그들에게 나누어 주심으로써 죄가 하느님 자신의 눈에 비치듯 그렇게 흉측하고 악독한 모습으로 그들에게 나타나도록 합니다. 그들은 자신의 죄를 가장 추악한 모습으로 바라보고 후회할 것이지만 너무 늦을 것이며, 그때에서야 그들은 그들이 무시했던 좋은 기회들을 아쉬워할 것입니다. 이것이 양심이라는 벌레의 마지막, 가장 깊고 잔인한 침입니다. 양심은 이렇게 말할 것입니다. 너는 회개할 시간과 기회가 있었지만 그렇게 하지 않았다. 네 부모님은 너를 종교적으로 길렀다. 너는 네게 도움이 되는 교회의 성체와 은총과 대사(大赦)를 받았다. 너에게는 네게 설교하고, 엇나갔을 때 너를 불러 주고, 얼마나 여러 번이든 얼마나 끔찍한 것이든 네가 고백하고 회개만 한다면 네 죄를 용서해 줄 하느님의 대리인이 있었다. 하지만 너는 그렇게 하려 하지 않았다. 너는 성스러운 종교의 대리인들을 모욕하고, 고해소에 등을 돌리고, 죄의 수렁 속으로 점점 더 깊이 빠져들었다. 하느님은 그분께 돌아오라고 네게 호소하고 위협하고 간청했다. 오, 얼마나 부끄럽고 참담한 일인가! 우주의 지배자께서 네게, 흙으로 빚은 존재인 네게 너를 믿든 그분을 사랑하고 그의 율법을 지키라고 간청하셨다. 하지만 너는 그렇게 하려 하지 않았다. 그리고 이제, 네가 울 수 있다면 네 눈물로 지옥에 홍수가 지게 만든대도, 그 후회의 바다는 네가 살아 있을 때 단 한 방울 진정한 후회의 눈물만으로도 얻을 수 있었던 그것을 네게 가져다주지 못할 것이다. 너는 이제 후회할 수 있는 지상의 삶을 한순간만이라도 허락해 달라고 애원하겠지만, 헛된 일이다. 그 시간은 지나갔다. 영원히 지나갔다.

— 이것이 양심의 3중의 침으로, 지옥에 있는 불쌍한 자들의 심장 한가운데를 독사처럼 갉아먹어, 지옥의 분노에 가득한 그들은 자신의 어리석음을 저주하고 그들을 그렇게 파멸시킨 사악한 친구들을 저주하고, 살아서는 그들을 유혹하고 이제는 그들을 영원히 조롱하는 악마들을 저주하고 심지어는 그 선과 인내를 그들이 조롱하고 경시했으나 그 정의와 권능을 피할 수 없는 가장 높은 분까지도 욕하고 저주합니다.

— 저주받은 자들이 받게 되는 그다음 정신적 고통은 확대의 고통입니다. 인간은 살아 있을 때 수많은 악행을 저지를 수 있지만 그 모든 것을 한꺼번에 저지르지는 못합니다. 하나의 독이 종종 다른 독을 해독하듯이, 한 가지 악행은 다른 악행을 교정하거나 반작용을 하기 때문입니다. 그와 반대로 지옥에서는, 하나의 고문이 다른 고문을 상쇄하기는커녕, 더 큰 힘을 부여합니다. 더욱이 내적인 능력은 외부의 감각보다 더 완벽하기 때문에, 내적인 능력이 더 많이 고통 받을 수 있습니다. 각각의 모든 감각이 그에 적합한 고문을 받는 것처럼, 모든 정신적 능력도 그렇습니다. 환상은 끔찍한 이미지들로, 감성 능력은 갈망과 분노의 교차로, 정신과 오성은 그 끔찍한 감옥을 지배하는 외부의 어둠보다 더 무서운 내면의 어둠으로 말입니다. 이들의 악마 같은 영혼을 사로잡고 있는 악의는 비록 지금은 무기력하지만 무한대로 확장되고 무한대로 지속될 수 있는 악이요, 우리가 죄의 극악무도함과 그 죄에 대해 하느님이 품고 계신 분노를 염두에 두지 않으면 알아차리기 힘들 정도의 아주 무서울 정도의 사악한 상태입니다.

— 이러한 확대의 고통에 반하여, 그러나 이와 공존하는

것으로, 강도(强度)의 고통이 있습니다. 지옥은 악의 중심이고, 여러분도 알다시피, 사물은 가장 먼 곳보다는 중심에서 더 강렬한 법입니다. 거기엔 지옥의 고통을 조금이라도 완화하고 부드럽게 할 수 있는 어떤 반대되는 사물이나 혼합물도 없습니다. 아니, 그 자체로 좋은 것이라도 지옥에서는 악이 됩니다. 다른 곳에서라면 고통 받는 자들에게 위안의 원천이 되는 친구도 그곳에서는 지속적인 고문입니다. 지성의 최고선으로서 그토록 선망의 대상이 되는 지식도 그곳에서는 무지보다 더 미움을 받습니다. 만물의 영장에서부터 숲 속의 가장 미미한 식물에 이르기까지 모든 피조물이 갈망하는 빛도 격렬하게 미움을 받습니다. 이승에서 우리의 슬픔은 그리 길지도 않고 그리 크지도 않습니다. 왜냐하면 자연이 습관으로 슬픔을 극복하거나 슬픔의 무게로 가라앉게 만들어 슬픔을 끝장내기 때문입니다. 그러나 지옥에서는 고통이 습관으로 극복되지 않습니다. 왜냐하면 그 강도가 무시무시하면서도 동시에 지속적으로 변화하기 때문에 말하자면 각각의 고통이 다른 고통으로 인해 불이 붙어 그 불씨를 제공한 고통에게 더 강력한 불꽃을 되돌려 주기 때문입니다. 자연도 이렇듯 강렬하고 다양한 고통에 굴복해 버림으로써 그로부터 탈출할 수가 없습니다. 왜냐하면 영혼이 악으로 지탱되고 유지되어 그 고통이 더더욱 커지기 때문입니다. 고통의 무한한 확장, 괴로움의 믿을 수 없는 강도, 고문의 끊임없는 다양성, 이것이 죄인들로 인해 격노하신 하느님께서 요구하시는 것입니다. 이것이 타락한 육신의 음탕하고 천한 쾌락 때문에 모욕당하고 무시된 하늘의 거룩함이 요구하는 것입니다. 이것이 죄인들의 구원을 위해 흘려지고, 비열한 자들 중 가장 비열한 자들에게 짓밟힌, 하느님의 순결한 어린양의 피가 주장하는 것입니다.

— 그 끔찍한 곳의 모든 고문 가운데 마지막 최고의 고문은 지옥의 영원함입니다. 영원! 오, 무섭고도 끔찍한 말입니다. 영원! 인간의 어떤 정신이 그것을 이해할 수 있겠습니까? 그리고 기억하십시오, 이건 고통의 영원입니다. 지옥의 고통이 실제보다 그리 무서운 것이 아니라고 해도, 그 고통은 무한한 것이 될 것입니다. 영원히 지속될 운명이니까요. 그러나 그 고통은 영원하면서도, 여러분도 알다시피, 참을 수 없이 강렬하고, 견딜 수 없이 광범위합니다. 벌레 한 마리에 쏘여도 그것을 영원히 참으라면 끔찍한 고통이 될 것입니다. 그러니 지옥의 여러 가지 고문을 영원히 참는 것은 어떻겠습니까? 영원히 말입니다! 영원무궁토록! 1년도 아니고, 한 시대도 아니고, 영원히 말입니다. 이것의 끔찍한 의미를 상상해 보십시오. 여러분은 바닷가의 모래를 본 적이 있을 것입니다. 그 작은 모래알이 얼마나 곱습니까! 아이가 놀다가 움켜쥔 작은 한 줌에도 그 작디작은 모래 알갱이가 얼마나 많이 들어 있을까요. 자, 그럼 그 모래가 1백만 마일쯤 되는 높이의, 지상에서 가장 높은 하늘까지 닿고, 넓이는 1백만 마일쯤 되어 우주 끝까지 펼쳐지며, 두께도 1백만 마일쯤 된다고 상상해 봅시다. 그리고 그 헤아릴 수 없는 모래 알갱이의 거대한 덩어리가 숲속의 나뭇잎만큼, 큰 바다의 물방울만큼, 새의 깃털만큼, 물고기의 비늘만큼, 짐승의 터럭만큼, 광대한 허공의 원자들만큼의 숫자로 곱하여 늘어난다고 상상해 보십시오. 그리고 1백만 년이 지날 때마다 작은 새 한 마리가 그 산에 와서 부리로 모래 한 알갱이를 가져간다고 상상해 보십시오.

그 새가 그 산의 1평방피트라도 옮겨 가려면 몇 십억 세기가 지나야 할까요? 그 산을 몽땅 옮겨 가려면 또 얼마나 많은 억겁의 세월이 지나야 할까요? 그러나 그 엄청난 시간이 다 지나가도, 그건 영원의 한 순간도 끝나지 않았다고 할 수 있을 것입니다. 그 수십억, 수조 년의 시간이 흘러가도 영원은 아직 시작도 되지 않았을 것입니다. 그 산이 모두 옮겨지고 난 뒤 새로 솟아오르고, 그 새가 다시 와서 그것을 모두 한 알 한 알 옮겨 가고, 그렇게 그 산이 솟아오르고 무너지기를 하늘의 별만큼, 허공의 원자만큼, 바다의 물방울만큼, 나무의 이파리만큼, 새의 깃털만큼, 물고기의 비늘만큼, 짐승의 터럭만큼 되풀이해도, 그렇게 헤아릴 수 없이 여러 번, 그 측정할 수 없을 만큼 거대한 산이 솟아오르고 무너지고를 반복한 뒤에도 영원의 단 한 순간도 지나갔다고 말할 수는 없을 것입니다. 그때에도, 그 시간이 다 지난 후에도, 생각만 해도 우리 두뇌가 어지럽게 핑핑 돌게 만드는 그 억겁의 시간 후에도, 영원은 거의 시작도 되지 않았을 것입니다.

　— 아마 우리 신부님들 중 하나였으리라 봅니다만, 예전에 어떤 거룩한 성인께서 지옥을 보는 것을 허락받았다고 합니다. 그는 커다란 시계의 뚝딱거리는 소리 말고는 아무 소리도 들리시 않는 어둡고 커다란 홀 한가운데 서 있는 것 같았다고 합니다. 뚝딱거리는 소리는 끊임없이 이어졌습니다. 그 성인에게 이 뚝딱 소리는 이런 말이 계속 되풀이되는 것처럼 들렸다고 합니다. 늘, 결코, 늘, 결코. 늘 지옥에 있을 것이며, 결코 천국에 가지 못하리. 늘 하느님의 존재로부터 차단될 것이며, 결코 그 지복을 누리지 못하리. 늘 불꽃에 먹히고, 벌레에 뜯기고, 불타는 못에 찔리며, 결코 그 고통에서 벗어나

지 못하리. 늘 양심의 비난을 받고 기억으로 격노하고 마음은 어둠과 절망으로 가득 차서, 결코 벗어나지 못하리. 늘 자기들에게 속아 넘어간 어리석은 자들을 고소한 듯이 악귀처럼 바라보는 흉측한 악마들을 저주하고 욕하면서도, 결코 축복받은 영혼들의 빛나는 의복은 보지 못하리. 늘 하느님께 한 순간, 단 한 순간이라도 이렇게 무서운 고통에서 벗어나게 해 달라고 불길의 심연 속에서 외치지만, 단 한 순간도 하느님의 용서를 받지 못하리. 늘 고통 받고, 결코 누리지 못하리. 늘 저주받고, 결코 구원받지 못하리. 늘, 결코, 늘, 결코. 오, 얼마나 끔찍한 형벌입니까! 한 줄기 희망의 빛도 없고 한순간의 멈춤도 없이, 영원히 이어지는 끝없는 몸부림, 끝없는 육체적 정신적 고통, 무한한 강도의 고통, 무한대로 변하는 괴로움, 계속 집어삼키면서도 그것을 계속 유지하는 고문, 육신을 망치면서도 정신까지 영원히 집어삼키는 번민, 그렇게 계속되는 영원은 그 순간순간이 그 자체로 슬픔의 영원입니다. 이것이 중죄를 짓고 죽은 자들에게 전능하시고 정의로우신 하느님께서 내리신 무서운 형벌입니다.

— 네, 정의로우신 하느님! 인간은 늘 인간으로서 헤아리기에 하느님께서 단 한 가지의 중대한 죄 때문에 지옥 불 속에서 영원히 계속되는 무한대의 형벌을 내리시는 데에 놀라워합니다. 그들은 육신의 조야한 환상과 인간의 오성이 가진 암흑에 눈이 멀어, 중한 죄의 끔찍한 악의를 이해하지 못하기에 그리 생각하는 것입니다. 그들은 가벼운 죄라도 그 본성은 흉측하고 끔찍하여, 전능하신 창조주께서 한 번쯤의 가벼운 죄, 한 번의 거짓말, 한 번의 성난 눈길, 한 순간의 고의적인 게으름 정도는 벌하지 않고 넘어가신다는 조건으로 세상

의 모든 악과 불행, 전쟁, 질병, 강탈, 범죄, 죽음, 살인을 끝장 내실 능력이 있다고 하더라도, 위대하고 전능한 하느님께서는 그렇게 하실 수가 없다는 것을, 왜냐하면 생각이든 행동이든 죄라는 것은 하느님의 율법을 어기는 것이며, 어긴 자들을 벌하지 않는다면 하느님은 하느님이 아니시기 때문이라는 것을 이해하지 못하기에 그리 생각하는 것입니다.

— 한 번의 죄, 한 순간 지성의 반항적인 교만이 루시퍼와 천군의 3분의 1을 그 영광스러운 자리에서 추락하게 했습니다. 한 번의 죄, 한 순간의 어리석음과 나약함이 아담과 이브를 에덴에서 추방했고 세상에 죽음과 고통을 불러왔습니다. 그 죄의 결과를 회복하기 위해 하느님의 독생자께서 세상에 내려오시고, 살다가 고통 받고, 십자가에 세 시간 동안 매달려 가장 고통스러운 죽음을 당하신 것입니다.

— 예수 그리스도 안의 내 어린 형제들이여, 우리가 그 선한 속죄자의 마음을 거스르고 그분의 분노를 살 것입니까? 우리가 그 찢기고 난도질당한 시신을 다시 짓밟을 것입니까? 우리가 그렇게 슬픔과 사랑으로 가득한 얼굴에 침을 뱉어야겠습니까? 우리가 우리를 위해서 그 끔찍한 슬픔의 포도주틀을 홀로 밟으신 온유하고 다정한 구세주를, 잔인한 유태인과 난폭한 병사들처럼 조롱히겠습니까? 죄의 밀 한마디 한마디가 그의 부드러운 옆구리의 상처입니다. 죄스러운 행동 하나하나가 그의 머리를 찌르는 가시입니다. 일부러 따르게 되는 불순한 생각 하나하나가 거룩하고 사랑이 넘치는 심장을 꿰뚫은 날카로운 창입니다. 아니요, 아니요. 어떤 인간도 하느님을 그렇게 거스르는 일은, 영원한 고통으로 벌받는 일은, 하느님의 아들을 다시 십자가에 못 박고 그를 조롱거리로 만

드는 일은 할 수 없는 것입니다.

— 내 빈약한 말들이 이미 은총을 받은 사람들은 그 신심을 더 굳건하게 하고, 흔들리는 사람들을 강건하게 하며, 여러분 중에 혹 그런 사람이 있다면 길을 벗어난 불쌍한 영혼을 다시 은총의 자리로 돌아오게 할 수 있게 되기를 하느님께 기도합니다. 우리가 우리의 죄를 뉘우치게 되기를 하느님께 기도하오니, 여러분도 나와 함께 기도합시다. 이제 여러분 모두가 하느님 계신 이 조촐한 예배당에 무릎을 꿇고 나를 따라 통회의 기도를 하겠습니다. 하느님은 인류에 대한 사랑으로 불타며, 괴로운 자를 위로해 주시려고 여기 이 성궤 안에 계십니다. 두려워 마십시오. 그 죄가 아무리 커도, 아무리 흉측해도, 죄를 회개하면 용서받을 것입니다. 세속의 부끄러움으로 주저하지 마십시오. 하느님은 늘 자비로운 주님이시어, 죄인이 영원히 죽기보다는 개심하여 살기를 바라십니다.

— 하느님께서 부르십니다. 여러분은 그분의 것입니다. 하느님은 무에서 여러분을 지으셨습니다. 하느님은 오로지 하느님만이 사랑하실 수 있는 방식으로 여러분을 사랑하십니다. 여러분이 하느님께 죄를 지어도 하느님은 두 팔을 벌려 여러분을 받아 주십니다. 하느님께로 오십시오, 가엾은 죄인이여, 헛된 마음으로 어긋난 가엾은 죄인이여. 지금이 받아들일 수 있는 시간입니다. 지금이 그 시간입니다.

사제는 일어나서 제단 쪽을 향하여 이미 어둠이 깔린 성궤 앞 계단에 무릎을 꿇었다. 그는 예배당 안의 모든 사람들이 무릎을 꿇고 자그만 소리까지도 다 잦아들 때까지 기다렸다. 그리고 그는 머리를 쳐들고 통회의 기도를 한 구절 한 구절 열성적으로 암송하기 시작했다. 소년들은 한 구절 한 구절

그에게 응송했다. 스티븐은 혀가 입천장에 붙은 듯, 마음으로
기도했다.

— 〈하느님!〉
— 〈하느님!〉
— 〈제가 죄를 지어〉
— 〈제가 죄를 지어〉
— 〈참으로 사랑받으셔야 할〉
— 〈참으로 사랑받으셔야 할〉
— 〈주님의 마음을 아프게 하였사오니〉
— 〈주님의 마음을 아프게 하였사오니〉
— 〈악을 저지르고 선을 소홀히 한 모든 잘못을〉
— 〈악을 저지르고 선을 소홀히 한 모든 잘못을〉
— 〈진심으로 뉘우치나이다〉
— 〈진심으로 뉘우치나이다〉
— 〈또한 주님의 은총으로 속죄하고〉
— 〈또한 주님의 은총으로 속죄하고〉
— 〈다시는 죄를 짓지 않으며〉
— 〈다시는 죄를 짓지 않으며〉
— 〈죄지을 기회를 피하기로 굳세 나짐하오니〉
— 〈죄지을 기회를 피하기로 굳게 다짐하오니〉
— 〈우리 구세주 예수 그리스도의 수난 공로를 보시고〉
— 〈우리 구세주 예수 그리스도의 수난 공로를 보시고〉
— 〈저에게 자비를 베풀어 주소서〉
— 〈저에게 자비를 베풀어 주소서〉[50]

50 『가톨릭 기도서』 중 「통회 기도」.

그는 저녁을 먹고 나서 자신의 영혼과 홀로 남기 위해 방으로 올라갔다. 매 계단마다 그의 영혼은 한숨을 쉬는 듯했고, 매 계단마다 그의 영혼도 끈적끈적한 어둠 속을 뚫고 그의 발과 함께 올라가며 한숨짓고 있었다.

그는 문 앞의 층계참에서 멈추었다가 도자기 문고리를 쥐고 재빨리 방문을 열었다. 그는 영혼도 그와 함께 수척해진 채, 두려움에 잠시 멈춰서, 그가 문지방을 지나갈 때 죽음이 그의 이마를 건드리지 않게 해달라고, 어둠 속에 사는 악령이 그를 지배하지 못하게 해달라고 말없이 기도했다. 그는 마치 어두운 동굴 입구에 서 있듯이 문지방에서 기다렸다. 얼굴들이 거기 있었다. 눈들도. 그들이 기다리며 지켜보고 있었다.

— 우린 물론 잘 알고 있지, 다 밝혀지게 되어 있긴 하지만, 그 자신을 영혼의 전권을 가진 자를 확인하고자 노력하도록 유도하려 한다는 것이 상당히 어려운 일임을 알게 될 것이라는 걸, 우린 아주 잘 알고 있단 말이지.

중얼거리는 얼굴들이 기다리며 지켜보고 있었다. 중얼중얼하는 목소리들이 동굴의 어둡고 둥근 천장을 채웠다. 그는 영혼과 육신 모두 격렬하게 겁이 났지만, 용감하게 머리를 쳐들고 방으로 단호하게 들어섰다. 문간, 방, 똑같은 방, 똑같은 창문. 그는 어둠 속에서 중얼중얼하며 들려오는 것 같은 말들이 전혀 말도 안 되는 소리라고 스스로에게 차분하게 말했다. 그는 그건 그냥 문이 열린 그의 방일 뿐이라고 스스로에게 말했다.

그는 문을 닫고 재빨리 침대로 걸어가 침대 옆에 무릎을 꿇고 손으로 얼굴을 감쌌다. 그의 손은 차고 축축했으며 사지는 냉기로 쑤셨다. 몸의 불안과 냉기와 피로가 그를 괴롭히며 제대로 생각을 못 하게 만들었다. 왜 그는 거기 저녁 기도를 하는 아이처럼 무릎을 꿇고 있는 걸까? 그의 영혼과 홀로 있기 위해, 그의 양심을 점검하기 위해, 그의 죄와 대면하기 위해, 그 죄를 저지른 시간과 방법과 상황을 기억하기 위해, 그 죄 때문에 울기 위해. 그는 울 수가 없었다. 그는 죄를 기억으로 소환해 낼 수가 없었다. 그는 오로지 영혼과 육체의 아픔만을 느낄 수 있었다. 그의 존재 전체가, 기억, 의지, 오성, 육신이 모두 마비되고 지쳤기에.

그건 악마가 한 짓이었다. 비겁하고 죄로 타락한 육신의 입구에서 그를 공격하여, 그의 생각을 흩뜨리고 그의 양심을 흐리게 한 것은. 그의 나약함을 용서해 달라고 소심하게 하느님께 기도하면서, 그는 침대로 기어 올라가 담요를 꽁꽁 둘러쓰고 다시 손으로 얼굴을 가렸다. 그는 죄를 지었다. 그는 하늘에, 하느님 앞에 너무 깊이 죄를 지어서 하느님의 자녀라 불릴 가치도 없었다.

그가, 스티븐 디덜러스가, 그런 짓들을 할 수 있었단 말인가? 그의 양심은 대답하듯 한숨지었다. 그렇다. 그는 몰래, 치사하게, 때때로, 그런 짓들을 했으며, 죄를 짓고 회개하지 않는 채로 굳어진 그는 그 안의 영혼이 살아 있는 부패의 덩어리인 상황에서도 성궤 앞에서조차 감히 경건한 가면을 쓰고 있었던 것이다. 어찌하여 하느님은 그를 쳐 죽이시지 않았단 말인가? 그가 저지른 죄들이 나병 환자 무리들처럼 그를 에워싸고 그에게 숨을 내쉬고 사방에서 그를 굽어보고 있었다. 그는 사지를 한데 웅크리고 눈을 꼭 감은 채 기도를 하면서 그 죄들을 잊어버리려고 노력했지만, 그 영혼의 감각들은 묶여 있으려 하지 않았다. 그의 눈은 꼭 감겨 있었으나 그는 그가 죄를 지은 장소들을 보았고, 귀를 꼭 막았으나 소리가 들렸다. 그는 온 마음을 다해 듣지도 보지도 않게 되길 바랐다. 너무 간절히 바란 나머지 긴장해서 온몸이 떨렸고 마침내 영혼의 감각들도 닫혔다. 감각들이 잠깐 닫혔다가 다시 열렸다. 그는 보았다.

뻣뻣한 잡초와 엉겅퀴와 군생하는 쐐기풀 뭉치로 뒤덮인 들판. 뻣뻣한 풀들이 무성하게 자라난 사이로 찌그러진 깡통들과 덩어리지거나 똬리 모양으로 굳은 배설물들이 널려 있었다. 부스럭거리는 회녹색 잡초들 사이로 온갖 배설물에서 꾸물꾸물 올라오는 희미한 늪지대의 불빛. 그 빛처럼 희미하고 고약하고 나쁜 냄새가 깡통들에서, 굳어서 딱딱해진 똥에서 스멀스멀 피어올랐다.

그 들판에 짐승들이 있었다. 하나, 셋, 여섯. 짐승들이 들판에서 여기저기 움직이고 있었다. 인간의 얼굴과 뿔 달린 이마에, 옅은 수염이 나고 인도 고무 같은 회색빛의 염소처럼 생긴 짐승. 그들이 긴 꼬리를 뒤로 끌며 이리저리 움직일 때 그들의 냉혹한 눈에는 사악한 악의가 빛났다. 잔인한 악의를 품은 입을 벌리자 늙고 뼈가 두드러진 얼굴이 회색으로 빛났다. 한 놈은 찢어진 플란넬 조끼로 갈비뼈 주위를 동여매고 있었고, 또 다른 놈은 수염이 잡초 더미에 걸리자 중얼중얼 불평을 했다. 천천히 원을 그리며 들판을 빙빙 돌며 휘저으며, 잡초 사이를 이리저리 오가며, 떨그렁거리는 깡통들 사이로 긴 꼬리를 끌고 다녔다. 침이 마른 그들의 입술에서 부드러운 말이 흘러나왔다. 그들은 천천히 원을 그리며 움직였고, 돌면서 조금씩 좁혀 오고 좁혀 와서 에워싸고, 에워싸고, 입술에서는 부드러운 말이 흘러나오고, 휙휙 움직이는 긴 꼬리는 고약한 똥으로 더러워져 있고, 그 무서운 얼굴을 위로 쳐들고…….

사람 살려!

그는 미친 듯이 담요를 제치고 얼굴과 목을 내놓았다. 그것이 그의 지옥이었다. 하느님은 그에게 그의 죄를 위해 마련된 지옥을 보게 한 것이었다. 악취 나고, 짐승 같은, 악의적인, 음탕한 염소 같은 악귀들의 지옥. 그의 지옥! 그의 지옥!

그 악취가 그의 목구멍을 타고 내려가 내장을 꽉 채워 뒤집히게 하여, 그는 침대에서 벌떡 일어났다. 공기! 천국의 공기를! 그는 메슥거려 신음하며 거의 기절할 지경이 되어 더듬더듬 창 쪽으로 갔다. 세면대에 이르자 속에서 경련이 일어났다. 차가운 이마를 거칠게 움켜쥐고 그는 고통스럽게 하염없이 구토를 했다.

구토가 누그러지자 그는 힘없이 창문 쪽으로 걸어가서 창문을 들어 올리고 창구멍 한쪽 구석에 앉아 창틀에 팔꿈치를 기댔다. 비는 그쳐 있었다. 불빛 사이사이로 움직이는 수증기 속에서 도시는 노르스름한 안개로 부드러운 고치를 지어 스스로를 감싸고 있는 중이었다. 하늘은 고요하고 희미하게 밝았으며, 공기는 소나기에 흠뻑 섞은 숲 속에 있는 것처럼 숨쉬기에 달콤했다. 평화와 흔들리는 불빛과 조용한 향기 속에서 그는 자신의 마음에 맹세를 했다.

그는 기도했다.

— 그분께서는 일찍이 하늘의 영광에 싸여 지상에 오시기로 했으나 우리가 죄를 지었나이다. 그리하여 그분은 하

느님이셨기에 장엄함을 감싸고 광채를 흐리게 한 채로 우리에게 오실 수밖에 없었습니다. 그래서 그분은 권능이 아니라 나약함으로 오셨으며, 그분 대신 당신을, 우리의 위치에 적합한 단정함과 광채를 띤 당신을 보내 주셨습니다. 이제 성모여, 당신의 얼굴과 모습에서 쳐다보기에 위험한 지상의 아름다움과는 다른, 환하고 음악적이며 순결을 숨쉬며 천국을 이야기하고 평화를 불어넣는, 당신의 상징인 샛별처럼 영원함이 스며 나오나이다. 오, 대낮의 전조여! 오, 순례자의 빛이여! 당신이 이제껏 이끌어 오셨듯이 우리를 항상 이끄소서. 어두운 밤 황량한 광야를 가로질러 우리를 우리 주 예수께로 인도하소서. 우리를 집으로 인도하소서.[51]

그의 눈이 눈물로 흐려졌다. 겸허하게 하늘을 올려다보며, 그는 잃어버린 순결함에 울었다.

저녁이 되자 그는 숙소를 나섰다. 축축한 밤공기의 첫 느낌과 뒤에서 문이 닫히는 소리가 기도와 눈물로 달랬던 그의 양심을 다시 아프게 만들었다. 고해하라! 고해하라! 눈물과 기도로 양심을 달래는 것으로는 충분하지 않다. 그는 성령의 대리인 앞에 무릎을 꿇고 숨겨 왔던 그의 죄에 대해 진실하게 회개하며 이야기해야 했다. 그를 안으로 들이기 위해 문지방 위로 방문의 발판이 끌리는 소리를 듣기 전에, 부엌의 식탁에 저녁이 차려진 것을 다시 보기 전에, 그는 무릎을 꿇고 고해를 해야 할 것이었다. 아주 간단한 일이었다.

51 뉴먼의 『혼합 회중을 위한 설교』(1849) 중 제17장 「성자를 위한 성모의 영광」의 결론 부분을 그대로 인용한 것.

양심의 아픔이 그치고 그는 어두운 거리로 재빨리 걸어 나갔다. 그 거리의 인도에는 포석(鋪石)이 그리도 많았고 그 도시에는 길이 그리도 많았으며 세상에는 도시들이 그리도 많았다. 그렇지만 영원에는 끝이 없었다. 그는 죽을죄를 지었다. 단 한 번만으로도 죽을죄였다. 그건 한순간에 일어날 수도 있었다. 그렇지만 어떻게 그렇게 빨리? 보기만 해도, 혹은 보는 생각만 해도. 눈은 처음에 보겠다는 마음이 없이도 사물을 보지. 그러고는 한순간에 그런 일이 벌어져. 그렇지만 신체의 그 부분은 생각이라도 하는 걸까, 아니면? 뱀, 들판에서 가장 교활한 짐승. 그것이 한순간 욕망하고 나서는 그 욕망을 순간순간 죄스럽게 연장하는 것을 보면 알고 있는 게 분명해. 그것은 느끼고 이해하고 욕망해. 얼마나 끔찍한 일인가! 누가 그렇게, 신체의 동물적인 부위가 짐승 같이 이해하고 짐승 같이 욕망하도록 누가 그렇게 만들었을까? 그 순간은 그인가, 아니면 천한 영혼으로 움직이는 비인간적인 사물인가? 숨어 있는 뱀 같은 생명이 그의 부드러운 골수를 파먹고 정욕의 점액을 먹고 살찌고 있다고 생각하니 그의 영혼은 구역질이 날 지경이었다. 오, 왜 그랬던 거야? 왜?

그는 모든 사물과 모든 사람을 지으신 하느님에 대한 경외도 몸을 낮추며, 그 생각의 그림자 아래 움츠렸다. 미쳤어. 누가 그런 생각을 한단 말인가? 어둠 속에 몸을 움츠리고 비굴하게, 그는 그의 수호천사에게 큰 칼로 그의 머리에 속삭이고 있는 악마를 내쫓아 달라고 소리 없이 기도했다.

속삭임이 그쳤고, 그는 자신의 영혼이 그의 육체를 통해서 제멋대로 생각과 말과 행동으로 죄를 지었음을 똑똑히 알았다. 고해하라! 그는 모든 죄를 고백해야 했다. 그가 했던 일을 사제에게 어떻게 말로 다 할 수 있단 말인가? 해야 해, 해야 해. 혹은, 어떻게 그가 수치심에 죽지 않고서 설명을 할 수 있단 말인가? 혹은, 어떻게 그가 그런 짓을 창피한 줄도 모르고 할 수 있었단 말인가? 미친놈! 고해하라! 오, 그는 정말 다시 자유롭고 결백한 상태가 되기 위해 그렇게 할 거다! 아마 사제도 아실지 몰라. 오, 하느님!

그는 불이 제대로 켜 있지 않은 거리를, 잠시라도 멈춰 서면 그를 기다리고 있는 것에 겁을 먹은 것처럼 보일까 봐 두려워하며, 또 그가 원해서 찾아가는 그곳에 도착하는 것도 두려워하며, 계속 걸어갔다. 하느님께서 사랑으로 돌봐 주시는 은총을 입은 상태의 영혼은 얼마나 아름다울까!

너저분한 계집애들이 바구니를 앞에 놓고 보도 가장자리에 나란히 앉아 있었다. 그들의 축축한 머리카락이 이마 위에 나부끼고 있었다. 진창에 몸을 웅크린 그들은 보기에 그리 아름답지 않았다. 그러나 그들의 영혼은 하느님께도 보일 것이고, 그들의 영혼이 은총을 받은 상태라면 보기에 빛이 나겠지. 그러면 하느님은 그들을 보시고 그들을 사랑하시는 것이다.

그가 얼마나 타락했는지 생각하고, 저 아이들의 영혼이 그의 영혼보다 하느님께 더 소중하다는 것을 느끼고 보니, 굴욕의 황폐한 숨결이 그의 영혼 위로 쓸쓸하게 불어왔다. 그 바람은 그에게로 불어왔다가, 하느님의 호의가 더 많이 혹은 더 적게 내리쬐고 별빛이 더 밝아졌다가 더 어두워졌다가 견디다가 꺼지다 하는 수없이 많은 다른 영혼들 위로 불어 갔다. 깜빡거리는 영혼들이 지속되다가 꺼지다가 하면서 하나의 움직이는 숨결로 합쳐져 지나갔다. 하나의 영혼이 사라졌다. 작은 영혼이었다. 그의 영혼. 그것은 한 번 깜박 했다가 꺼져 버렸다, 잊혀졌다, 사라졌다. 끝. 검고, 차갑고, 텅 빈 황야.

불 꺼지고 느낄 수 없으며 살지도 않은 광대한 시간을 넘어서 장소에 대한 의식이 썰물처럼 천천히 그에게 다시 밀려왔다. 주변의 누추한 광경이 서서히 모습을 드러냈다. 서민들의 말투, 가게들마다 켜놓은 가스등, 생선과 술과 젖은 톱밥 냄새, 움직이는 남녀들. 한 노파가 손에 기름통을 들고 길을 건너려던 참이었다. 그는 몸을 굽혀 근처에 예배당이 있느냐고 물었다.

— 예배당이요? 있죠. 처치 거리 성당.

— 처치요?

노파는 통을 다른 손으로 옮겨 들고 그에게 길을 가르쳐 주었다. 노파가 숄 자락 아래로 여위고 냄새 나는 오른손을 들어 보일 때 그는 노파의 목소리에 슬퍼지면서 위로가 되어 그녀에게로 몸을 좀 더 굽혔다.

— 감사합니다.

— 별말씀을요.

높은 제단 위에 놓인 초는 꺼져 있었지만 침침한 중앙 회중석 부근에는 아직 향 태운 냄새가 감돌고 있었다. 턱수염이 난 일꾼들이 경건한 얼굴을 한 채 천개(天蓋)를 옆문으로 옮겨 내어 가고 있었고, 교회시기가 몸짓과 발도 소용소용 그들을 돕고 있었다. 신도들 중 몇몇은 아직 옆 제단 앞에서 혹은 고해소 부근의 긴 의자에 무릎을 꿇고 기도를 하며 머물러 있었다. 그는 조심스레 다가가 본당의 마지막 의자에 무릎을 꿇고, 그 교회의 평화와 침묵과 향기로운 그림자에 감사했다. 그가 무릎을 꿇은 판자는 좁고 낡았으며 그의 옆에서 무릎을 꿇은 자들은 예수를 겸허하게 따르는 자들이었다. 예수께서도 가난하게 태어나 목공소에서 판자를 자르고 대패로 밀며 일했고, 가난한 어부들에게 처음으로 하느님의 왕국에 대해 이야기했으며, 모든 사람들에게 온유하고 겸손한 마음을 가지라고 가르쳤다.

그는 두 손 위로 머리를 굽히고 자신의 마음도 온유하고 겸손해져서 그도 옆에 무릎을 꿇은 사람들처럼 되어서 그의 기도가 그들의 기도처럼 받아들여졌으면 하고 바랐다. 그는 그들 옆에서 기도를 했지만 어려웠다. 그의 영혼은 죄로 더러워졌고 그는 예수께서 하느님의 신비로운 방법으로 처음 그의 곁에 부르신 목수, 어부들, 나무를 다루고 다듬거나 끈기 있게 그물을 고치거나 하는 비천한 일을 하는 가난하고 소박한 사람들이 가지고 있는 그런 단순한 믿음으로 용서를 비는 일을 감히 하지 못했다.

어떤 키 큰 사람이 통로로 오자 회개하던 자들이 술렁였다. 마지막 순간 흘끗 올려다보니 긴 반백의 턱수염과 카푸친 수도회의 갈색 의복이 눈에 보였다. 사제는 고해소 안으로 들어가 사라졌다. 두 참회자가 일어나 고해소 양쪽으로 들어갔다. 나무 미닫이가 열리고 희미하게 웅얼거리는 목소리가 침묵을 깨뜨렸다.

그의 피가 혈관에서 중얼거리는 것이 마치 잠에서 깨어나 그 종말을 들으러 불려 가는 죄 많은 도시의 웅얼거림 같았다. 작은 불똥들과 가루 같은 재가 부드럽게 떨어져 사람들이 사는 집 위에 내려앉았다. 사람들은 뜨거워진 공기에 괴로워 잠에서 깨어나 술렁였다.

미닫이가 다시 닫혔다. 참회자가 고해소 옆에서 나타났다. 저쪽 편 미닫이가 열렸다. 한 여인이 첫 번째 참회자가 무릎을 꿇었던 곳으로 조용히 잽싸게 들어갔다. 희미한 중얼거림이 다시 시작되었다.

아직 예배당을 떠날 수는 있었다. 그는 일어나서 한 발을 다른 발 앞으로 내딛고 조용히 걸어 나가 어두운 거리로 빠르게 달리고, 달리고, 달릴 수 있었다. 아직도 수치로부터 도망칠 수 있었다. 바로 그 죄만 아니라면 어떤 끔찍한 범죄였더라도! 차라리 살인이었더라면! 작은 불똥들이 떨어져 그의 부끄러운 생각들, 부끄러운 말들, 부끄러운 행동들, 모든 곳을 건드렸다. 수치심이 고운 재처럼 불타며 계속 떨어져 내려와 그를 온통 뒤덮었다. 그걸 말로 한다니! 그의 영혼은 숨이 막히고 어쩔 줄 몰라 죽어 버릴지도 모르는 일이었다.

다시 미닫이가 닫혔다. 한 참회자가 고해소 저쪽 옆에서 나왔다. 가까운 쪽 미닫이가 열렸다. 한 참회자가 다른 참회자가 나온 곳으로 들어갔다. 부드럽게 속삭이는 소리가 수증기로 이루어진 구름 조각이 되어 고해소 밖으로 나와 떠돌았다. 여인의 목소리였다. 부드럽게 속삭이는 구름 조각, 부드럽게 속삭이는 수증기, 속삭이다 사라지는.

그는 나무 팔걸이로 몸을 가리고 몰래 겸손하게 주먹으로 가슴을 쳤다. 그는 다른 사람과, 또 하느님과 하나가 될 것이디. 그는 이웃을 시랑할 것이디. 그는 그를 만드시고 시랑히시는 하느님을 사랑할 것이다. 그는 다른 이들과 함께 무릎을 꿇고 기도하며 행복해질 것이다. 하느님께서 그와 저들을 살펴 주실 것이며 그들 모두를 사랑하실 것이다.

선하게 되는 것은 쉽다. 하느님의 멍에는 달콤하고 가볍다. 죄를 짓지 않는 편이, 늘 아이로 남아 있는 편이 더 좋았을 것이다. 하느님은 어린아이들을 사랑하시어 그들을 당신께로

오라 하시니 말이다. 죄를 짓는다는 건 끔찍하고도 슬픈 일이
었다. 그러나 하느님은 진정으로 사죄하는 불쌍한 죄인들에
겐 자비로우시다. 정말 그렇지 않은가! 그게 진짜 선함이다.
　미닫이가 갑자기 닫혔다. 참회자가 나왔다. 그가 다음 차
례였다. 그는 겁에 질려 일어서서 무작정 고해소로 걸어갔다.
　마침내 와버렸다. 그는 고요한 어둠 속에서 무릎을 꿇고 눈
을 들어 위에 걸려 있는 흰 십자가를 쳐다보았다. 하느님은
그가 진정 사죄하고 있음을 아실 것이다. 그는 모든 죄를 말
할 것이다. 그의 고해는 아주 길고, 길 것이다. 그러면 예배당
에 있던 모든 사람들이 그가 어떤 죄인이었는지 알게 될 테지.
알라고 하지 뭐. 사실이니까. 그러나 하느님은 그가 뉘우치면
용서해 주신다고 약속하셨다. 그는 뉘우치고 있었다. 그는 두
손을 모으고 흰 형체를 향해 쳐들어 침침해진 눈으로, 떨리는
온몸으로, 길 잃은 짐승처럼 머리를 앞뒤로 흔들며, 흐느끼는
입술로 기도했다.
　―죄송합니다! 죄송합니다! 오, 죄송합니다!
　미닫이창이 딸깍하고 열리자 심장이 가슴 안에서 마구 뛰
었다. 창살을 통해 사제의 얼굴이 보였다. 그는 한 손으로 턱
을 괸 채 고개를 다른 쪽으로 돌리고 있었다. 스티븐은 성호
를 긋고 죄를 지었으니 축복을 내려 달라고 사제에게 기도했
다. 그러고는 고개를 숙인 채 두려움에 떨며 고백의 기도를
암송했다. 〈죄를 많이 지었으며〉라는 구절에서는 숨이 막혀
말을 멈추었다.
　―마지막 고해 성사를 한 지 얼마나 되었습니까?
　―오래되었습니다, 신부님.
　―한 달?

─ 더 됩니다, 신부님.

─ 석 달?

─ 더 됩니다, 신부님.

─ 6개월?

─ 8개월입니다, 신부님.

이제 시작했다. 사제가 물었다.

─ 그 이후 무슨 죄를 지었습니까?

그는 그의 죄를 고백했다. 미사를 빼먹고, 기도를 하지 않았으며, 거짓말을 했다고.

─ 또 다른 죄는요?

분노와 다른 이에 대한 시기, 탐식, 허영심과 불복종의 죄.

─ 또 다른 죄는요?

어쩔 도리가 없었다. 그는 중얼거렸다.

─ 전…… 불결한 죄를 저질렀습니다, 신부님.

신부는 고개를 돌리지 않았다.

─ 혼자서요?

─ 저…… 다른 사람들과 함께입니다.

─ 여자들과 말인가요?

─ 네, 신부님.

─ 결혼한 여자였나요?

그는 알 수가 없었다. 그의 죄가 하나씩 그의 입술에서, 그의 영혼으로부터 흘러나온 수치스러운 물방울처럼 뚝뚝 떨어져 내렸다. 상처가 곪아 흐르듯 더러운 악행의 물길이 되어, 방울방울 떨어져 내렸다. 마지막 죄까지 느릿느릿 더럽게 새나왔다. 더 이상 말할 것이 없었다. 그는 맥이 빠져 고개를 숙였다.

사제는 말이 없었다. 그러다가 그가 물었다.

—몇 살입니까?

—열여섯 살입니다, 신부님.

사제는 손으로 얼굴을 몇 차례 쓰다듬었다. 그러고는 손으로 이마를 고이고 창살 쪽으로 몸을 기울이고는, 여전히 눈을 돌린 채로 천천히 말했다. 늙고 지친 목소리였다.

—아직 어리네요. 그가 말했다. 그런 죄는 이제 그만두세요. 끔찍한 죄입니다. 그건 몸을 죽이고 영혼을 죽여요. 그건 수많은 범죄와 불행의 원인이 됩니다. 그만두세요, 제발. 그건 수치스럽고 남자답지 못한 일입니다. 그 못된 습관이 그대를 어디로 이끌지 나중에 어떻게 해가 될지 지금은 모를 거예요. 그 죄를 짓는 한, 그대는 하느님에게 한 푼의 값어치도 없어요. 성모님께 도와 달라고 기도하세요. 성모님이 도우실 것입니다. 그 죄가 다시 마음에 떠오르면 성모님께 기도를 올리세요. 그렇게 하리라 믿습니다, 그럴 거죠? 이제 그 모든 죄를 뉘우쳤습니다. 뉘우친다고 믿어요. 그러면 이제 하느님께 하느님의 거룩하신 은총으로 다시는 그 사악한 죄로 그분을 성나게 하지 않으리라 약속해야 합니다. 하느님께 엄숙하게 약속할 거죠?

—네, 신부님.

그 늙고 지친 목소리가 쿵쿵 뛰는 그의 바싹 마른 심장에 단비처럼 내렸다. 얼마나 달콤하고 슬픈지!

—그렇게 하세요. 악마가 그대를 꾀어냈던 겁니다. 그가, 우리 주님을 미워하는 더러운 혼령이 그런 식으로 그대의 몸을 더럽히라고 유혹하면, 그를 지옥으로 쫓아 버리세요. 이제 하느님께 그 죄를, 그 끔찍하고 끔찍한 죄를 짓지 않겠다고

맹세하세요.

눈물과 하느님의 자비로움의 빛에 눈이 멀어 그는 머리를 숙이고 사제가 사죄의 말씀을 엄숙하게 말하며 용서의 표식으로 손을 들어 올리는 것을 보았다.

— 하느님의 축복을. 나를 위해 기도하세요.

그는 어두운 회중석 구석에서 무릎을 꿇고 참회의 기도를 올렸다. 순결해진 그의 마음에서 나온 기도가 흰 장미의 중심부에서 솟아나는 향기처럼 하늘로 올라갔다.

진흙길은 즐거웠다. 그는 보이지 않는 은총이 충만하여 그의 사지가 가벼워진 것을 느끼며 숙소로 걸어갔다. 그 모든 일에도 불구하고 그는 해냈다. 그는 고해를 했고 하느님은 그를 용서해 주셨다. 그의 영혼은 다시 한 번 아름답고 거룩하게, 거룩하고 행복하게 되었다.

하느님이 그리 원하신다면 죽는 일도 아름다우리라. 은총을 받아 다른 이들과 더불어 평화와 미덕과 인내의 삶을 사는 것은 아름다운 일이었다.

그는 부엌의 난로 곁에 앉아 행복감에 감히 말도 하지 못했다. 그때까지도 그는 삶이 얼마나 아름답고 평화로울 수 있는지 몰랐던 것이었다. 불빛 주변에 핀으로 둘러놓은 네모의 초록색 종이가 부드러운 그늘을 드리웠다. 찬장 위에는 소시시와 흰 푸딩이 한 접시 놓여 있었고, 선반 위에는 달걀이 있었다. 학교 예배당에서 성체 성사를 하고 난 후 아침 식사로 먹을 것이었다. 흰 푸딩과 달걀과 소시지와 차 한 잔. 어쨌거나 인생은 얼마나 단순하고 아름다운 것인가! 삶이 그의 앞에 창창하게 펼쳐져 있었다.

꿈에서 그는 잠이 들었다. 꿈에서 일어나 보니 아침이었다.

비몽사몽간에 그는 조용한 아침을 뚫고 학교로 갔다.

학생들이 다 제자리에 무릎을 꿇고 모여 있었다. 그도 그들 사이에 행복하고 수줍게 무릎을 꿇었다. 제단에는 흰 꽃이 수북하게 쌓여 있었다. 아침 햇빛에 흰 꽃들 사이에 놓인 촛불의 불꽃은 그의 영혼처럼 깨끗하고 고요했다.

그는 친구들과 제단 앞에 무릎을 꿇고 난간처럼 얽힌 손들 너머로 그들과 함께 제단 덮개를 잡고 있었다. 사제가 성합을 들고 성체 받을 사람들을 한 사람씩 지나쳐 가는 소리를 들으며 그의 손이 떨렸고 그의 영혼도 떨렸다.

— 〈*Corpus domini nostri*(우리 주님의 몸이).〉

정말? 그는 거기에 죄 없이 소심하게 꿇어앉아 있었다. 그가 혀를 내밀어 성체를 받으면 하느님께서 그의 정화된 몸으로 들어오실 것이었다.

— 〈*In vitam eternam. Amen*(영원한 생명으로 인도하소서. 아멘).〉

또 다른 삶! 은총과 미덕과 행복의 삶! 정말이었다. 이건 그가 깨어나게 되어 있는 꿈이 아니었다. 과거는 흘러갔다.

— 〈*Corpus domini nostri*(우리 주님의 몸이).〉

성합이 그의 앞에 와 있었다.

제4장

일요일은 성 삼위일체의 신비에 바쳐졌고, 월요일은 성령에, 화요일은 수호천사에, 수요일은 성 요셉에게, 목요일은 제단의 거룩한 성체에, 금요일은 수난의 예수께, 토요일은 성모마리아에게 바쳐졌다.

매일 아침 그는 어떤 성스러운 이미지나 신비 앞에서 자신을 새로 깨끗하게 만들었다. 그의 일과는 매일 생각과 행동의 매 순간을 훌륭한 교황의 의도를 위해 영웅적으로 바치겠다고 결심하고 이른 아침 미사에 참석하는 것으로 시작되었다. 쌀쌀한 아침 공기가 그의 단호한 신심을 더욱 벼려 주었고, 옆쪽 제단에 몇 안 되는 신도들과 함께 무릎을 꿇고 사이사이 갈피를 끼워 놓은 기도서를 들고 사제가 중얼거리는 소리를 따라 하고 있을 때면 그는 종종 구약과 신약을 상징하는 두 개의 촛불 사이 어두운 곳에 제의를 입고 서 있는 형체를 흘끗 올려다보며 그가 마치 로마의 지하 묘지 예배에 무릎을 꿇고 있는 것이라 상상했다.

그의 일과는 신앙생활의 범위 안에 펼쳐져 있었다. 짧은 외침과 기도로 그는 흔쾌히 연옥에 있는 영혼들을 위하여 여러

날, 여러 달, 여러 해를 쌓아 올렸다. 그러나 교회법에 의한 고행을 그렇게도 많이 쉽게 달성하는 데서 그가 느꼈던 영적인 승리의 감정도 기도의 열정을 전적으로 보상해 주지는 못했다. 고뇌하는 영혼들을 위해 기도하는 방식으로 얼마나 많은 시간의 형벌을 그가 감면받았는지는 알 수가 없었기 때문이다. 영원하지 않다는 것만이 지옥 불과 다른 연옥의 불길 속에서, 그의 참회가 물 한 방울 정도밖에 안 되면 어떻게 하나 걱정이 되어, 그는 공덕을 쌓는 일과를 점점 더하도록 자신의 영혼을 매일매일 내몰았다.

그의 처지에서 지금 자신의 도리라고 여겨지는 것들로 나뉜 그의 일과의 매 순간은 영적인 에너지를 중심으로 빙글빙글 돌았다. 그의 삶은 점점 더 영원에 가까워지는 것 같았다. 모든 생각과, 말과, 행동과, 의식의 매 순간이 천국에서 환하게 반향을 일으킬 수 있을 것 같았다. 때로 그러한 즉각적인 반향에 대한 감각이 너무나 생생해서, 그는 기도하는 그의 영혼이 마치 손가락처럼 커다란 금전 등록기의 자판을 누르는 듯, 그리고 그가 구매한 액수가 숫자가 아닌 한줄기 희미한 향훈(香薰)이나 가냘픈 꽃 한 송이가 되어 당장 하늘로 올라가는 것을 보는 것처럼 느꼈다.

묵주 기도도 계속 올렸다. 묵주를 바지 주머니에 넣어서 길을 걸어가면서도 기도를 할 수 있었으니까. 묵주 기도는 희미하고 지상의 것이 아닌 것 같은 질감의 꽃다발로 바뀌어 마치 이름이 없는 것처럼, 색깔도 냄새도 없는 것처럼 보였다. 그는 매일 세 번의 묵주 신공을 올렸으므로 그때마다 그의 영혼이 세 가지 신학적인 미덕, 즉 그를 창조하신 성부에 대한 믿음과, 그를 구원하신 성자에 대한 희망과, 그를 정화해 준 성령의 사랑으로 더욱 강인해진다고 느꼈다. 그리고 이 3중의 기도를 성 삼위께 세 번 올릴 때마다 그는 기쁘고 슬프고 영광스러운 신비의 마리아의 이름으로 기도를 올렸다.

일주일에 이레 동안 매일매일 그는 성령의 일곱 가지 선물이 자신의 영혼에 내려지기를, 그리고 과거에 자신의 영혼을 망쳤던 일곱 가지 중죄를 날마다 몰아내 주기를 기도했다. 그는 각각의 선물이 일주일의 지정된 날 내려지기를 기도했고, 그것이 자신에게 내려질 것이라 자신했다. 지혜와 오성과 지식이 그 본성상 그렇게 구분되어 따로따로 갈구되어야 하는 것이 때로 그에게 좀 이상하게 보이긴 했지만 말이다. 그러나 그의 영혼이 나아가다 보면 미래의 어떤 단계에 이러한 어려움은 사라지고 그의 죄 많은 영혼이 나약한 데로부터 올라가 거룩한 성 삼위의 세 번째 분에 의해 계몽될 것이라고 믿었다. 그는 또한 비둘기와 강풍을 상징으로 하며, 그에 대해 죄를 짓는 것이 용서받을 수 없는 죄이며, 불의 혀 같은 진홍색 제의를 입은 사제가 하느님께 드리는 것과 같은 미사를 1년에 한 번씩 올리는, 영원히 신비롭고 비밀스러운 존재인, 눈에 보이지 않는 성령이 깃들어 있는 성스러운 어둠과 침묵 때문에 이 모든 것을 더더욱, 그리고 전전긍긍하면서 믿었다.

성 삼위 세 분의 본성과 친족 관계는 그가 읽는 기도서에 모호하게, 성부가 마치 거울을 보듯 영원으로부터 그의 성스러운 완벽한 이상형을 관조하며, 그렇게 함으로서 영원한 성자를 영원히 낳으시며 영원의 성부와 성자로부터 성령이 나온다는 식으로 제시되어 있었는데, 그 이미지는 그 당당한 불가해성으로 인하여, 하느님께서 영원으로부터, 그가 세상에 태어나기 전부터 오랫동안, 이 세상 자체가 존재하기 전부터 오랫동안 그의 영혼을 사랑하셨다는 간단한 사실보다, 그의 마음에 받아들이기가 더 쉬웠다.

그는 무대에서나 설교단에서 사랑과 미움의 정념을 일컫는 명칭들을 경건하게 말하는 것을 들은 적이 있고, 그런 명칭들이 책에도 경건하게 쓰여 있는 것을 보았으며, 왜 그의 영혼은 그런 것들을 잠시라도 품을 수 없는 것이며 그의 입술로 그런 명칭들을 확신에 차서 말할 수 없는지 궁금해했다. 종종 잠깐 동안 분노가 치미는 적은 있었지만, 그것을 지속적인 정념으로 만들 수는 없었으며, 늘 자신의 육신이 어떤 외피나 껍질 같은 것을 쉽사리 벗어 버리듯이 그 감정으로부터 벗어 나오는 것을 느꼈다. 그는 미묘하고 어둡고 웅얼거리는 영(靈)이 그의 존재를 꿰뚫고 들어와서 잠깐 사악한 욕정으로 그를 불태우는 것을 느낀 적도 있었다. 그것 역시 그의 정신을 명징하고 냉담하게 남겨 둔 채 손아귀에서 미끄러져 나가 버렸다. 이 정도만이 그의 영혼이 품을 수 있는 유일한 사랑이며 유일한 미움인 것 같았다.

그러나 하느님 자신이 그의 영혼을 영원으로부터 거룩한 사랑으로 사랑하셨기에, 그는 더 이상 사랑의 실재를 믿지 않을 수가 없었다. 그의 영혼이 영적인 지식으로 풍부해져 감에 따라 점점 그는 온 세상이 하느님의 권능과 사랑에 대한 하나의 거대하고 균형 잡힌 표현임을 보게 되었다. 삶은 매 순간과 모든 감각이 하느님의 선물이 되어, 가지에 매달린 나뭇잎 하나를 보면서도 그의 영혼은 그것을 주신 분을 찬양하고 그분께 감사했다. 세계는 그 단단한 실체와 복잡성에도 불구하고 그에게는 오로지 하느님의 권능과 사랑과 보편성의 원리로만 존재할 뿐이었다. 모든 자연에 깃든 거룩한 의미를 그의 영혼이 느끼도록 허락된 것이 너무나 완전하고 의문의 여지가 없었기에 그는 왜 그가 계속 더 살아야 할 필요가 있다는 것인지 이해할 수가 없을 지경이었다. 그러나 그것도 하느님의 목적 중 일부이므로 그는 그 용도를 감히 묻지 않았다. 다른 이들보다도 특히 그는 하느님의 목적에 대해 그렇게도 심각하고 추잡하게 죄를 저질렀으니까. 영원히 편재하는 하나의 완벽한 실재를 의식함으로써 온유해지고 겸허해진 그의 영혼은 다시금 미사와 기도와 영성체와 고행 같은 신앙생활의 부담을 짊어졌으며, 그렇게 하고 나서야 사랑의 위대한 신비에 대해 사색한 이래 처음으로 그는 그 안에서 새로 태어난 생명, 혹은 영혼 자체의 미덕 같은 따뜻한 움직임을 느끼게 된 것이다. 종교 예술에서 보이는 황홀경의 자세, 활짝 벌려 위로 올린 손, 벌어진 입술과 기절할 듯 보이는 눈은 그에게 창조주 앞에서 겸손해지고 혼미해진, 기도하는 영혼의 이미지였다.

그러나 그는 영적인 희열의 위험에 대해서 경고받은 적이 있었으므로 가장 하찮고 미약한 기도라도 빠뜨리지 않았으며 또한 위험에 가득 찬 성인의 상태를 성취하려 하기보다는 지속적인 고행으로 죄 많은 과거를 보상하려고 노력했다. 그는 모든 감각들을 엄격하게 단련했다. 시각의 고행을 위해서 그는 길을 걸을 때 눈을 내리깔고 좌우나 뒤를 바라보지 않은 채 걸었다. 그는 여인과 눈을 마주치는 것을 피했다. 때때로 그는 다 읽지 않은 문장의 한 중간에 눈을 갑자기 들어 올리고 책을 덮음으로써 갑작스러운 의지력으로 시각을 방해하기도 했다. 청각의 고행을 위해 그는 당시 변성기로 접어든 그의 목소리를 전혀 통제하지 않았으며, 노래도 부르지 않고 휘파람도 불지 않았으며, 도마에 칼을 가는 소리나 부삽으로 재를 긁어모으는 소리, 혹은 솔로 융단의 먼지를 털어 내는 소리 같은, 고통스럽게 신경을 거스르게 하는 소음을 피하려 하지 않았다. 후각의 고행은 좀 더 어려웠는데, 그는 자신이 똥이나 타르 같은 외부 세계의 냄새든, 그가 수많은 기묘한 비교와 실험을 행해 본 자신에게서 나는 냄새든, 나쁜 냄새에 대한 본능적인 혐오감이 없다는 것을 알게 되었던 것이다. 마침내 그는 그의 후각이 반감을 느끼는 냄새가 오래된 오줌 냄새처럼, 생선이 썩은 것 같은 악취라는 것을 알아냈다. 그리고 그는 가능한 경우엔 언제나 이 불쾌한 냄새를 맡곤 했다. 미각의 고행을 위해서 그는 식탁에서 엄격한 습관을 지켰고, 모든 교회의 단식을 문자 그대로 지켰으며, 정신을 딴 데 팔면서 다른 음식 냄새로부터 마음을 돌리려고 노력했다. 그러나 그가 가장 열심히 기발하고 독창적인 생각을 해낸 것은 바로 촉각의 고행에 대해서였다. 그는 침대에서 절대 의식적으로 자세를 바꾸지 않았으며, 가장 불편한 자세로 앉고, 모든 가려움과 고통을 끈질기게 견디고, 난롯불을 멀리했으며, 복음서를 읽을 때 말고는 미사 내내 무릎을 꿇고 있었으며, 목과 얼굴을 덜 말린 채로 두어 공기가 닿으면 아리게 만들었고, 묵주 기도를 올리지 않을 때면 늘 달리기 선수처럼 팔을 양옆에 빳빳하게 붙이고 절대로 호주머니에 손을 넣거나 뒷짐을 지지 않았다.

그는 중죄를 지으려는 유혹을 느끼지 않았다. 그러나 복잡한 신앙생활과 자기 억제의 과정이 끝난 후에도 그가 그토록 쉽게 유치하고 어울리지 않는 결점에 사로잡힌 것은 놀라운 일이었다. 그의 기도와 단식은 그의 어머니가 재채기하는 소리를 듣거나 기도 중에 방해받았을 때 화를 억누르는 데는 별로 소용이 없었다. 그런 짜증을 발산하라고 몰아대는 충동을 지배하기 위해서는 엄청난 의지력이 필요했다. 그가 종종 선생들에게서 보았던 소소한 분노 표출의 형상들, 씰룩거리는 입, 꼭 다문 입술, 달아오른 뺨들이 다시 기억 속에 떠올라 그와 비교가 되면서, 그는 모든 겸손함의 실천에도 불구하고 좌절감을 느꼈다. 자신의 삶을 다른 삶의 평범한 조류에 합류하게 하는 것이 그에게는 어떤 금식이나 기도보다 어려웠고, 그의 영혼 속에 마침내 회의와 가책과 더불어 영적인 메마름의 느낌을 초래한 것은 바로 그가 이러한 일을 만족스럽게 하는 데 계속 실패한다는 사실이었다. 그의 영혼은 영성체 자체가 말라 버린 원천으로 변해 버린 듯 비참한 시기를 통과했다. 그의 고해는 꺼림칙하고 뉘우쳐지지 않은 결함의 도피로가 되어 버렸다. 영성체를 실제로 받아들여도 그에게 가끔 성체가 있는 감실로 간 끝에 가끔 이루어지는 영적인 교감과 같은, 처녀 같은 망아(忘我)의 녹아내리는 듯한 느낌은 찾아오지 않았다. 그가 감실을 찾아갈 때 사용했던 책은 성 알폰서스 리구오리가 쓴, 글자는 희미해지고 종이는 말라빠져 변색된, 사람들이 별로 찾지 않는 낡은 책이었다. 그 책에서 아가(雅歌)의 이미지들이 성체 배령자의 기도의 섞어 있는 페이지들을 읽음으로써 그의 영혼에 희미하게 되어 버린 열렬한 사랑과 순결한 응답의 세계가 환기되는 듯했다. 들리지 않는 목소리가 그의 영혼을 어루만지며 이름을 불러 주고 찬미하며 결혼식에서처럼 일어나라 하며, 앞을 보라 하면서, 신부여 아마나 산꼭대기에서, 표범 산에서 내려갑시다,[52] 하고 말했다.

52 「아가」 4장 8절.

그의 영혼은 마찬가지로 들리지 않는 목소리로 자신을 바치며 〈*Inter ubera mea commorabitur*(내 연인은 내 가슴 사이에서 밤을 지내네)〉[53]라고 응답하는 것이었다.

이제 그의 영혼이 기도와 명상 중간에 그에게 속삭이기 시작한 끈질긴 육신의 목소리에 다시 한 번 휘둘린다고 느꼈기에, 자신을 내어 준다는 생각은 그의 마음에 위험스러운 매력을 띠었다. 한순간에 단 한 번 동의만 하면 그가 해왔던 모든 것들을 망쳐 놓을 수 있음을 알게 되니 자신에게 힘이 있다는 강렬한 느낌이 들었다. 홍수가 그의 맨발을 향해 천천히 다가오는 느낌이었고, 희미하고 자그마한 소리 없는 첫 번째 잔물결이 그의 달아오른 살갗을 건드리기를 기다리고 있는 것 같았다. 그러고는 그 물결이 발에 닿는 순간, 거의 죄스러운 동의를 할 뻔했던 순간에 그는 어느새 의지의 갑작스러운 작용, 혹은 갑작스러운 짧은 기도에 의해 구원을 받아 홍수로부터 멀리 떨어져 마른땅에 서 있는 것이었다. 그리고 저 멀리 보이는 홍수의 은빛 수면이 다시 그의 발을 향해 서서히 밀려오는 것을 보면서, 아직은 자신이 굴복하지도 모든 것을 망치지도 않았다는 것을 알고는, 그의 영혼은 새로운 힘과 만족의 전율로 뒤흔들렸다.

이런 식으로 유혹의 홍수를 여러 차례 피하고 나자 그는 그가 잃어버리지 않고자 했던 은총이 조금씩 없어지는 게 아닌가 하고 걱정이 되고 궁금해졌다. 자신이 죄를 면했다는 명백한 확신은 흐려졌고, 그의 영혼이 알지 못하는 사이에 정말로 타락해 버린 것이 아닌가 하는 모호한 두려움이 그 뒤

53 「아가」 1장 13절.

206

를 이었다. 그는 유혹을 받을 때마다 하느님께 기도했으며 그가 갈구한 은총은 하느님이 은총을 주게 되어 있는 한 그에게 주어졌을 것이라고 스스로에게 말하면서 아주 어렵사리 은총 받은 그의 상태에 대한 오래된 의식을 회복했다. 마침내 유혹이 잦아지고 강렬해지면서 그는 그가 성인들의 시험에 대해 들었던 것들이 모두 사실임을 깨닫게 되었다. 잦고 격렬한 유혹은 영혼의 요새가 아직 무너지지 않았으며 악마들이 그것을 무너뜨리려고 발광하고 있다는 증거인 것이다.

그가 기도하면서 잠시 부주의했다든가, 마음속에 사소한 분노가 일었다든가, 언행에서 미묘한 고집스러움을 보였다든가 하는 의혹과 가책을 고백할 때면, 고해 신부는 그에게 죄를 사하기 전에 과거에 지은 죄를 말해 보라고 했다. 그는 겸손하게, 부끄러워하면서 그 죄를 말했고, 다시 한 번 그것을 뉘우쳤다. 그가 아무리 경건하게 살더라도, 그가 어떤 덕망과 완벽함을 성취하더라도, 그 죄로부터 전적으로 벗어나지 못할 것이라고 생각하면 창피하고 부끄러웠다. 죄에 대한 불안감이 늘 그와 함께 있었다. 그는 아무 보람도 없이 고백하고 회개하고 용서받고, 고백하고 다시 회개하고 다시 용서받을 것이었다. 아마도 지옥에 대한 두려움에서 억지로 짜낸 첫 번째 성급한 고백으로는 부족했던 것일까? 아마도 임박한 파멸만 걱정하고 자신의 죄에 대한 진정한 슬픔은 느끼지 않았던 것일까? 그러나 그의 고해가 유효했으며 그가 자신의 죄에 대해 진정으로 슬퍼했다는 확실한 표시는, 그가 알기로는, 그의 삶이 개선되었다는 것이었다.

— 나는 내 삶을 개선했어, 그렇잖아? 그는 스스로에게 물었다.

．．．．

　교장은 창가에 서서 빛을 등지고 한쪽 팔꿈치를 갈색 블라인드에 걸쳐 놓고, 다른 쪽 블라인드의 끈을 천천히 만지작거려 고리를 만들면서, 미소를 띤 채 이야기했다. 스티븐은 교장 앞에 서서 지붕들 너머로 기울어 가는 여름 햇살이나 사제의 손가락이 날렵하게 움직이는 모습을 지켜보았다. 사제의 얼굴은 그늘에 가려져 있었지만 그의 뒤에서 기울어 가는 햇살이 깊게 골 진 관자놀이와 두개골의 곡선에 비치고 있었다. 스티븐은 귀로는 사제가 다정하게 나지막한 소리로 이제 막 끝난 방학이며 외국의 교단 학교며, 선생들의 전근 같은 소소한 주제에 대해 이야기하는 목소리의 억양과 음정을 따라가고 있었다. 나지막하고 다정한 목소리는 부드럽게 이야기를 이어 갔고, 이야기가 끊길 때마다 스티븐은 공손한 질문으로 이야기를 다시 이어 가게 해야 하는 게 아닌가 하고 느꼈다. 그는 그 이야기가 서곡임을 알고 있었고, 그래서 다음 편을 기다렸다. 교장이 부른다는 메시지를 받은 이후 그의 마음은 그 메시지의 의미를 알아내려고 애썼다. 교장이 들어오기를 기다리며 학교 응접실에 앉아 있는 초조한 시간 내내, 그의 눈은 벽에 걸린 수수한 초상화들을 둘러보았고, 그의 마음은 그 호출의 의미가 분명해질 때까지 이런 저런 추측 사이를 오갔다. 그때, 예상치 못한 어떤 원인으로 인해 교장이 오지 못하게 되었으면 하고 바랄 때쯤, 그는 문손잡이가 돌아가며 수단 자락이 휙 날리는 소리를 들었다.

　교장은 도미니크 수도회와 프란체스코 수도회에 관해서, 그리고 성 토마스와 성 보나벤투라 사이의 우정에 관해서 이야기하기 시작했다. 그의 생각에 카푸친 수도회의 옷은 너무 어떻다나 뭐라나…….

스티븐의 얼굴도 사제의 너그러운 미소를 따라 웃고 있었고, 굳이 의견을 말하고 싶지는 않았기에 글쎄요, 라는 듯이 입술을 약간 움직였다.

— 내 생각엔, 하고 교장이 말을 이었다. 카푸친 수도사들 가운데서도 그 옷을 없애고 다른 프란체스코 수도회를 따라 하자는 의견이 있는 것 같아.

— 수도원 안에서는 그 옷을 유지하지 않을까요? 스티븐이 말했다.

— 오, 그럼. 교장이 말했다. 수도원에서 입기는 괜찮지만, 거리에 입고 나다닐 걸 생각하면 정말 없애 버리는 게 나을 것 같아, 안 그래?

— 거추장스러울 것 같긴 합니다만.

— 그럼, 물론 그렇지. 내가 벨기에에 있을 때 그들이 날씨에는 상관없이 그걸 무릎 위까지 걷어 올린 채 자전거를 타고 돌아다니는 걸 보았다니까! 정말 웃겼어. 벨기에에서는 그걸 〈레 쥐프〉[54]라고 부르지.

그 모음이 너무 다르게 발음되어 거의 알아들을 수가 없었다.

— 뭐라고 한다고요?

— 레 쥐프.

— 아!

스티븐은 사제의 얼굴에 그늘이 져서 잘 보이지 않던 미소에 화답하여 다시 미소를 지었다. 그 미소의 이미지, 혹은 그림자는 나지막하고 진중한 억양이 그의 귀에 들려왔을 때 재

54 *les jupes*. 프랑스어로 〈치마들〉이라는 뜻.

빠르게 그의 마음속을 스쳐 갔을 뿐이었다. 그는 저녁의 시원함을, 그의 뺨에 불타고 있던 작은 불꽃을 숨겨 주는 옅은 노란색 햇빛을 반기며, 저무는 하늘을 차분하게 응시했다.

여인들이 입는 드레스의 종류며, 그 옷들을 만드는 데 사용되는 어떤 부드럽고 섬세한 재료의 이름은 늘 그의 마음에 미묘하고도 죄스러운 향기를 풍겨 주었다. 어릴 때 그는 말을 매는 고삐가 가느다란 실크 밴드라고 상상했었고, 스트라드브룩에서 기름때 낀 가죽으로 된 마구를 만져 보고 충격을 받았다. 또한 그는 떨리는 손으로 여성용 스타킹의 가슬가슬한 질감을 처음으로 만져 보았을 때도 충격을 받았다. 왜냐하면, 그가 읽은 모든 것에서 오로지 그 자신의 상태를 반영하거나 예견하는 것처럼 보이는 것 외에는 머리에 남아 있지 않았으므로, 그가 감히 연약한 생명을 지닌 채 움직이는 여인의 영혼이나 육체를 인식할 수 있는 것은 오로지 부드러운 말씨나 장미꽃 잎처럼 부드러운 물건에서였을 뿐이기 때문이다.

그러나 사제의 입에서 흘러나오는 말은 진실해 보이지 않았는데, 왜냐하면 사제란 그런 주제에 대해서 가볍게 말해서는 안 되기 때문이다. 그 구절은 의도적으로 가볍게 말한 것이고, 그는 그림자가 드리운 두 눈이 자신의 얼굴을 자세히 살피고 있다는 것을 느꼈다. 예수회파의 잔꾀에 대해서 그가 무엇을 들었든 혹은 읽었든, 그는 그 자신이 직접 체험하지 못했으므로 그것을 노골적으로 무시했다. 그의 선생들은 그에게 매력적으로 보이지 않을 때조차도 늘 지적이고 진지한 사제요, 건장하고 원기 왕성한 담임들이었다. 그는 그들이 씩씩하게 찬물로 몸을 씻고 나서 깨끗하고 차가운 속옷을 입는 남자들이라고 생각했다. 그가 클롱고우즈와 벨비디어에서 그들과 함께 지내는 동안 그는 단 두 번 매를 맞았을 뿐이며, 그것은 모두 잘못된 체벌이었지만, 그는 그가 종종 징벌을 모면하기도 했다는 것 또한 알고 있었다. 그 기간 내내 그는 어떤 선생으로부터도 경솔한 언사를 들어 본 적이 없었다. 그에게 기독교의 교리를 가르치고 그가 훌륭한 삶을 살도록 격려하고 그가 심각한 죄에 빠졌을 때 다시 은총의 길로 그를 이끌어 준 것은 바로 그들이었다. 그들의 존재는 그가 클롱고우즈의 새내기였을 때 그를 소심하게 만들었고, 그가 벨비디어에서 애매한 위치를 차지하고 있는 동안에도 그를 소심하게 만들었다. 이러한 느낌은 학창 시절의 마지막 해까지 그에게 계속 남아 있었다. 그는 한 번도 명령을 어기거나 말썽을 부리는 친구들의 꼬임에 빠져 조용한 순종의 습관에서 벗어나 본 적이 없었다. 그가 선생의 말을 미심쩍어하는 경우에도 감히 그 의심을 드러낸 적은 없었다. 최근에는 그들의 판단이 그의 귀에 조금 유치하게 들렸고 그래서 그는 자신이 익숙한 세계로부터 천천히 빠져나오면서 그 세계의 언어를 마지막으로 듣고 있는 것 같은 회한과 안타까움을 느꼈다. 어느 날 학생들 몇몇이 예배당 근처의 창고 아래 사제를 둘러싸고 모여 있을 때, 그는 그 사제가 이렇게 말하는 것을 들었다.

— 난 매콜리 경이 평생 숭죄를 씻지 않았을 거라고 믿는다. 그러니까, 일부러 중죄를 짓지는 않았다는 거지.

그러자 몇몇 소년들이 사제에게 빅토르 위고가 가장 위대한 프랑스 작가가 아니냐고 물었다. 사제는 빅토르 위고가 교회를 등지고 나서는 가톨릭교도였을 때 썼던 것보다 절반도 못한 글을 썼다고 대답했다.

— 그렇지만 다수의 훌륭한 프랑스 비평가들이, 하고 사제

는 말했다. 빅토르 위고가 위대하기는 해도 루이 뵈이요[55]만큼 순수한 프랑스어 문체를 구사하지는 못한다고 생각한단다.

사제의 암시가 스티븐의 뺨에 지펴 놓은 작은 불꽃은 다시 가라앉았고, 그의 눈은 여전히 무채색의 하늘을 차분하게 바라보고 있었다. 그러나 그의 마음에 불안한 의심이 이리저리 오갔다. 가면을 쓴 기억들이 그의 앞을 재빨리 스쳐 갔다. 그는 장면들과 사람들을 알아볼 수 있었으나, 정작 중요한 상황은 알아보지 못하고 있음을 의식하고 있었다. 그는 자신이 클롱고우즈의 운동장에서 운동 경기를 보며 걸어가면서 크리켓 모자에서 슬림 짐을 꺼내 먹는 것을 보았다. 몇몇 예수회 회원들이 여성들과 자전거 도로 주변을 돌고 있었다. 클롱고우즈에서 사용하던 어떤 표현들이 그의 마음속 깊은 동굴에서 메아리처럼 울려 나왔다.

응접실의 침묵 속에서 그의 귀는 멀리 들리는 메아리를 듣고 있었고, 이때 그는 사제가 다른 목소리로 그에게 말을 걸고 있음을 알게 되었다.

— 내가 오늘 너를 부른 것은 말이다, 스티븐, 아주 중요한 문제에 관해서 얘기를 하고 싶어서다.

— 네, 교장 선생님.

— 네가 부르심을 받았다고 느껴 본 적이 있니?

스티븐은 네, 라고 대답하려고 입술을 열었다가 갑자기 말을 멈추었다. 사제는 대답을 기다리다가 덧붙였다.

— 그러니까, 네 안에서, 네 영혼 안에서, 사제가 되고 싶다는 욕구를 느낀 적이 있느냐는 거다. 생각해 봐.

55 Louis Veuillot(1813~1883). 프랑스의 저널리스트이며 열렬한 가톨릭 신자.

— 가끔 생각해 본 적이 있습니다. 스티븐이 말했다.

사제는 블라인드의 끈을 한쪽으로 떨어뜨리고 두 손을 모아 근엄하게 턱을 받치곤 혼자 조용히 생각에 잠겼다.

— 이런 학교에선, 하고 그가 마침내 말을 이었다. 하느님이 종교적인 삶으로 부르시는 학생이 한두 명, 혹은 세 명쯤 있다. 그런 소년은 신앙심에서, 타인에게 보이는 모범에서 친구들과는 구별되어 보이지. 그런 학생은 친구들에게 존경을 받는다. 교우회 회원에 의해서 회장으로 선택될 수도 있어. 그리고 스티븐 네가 이 학교에선 그런 학생이다. 성모 신심회의 회장이니까. 아마 이 학교에서 네가 하느님께서 당신께로 부르시려고 한 그런 학생인가보다.

사제의 묵직한 목소리를 더 묵직하게 만드는 자부심의 강한 어조에 화답하여 스티븐의 심장은 빠르게 뛰었다.

— 그 부르심을 받는 건 말이다, 스티븐, 하고 사제가 말했다. 전능하신 하느님께서 인간에게 내려 주시는 가장 큰 영광이란다. 지상의 어떤 왕이나 황제도 하느님의 사제가 가지는 권능은 갖지 못하지. 하늘에 있는 어떤 천사나 대천사도, 어떤 성자도, 심지어 동정녀 마리아 자신도, 하느님의 사제와 같은 권능은 갖지 못해. 열쇠의 힘이요, 구속하거나 죄로부터 풀어 내는 힘이요, 악령을 쫓는 힘이요, 하느님의 피조물로부터 그들을 지배하는 사악한 영혼들을 쫓아내는 힘 말이다. 하늘에 계신 위대한 하느님을 제단으로 내려오시게 하여 빵과 포도주의 형체를 띠게 하는 힘과 권위 말이다. 얼마나 굉장한 권능이냐, 스티븐!

이 자랑스러운 연설 속에서 자신의 교만한 생각의 메아리를 듣자 스티븐의 뺨이 다시 불꽃처럼 달아올랐다. 그는 자신이 사제가 되어 천사와 성자들이 경배하는 그 굉장한 권능을 차분하고 겸손하게 발휘하는 것을 얼마나 자주 상상해 보았던가! 그의 영혼은 은밀히 이러한 욕망에 대해 사색하기를 좋아했다. 그는 자신이 젊고 차분한 사제가 되어 고해소로 재빨리 들어가고, 제단의 계단을 오르고, 향을 지피고, 무릎을 꿇는, 현실과 닮아 있지만 또한 현실과 거리가 있다는 이유로 그를 기쁘게 하는 사제의 모호한 행위들을 하는 것을 상상했다. 상상을 통해서 그가 살아 본 그 희미한 삶 속에서 그는 자신이 수많은 사제들에게서 보았던 목소리와 몸짓을 보이고 있었다. 그는 이런 사제처럼 옆으로 무릎을 꿇었고, 저런 사제처럼 향로를 아주 살짝만 흔들었으며, 신도들에게 축성하고 다시 제단으로 돌아갈 때에는 또 다른 사제처럼 제의를 열어젖혔다. 무엇보다도 기분 좋았던 것은 그 모든 상상의 희미한 장면 속에서 2인자의 자리를 차지하는 것이었다. 그는 집전 사제의 위엄은 좀 꺼렸는데, 왜냐하면 그 모든 모호한 겉치레가 전부 자신에게로 귀결된다거나 제의가 그에게 그렇게 분명하고 확실한 직무로 할당된다고 생각하면 기분이 나빴기 때문이다. 그는 사소한 성무(聖務), 그러니까 대미사 때 차부제(次副祭)의 제의를 입고, 제단으로부터 멀찍이 떨어져, 신도들의 주의를 끌지 않은 채로, 어깨를 덮는 제의를 걸치고 그 자락 안에 성반(聖盤)을 감싸고 있다든가, 미사가 끝난 후 금빛 달마티카[56]를 입고 집전 사제 아래 계단에 부제(副祭) 자격으로 서서, 두 손을 모으고 신도들을 바라보며 〈*Ite missa est*(가십시오, 미사가 끝났습니다)〉라고 읊는 일 같은 것을 바랐다. 그가 자신이 미사 집전 사제가 되는 것을 상상해 본 적

56 *dalmatica*. 장엄 미사나 대례 미사 때 부제가 입는 소매가 넓은 제의.

이 있다면, 그것은 어린이용 미사 책에서 본 미사 장면의 그림들에서처럼, 희생의 천사 말고는 신도가 없는 교회의 텅 빈 제단 앞에서 자기보다 소년티가 덜 나는 복사의 시중을 받는 모습이었다. 그의 의지는 모호한 희생 혹은 성체의 행위를 통해서만 이끌려 나와 현실과 대면하는 것 같았다. 그가 침묵으로 자신의 분노를 덮어 버리건, 그가 주고 싶었던 포옹을 당하기만 했건, 그로 하여금 행동하지 못하도록 억제해 왔던 것은, 부분적으로는 정해진 의식(儀式)이 없었기 때문이다.

그는 이제 공손하게 말없이 사제의 호소를 들었고, 그가 듣는 말들 속에서 그에게 다가오라고 명하며 그에게 은밀한 지식과 은밀한 권능을 제안하는 목소리를 좀 더 뚜렷하게 들을 수 있었다. 그는 이제 마술사 시몬의 죄가 무엇인지, 성령에 대해 용서받을 수 없는 죄를 저지르는 것이 무엇인지 알게 될 것이다. 그는 다른 사람들에게는, 진노의 자녀들로 잉태되어 태어난 자들에게는 보이지 않는 희미한 것들을 알게 될 것이다. 그는 다른 이들의 죄, 죄스러운 갈망, 죄스러운 생각과 죄스러운 행위들을 알게 될 것이고, 컴컴한 교회의 수치스러운 고해소에서 여인과 소녀들은 그의 귀에 자신들의 죄를 속삭일 것이다. 그러나 서품식에서 안수(按手)를 받아 신비롭게도 면역이 생겼으므로 그의 영혼은 오염되지 않은 채로 다시 제단 앞의 순결한 평화로 돌아오게 될 것이다. 그가 성체를 들어 올려 쪼개는 손 위에는 어떠한 죄의 자취도 감돌지 않을 것이며, 기도하는 그의 입술 위에는 그로 하여금 주님의 몸을 구별하지 못하고 스스로를 파멸로 몰아넣도록 먹고 마시게 할 어떠한 죄의 자취도 감돌지 않을 것이다. 그는 순진무구한 이들처럼 죄가 없는 상태로 은밀한 지식과 은밀한 권능을 가지게 될 것이며, 멜기세덱의 서열을 따라 영원한 사제가 될 것이다.

— 나는 내일 아침에 미사를 드릴 것이다. 교장이 말했다. 전능하신 하느님께서 그분의 거룩한 뜻을 네게 드러내도록 말이다. 그리고 스티븐, 네 수호성인이신 첫 번째 순교자[57]께 9일 기도를 드리도록 하여라. 그분은 하느님의 권능이 풍부하신 분이니 하느님께서 네 마음을 계몽해 주실 것이다. 그러나 스티븐, 나중에 부르심을 받지 못했다는 것을 알게 되면 끔찍할 것이니 우선 부르심을 받았는지 확인을 해야 한다. 한번 사제는 영원한 사제다. 명심해라. 교리 문답에도 나오듯이, 신품 성사는 절대 지워지지 않는 뚜렷한 영적 자취를 영혼에 새겨 놓는 것이기에 단 한 번만 받을 수 있다. 그러니 사후가 아니라 사전에 잘 가늠해 봐야 하는 것이야. 스티븐, 네 불멸의 영혼이 구원받는 것이 여기 달려 있으니, 이건 중대한 문제다. 하지만 우린 하느님께 함께 기도를 드리게 되겠지.

그는 묵직한 홀 문을 연 채, 마치 이미 영적인 삶의 동반자라도 된 자에게 하듯이 손을 내밀었다. 스티븐은 계단 위의 널따란 공간으로 빠져나와 부드러운 저녁 공기가 어루만져 주는 것을 느꼈다. 서로 팔짱을 낀 네 명의 젊은이들이 그중 한 명이 연주하는 아코디언의 경쾌한 가락에 맞춰 고개를 끄덕이고 스텝을 밟으며 핀들레터 교회 쪽으로 가고 있었다. 갑작스럽게 들려오는 음악의 첫 마디들이 늘 그러하듯, 그 음악도 순식간에 그의 마음에 세워 놓은 환상적인 구조물들 너머로 들어와, 갑자기 밀려든 파도가 아이들이 쌓은 모래성을 허물어뜨리듯이, 고통도 소리도 없이 그 구조물들을 허물어뜨

<hr>

57 첫 번째 순교자 성 스테파노를 말함. 「사도행전」 7장 54~60절.

렸다. 그 하찮은 가락에 미소를 지으며 그는 사제의 얼굴을 올려다보았고, 그 얼굴에서 이미 저물어 버린 날이 우울하게 되비치는 것을 보고는 동료 의식에 소심하게 순종하고 있던 그의 손을 천천히 빼냈다.

그가 계단을 내려갈 때 그의 심란한 자기 성찰을 지워 버린 인상은 바로 학교 입구에서 저물어 버린 날을 되비치던 우울한 가면의 인상이었다. 그러자 그 학교생활의 그림자가 그의 의식 너머로 무겁게 지나갔다. 그를 기다리고 있는 것은 근엄하고 정돈된 열정 없는 삶이었고, 물질적인 걱정이 없는 삶이었다. 그는 9일 기도의 첫날 밤을 어떻게 보낼까, 기숙사에서 깨어난 첫날 아침에 얼마나 망연자실할까 생각했다. 클롱고우즈의 긴 복도에서 나던 심란한 냄새가 되살아오고 가스 불이 조용히 속삭이듯 타는 소리가 들리는 듯했다. 그의 존재 모든 부분에서 불안감이 한꺼번에 생겨 나왔다. 뒤이어 열에 들뜬 맥박이 빠르게 뛰고 아무 의미 없는 소란스러운 말들이 그의 차분한 생각을 이리저리 혼란스럽게 내몰았다. 마치 뜨뜻하고 축축하고 해로운 공기를 들이마시는 것처럼 폐가 팽창되고 수축되었으며 클롱고우즈의 욕실의 탁한 토탄 빛 물 위에 감도는 축축하고 뜨뜻한 공기 냄새가 다시 나는 듯했다.

교육이나 신앙심보다 더 강렬한 이러한 기억들로 인해 깨어난 어떤 본능은 그런 삶으로 다가갈수록 그의 내부에 미묘하고 적대적인 본능을 활성화하여, 순종하지 않도록 그를 무장시켰다. 그런 삶의 냉기와 질서가 그는 혐오스러웠다. 그는 추운 아침에 일어나 다른 이들과 함께 줄지어 새벽 미사에 가고 속에서 희미하게 욕지기가 나는 것을 참으며 억지로 기도를 하고 있는 자신의 모습을 상상했다. 그는 또 학교 공동체의 구성원들과 함께 저녁을 먹는 자신의 모습도 상상했다. 그러면, 낯선 집에서 먹고 마시는 것을 싫어하게 만든 그의 뿌리 깊은 낯가림은 어떻게 된 거지? 늘 그를 모든 질서 가운데서 혼자 동떨어진 존재로 여기도록 만들었던 그 영혼의 오만함은 어떻게 된 건가?

예수회 사제 스티븐 디덜러스.

그 새로운 삶에서 사용할 그의 이름이 눈앞에 글자로 튀어나왔고, 그 이름에 뒤이어 형체가 애매한 얼굴, 혹은 얼굴빛의 어떤 느낌이 마음속에 떠올랐다. 그 빛은 흐려졌다가 옅은 붉은색 벽돌처럼 변화무쌍한 강렬한 색이 되었다. 그것이 겨울 아침 사제들의 면도한 턱살에서 종종 보았던 그 벗겨진 듯한 붉은빛인가? 그 얼굴은 눈이 없었고, 시큰둥하면서도 독실한 표정에 분노를 억누르는 것 같은 핑크빛이 감돌았다. 그게 어떤 학생들은 〈랜턴 조스〉라 하고 다른 학생들은 〈폭시 캠벨〉이라고도 하던 예수회 사제의 유령의 얼굴이 아닐까?

그는 바로 그 순간 가디너 거리의 예수회 숙소를 지나는 길이었고, 만약 그가 그 교단에 들어간다면 어떤 창문이 그의 것이 될까 궁금했다. 그러자 그는 자신의 궁금증이 모호한 데에, 그의 영혼이 그가 이제까지 안식처라고 상상해 왔던 것으로부터 동떨어져 있는 데에, 그가 일단 단호하고 돌이킬 수 없는 행동을 하기만 하면 속세와 내세에서 그의 자유가 영원히 끝장날 위협을 느꼈을 때 그 오랜 세월의 질서와 복종이 그를 붙드는 힘이 취약하다는 데에 놀라움을 느꼈다. 교회의 자랑스러운 권한이나 사제 직분의 신비와 권능을 그에게 강요하는 교장의 목소리는 그의 기억 속에서 부질없이 반복되고 있었다. 그의 영혼은 거기서 그것을 듣고 맞이하지 않았고, 그는 이제 그가 받았던 권유가 이미 부질없는 형식적인 이야기로 전락했음을 알았다. 그는 사제로서 감실 앞에서 향로를 흔들지 않을 것이다. 그의 운명은 사회적 혹은 종교적 서열로는 포착되지 않을 것이다. 사제의 호소에 담긴 지혜는 그의 골수까지 와 닿지 않았다. 그는 다른 사람과는 별도로 자신만의 지혜를 배우고 세상의 올가미 사이를 방황하면서 다른 사람의 지혜를 배울 운명이었다.

세상의 올가미는 곧 죄의 길이었다. 그는 타락할 것이다. 그는 아직 타락하지 않았지만 그는 조용히, 한순간에 타락할 것이다. 타락하지 않는 것은 너무 어려워, 너무 어려워. 그는 그의 영혼이 앞으로 다가올 어떤 순간에 타락하고, 타락할 것처럼, 조용히 빠져나가고 있는 것을 느꼈다. 아직 타락하진 않았고, 여전히 타락하지 않았지만, 이제 막 타락하려는 순간이었다.

그는 톨카 강물 위의 다리를 건너, 누추한 오두막들이 마을처럼 모여 있는 한가운데, 장대 위에 새처럼 얹혀 있는 흐린 푸른색의 성모 마리아 성소로 잠깐 눈길을 돌렸다. 그러고는 왼편으로 접어들어 좁은 길을 따라 그의 집으로 갔다. 썩은 양배추의 퀴퀴한 냄새가 강 위쪽의 언덕에 있는 덧밭에서 그에게로 희미하게 풍겨 왔다. 그는 오늘 그의 영혼에서 승리를 거둔 것이 바로 이 무질서, 아버지 집의 이 혼란과 뒤죽박죽과 야채류의 부패라는 것을 생각하며 미소를 지었다. 그들이 〈모자 쓴 사내〉라고 별명을 붙여 준 집 뒤 텃밭의 그 고독한 일꾼을 생각하니 쿡 하고 웃음이 터져 나왔다. 그가 하늘을 번갈아 사방으로 둘러보다가 안타까운 듯 땅에 삽을 찔러

넣는 모습을 생각하니, 첫 번째 웃음에 뒤이어 자기도 모르게 두 번째 웃음이 터져 나왔다.

그는 빗장이 없는 현관문을 밀어 열고, 황량한 입구를 지나 부엌으로 갔다. 그의 형제자매들이 식탁에 앉아 있었다. 식사는 거의 끝나고 찻잔 대신 쓰는 작은 유리 단지와 잼 병의 바닥에는 두 번째로 우려낸 차가 조금 남아 있었다. 차에 젖어서 갈색으로 변한 설탕 뿌린 빵의 껍데기와 덩어리들이 식탁 위에 흩어져 있었다. 상판에는 차가 여기저기 쏟아져 고여 있었고, 부러진 상아 손잡이가 달린 칼 하나가 뭉그러진 파이 속에 꽂혀 있었다.

서글프고 고요한 회청색 저녁 빛이 창문과 열려진 문으로 들어와 스티븐의 가슴속에 갑자기 솟아오른 회한의 본능을 덮으며 조용히 누그러뜨렸다. 그들에게는 허락되지 않았던 그 모든 것들이 장남인 그에게는 마음껏 주어졌던 것이다. 그러나 조용한 저녁 빛에 비친 그들의 얼굴에는 그에 대한 앙심은 보이지 않았다.

그는 그들 가까이 앉아 아버지와 어머니가 어디에 계시냐고 물었다. 누군가가 대답했다.

— 집을 보러 찾아 보러 나가셨다 보러.[58]

또 이사를 간다고! 벨비디어 학교의 펠런이라는 놈이 바보스럽게 웃으며 그에게 너네는 왜 그렇게 이사를 자주 다니느냐고 종종 묻던 생각이 났다. 그렇게 묻는 아이의 바보스러운 웃음이 다시 들리는 것 같이 느껴져, 순간 경멸의 찌푸림이 그의 이마에 그늘을 드리웠다.

그는 물었다.

58 어린아이가 말끝마다 같은 음정을 반복하는 말장난을 하고 있다.

— 이렇게 묻는 거 좀 그렇지만, 우리 왜 또 이사하는 거야?
아까 대답했던 누이동생이 또 말했다.

— 왜냐면 집주인이 우리 보러 나가라고 보러 하니까 보러.

벽난로 저쪽 끝에 앉은 막내 동생이 「고요한 밤이면」을 부르기 시작했다. 한 사람씩 노래를 따라 하기 시작해서 마침내는 모두가 함께 불렀다. 그들은 이런 식으로 이런저런 노래와 합창곡을 마지막 희미한 빛이 수평선에 질 때까지, 검은 밤의 첫 구름이 나타나 어두워질 때까지 몇 시간이고 부르곤 했다.

그는 노래를 따라 하려다 말고 잠시 귀를 기울였다. 그들의 연약하고 신선하고 순진무구한 목소리 뒤에 피로감이 묻어나는 것을 고통스러워하며 그들의 노래를 들었다. 삶의 여정을 떠나기도 전에 그들은 이미 그 여정에 피로감을 느끼고 있는 것 같았다.

그는 부엌의 합창 소리가 수없이 많은 세대의 아이들이 부르는 합창의 끝없는 반향으로 메아리쳐 증폭되는 것을 들었고, 그 모든 메아리 속에서 또한 피로와 고통의 음조가 반복되는 것도 들었다. 모두가 삶을 시작하기도 전에 삶에 지친 것처럼 보였다. 그는 뉴먼도 역시 〈모든 세대 아이들의 경험이었던 고통과 피로, 그렇지만 더 나은 것에 대한 희망을, 마치 자연 자체의 목소리처럼 발언하고 있는〉 베르길리우스의 시 단편에서 이러한 음조를 들었던 것을 기억해 냈다.

. . . .

그는 더 이상 기다릴 수가 없었다.

바이런 주점에서 클론타프 교회 문까지, 클론타프 교회에서 바이런 주점까지, 그러고는 다시 교회로 갔다가 다시 주점으로 갔다. 그는 처음에는 보도의 포석을 조심스럽게 디디며, 발 디디는 것을 운문의 운율에 맞추며 천천히 걸었다. 아버지가 지도 교사 댄 크로스비와 함께 대학에 관해서 뭔가 상담을 하려고 들어간 지 한 시간이 훌쩍 지났다. 한 시간 동안 그는 왔다갔다 걸으며 기다렸다. 그러나 더 이상은 기다릴 수가 없었다.

그는 갑자기 불 섬 쪽을 향해 출발했고, 아버지의 날카로운 휘파람 소리가 그를 다시 부를까 두려워 빠르게 걸었다. 곧 그는 경찰 초소 모퉁이를 돌아섰고 이제는 안심이었다.

그렇다. 어머니는, 맥 빠진 침묵으로 미루어 보건대 그 생각에 반대하는 듯했다. 그러나 아버지의 자부심보다 그를 더 날카롭게 찌르는 건 어머니의 불신이었고, 그는 어머니의 눈에 그가 나이 들어 가고 강해지면서 그의 영혼에서 신앙심이 스러져 가는 것이 어떻게 보였을지 냉정하게 생각해 보았다. 그의 마음속에는 희미한 적개심이 생겨나서 마치 어머니의 배신에 대항하는 구름처럼 그의 마음을 어둡게 했고, 그것이 구름처럼 지나가서 다시 그의 마음이 어머니에 대해 차분하고 공손하게 되었을 때, 그는 희미하지만 후회 없이, 그들의 삶이 처음으로 소리 없이 분리되고 있음을 의식하게 되었다.

대학이라! 그는 그렇게 소년 시절의 보호자로 서 있으면서 그를 자신들에게 종속시키고 그들의 목적에 봉사하도록 붙들어 두려 했던 보초들의 수하(誰何)를 지나와 버린 것이다. 만족 뒤의 자부심이 그를 길고 느린 물결처럼 들어 올렸다. 그가 봉사하도록 태어났으면서도 보지 못했던 그 목적이 그를 보이지 않는 길로 이끌어 탈출케 했고, 이제는 다시 오라고 손짓했다. 새로운 모험이 그의 앞에 펼쳐질 것이다. 그는 마치 변덕스러운 음악이, 마치 한밤중의 숲에서 세 가닥의 불꽃이 훨훨 발작적으로 타오르는 것처럼, 한 음정 올라갔다가 단4도 내려왔다가, 한 음정 올라갔다가 다시 장3도 내려오는 것을 듣는 듯했다. 그것은 끝도 없고 형태도 없는 요정의 서곡이었다. 박자와 상관없이 타오르는 불꽃처럼 음악이 점점 요란하고 빨라지자, 그는 나뭇가지와 풀밭 아래에서 들짐승들이 나뭇잎에 떨어지는 빗줄기처럼 탁탁거리며 내달리는 소리를 듣는 것 같았다. 산토끼와 집토끼, 암사슴과 수사슴과 영양의 발들이 탁탁거리며 요란하게 그의 마음 위로 지나갔고, 마침내 그 소리가 더 이상 들리지 않게 되자 뉴먼의 운율만 기억에 남았다.

— 그의 발은 수사슴의 발 같고 영원한 팔을 아래로 뻗었다.

그 희미한 이미지의 장관이 그의 마음속에 그가 거절했던 직분의 위엄을 상기시켜 주었다. 소년 시절 내내 그는 그렇게 자주 자신의 운명이라 생각해 왔던 것에 대해 명상했고, 부르심에 복종해야 할 순간이 다가오자 그는 돌아서서 변덕스러운 본능에 복종했던 것이다. 이제 그 이후로도 시간이 흘렀다. 서품의 성유를 그의 몸에 바르는 일은 없을 것이었다. 그는 거절했으니까. 왜?

그는 돌리마운트에서 길을 벗어나 바다로 향했고, 얇은 목제 다리를 건너면서 묵직한 구둣발에 밟혀 판자가 흔들리는 것을 느꼈다. 불 섬에서 돌아오는 일군의 형제 수도회 수사들이 두 사람씩 짝을 지어 다리를 건너기 시작했던 것이다. 곧 다리 전체가 흔들리고 울렸다. 바닷바람에 누렇게나 붉게나 혹은 검푸르게 된 투박한 얼굴들이 둘씩 그의 옆을 지나갔고, 그들을 편안하고 무심하게 바라보려고 했지만 그의 얼굴에는 개인적인 수치와 연민의 빛이 희미하게 떠올랐다. 자신에게 화가 나서 그는 다리 아래 소용돌이치는 얕은 물로 시선을 돌림으로써 자신의 얼굴을 그들의 시선으로부터 돌리려고 했지만, 여전히 그 아래로 그들의 실크해트와 소박한 테이프 모양의 칼라와 느슨하게 묶은 수도사의 옷이 비치는 것이 보였다.

— 히키 수사.

— 퀘이드 수사.

— 매카들 수사.

— 키오 수사.

그들의 신앙심은 그들의 이름과, 얼굴과, 옷과 같은 것이었고, 그들의 겸허하게 회개하는 마음이 그가 이제까지 했던 어떤 것보다 훨씬 풍요로운 기도의 조공을 바칠 것이며, 그것이 그의 공들인 숭배보다 열 배는 더 받아들일 만한 선물일 것이라는 애기를 스스로에게 해보아야 아무런 소용이 없는 일이었다. 그가 그들에게 너그러워지도록 스스로를 움직이고, 자신의 교만함을 버리고 얻어맞은 채 거지꼴을 하고 그들이 있는 곳으로 간다면 그들은 그를 너그럽게 대하고 그를 자신들처럼 사랑해 줄 것이라고 스스로에게 말해 봐야 아무런 소용이 없는 일이었다. 마지막으로, 자신의 냉담한 확신을 거슬러서, 사랑의 계명이 우리로 하여금 우리의 이웃을 우리 자신을 사랑하는 것과 똑같은 양과 강도로 사랑하라고 하는 것이 아니라, 우리 자신을 사랑하는 것과 똑같은 종류의 사랑으로 이웃을 사랑하라고 하는 것이라고 주장해 보아야, 부질없고 씁쓸한 일일 뿐이었다.

그는 그의 보물로부터 한 구절을 뽑아내어 부드럽게 중얼거려 보았다.

— 바다에 떠도는 알록달록한 구름의 나날.

그 구절과 그날과 그 풍경이 서로 조화를 이루었다. 말. 그게 말들의 빛깔인가? 그는 그 빛깔이 하나하나 빛나다가 사라지도록 놓아두었다. 일출의 황금색, 사과 밭의 적갈색과 초록색, 파도의 담청색, 회색 띠를 두른 양털 같은 구름. 아니, 말의 빛깔이 아니었다. 그건 마침표 자체의 균형과 조화였다. 그러면 그는 새겨진 모양이나 빛깔과의 연상보다 말이 오르락내리락하는 리듬을 더 좋아했던 것인가? 혹은 그가 소심한 만큼이나 시력이 약해서, 다채로운 색과 이야기가 풍부한 언어의 프리즘을 통해서 비친 빛나는 감각의 세계에서보다는 명료하고 유연하고 완전한 산문에 완벽하게 반영된 개별적인 감정들의 내적 세계를 명상하는 데서 더 즐거움을 느끼는 것인가?

그는 흔들리는 다리에서 다시 단단한 육지로 올라섰다. 공기가 차가워지는 것 같은 느낌이 들었던 그 순간, 그는 바다 쪽을 비스듬히 바라보았고 한바탕 돌풍이 바다를 어둡게 하며 물결을 일으키고 있었다. 심장이 약간 덜컥한다든가, 목에서 희미하게 맥박이 뛰는 것으로 미루어 그의 육신은 인간보다 아래쪽에서 나는 것 같은 싸늘한 바다 냄새를 두려워하는 것을 다시 한 번 알 수 있었다. 그러나 그는 왼쪽의 둔덕으로 내려가지 않고 강어귀 쪽을 가리키고 있는 바위의 등성이를 따라 똑바로 걸어갔다.

강이 만(灣)으로 들어오는 곳의 잔잔한 회색 물결 위로 구름에 싸인 햇살이 희미하게 비치고 있었다. 천천히 흐르는 리피 강을 따라 저 멀리 가느다란 돛대가 하늘로 솟아 있었고, 더 멀리 안개 속에 도시의 건물들이 희미하게 퍼져 있었다. 빛바랜 아라스 천에 새겨진 장면처럼, 인간의 피로만큼이나 낡은 기독교 세계 일곱 번째 도시의 이미지가, 바이킹의 지배를 받던 시절보다 더 낡지도 않고 더 지치지도 않고 종속에 대한 참을성이 덜해지지도 않은 채, 무한한 허공을 가로질러 와 그의 눈에 보였다.

그는 낙담한 채로 눈을 들어, 바다 위로 천천히 흘러가는 알록달록한 구름을 쳐다보았다. 구름은 하늘의 사막을 가로질러 아일랜드 저 너머로, 서쪽으로 여행하는 일군의 유목민 같았다. 그들이 떠나온 유럽은 저기 아일랜드 해 너머에 있으며, 낯선 언어를 쓰고 계곡이 있고 숲으로 둘러싸이고 요새가 있고 참호를 파고 군대처럼 정렬한 종족들의 유럽이었다. 거의 의식하고는 있지만 잠깐이라도 포착할 수는 없는 기억들이나 이름들처럼 혼란스러운 음악이 그의 안에서 들려왔다. 그리고 그 음악은 물러나고, 물러나고, 또 물러나서, 그 희미한 음악이 물러선 자취마다 길게 끌며 부르는 것 같은 음조가 나와서 고요한 침묵을 별빛처럼 꿰뚫었다. 다시! 다시! 다시! 이 세상 저 너머에서 어떤 목소리가 부르고 있었다.

— 어이, 스테파노스!

— 그 디덜러스가 온다!

— 아오! ……아, 이리 내놔, 드와이어, 정말, 아니면 주둥이 한 대 맞는다. ……아오!

— 잘한다, 타우저! 밀어 넣어!

— 이리 와, 디덜러스! 부스 스테파누메노스! 부스 스테파네포로스![59]

— 밀어 넣어! 이제 먹여, 타우저!

59 〈화환을 두른 황소〉라는 뜻으로, 희생의 제의에 사용되는 황소를 말함.

— 도와줘, 도와줘! 아오!

그들의 얼굴을 알아보기도 전에 그들의 말을 한꺼번에 알아들을 수가 있었다. 벌거벗은 젖은 몸이 뒤엉켜 있는 모습만으로도 뼛속까지 시려 왔다. 시체처럼 새하얗거나 희미한 황금빛이 번져 있거나 햇볕에 뻘겋게 그을린 그들의 몸뚱이는 바닷물로 번들거리고 있었다. 조야한 받침대 위에 올려져 있어 뛸 때마다 흔들거리던 발 구름 돌과 그들이 뒤엉켜 말타기 놀이를 하던 경사진 방파제의 거칠게 잘라진 돌들도 차가운 바닷물에 젖어 빛나고 있었다. 그들이 몸을 탁탁 털던 타월은 차가운 바닷물에 젖어 무거웠다. 엉겨 붙은 머리카락은 차가운 소금물에 흠뻑 젖어 있었다.

그는 그들이 부르는 소리를 들으며 가만히 서 있었고 그들이 놀려 대는 소리를 간단한 단어들로 받아넘겼다. 그들은 얼마나 아무런 특색이 없어 보였는지. 단추가 없는 깊이 파인 칼라를 하지 않은 슐리, 뱀 모양의 고리가 달린 붉은 벨트를 매지 않은 에니스, 덮개가 없는 옆 주머니가 달린 노포크 코트를 입지 않은 코널리라니! 그들을 보는 것이 고통스러웠고, 옷을 벗은 딱한 모습을 혐오스럽게 만드는 사춘기의 표식들을 보는 것이 칼로 찔리는 듯 고통스러웠다. 아마도 그들은 여럿이 보여 시끄럽게 떠듦으로써 영혼의 은밀한 두려움을 피하고 있는 것인지도 몰랐다. 그러나 그들과 동떨어져 침묵하고 있는 그는 자신의 육체의 신비가 얼마나 두려웠는지를 기억하고 있었다.

— 스테파노스 다이달로스! 부스 스테파누메노스! 부스 스테파네포로스!

그들의 놀림은 새로운 것이 아니었고, 이제 그것은 그의 온화하면서도 긍지에 넘치는 주체 의식을 치켜세워 주었다. 이제는 이전과는 달리 그의 이상한 이름이 하나의 예언처럼 보였다. 따뜻한 회색 공기는 시간을 초월한 듯했고, 그 자신의 기분은 유동적이고 객관적이어서, 모든 시대가 그에게는 한가지로 보였다. 조금 전에는 고대 데인족 왕국의 유령이 안개에 감싸인 도시의 외피를 뚫고 내다보는 것 같았다. 이제 바로 그 전설적인 장인(匠人)[60]의 이름을 듣자, 그는 희미한 파도 소리를 듣는 듯했고 날개 달린 형체가 파도 위로 날아 천천히 허공으로 날아오르는 모습이 보이는 듯했다. 무슨 뜻일까? 예언이나 상징을 다룬 어떤 중세의 책 앞에 새겨진 기묘한 무늬, 바다 위로 태양을 향해 날아가는 매 같은 사내, 그가 일하도록 태어나고 어린 시절과 소년 시절의 안갯속을 거쳐 따라가게 된 그 목적에 대한 예언, 자신의 작업장에서 지상의 둔탁한 재료로부터, 하늘로 날아오르는, 만질 수도 없고 소멸할 수도 없는 새로운 존재를 다시금 빚어내는 예술가의 상징?

그의 심장이 떨렸다. 그의 숨이 가빠지고 마치 태양을 향해 솟구치는 것처럼 그의 사지에 맹렬한 기운이 퍼져 나갔다. 그의 심장은 두려움의 황홀경에 떨렸고 영혼은 훨훨 날고 있었다. 그의 영혼은 세상을 넘어 공중으로 솟아올랐고 그가 알고 있는 육체는 단숨에 정화되어 의혹에서 벗어나 찬란하게 빛나며 영혼의 원소와 뒤섞였다. 비상의 황홀경에 그의 눈은 빛나고 숨결은 거칠어졌으며 바람을 가르는 그의 사지는 거칠게 떨리며 빛났다.

— 하나! 둘! ……조심해!

60 그리스 신화에 나오는 아테네의 장인 다이달로스Daidalos를 말함. 크레타의 미궁을 만들고 아들 이카로스에게 날개를 만들어 줌.

― 아이쿠 이런, 나 빠졌어!

― 하나! 둘! 셋, 가!

― 다음은 나! 다음은 나!

― 하나! ……억!

― 스테파네포로스!

그는 크게 외치고 싶어서, 높이 뜬 매나 독수리처럼 외치고 싶어서, 자기가 자유롭게 바람을 타고 있음을 귀청이 찢어질 듯 사무치게 외치고 싶어서, 목구멍이 아플 지경이었다. 이것은 의무와 절망으로 가득한 세계의 따분하고 추잡한 부름이 아니라, 활기 없는 제단의 봉사로 그를 부르는 비인간적인 목소리가 아니라, 삶이 자신의 영혼을 부르는 소리였다. 거친 비상의 순간이 그를 해방시켰고 그의 입술로 억눌렀던 승리의 외침이 그의 두뇌를 헤쳐 열었다.

― 스테파네포로스!

밤낮으로 걸으며 느꼈던 두려움, 그를 둘러싼 의혹, 그를 안팎으로 비하했던 수치심, 이제 이런 것들이 죽음의 육체에서 떨어져 나온 수의, 무덤의 옷가지가 아니고 무엇이란 말인가?

그의 영혼은 수의를 벗어 버리고 소년 시절의 무덤에서 솟아올랐다. 그렇다! 그렇다! 그렇다! 그는 영혼의 자유와 힘으로부터 당당하게, 그의 이름과 같은 이름을 가진 위대한 장인처럼 새롭게 날아오르는, 아름답고 만질 수 없고 소멸할 수도 없는 생명체를 창조해 낼 것이다.

그는 더 이상 핏속의 불꽃을 억누를 수 없어 바위에서 벌떡 일어섰다. 두 볼은 화끈거리고 목구멍은 노래로 고동치는 것이 느껴졌다. 그의 두 발은 지구 끝까지 가보고 싶은 방랑의 욕망으로 타올랐다. 가자! 가자! 그의 심장이 외치는 것 같았다. 바다 위로 저녁이 깊어지고, 벌판에 밤이 내리면, 방랑자 앞에서는 새벽이 빛나며 낯선 들판과 언덕과 얼굴들을 보여 줄 것이다. 어디로?

그는 북쪽으로 하우스 쪽을 바라보았다. 바닷물은 방파제의 얕은 쪽에서 해초 무더기가 밀려온 선 아래로 빠져나갔고 갯벌을 따라서 이미 썰물이 빠르게 빠져나가고 있었다. 잔물결 사이에 벌써 긴 타원형의 모래섬이 따뜻하고 건조하게 누워 있었다. 여기저기 따뜻한 모래섬들이 얕은 물결 위에 빛났고, 긴 둑을 따라, 바닷가에 얕게 흘러가는 물 사이에, 가볍게 옷을 입은 사람들이 철벅거리며 바닥을 파헤치고 있었다.

잠시 후 그도 맨발이 되어 양말을 주머니에 넣고 운동화의 끈을 매듭지어 어깨에 건 채, 바위 사이의 쓰레기 더미에서 소금물이 배인 뾰족한 막대기를 하나 집어 들고 방파제의 경사면을 따라 내려갔다.

해변에는 기다란 작은 개울이 있었고, 그는 천천히 개울을 따라 거슬러 올라가며 끝없이 떠도는 해초를 보고 놀랐다. 에메랄드색, 검은색, 적갈색, 올리브색 해초는 물결 아래에서 흔들리고 빙빙 돌며 움직였다. 개울물은 해초의 끝없는 표류로 인하여 검게 보였고 높이 뜬 구름이 개울물에 비쳐 보였다. 구름은 말없이 그의 위에 떠돌고 얽힌 해초는 말없이 그의 아래서 떠돌고 있었다. 따뜻한 회색 공기는 고요했다. 그리고 새롭고 야성적인 생명이 그의 혈관에서 노래하고 있었다.

그의 소년 시절은 어디 있는가? 운명으로부터 주춤주춤 물러서서, 홀로 자신이 입은 상처의 수치에 대해 곰곰이 생각하고, 누추하고 핑계뿐인 거처에서 퇴색한 수의를 입고 건드리면 시들어 버리는 화관을 쓰고서도 왕 노릇을 하던 그의 영혼은 어디에 있는가? 혹은 그는 어디에 있는가?

그는 혼자였다. 아무도 그에게 신경 쓰지 않았지만 그는 행복했고, 삶의 격렬한 중심부에 가까이 있었다. 그는 혼자였고 젊었으며 고집 세고 야성적이었다. 황무지 같은 거친 공기와 소금기 있는 물과 조개껍질이나 엉킨 해초 같은 바다의 산물과 흐릿한 회색 햇살과 알록달록 가벼운 옷을 입은 아이들과 소녀들의 모습과 허공에 떠도는 아이들과 소녀들의 목소리 사이에서 그는 혼자였다.

한 소녀가 그의 앞쪽 개울 한가운데 혼자 가만히 서서 바다를 응시하고 있었다. 그녀는 마치 마법에 의해 이상하고 아름다운 바닷새의 모습으로 둔갑한 존재처럼 보였다. 그녀의 길고 가느다란 맨다리는 학의 다리처럼 섬세했고 살갗에 기호라도 새긴 듯 에메랄드빛 해초가 휘감긴 곳 말고는 깨끗했다. 좀 더 풍만하고 부드러운 상아색인 그녀의 허벅지는 거의 엉덩이까지 드러나 있었고, 속옷의 하얀 가장자리 장식은 부드러운 흰 솜털 깃 같았다. 짙은 회청색 치마는 대담하게 허리까지 걷어 올려서 뒤쪽에서 꼭 동여매어 있었다. 그녀의 가슴은 마치 새의 가슴처럼 부드럽고 조그맣고, 검은 깃털의 비둘기 가슴처럼 조그맣고 부드러웠다. 그러나 그녀의 긴 금발 머리는 소녀다웠다. 소녀다운 그녀의 얼굴에서, 인간의 아름다움이 가지는 경이로움이 느껴졌다.

그녀는 혼자 가만히 바다를 응시하고 있었다. 그녀가 그의 존재와 그의 눈에 담긴 숭배의 표정을 느끼자, 그녀의 눈이 부끄러움도 방종한 느낌도 없이, 그의 응시를 그저 가만히 견디며 그에게로 향했다. 오래오래, 그녀는 그의 응시를 마주하다가 조용히 그로부터 눈길을 돌려 개울물을 내려다보며 한

쪽 발로 개울물을 이리저리 휘저었다. 부드럽게 물을 휘젓는 희미한 소리가, 낮고 희미하고 속삭이듯이, 마치 잠결의 종소리처럼 희미하게, 처음으로 침묵을 깨뜨렸다. 찰싹 출렁, 찰싹 출렁. 희미한 불꽃이 그녀의 볼에서 떨렸다.

— 오, 이런! 속된 기쁨이 터져 나오면서 스티븐의 영혼이 외쳤다.

그는 갑자기 그녀로부터 돌아서서 해변을 가로질러 가기 시작했다. 두 볼이 화끈거렸다. 몸도 불타고 있었다. 사지는 떨렸다. 앞으로 앞으로 앞으로 앞으로, 그는 모래밭 저 멀리로, 바다를 향해 미친 듯이 노래를 부르며, 그를 향해 외쳐 부르던 삶의 도래를 맞이하기 위해 외치며 계속 걸어갔다.

그녀의 이미지가 그의 영혼으로 영원히 들어왔고, 어떤 말로도 그가 느끼는 황홀경의 거룩한 침묵을 깨뜨릴 수 없었다. 그녀의 눈은 그를 불렀고 그의 영혼은 그 부름에 날뛰었다. 살고, 실수하고, 타락하고, 승리하고, 삶으로부터 삶을 재창조하는 것이다! 야성의 천사가, 인간의 젊음과 아름다움을 지닌 천사가, 삶의 아름다운 궁정에서 보내온 사절(使節)이 그에게 나타나, 황홀의 순간에, 모든 과오와 영광의 길로 이르는 문들을 그에게 열어젖혀 보여 준 것이다. 가자 가자 가자 가자!

그는 갑자기 멈춰 서서 조용히 심장 소리를 들었다. 얼마나 멀리 걸어왔을까? 지금 몇 시지?

가까이에는 아무도 없었고 아무 소리도 들려오지 않았다. 그러나 조류가 바뀔 시간이었고 이미 해는 기울고 있었다. 그는 육지 쪽으로 돌아서서 해변을 향해 달려갔다. 그는 날카로운 자갈에 개의치 않고 경사진 해변까지 달려가 덤불이 차란 둥그런 모래언덕 사이의 구석진 모래밭을 발견하고는 그곳에 누워 저녁의 평화와 침묵으로 그의 피에 들끓는 기운을 가라앉히려 했다.

그는 위쪽으로 무심하게 거대한 하늘과 천체의 조용한 움직임을 느꼈다. 아래쪽엔 지구가, 그를 지탱해 온 지구가 그를 품에 안아 주었다.

그는 나른하게 졸려서 눈을 감았다. 그의 눈꺼풀은 마치 지구의 거대한 자전 운동과 그것을 지켜보는 천체들을 느끼듯이, 어떤 새로운 세상의 낯선 빛을 느낀 듯이 떨렸다. 그의 영혼은 정신을 잃고 새로운 세상으로 빠져들고 있었다. 희끄무레한 모양들과 존재들이 오가는 바다 밑처럼 환상적이고 희미하고 불확실한 세상으로. 하나의 세상, 하나의 빛, 혹은 한 송이 꽃? 반짝이고 떨리고, 떨리면서 펼쳐지는, 밝아 오는 빛, 피어나는 꽃처럼, 그것은 그 자체로 끝없이 계속 펼쳐지고 있었다. 짙은 선홍색으로 밝아 오고 펼쳐졌다가 아주 희미한 색의 장미로 시들고, 한 잎 한 잎, 빛의 한 줄기 한 줄기가, 점점 더 짙어지는 그 부드러운 홍조로 하늘을 온통 채우고 있었다.

그가 깨어났을 때는 이미 저녁이었고, 그의 침대였던 모래와 마른풀은 더 이상 달아올라 있지 않았다. 그는 천천히 일어나면서 그 잠의 환희를 기억하고, 기쁨에 한숨을 쉬었다.

그는 모래 언덕의 꼭대기로 올라가 주변을 둘러보았다. 이미 저녁이었다. 초승달의 테두리가 회색 모래에 파묻힌 은빛 고리의 테두리처럼, 흐릿하게 펼쳐진 지평선을 가르고 있었다. 밀물이 나지막한 파도로 속삭이며 저 멀리 있는 웅덩이에 마지막으로 남아 있는 몇몇 사람들을 고립시키면서 빠르게 육지 쪽으로 밀려오고 있었다.

제5장

그는 세 잔째의 묽은 차를 찌꺼기까지 비우고 주변에 흩어져 있던 튀긴 빵 조각을 씹으면서 찻주전자 바닥의 검은 물을 바라보았다. 고기 요리에서 나온 노란 기름[61]을 변기통처럼 퍼내고 나니 그 아래 고인 물이 짙은 토탄 빛깔이 나는 클롱 고우즈의 화장실 물을 다시 생각나게 했다. 가까이에 있던 전당표 상자를 샅샅이 뒤진 후, 그는 기름 묻은 손가락으로 푸른색, 흰색의, 데일리나 매커보이 같은 질권 설정자의 이름이 쓰여 있는, 휘갈겨 쓴 잉크를 말리고 구겨 놓은 명세표를 하나씩 집어 들었다.

반장화 한 켤레.
짙은 색상 옷 한 벌.
흰옷 세 벌.
남성용 바지 한 벌.

그는 그것들을 밀쳐 놓고 생각에 잠긴 채 이를 잡아 죽인

61 고기 요리를 할 때 나온 기름을 버터 대용으로 쓰기도 함.

얼룩이 있는 상자 뚜껑을 쳐다보며 애매한 어조로 물었다.

— 이 시계 얼마나 빨라요?

어머니는 벽난로 위 선반 한가운데 옆으로 쓰러져 있던 찌그러진 자명종을 일으켜 세워 자판이 12시 15분 전을 가리킨 것을 보여 주곤 다시 옆으로 눕혔다.

— 1시간 25분. 어머니가 말했다. 그러니까 지금 시각은 10시 20분이지. 강의 시간에 늦지 않아야 할 텐데.

— 여기 세수하게 물 좀 채워 주세요. 스티븐이 말했다.

— 케이티, 스티븐 세수하게 물 좀 채워 줘라.

— 부디, 스티븐 세수하게 물 좀 채워 줘.

— 안 돼, 난 세탁비누 사러 가야 해. 네가 좀 해줘, 매기.

에나멜을 입힌 대야가 개수대의 움푹 파인 곳에 놓이고 낡은 세탁 장갑이 옆에 던져졌다. 그는 그의 어머니가 자신의 목을 문지르고 귓바퀴 뒤쪽이나 양쪽 콧방울 사이의 틈새까지 씻도록 내버려 두었다.

— 참, 딱하기도 하지. 어머니는 말했다. 대학생이 이렇게 더러워서 엄마가 씻겨 줘야 하다니.

— 좋아하시잖아요. 스티븐이 차분하게 말했다.

위층에서 귀가 찢어지는 듯한 휘파람 소리가 들리자, 어머니는 축축한 작업복을 그의 손에 쥐여 주며 말했다.

— 닦는 건 네가 하고 제발 좀 서둘러서 가라.

두 번째 날카로운 휘파람 소리가 화가 난 듯 이어지자 딸들 중 하나가 층계 아래로 달려갔다.

— 네, 아버지!

— 게을러 터진 암캐 같은 네 오빠는 아직 안 갔냐?

— 갔어요, 아버지.

― 그래?

― 네, 아버지.

― 흠!

소녀는 돌아와서 그에게 서둘러 뒷문으로 조용히 나가라는 신호를 했다. 스티븐은 웃으며 말했다.

― 남자를 암캐라고 부르시다니 아버진 성별 개념이 좀 이상하셔.

― 아, 정말 창피스러워서 미치겠다, 스티븐. 어머니가 말했다. 그곳에 발을 들여놓은 날을 후회할 때가 있을 거다. 너 정말 많이 변했어.

― 모두들 안녕. 스티븐은 미소를 지으며 작별 인사로 손가락 끝에 키스를 했다.

연립 주택 뒤편의 골목은 질퍽거렸고, 그가 천천히 젖은 쓰레기 더미 사이를 조심조심 걸어가는데, 담장 너머 수녀 정신 병원에서 미친 수녀 한 사람이 비명을 지르는 소리가 들렸다.

― 예수님! 오, 예수님! 예수님!

그는 성난 듯 머리를 흔들어 그 소리를 귀에서 털어 버리고, 썩어 가는 내장 사이를 비틀거리며, 이미 혐오와 쓰라림의 고통에 아픈 마음으로, 서둘러 걸어갔다. 아버지의 휘파람, 어머니의 불평, 보이지 않는 미친 사람의 비명이 지금 그에게는 청춘의 자부심을 꺾으려고 공격하고 위협하는 목소리들이었다. 그는 증오심에 가득 차서 그 메아리를 아예 마음으로부터 추방해 버렸다. 그러나 그가 큰길을 걸어가면서 빗물이 똑똑 떨어지는 나무들 사이로 뿌연 아침 햇살을 느끼고 젖은 나뭇잎과 나무껍질의 낯설고 야성적인 냄새를 맡자, 그의 영혼은 불행에서 놓여났다.

큰길에 서 있는 비를 머금은 나무들은 늘 그랬듯이 그에게 게르하르트 하우프트만[62]의 연극에 나오는 소녀와 여인들에 대한 기억을 상기시켰다. 그들의 창백한 슬픔에 대한 기억과 젖은 나뭇가지에서 떨어지는 향기가 고요한 기쁨의 분위기로 뒤섞였다. 시내를 가로지르는 아침 산책이 시작되었고, 그는 자신이 페어뷰 연안을 지나면서 수도원 분위기의 은빛 결을 지닌 뉴먼의 산문을 생각할 것임을 미리 알고 있었다. 그리고 식료품 상점의 진열장을 느긋하게 둘러보며 노스스트랜드 로드를 걸으면서는, 귀도 카발칸티의 어두운 유머를 떠올리고 미소를 지을 것임을. 그리고 탤벗 플레이스의 베어드 석재 공장을 지날 때면 입센의 정신이, 제멋대로인 소년처럼 아름다운 정신이 날카로운 바람처럼 그에게 불어올 것임을. 그리고 리피 강 건너 지저분한 해산물 가게를 지날 때면 다음과 같이 시작되는 벤 존슨의 노래를 되풀이할 것임을.

내가 누웠던 곳에서도 더 지겹진 않았네.

그의 마음은 아리스토텔레스나 아퀴나스의 그 유령 같은 말들 사이에서 미의 정수를 찾아내려다 지칠 때면 종종 즐거움을 찾아 엘리자베스 시내의 섬세한 노래로 돌아서곤 했다. 의혹에 찬 수도승의 옷을 입은 그의 마음이 종종 그 시대의 창문 아래 서서 류트 연주가들의 나지막한 조롱조의 음악이나 창녀들의 거침없는 웃음소리를 듣다보면, 간통이나 거짓 체면의 아주 낮은 웃음소리, 세월에 빛바랜 구절이 수도사 같

62 Gerhart Hauptmann(1862~1946). 독일의 극작가, 소설가, 시인. 조이스가 그의 작품을 번역함.

은 그의 자부심을 건드리고 그의 도피처에서 그를 내몰았다.

그가 명상하느라 시간을 보내며 젊은 시절의 친구들을 외면하게 한 지식이란 단지 아리스토텔레스의 시학과 심리학 그리고 『성 토마스 사상에 의한 스콜라 철학 요강』의 얼마 안 되는 문장들뿐이었다. 그의 사고는 때때로 직관의 섬광이 밝혀 주는, 컴컴한 의심과 자신에 대한 불신이었지만, 그 섬광은 너무 또렷한 광채가 나서 그 순간에는 마치 그의 발아래 세상이 불에 타버리듯이 소멸하는 것 같았다. 그러고 나면 그는 입이 무거워지고 다른 사람과 눈을 마주쳐도 반응하지 않았는데, 왜냐하면 아름다움의 정신이 그를 덮개처럼 감싸고 있으며 몽상 속에서라면 최소한 고귀함에 익숙해질 수는 있다고 느꼈기 때문이다. 그러나 이 짧은 침묵의 자부심이 더 이상 그를 지탱해 주지 못할 때에도, 그는 여전히 평범한 사람들 한가운데에 있다는 것을 기쁘게 여기며 도시의 더러움과 소음과 태만 한가운데로 두려움 없이 가벼운 마음으로 걸어 갔다.

운하의 울타리 근처에서 그는 인형 같은 얼굴에 챙 없는 모자를 쓰고 종종걸음으로 다리의 경사로를 따라 그에게로 걸어오는 폐결핵 환자를 만났다. 그는 초콜릿색 코트 단추를 단단히 채우고 접은 우산을 점쟁이의 지팡이처럼 한두 뼘 앞으로 내밀고 있었다. 11시쯤 되었을까, 라고 그는 생각했고, 시계를 보려고 유제품 공장을 들여다보았다. 유제품 공장의 시계는 5시 5분 전이었으나, 그가 돌아서자 근처 어딘가에서 보이지는 않지만 시계가 재빠르고 정확하게 11시를 알리는 종을 치는 소리가 들렸다. 그 소리를 들으니 매캔 생각이 나서 웃음이 났다. 그는 금발의 염소수염이 난 땅딸한 그가 사냥용 상하의를 입고 홉킨스 코너의 굽이진 곳에 서 있는 모습을 기억했다. 그는 이렇게 말했다.

— 디덜러스, 너는 반사회적 존재야. 네 안에 그냥 갇혀 있지. 나는 아니야. 나는 민주주의자고, 미래 유럽 연합의 모든 계급과 성별 간의 사회적 자유와 평등을 위해서 일하고 행동할 거야.

11시라! 그러니까 강의에 늦은 것이다. 무슨 요일이더라? 그는 구멍가게에 멈춰 서서 벽보의 헤드라인을 읽었다. 목요일. 10시부터 11시까지 영문학, 11시부터 12시까지 프랑스 문학, 12시부터 1시까지 물리. 영문학 강의를 상상하자, 강의실에서 멀리 있음에도 불구하고 불안하고 무기력한 느낌이 들었다. 그는 동급생들이 온순하게 머리를 숙이고 노트에 필기하라고 지시받은 것들, 명목적 정의와 본질적 정의와 그 사례들, 혹은 탄생일과 사망일, 주요 작품, 호평과 비판을 나란히 적고 있는 모습을 상상했다. 그는 생각이 다른 데로 가 있어서 머리를 숙이지 않았고, 강의실의 학생들을 둘러보든 창밖으로 황량한 공원의 정원을 둘러보든, 침울한 지하실의 습기와 곰팡이 냄새가 그를 공격했다. 첫 번째 줄 그의 바로 앞에 앉은 또 한 학생만이 마치 주변의 겸손한 숭배자들을 위해 겸손한 내도 없이 싱궤 잎에서 기도하는 시제처럼, 머리를 숙인 학생들 사이에서 꼿꼿이 머리를 세우고 있었다. 왜 크랜리를 생각하면 그의 몸 전체의 이미지가 아닌 머리와 얼굴의 이미지만 떠오르는 것일까? 아침의 뿌연 공기를 배경으로 그는 마치 꿈속의 환영처럼 목 잘린 얼굴, 혹은 데스마스크의 얼굴에 마치 이마에 쇠로 된 관을 쓴 것처럼 뻣뻣한 검은색 직모가 드리운 모습을 떠올리는 것이다. 그 얼굴은 사제 같았다.

안색은 창백하고 코는 넓적했으며 눈 아래와 턱관절을 따라 그늘이 져서 사제 같았고, 길고 핏기 없이 살짝 미소를 띤 입술도 사제 같았다. 스티븐은 크랜리에게 날이면 날마다, 밤이면 밤마다 그의 영혼의 온갖 격동과 불안과 갈망을 모두 이야기했지만 친구가 말없이 듣고만 있었던 것을 빠르게 기억하고는, 그것이 자신이 사해 줄 능력이 없는 죄의 고백을 듣고 있는 죄 많은 사제의 얼굴이지만, 기억해 보면 아직도 그의 검고 여인 같은 눈이 응시하는 것을 느낄 수 있었다고 생각하려고 했다.

이 이미지를 통해서 그는 낯설고 어두운 사색의 동굴을 힐끗 보게 되었지만, 아직은 거기 들어갈 시간이 아니라는 것을 느끼고 바로 돌아섰다. 그러나 그 친구가 보인 나른함의 밤 그림자는 희미하지만 치명적인 기운을 공기 중에 퍼뜨렸고, 그는 좌우로 글자들을 둘러보며, 그 말들이 조용히 즉각적인 의미를 잃고, 모든 쩨쩨한 가게의 간판들이 그의 마음을 주문처럼 묶어서, 그 죽은 언어들 더미 사이의 골목을 걸어가며 그의 영혼이 나이든 사람처럼 한숨을 쉬며 오그라드는 것에 놀라 멍해졌다. 언어에 대한 그의 의식이 뇌에서 썰물처럼 빠져나가고 있었으며 낱말들로 뚝뚝 떨어져 종잡을 수 없는 리듬으로 뭉쳤다 흩어졌다 하고 있었다.

　　담쟁이가 벽에서 흐느낀다
　　흐느끼다 벽에서 뒤얽힌다
　　담쟁이가 벽에서 흐느낀다
　　벽 위엔 노란 담쟁이
　　담쟁이, 벽 위엔 담쟁이

이런 바보 같은 소리를 들어본 적이 있는가? 맙소사! 누가 벽에서 담쟁이가 흐느끼는 것을 들은 적이 있단 말인가? 노란 담쟁이, 이건 괜찮다. 노란 상아도 그렇고. 그렇다면 상아색 담쟁이는 어떤가?

그 말이 이제 그의 머릿속에서 어떤 코끼리 엄니에서 보았던 상아색보다 더 또렷하고 밝게 빛났다. 〈*Ivory, ivoire, avorio, ebur.*〉[63] 그가 라틴어 시간에 처음 익혔던 예문 중 하나는 이러했다. 〈*India mittit ebur*(인도는 상아를 수출한다).〉 그리고 그는 그에게 오비디우스의 『변신 이야기』를 돼지라든가 질그릇 조각, 등심살 같은 단어 때문에 별나게 들리던 고상한 영어로 번역해 주었던 교장의 그 약삭빠른 북유럽풍 얼굴을 기억해 냈다. 그가 알고 있는 라틴어 운문의 법칙들은 모두 어떤 포르투갈 사제가 쓴 낡은 책[64]에서 배운 것이었다.

Contrahit orator, variant in carmine vates.
웅변가는 압축하고, 시인과 예언자는 노래로 장식한다.

로마 역사의 위기와 승리와 분리는 그에게 〈*In tanto discrimine*(이런 위기에 처하여)〉라는 진부한 말로 전수되었고, 도시 중의 도시의 사회생활을 그가 엿보려 했던 것은 교장이 낭랑한 목소리로 〈항아리를 은화로 채우기〉라고 번역한 〈*Implere ollam denariorum*〉이라는 말을 통해서였다. 오래되어 낡은 호라티우스의 책은 그의 손가락이 시릴 때조차도 차갑게 느

---

63 영어, 프랑스어, 스페인어, 라틴어로 〈상아〉라는 뜻.
64 마누엘 알바레스Manuel Alvarez(1526~1582)의 시작법을 설명한 책 『음운론*Prosodia*』를 말함.

꺼지지 않았다. 그것은 인간적인 책장들로, 50년 전에 존 던컨 인버라리티와 그의 동생 윌리엄 맬컴 인버라리티가 넘기던 책장들이었다. 그렇다. 그것이 칙칙한 책날개에 적혀 있는 고귀한 이름들이었고, 그처럼 보잘것없는 라틴어 학도에게도 그 어두운 운문들은 마치 도금양(桃金孃)과 라벤더와 마편초(馬鞭草) 속에 내내 놓여 있던 것처럼 향기로웠다. 그렇지만 그가 세계 문화의 잔치에 숫기 없는 손님밖에는 될 수 없다고, 그가 만들어 내려고 하는 미학의 기본을 이루는 수도승의 학문이 그가 사는 시대에는 문장학(紋章學)이나 매사냥의 미묘하고 신기한 전문 용어들보다 더 높이 쳐지지 않는다고 생각하니 마음이 아팠다.

왼편으로 마치 거추장스러운 반지 위에 올려진 우중충한 보석처럼 이 도시의 무식 위에 무겁게 얹힌 트리니티 대학의 회색 건물이 그의 마음을 가라앉게 만들었고, 그가 개선된 양심의 굴레로부터 발을 빼려고 이리저리 발버둥을 치는 동안 그는 아일랜드 민족 시인[65]의 우스꽝스러운 동상에 이르렀다.

그는 분노의 감정 없이 그 동상을 바라보았다. 육체와 영혼의 나태가 보이지 않는 벌레처럼 그 위로, 질질 끄는 발 위로, 외투 주름 위로, 비굴한 머리 주변으로 기어다니고 있었음에도 불구하고, 그 동상은 그 자신의 모욕을 겸손하게 의식하고 있는 듯했기 때문이다. 그것은 밀레시우스족[66]의 외투를 빌려 입은 퍼볼그족[67]이었다. 그는 농부 출신인 친구 다빈

65 토머스 무어Thomas Moore(1779~1852)를 말함.
66 아일랜드 신화에서 투아타 데 다난을 물리치고 아일랜드를 차지했다. 즉 퍼볼그족보다 후대에 아일랜드를 차지했던 종족이며 현재 게일족의 조상이라고 알려져 있다.

을 생각했다. 퍼볼그는 그들 사이에 장난으로 부르는 이름이 었지만, 젊은 농부는 그것을 대수롭지 않게 여겼다.

— 계속해, 스티비. 나 돌대가리잖아. 맘대로 불러.

다른 사람들이 그와 함께 있을 때에 다빈은 격식 차린 말씨를 썼으므로, 그의 애칭이 그 친구의 입술에서 불렸을 때 스티븐은 기분이 좋았다. 종종 그랜섬 거리에 있는 다빈의 방에 앉아서 벽에 옆으로 기대어진 잘 만들어진 부츠들에 감탄하고, 그 친구의 소박한 귀에 그의 갈망과 우울을 감추는 구실을 하던 다른 이들의 운문과 시구를 들려줄 때면, 듣고 있던 그 소박한 퍼볼그의 마음이 그의 마음을 끌어당겼다 밀어내 버리곤 했다. 그의 마음을 끈 것은 말없이 집중하는 타고난 정중함이나 고대 영어 투의 기묘한 말버릇, 혹은 게일족 마이클 쿠삭[68]에게 사사한 거친 신체적 기량을 마음껏 발휘할 수 있는 것 등이었고, 재빨리, 그리고 갑자기 마음을 멀어지게 만든 것은 지성의 조잡함이나 감성의 우둔함, 아직도 밤마다 통행금지[69] 시간을 두려워하는 굶주린 아일랜드 촌락의 겁먹은 영혼에서 나오는 겁먹은 듯 멍한 눈빛 등이었다.

이 젊은 농부는 운동선수였던 삼촌 맷 다빈의 용감한 행적에 대한 기억과 더불어 아일랜드의 슬픈 전설도 숭상하고 있었다. 대학의 무미건조한 생활을 어떻게든 의미 있게 만들고자 애쓰던 동급생들은 잡담 중에 그를 젊은 페니아 회원[70]으로 여기곤 했다. 그의 유모는 그에게 아일랜드어를 가르쳐 주

67 아일랜드 신화에서 퍼볼그족은 투아타 데 다난이 오기 전까지 아일랜드에 살았다고 전해진다.

68 Michael Cusack(1847~1906). 게일 체육 협회의 창시자.

69 반란, 혹은 기근의 영향으로 몇몇 지방에서 시행되었다. 일몰 혹은 저녁 8시 이후 통행금지.

었고 아일랜드 신화라는 조각난 빛으로 그의 거친 상상력을 형성했다. 그는 누구도 아름다운 글 한 줄 이끌어 낸 적이 없는 신화와 연작을 거쳐 전승되면서 자꾸 그 사이에서 가지를 쳐서 감당할 수 없게 되어 버린 이야기들을 대할 때, 로마 가톨릭교를 대할 때와 마찬가지의 태도를, 머리는 둔하나 충성스러운 농노의 태도를 취했다. 영국으로부터 혹은 영국 문화로부터 온 어떠한 사상이나 감정에 대해서도 그는 하나의 암호에 순종하듯 저항했다. 영국 너머의 세계에 대해서는 그가 입대하겠다고 말한 적이 있는 프랑스 외인부대밖에는 아는 것이 없었다.

이러한 야심에다가 이 젊은이의 기질을 결합하여, 스티븐은 그를 길든 기러기라고 불렀고, 그 명칭에는 그 친구의 언행 속에, 사색하기 좋아하는 스티븐의 마음과 아일랜드의 감춰진 삶의 방식 간에 종종 있는 것 같은 바로 그 망설임을 겨냥한 짜증이 들어 있었다.

어느 날 밤, 그 젊은 농부는, 스티븐이 지적 반항의 차가운 침묵으로부터 도망치기 위해 사용했던 난폭하고 화려한 말에 자극을 받아, 스티븐의 마음에 어떤 이상한 비전을 불러일으켰다. 두 사람은 가난한 유대인들이 사는 어둡고 좁은 길을 따라 다빈의 방으로 천천히 걸어가던 중이었다.

— 나한테 무슨 일이 있었어, 스티비, 지난가을, 겨울이 되어 갈 무렵에. 이제까지 살아 있는 누구에게도 얘기한 적 없고 내가 이 얘기를 하는 건 너한테가 처음이야. 10월인지 11월인지는 잊어버렸어. 아마 여기 입학식 하려고 올라오기 전이니

70 1858년 영국인들을 몰아내고 독립하기 위한 아일랜드 비밀 결사 페니언회Fenian Brotherhood를 말함.

까 10월일 거야.

스티븐은 그가 자기를 믿고 털어놓는 것이 기분 좋았던 데다가 말하는 사람의 소박한 어투에 공감이 느껴져서 미소 띤 눈으로 친구의 얼굴을 보았다.

— 그날 하루 종일 집을 떠나 버트번트에 가 있었어.

— 거기가 어딘지 알지 모르겠네. 크록스 오운 보이즈와 피얼리스 설스 팀이 헐링[71] 경기를 했거든. 맙소사, 스티비, 정말 힘든 경기였어. 내 사촌 폰시 다빈은 아예 웃통을 벗은 채로 리메릭 팀의 골문을 지키고 있었는데, 경기 절반 정도는 전방으로 나와서 미친놈처럼 소리를 질러 댔지. 그날을 잊을 수가 없어. 크록스 팀 중 한 명이 그놈에게 스틱을 어쭙잖게 휘두르다가 거의 관자놀이 옆을 때릴 뻔했지. 아, 정말로, 그 구부러진 부분에 맞았더라면 그냥 끝장났을 거야.

— 맞지 않아서 다행이다, 하고 스티븐은 웃으며 말했다. 그렇지만 그게 너에게 일어났다는 그 이상한 일은 아니지?

— 음, 물론 넌 그런 얘기에 흥미 없을 거라 생각해. 그렇지만 아무튼, 게임이 끝나고 하도 소란스러워져서 난 집으로 가는 기차를 놓쳤고 나를 태워 줄 게 아무것도 없었지 뭐냐. 게다가 공교롭게도 같은 날 캐슬타운로시에서 대규모 집회가 있어서 그 농네 마자가 다 서시 사버렸어. 그러니 그냥 하룻밤을 거기서 보내거나 걸어오는 수밖에. 그래서 나는 걷기 시작했고, 계속 걷다 보니 발리후라 언덕에 도착할 때쯤 밤이 되더라. 킬말록에서 10마일도 넘게 떨어진 곳이고 그 후로도 길고 외딴길이 이어져 있었어. 길가에 집도 한 채 보이지 않고 아무 소리도 들리지 않았지. 거의 칠흑같이 깜깜했어. 한

71 하키와 비슷한 아일랜드의 구기 종목.

두 번 길가 관목 아래 멈춰 서서 파이프에 불을 붙였고, 이슬이 심하지만 않았더라면 아마 거기서 몸을 쭉 뻗고 자버렸을 거야. 마침내, 길이 구부러지는 곳을 지나자 창문에 불이 켜진 작은 오두막이 보였어. 다가가서 문을 두드렸지. 누구냐고 묻는 목소리에 나는 버트번트에서 경기를 마치고 걸어 돌아가는 길인데 물 한 잔만 주시면 고맙겠다고 했지. 잠시 후 한 젊은 여자가 문을 열고는 큰 잔에 우유를 담아 주는 거야. 그녀는 내가 노크를 했을 때 잠자리에 들려 했던 것처럼 옷을 대충 입었고 머리를 풀어헤치고 있었어. 그녀의 모습이나 눈에 담긴 표정으로 나는 그녀가 아이를 임신하고 있다고 생각했지. 그녀는 한참 동안 문간에서 나와 이야기를 나눴는데, 가슴과 어깨가 다 드러나 있어서 난 좀 이상하다고 생각했어. 그녀는 나보고 피곤하냐, 여기서 자고 가려느냐, 하고 물었어. 그녀는 집에 혼자 있고 남편은 그날 아침 퀸스타운에 누이를 바래다주러 갔다는 거야. 그러고는 얘기하는 동안 내내, 스티비, 그녀는 내 얼굴을 빤히 보면서 나한테 바짝 다가서는 바람에 그녀의 숨소리까지 들릴 지경이었어. 마침내 내가 잔을 돌려주자 그녀는 내 손을 잡아 문지방 너머로 이끌면서 〈들어와서 오늘 자고 가. 겁낼 것 없어. 이 집엔 우리뿐이야〉라고 하는 거야. 스티비, 난 들어가지 않고, 감사하다고 말하곤 다시 가던 길을 갔어. 온몸이 화끈거리더군. 길이 굽어지는 곳이 나와서 뒤를 돌아보니 그 여자가 계속 문간에 서 있는 거야.

다빈이 해준 이야기의 마지막 말이 그의 기억 속에 울렸고 그 이야기 속 여인의 모습이 그가 학교 마차를 타고 클레인 마을을 지날 때 문간에 서 있는 것을 본 적이 있는 농부 여인의 다른 모습에 반영되어 나타났다. 그 모습은 그녀가 속한 종족이자 그가 속한 종족의 한 유형, 어둠과 비밀과 외로움 속에서 깨어나 자신을 의식하면서 꾸밈없는 여인의 눈빛과 목소리와 몸짓으로 낯선 사람을 침대로 끌어들이는 박쥐 같은 영혼이었다.

누군가의 손이 그의 팔을 잡고 어린 목소리로 외쳤다.

— 아, 아저씨, 여기 좀 보세요! 오늘 처음 파는 거예요. 예쁜 꽃다발 하나 사줘요. 네, 아저씨?

그녀가 그에게 내민 파란 꽃들과 어린 그녀의 푸른 눈이 그 순간에는 솔직함의 이미지처럼 보였고, 그는 그 이미지가 사라질 때까지 멈춰 서 있었다. 그러자 그녀의 누더기 옷과 축축하고 거친 머리카락과 말괄량이 같은 얼굴이 보일 뿐이었다.

— 사줘요, 아저씨! 저 좀 보세요!

— 돈이 없어. 스티븐은 말했다.

— 이 예쁜 꽃 좀 사세요, 네, 아저씨? 1페니밖에 안 해요.

— 내 말 못 들었니? 스티븐이 그녀를 향해 고개를 숙이고 말했다. 돈이 없다고 했잖아. 돈이 없다니까.

— 그러면요, 다음엔 꼭 사줘요, 아저씨, 정말요. 소녀는 잠시 후 말했다.

— 글쎄. 스티븐은 말했다. 그럴 것 같지 않은데.

소녀의 친밀함이 조롱으로 바뀔까 봐 두렵기도 하고 그녀가 자기 상품을 다른 사람, 영국에서 온 관광객이나 트리니티 대학의 학생에게 내밀기 전에 그 자리를 피하고 싶어서, 그는 황급히 소녀를 떠났다. 그가 걷고 있던 그라프턴 거리는 그 좌절된 가난의 순간을 연장시키고 있었다. 길이 시작되는 어귀에 울프 톤[72]을 기리는 기념비가 세워져 있었고 그는 아버지와 함께 그것을 처음 설치할 때 거기 있었던 것을 기억했다. 그 싼 티 나는 기공식 장면을 떠올리니 씁쓸했다. 프랑스 대표가 사륜마차를 타고 왔고, 통통하고 웃는 낯의 젊은이가 〈아일랜드 만세!〉라고 프랑스어로 적힌 카드를 막대기에 끼워 들고 있었다.

그러나 스티븐스 그린 공원의 나무들은 비에 젖어 향기를 내뿜고 있었고 비에 젖은 땅은 인간의 냄새, 수많은 심장들로부터 대지를 거쳐 위로 솟아오른 희미한 향내 같은 냄새를 풍기고 있었다. 어른들이 그에게 말해 준 바 있는, 화려하게 타락한 도시의 영혼은 시간이 감에 따라 흙에서 솟아나는 희미한 사람의 냄새로 줄어들어 버렸고, 그는 그가 음울한 대학으로 들어서는 순간 〈씩씩한〉 이건이나 〈교회 방화범〉 웨일리의 타락과는 다른 종류의 타락을 의식하게 될 것을 알았다.

위층의 프랑스 문학 수업에 들어가기엔 너무 늦었다. 그는 현관을 지나 물리학 교실로 이어진 왼쪽 복도를 따라갔다. 복도는 어둡고 조용했지만 아무도 없는 것 같진 않았다. 왜 복도에서 누군가 지켜보는 것 같다고 느껴졌을까? 벅 웨일리 시절에 그곳에 비밀 계단이 있다는 애기를 들었기 때문일까? 아니면 예수회 건물이 관할 구역이 아니었기 때문에 그가 이방인 사이를 걷고 있었기 때문일까? 톤과 파넬의 아일랜드는 공중으로 물러나 버린 듯 보였다.

그는 계단강의실의 문을 열고 먼지 낀 창문을 뚫고 간신히 들어온 차갑고 뿌연 빛 속에 멈춰 섰다. 커다란 난로 앞에 누군가가 웅크리고 있었고, 그는 그 외양이 마르고 머리가 반백인 것으로 보아 교무 주임이 불을 붙이고 있는 것임을 알아차

72 Theobald Wolfe Tone(1763~1798). 독립운동 단체인 아일랜드인 연맹의 창설자. 더블린의 감옥에서 자결함.

렸다. 스티븐은 조용히 문을 닫고 난로로 다가갔다.

— 안녕하십니까, 선생님! 도와 드릴까요?

사제는 흘끗 올려다보고 말했다.

— 잠깐만, 디덜러스 군. 보게. 불을 피우는 데는 기술이 필요해. 학문에는 인문학과 실용 학문이 있지. 이건 실용 학문 중 하나야.

— 배워 보겠습니다. 스티븐이 말했다.

— 석탄을 너무 많이 넣으면 안 돼. 부지런히 움직이며 교무 주임이 말했다. 그게 비법 중 하나지.

그는 제복 옆 주머니에서 토막 초 네 개를 꺼내더니 그것을 석탄과 꼬아 놓은 종이들 사이에 솜씨 좋게 놓았다. 스티븐은 말없이 그를 지켜보았다. 그렇게 불을 붙이느라 판석 위에 무릎을 꿇고 종잇조각이나 토막 초를 늘어놓느라 분주한 그의 모습은 그 어느 때보다도 텅 빈 사원에서 희생의 자리를 준비하는 겸허한 일꾼, 하느님을 섬기는 레위 사람으로 보였다. 평범한 리넨으로 만든 레위 사람의 옷처럼 낡아서 색이 바랜 평복이 꿇어앉은 그의 몸을 감싸고 있었다. 그에게는 아마 정규 성직복이나 가장자리에 방울이 달린 유대 제사장의 제의(祭衣)가 지겹고 귀찮기만 할 것이다. 그의 육신은 하느님께 봉사하는 초라한 일들, 제단 앞의 불을 살피거나, 은밀히 소식을 전하거나, 속인들의 시중을 들거나, 지시를 받으면 빠르게 이행하는 등의 일을 하느라 늙어 버렸지만, 여전히 성인다움이나 고위 성직자 같은 아름다움은 조금도 누리지 못하고 있었다. 아니, 그의 영혼 자체가 빛과 아름다움을 향해 자라나거나 영혼의 신성함에서 나오는 달콤한 향기를 널리 퍼뜨리지 못한 채로 늙어 버린 것이다. 고행하는 의지는 더 이상

복종의 전율에 감응하지 못했고, 이는 마르고 뼈만 남아 은빛 솜털로 뒤덮인 채 늙은 그의 육신이 사랑이나 싸움의 전율을 느끼지 못하는 것과 마찬가지였다.

교무 주임은 쭈그려 앉아 장작에 불이 옮겨붙는 것을 지켜보고 있었다. 스티븐은 침묵을 깨려고 말했다.

— 확실히 전 불붙이는 일은 못할 것 같아요.

— 자네는 예술가잖아. 아닌가, 디덜러스 군? 교무 주임이 올려다보며 흐릿한 눈을 깜빡였다. 예술가의 목적은 아름다운 것을 창조하는 것이지. 뭐가 아름다운 것이냐 하는 것은 또 다른 문제지만.

그는 그 문제의 어려움을 생각하며 천천히 마른 손을 비볐다.

— 그 문제를 지금 해결할 수 있겠어? 그가 물었다.

— 아퀴나스는, 하고 스티븐이 대답했다. 〈보기에 즐거운 것이 아름다운 것이다〉라고 말했습니다.

— 우리 앞에 있는 이 불은, 하고 교무 주임이 말했다. 보기에 좋을 것이다. 그러면 이건 아름다운 것인가?

— 시각으로, 그러니까 미학적 사고 작용에 의해 파악되는 한 아름다울 것입니다. 그러나 아퀴나스는 또 〈선은 욕구가 그쪽으로 움직이는 것이다〉라고도 했습니다. 따뜻한 불에 대한 동물적 욕구를 만족시키는 한 그것은 선이기도 하지요. 그러나 지옥에서는 악이 됩니다.

— 그렇구나. 교무 주임이 말했다. 정곡을 찔렀어.

그는 번쩍 일어나 문 쪽으로 가서 문을 조금 열더니 말했다.

— 이런 일에는 바람을 쐬는 게 도움이 된다더라.

그가 다리를 약간 절면서, 그러나 경쾌한 걸음걸이로 난롯가로 돌아오자, 스티븐은 그 흐릿하고 애정 없는 눈에 그 예수회 사제의 말없는 영혼이 내비치는 것을 보았다. 이냐시오처럼 그도 다리를 절었지만 그의 눈에는 이냐시오와 같은 열정의 불꽃이 타고 있지 않았다. 예수회파의 그 전설적인 잔꾀도, 은밀하고 오묘한 지혜를 담은 전설적인 책보다 더 오묘하고 은밀하다는 그 잔꾀도, 그의 영혼을 사도 직분의 에너지로 타오르게 하지는 못했다. 마치 그는 세속의 술책과 학식과 간계를 하느님의 더 큰 영광을 위해 명령받은 대로 사용하면서 그것을 다루는 데 기쁨을 느끼지도 않고 그 안의 사악함을 증오하지도 않은 채, 그저 굳건한 복종의 자세로 그것들을 그 자체로 놓아두는 듯했다. 이 모든 말없는 봉사에도 불구하고 그는 자신의 주군을 전혀 사랑하지 않는 것 같았고, 또한 그가 봉사하는 목적에 대해서도 거의 애정이 없는 거나 마찬가지인 것 같았다. 〈*Similiter atque senis baculus*(노인의 지팡이같이)〉, 예수회의 창설자가 바랐던 것처럼, 밤길이나 험한 날씨에 기댈 수 있고, 정원의 자리에선 어떤 여인의 꽃다발과 함께 놓여 있거나, 위협하려고 치켜드는 노인의 지팡이 같았다.

교무 주임은 난로로 돌아가 뺨을 비비기 시작했다.

— 미학적인 문제에 대해서 언제쯤 자네에게 무슨 얘기를 들을 수 있겠나?

— 저한테요! 스티븐이 놀라서 말했다. 전 운이 좋으면 보름에 한 번쯤 무슨 생각이 떠오르는 정도인데요.

— 이 질문은 정말 심오한 거란다, 디덜러스 군. 교무 주임이 말했다. 이건 모허 절벽에서 바다를 내려다보는 것과 같아. 수많은 사람들이 그 심연으로 내려갔다가 다시는 올라오지 못했지. 오로지 훈련된 잠수부만이 심연으로 들어가서 그곳을 탐험하고 다시 수면으로 올라오는 거야.

— 선생님께서 사색을 말씀하시는 거라면, 하고 스티븐이
말했다. 저는 자유로운 사유란 없다고 생각합니다. 모든 생각
이란 그 자체의 법칙에 얽매여 있다는 점에서요.

— 하!

— 제 목적을 위해서 지금으로서는 아리스토텔레스와 아퀴
나스의 한두 가지 생각을 가지고 공부를 해볼 수는 있습니다.

— 알겠다. 무슨 말인지 알겠어.

— 그들의 사상에 비추어 저 스스로 무엇인가를 해낼 때까
지만 저는 그것을 지침으로 활용할 것입니다. 램프에서 연기
나 냄새가 나면 심지를 다듬어야겠지요. 그것이 더 이상 빛을
내지 못한다면 팔아 버리고 다른 것을 사야 할 겁니다.

— 에픽테토스[73]에게도 램프가 있었지. 교무 주임이 말했
다. 그가 죽은 다음 비싼 값에 팔렸어. 그는 그 램프에 의지해
서 철학 논문들을 썼단다. 에픽테토스가 누군지 알지?

— 영혼이란 물 한 양동이와 같다고 말한 노인이죠. 스티
븐이 거칠게 말했다.

— 그는 자기 나름대로 소박하게 말하지. 교무 주임이 말
을 이었다. 그가 신들 중 한 조각상 앞에 쇠로 만든 램프를 놓
아두었는데, 도둑이 그걸 훔쳐 갔다는 거야. 그 철학자가 어
떻게 했게? 그는 훔치는 것은 도둑의 성질이라고 생각하고
는, 다음 날엔 쇠로 만든 램프 대신 토기 램프를 사기로 했던
거야.

교무 주임이 들고 있는 초 도막에서 녹은 수지의 냄새가 올
라와 스티븐의 의식 속에서 양동이와 램프니, 램프와 양동이
니 하는 요란한 말들과 뒤섞였다. 사제의 목소리 역시 딱딱하

73 Epictetus(55?~135?). 그리스의 스토아학파 철학자.

고 요란한 어조를 띠었다. 스티븐의 마음은 그 이상한 어조와 이미지와 불 켜지 않은 램프처럼 혹은 초점이 안 맞는 곳에 놓인 반사판처럼 보이는 사제의 얼굴 때문에 저지되어 본능적으로 멈춰 섰다. 그 뒤에는, 혹은 그 속에는 무엇이 있는가? 영혼의 둔탁한 마비 상태, 혹은 사유 작용으로 충만하여 하느님의 어둠도 가능케 하는 천둥 구름의 둔중함?

— 선생님, 저는 다른 종류의 램프를 말한 겁니다. 스티븐은 말했다.

— 물론 그렇지. 교무 주임이 말했다.

— 미학 논의에서 한 가지 어려움은, 하고 스티븐이 말했다. 말이 문학적 전통에 따라 사용되는지, 아니면 시장의 전통에 따라 사용되는지 아는 것이지요. 뉴먼이 성모 마리아에 대해 말한 문장이 기억나는데, 그는 〈성모가 수많은 성인들과 《머물고 있다*detained*》〉고 했죠. 시장에서의 용법은 전혀 달라요. 제가 선생님을 〈붙들고 있는*detain*〉 건 아닌지요.

— 전혀. 교무 주임이 자상하게 말했다.

— 아뇨, 아뇨. 스티븐이 웃으며 말했다. 제 말은 —

— 그래그래, 알았네. 교무 주임이 재빨리 말했다. 무슨 말인지 알겠어, 〈붙들고 있다〉.

그는 아래턱을 내밀고는 짧게 마른기침을 했다.

— 다시 램프 얘기로 돌아가면, 하고 그는 말했다. 램프에 기름을 채우는 것도 까다로운 문제지. 순수한 기름을 골라야 하고 부을 때는 넘치지 않도록, 깔때기가 담을 수 있는 것 이상으로 부어 버리지 않도록 조심해야 하네.

— 깔때기라뇨? 스티븐이 물었다.

— 램프에 기름을 부을 때 쓰는 그 깔때기 말이야.

— 그거요? 스티븐이 말했다. 그걸 깔때기라고 하나요? 〈누두tundish〉가 아니고요?

— 누두가 뭔가?

— 그거요. 깔때기요.

— 그걸 아일랜드에선 누두라고 부르나? 교무 주임이 물었다. 난생 처음 들어 보는 단어네.

— 로워 드럼콘드라에선 그걸 누두라고 해요. 스티븐이 웃으며 말했다. 그곳 사람들 영어가 가장 훌륭한데요.

— 누두, 하고 교무 주임이 생각에 잠기며 말했다. 그것 참 재미난 말이구나. 찾아봐야겠다. 꼭 찾아봐야지.

그의 예의 바른 태도가 약간 거짓되게 느껴져 스티븐은 탕자의 형이 동생을 보는 것 같은 눈초리로 이 영국인 개종자를 쳐다보았다. 요란한 개종 사태[74]를 따른 겸손한 추종자로서, 아일랜드에 사는 가난한 영국인으로서, 그는 예수회의 역사에서 음모와 수난과 질시와 싸움과 모욕의 이상한 연출이 거의 다 끝난 단계에 들어선, 후발 주자요, 느림보 같았다. 어디에서 출발했던 것일까? 아마도 진지한 비국교도 사이에서 태어나 성장하여 오직 예수에게서만 구원을 보고 국교의 허례허식을 혐오했는지도 모른다. 종파주의의 소용돌이 속에서, 그리고 육교리(六敎理) 침례파니, 특수교파니, 시드 앤드 스네이크 침례파니, 타죄이전론자(墮罪以前論者)니 하는 그 소란한 분열의 용어들 사이에서, 절대적인 신앙이 필요하다고 느꼈던 것일까? 입김 불어넣기나 안수, 혹은 성령의 발현에 관한 추리를 가느다란 무명실을 감듯 감다가 갑자기 진정한 교

74 존 헨리 뉴먼John Henry Newman이 주창한 옥스퍼드 운동에 따라 영국 국교회 성직자들이 가톨릭으로 개종한 사례를 말함.

회를 발견했던 것일까? 아니면 세관에 앉아 있던 사도처럼 그가 어떤 양철 지붕 교회 문간에 앉아서 하품을 하면서 교회 연보를 세고 있을 때, 그리스도께서 그를 만지고 따라오라 하셨던 것일까?

교무 주임은 그 말을 다시 되풀이했다.

— 누두! 그거 참 재미있네!

— 조금 전에 제게 물으신 것이 더 재미있는 것 같습니다. 예술가가 흙덩어리로부터 표현해 내야 하는 아름다움이란 무엇인가 하는 것 말이죠. 스티븐이 냉랭하게 말했다.

그 사소한 말 한마디가 그의 감수성을 이 예의 바르고 경계심 많은 적으로부터 돌려놓은 것 같았다. 그는 자신이 대화하고 있던 사람이 벤 존슨의 동포라는 것을 생각하며 뼈아픈 절망을 느꼈다. 그는 생각했다.

— 우리가 대화하던 그 언어는 내 것이 되기 전에 그의 것이었어. 집, 그리스도, 맥주, 주인이라는 말이 그의 입에서 나올 때와 내 입에서 나올 때 어찌 그리 다른지! 그 말을 하거나 쓸 때에는 마음이 불편해. 그토록 익숙하지만 그토록 낯설기도 한 그의 언어는 내게는 언제나 후천적으로 습득된 언어일 거야. 나는 그 말을 만들지도 않았고 받아들이지도 않았어. 내 목소리는 그 말들을 늘 경계하고 있어. 내 영혼은 그의 언어의 그늘 아래서 안달하고 있는 거지.

— 그리고 아름다운 것과 숭고한 것을 구분하는 일, 하고 교무 주임이 덧붙였다. 도덕적 아름다움과 물질적 아름다움을 구분하는 일, 그리고 다양한 저마다의 예술에 어떤 종류의 아름다움이 적합할 것인가를 묻는 일. 이런 것들이 우리가 생각해 볼 수 있는 흥미로운 문제이지.

스티븐은 갑자기 교무 주임의 단호하고 건조한 어조에 낙
담하여 말문을 닫았다. 침묵 속으로 저 멀리서 수많은 구둣
발 소리와 뒤엉킨 목소리들이 계단으로 올라왔다.

— 그렇지만 이런 사유를 하려면, 하고 교무 주임은 마무
리 지으며 말했다. 영양실조로 죽을 위험이 있지. 우선 학위
를 받아야 해. 그걸 첫 번째 목표로 삼아. 그러고 나면 조금씩
길이 보일 거야. 그러니까, 모든 면에서, 사는 길도, 생각하는
길도. 처음에는 자전거로 오르막길을 오르는 것 같겠지. 무
넌을 봐. 정상에 오르는 데 오래 걸렸지. 그래도 정상에 올랐
잖아.

— 전 그렇게 재주가 없습니다. 스티븐이 조용히 말했다.

— 그건 모르지. 교무 주임이 쾌활하게 말했다. 우리 안에
무엇이 있는지는 모르는 일이야. 실망할 필요 전혀 없다고 생
각해. 〈*Per aspera ad astra*(험한 길을 지나 별까지).〉

그는 재빨리 난로 옆을 떠나 문과 2학년들이 들어오는 것
을 보려고 층계참으로 갔다. 스티븐은 벽난로에 기대어 그
가 학생들에게 하나하나 쾌활하고 공평하게 인사를 하는 것
을 들었다. 거친 편에 속하는 학생들의 얼굴에도 솔직한 미소
가 떠오르는 것을 볼 수 있을 정도였다. 기사 같은 로욜라를
충실하게 섬기는 이 사람에 대하여, 일반 사제들보다 말은 더
타산적으로 하면서도 영혼은 그들보다 훨씬 확고한 이 성직
의 의부(義父) 형제에 대하여, 그가 영영 자신의 영적인 아버
지라 부르지는 않을 이 사람에 대하여, 쉽게 상처받는 스티븐
의 마음속에도 쓸쓸한 연민이 이슬처럼 떨어지기 시작했다.
그는 이 사람과 그의 예수회 동료들이 어떻게 그들의 역사를
통해서 하느님의 재판정에서 느슨하고 미온적이고 타산적인

자들을 변호해 왔기 때문에 세속과 먼 사람들로부터는 물론 속인들에게도 세속적이라는 평을 얻게 되었는가를 생각했다.

칙칙하게 거미줄이 드리운 창 아래 컴컴한 계단식 교실의 제일 뒷줄에 앉은 학생들이 무거운 부츠로 발을 쿵쿵 몇 번 굴러서 교수가 들어왔음을 알렸다. 출석 체크가 시작되었고 학생들은 각양각색의 어조로 대답했다. 마침내 피터 번의 이름이 불렸다.

— 네!

묵직한 저음의 대답이 뒷줄에서 들려왔고, 다른 줄에 앉았던 학생들이 불평하듯 헛기침을 했다.

교수는 잠시 멈췄다가 그다음 이름을 불렀다.

— 크랜리!

대답이 없었다.

— 크랜리 군!

친구가 공부하고 있을 것을 생각하자 스티븐의 얼굴에 미소가 스쳤다.

— 레퍼즈타운[75]에 가서 불러 보세요! 뒷줄에서 누군가가 말했다. 스티븐은 흘끗 올려다보았지만, 모이너핸의 돼지 같은 얼굴은 희미한 불빛에 윤곽이 드러난 채 무표정했다. 공식이 하나 수어졌다. 다들 노트 필기를 하느라 부스럭거리는 사이 스티븐이 다시 돌아보며 말했다.

— 종이 좀 줘, 제발.

— 너 형편이 그 정도로 안 좋냐? 모이너핸이 히죽 웃으며 물었다.

그는 노트에서 한 장을 찢어 내 건네주며 속삭였다.

75 경마장이 있는 곳.

— 필요하면 평신도든 여자든 상관없지.

그가 종이에 고분고분 받아 적은 공식, 교수의 계산이 꼬였다 풀렸다 하는 과정, 힘과 속도의 유령 같은 기호들이 스티븐의 마음을 매혹시키면서 또 시달리게 했다. 그는 그 노교수가 무신론자 프리메이슨이라고 누군가가 말하는 것을 들은 적이 있다. 아, 뿌옇고 지루한 날이군! 그건 마치 수학자의 영혼이 방랑하면서, 점점 희박해지고 엷어지는 황혼의 이쪽 면에서 저쪽 면으로 길고 가느다란 구조물을 투사하며, 점점 거대해지고 멀어지고 점점 만질 수 없게 되어 가는 우주의 마지막 가장자리까지 빠른 회오리를 퍼뜨리고 있는, 고통 없이 견디는 의식의 림보 같았다.

— 그러니까 우리는 타원형과 타원체를 구분해야 합니다. 여러분 중 W. S. 길버트[76]의 작품을 잘 아는 사람이 있을 겁니다. 그의 노래 가운데 당구의 명수가 할 수 없이 경기를 해야 하는 장면이 나오죠.

가짜 천으로 만든 당구대에서
비뚤어진 큐를 잡고
타원형의 당구공으로.

— 그가 의미하는 바는, 내가 조금 전에 이야기한 주축을 가진 타원체의 형태를 가진 공이라는 것이죠.

모이너한은 몸을 앞으로 기울여 스티븐에 귀에 대고 속삭였다.

76 W. S. Gilbert(1836~1911). 영국의 극작가. 아서 설리번Arthur Sullivan과 함께 만든 작품이 많음.

─ 타원형 불알[77] 어때! 날 따라와 봐, 아가씨들. 난 기병대
라니까!

친구의 무례한 유머가 회랑에 부는 돌풍처럼 스티븐의 마
음속으로 달려들어, 벽에 축 늘어져 걸려 있던 사제복을 활기
차게 흔들고, 난장판으로 휘젓고 날뛰었다. 바람에 날리는 사
제복에서 교단에 속한 사람들의 모습이 나타났다. 교무 주임,
회색 털모자를 쓴 건장하고 혈색 좋은 회계 주임, 총장, 경건
한 시를 쓰는 새털 같은 머리의 자그마한 사제, 땅딸한 농부
같이 생긴 경제학 교수, 한 무리의 영양들 사이에서 높은 곳에
있는 나뭇잎을 따 먹고 있는 한 마리 기린처럼 반 학생들과
층계참에서 양심의 문제를 토론하고 있는 젊고 키 큰 심리학
교수, 심각하고 불편한 표정의 신심회 회장, 악한 같은 눈매
에 통통하고 머리가 동그란 이탈리아어 교수. 그들은 느릿느
릿 비틀비틀, 넘어지고 뛰어다니고, 등 짚고 넘기를 하려고 옷
을 걸어 올리고, 서로 남의 등을 짚고, 거짓 너털웃음으로 몸
을 흔들며, 서로 등을 찰싹 때리고, 무례한 악의에 웃어 대고,
서로를 친근한 별명으로 부르고, 너무 거친 말에는 갑자기 위
엄 있게 호통을 치고, 둘씩 짝을 지어 입을 손으로 가리고 귀
엣말을 주고받고 있었다.

교수는 옆쪽의 유리 장 쪽으로 가서 선반에서 한 세트의 코
일을 꺼내어, 먼지를 후후 불어 내고는, 조심스럽게 그것을
탁자로 가져와서, 그 위에 한 손가락을 올려놓은 채 강의를
계속했다. 그는 현대식 코일의 철사가 최근에 F. W. 마르티노
가 발견한 백금 합금으로 만들어진다고 말했다.

그는 그것을 발견한 사람의 이니셜과 성을 또렷하게 말했

77 〈ball〉에는 〈불알〉이라는 뜻도 있음.

다. 모이너한이 뒤에서 속삭였다.

— 그리운 프레시 워터[78] 마틴!

— 교수님께 물어보지 그래. 스티븐이 지겹다는 듯 속삭였다. 전기 처형할 사람 필요하신지 말이야. 나를 쓰셔도 되는데.

모이너한은 교수가 코일 위로 몸을 굽히고 있는 것을 보고 의자에서 일어나 오른손으로 딱 소리를 내는 시늉을 하고는 어린아이가 징징거리는 것 같은 목소리로 말했다.

— 저, 선생님! 얘가 나쁜 말 했대요, 선생님.

— 백금 합금은, 하고 교수는 근엄하게 말했다. 온도의 변화에 따른 저항 계수가 더 낮기 때문에, 양은보다 선호됩니다. 백금 합금으로 만든 이 선은 절연 처리를 했고, 절연에 사용된 실크 외피가 지금 내 손가락으로 짚고 있는 경질 고무 코일 통에 감겨 있어요. 이것이 한 번 감겨 있다면 코일에 잉여 전류가 흐를 것입니다. 코일 통은 뜨거운 파라핀 왁스에 담갔고…….

스티븐의 앞쪽 자리에서 누군가가 날카로운 얼스터 억양으로 말했다.

— 응용과학에 대한 질문을 받게 될까?

교수는 순수 과학과 응용과학이라는 용어들을 가지고 진지하게 묘기를 부리기 시작했다. 금테 안경을 쓴 덩치 큰 학생 하나가 질문한 학생을 놀란 눈으로 쳐다보았다. 모이너한은 뒤에서 원래 자기 목소리로 웅얼거렸다.

— 매캘리스터는 살 1파운드를 노리는 악마가 아닐까?

스티븐은 자기 앞자리의, 헝클어진 노끈 색깔의 머리가 더부룩하게 자란 길쭉한 두상을 냉정하게 바라보았다. 그 질문

78 〈F. W.〉라는 이니셜로 말장난을 하는 것.

을 한 자의 목소리, 억양, 정신이 그를 불쾌하게 했고, 그는 자신의 불쾌함이 괴팍한 불친절로 이어지도록 내버려 두었고, 그래서 그 학생의 아버지가 아들을 벨파스트로 유학 보내서 기차 요금이라도 다소 절약할 수 있었더라면 더 좋았을 것 아닌가 하고 생각하게 되었다.

앞쪽의 길쭉한 두상을 한 학생은 이렇게 날카로운 생각을 맞이하러 뒤를 돌아보지는 않았지만, 오히려 그 화살은 다시 활시위로 되돌아왔다. 그가 순간 그 학생의 우유처럼 창백한 얼굴을 보았기 때문이었다.

그건 내 생각이 아니야. 그는 혼자 재빨리 생각했다. 그건 뒷자리에 앉은 저 웃기는 아일랜드 놈에게서 나온 거야. 참자. 네 종족의 영혼을 팔아넘기고 네 종족이 선택한 자를 배반하는 것이 질문자인지 비웃는 자인지 확실하게 말할 수 있겠어? 참자. 에픽테토스를 생각해 봐. 아마 그런 순간에 그런 어조로 그런 질문을 하고 〈과학〉이라는 단어를 한 음절로 발음하는 게 그의 성격이었을지 몰라.

교수의 단조로운 목소리가 그가 언급하는 코일 주위를 빙글빙글 천천히 감싸고 돌아, 코일의 저항 단위가 증가함에 따라 그 수면 유발 에너지를 두 배, 세 배, 네 배로 늘렸다.

보이너한의 목소리가 멀리서 들리는 종소리의 메아리처럼 들렸다.

— 여러분, 수업 끝날 시간입니다!

입구 쪽 홀이 붐비며 시끌벅적해졌다. 문 옆의 탁자에는 사진틀이 두 개 놓여 있었고, 그 사이에 놓인 긴 두루마리 종이에는 불규칙하게 서명들이 쓰여 있었다. 매캔은 학생들 사이를 바지런히 오가며 빠르게 말하고 방해에 대처하면서 한 사람씩 탁자로 데려왔다. 안쪽 홀에서는 교무 주임이 젊은 교수와 이야기를 나누며 점잖게 턱을 쓸어내리고 고개를 끄덕이고 있었다.

스티븐은 문간의 사람들에게 치여 어찌할 바를 모르고 서 있었다. 넓적한 낙엽 같은 중절모의 챙 아래로 크랜리의 검은 눈이 그를 지켜보고 있었다.

— 서명했어? 스티븐이 물었다.

크랜리는 길고 입술이 얇은 입을 꼭 다물고 잠시 생각한 다음 대답했다.

— 〈*Ego habeo*(나는 했다).〉

— 저게 뭐 하는 거니?

— 〈*Quod*(뭐)?〉

— 저게 뭐 하는 거냐고?

크랜리는 창백한 얼굴을 스티븐에게 돌리며 부드러우면서도 신랄하게 말했다.

— 〈*Per pax universalis*(세계 평화를 위해서).〉

스티븐은 짜르[79]의 사진을 가리키며 말했다.

— 저이는 술 취한 그리스도의 얼굴을 하고 있네.

그의 목소리에 담긴 경멸과 분노로 인해 크랜리는 차분하게 홀의 벽을 훑어보다가 스티븐을 돌아보았다.

— 화났어? 그가 말했다.

— 아니. 스티븐이 대답했다.

— 기분이 안 좋은 거야?

— 아냐.

— 〈*Credo ut vos sanguinarius mendax estis, quia facies*

79 러시아의 니꼴라이 2세.

262

vostra monstrat ut vos in damno malo humore estis(넌 거짓말 쟁이야, 얼굴을 보니 무지 기분이 나쁜데).〉 크랜리가 말했다.

모이너한이 탁자로 가는 길에 스티븐의 귀에 속삭였다.

— 매캔이 아주 멋진걸. 마지막 한 방울까지 짜낼 심산이야. 멋진 신세계. 술은 금지하고 암캐들에겐 선거권을.

스티븐은 이렇게 자기에게만 은밀하게 말하는 그 태도에 미소를 지었고, 모이너한이 지나가자 다시 크랜리와 눈을 마주쳤다.

— 넌 알겠지. 그가 말했다. 왜 저놈이 내 귀에다가 제멋대로 자기 얘기를 해대는지. 응?

크랜리의 이마가 어둡게 찌푸려졌다. 그는 모이너한이 두루마리에 자기 이름을 쓰느라 고개를 숙였던 탁자를 노려보다가 무미건조하게 말했다.

— 멍청한 놈!

— 〈*Quis est in malo humore ego aut vos*(기분 나쁜 게 나야, 너야)?〉 스티븐이 말했다.

크랜리는 이 놀림을 받아 주지 않았다. 그는 불쾌한 표정으로 자신의 판단에 대해 곰곰 생각해 보더니 아까와 같은 무미건조한 어조로 되풀이했다.

— 빌어먹을 지독한 멍텅구리 같으니, 그놈이 그래!

그건 모든 죽어 버린 우정에 대한 그의 묘비명이었고 스티븐은 자신의 기억에 대해서도 같은 어조로 그런 말을 할 수 있을지 궁금했다. 묵직한 덩어리 같은 구절이 진창에 던져진 돌처럼 그의 귓전으로부터 서서히 가라앉아 사라졌다. 스티븐은 예전에도 그랬듯이 그 구절이 가라앉으며 그 묵직함이 가슴을 짓누르는 것을 보았다. 크랜리의 말은 다빈의 말과 달리 엘리자베스조(朝) 영어의 희귀한 구절도 없었고 아일랜드 숙어를 묘하게 비틀어 사용하지도 않았다. 그 질질 끄는 말투는 황량하게 쇠퇴해 가는 항구로 되울리는 더블린 부두의 메아리였고, 그 에너지는 위클로 설교단에 무미건조하게 되울리는 더블린 성직자의 웅변의 메아리였다.

매캔이 홀의 저쪽 편에서 그들을 향해 경쾌하게 걸어오자 크랜리의 얼굴에서 무겁게 찌푸린 표정이 사라졌다.

— 여기 있구나! 매캔이 명랑하게 말했다.

— 여기 있지! 스티븐이 말했다.

— 역시 늦었군. 진보적인 경향과 시간 엄수가 함께 있으면 안 되는 거야?

— 말도 안 되는 질문이군. 스티븐이 말했다. 다음 용건이나 말해 봐.

그의 웃는 눈은 이 선동가의 가슴 주머니에서 비어져 나온 은박지에 싼 밀크 초콜릿에 고정되어 있었다. 재치 대결을 들어 보려고 몇몇 사람들이 주변에 모여들었다. 올리브빛 피부에 부드러운 검은 직모의 날씬한 학생 하나는 둘 사이에 얼굴을 들이밀고 매 구절마다 번갈아 그들을 쳐다보며 침 고인 입을 헤벌린 채 날아가는 구절구절을 붙잡아 보려고 하고 있었다. 크랜리는 주머니에서 조그만 회색 공을 꺼내더니 그것을 이리저리 돌리며 들여다보기 시작했다.

— 다음 용건? 매캔이 말했다. 흠!

그는 크게 너털웃음을 터뜨리곤 활짝 미소를 지으며 그의 뭉툭한 턱에서 자라난 밀짚 색깔의 염소수염을 두 번 잡아 당겼다.

— 다음 용건은 저 청원서에 서명을 하는 거야.

— 서명하면 돈이라도 주나? 스티븐이 물었다.

— 이상주의자인 줄 알았는데. 매캔이 말했다.

집시처럼 생긴 학생이 주변을 둘러보더니 불분명하게 푸념하는 소리로 구경꾼들에게 말했다.

— 이런, 정말 이상한 생각이네. 그건 돈벌이를 하겠다는 거잖아.

그의 목소리가 침묵 속으로 사라졌다. 그의 말에 아무도 주의를 기울이지 않았다. 그는 말[馬] 같은 느낌의 올리브빛 얼굴로 다시 말해 보라고 재촉하는 표정으로 스티븐 쪽을 돌아보았다.

매캔은 열정적으로 짜르의 교서, 스테드,[80] 전반적인 군비 축소, 국제 분쟁 시의 조정, 시대의 징후들, 새로운 인류, 최대 다수의 최대 행복을 가능한 한 적은 비용으로 확보하는 것을 이 공동체의 직무로 만들 새로운 삶의 복음 등에 대해서 유창하게 이야기했다.

집시 같은 학생은 이 명연설이 끝나자 이렇게 외치며 화답했다.

— 박애주의 만세!

— 계속해 봐, 템플. 그 옆에 있던 건장하고 혈색 좋은 학생이 말했다. 나중에 한잔 살게.

— 난 박애주의의 신봉자야. 템플이 검은 타원형의 눈으로 주변을 둘러보며 말했다. 마르크스는 별 볼 일 없는 놈이야.

크랜리는 불편하게 미소 지으며 그의 말을 막으려고 그의 팔을 단단히 잡으며 말했다.

— 그만, 그만, 그만!

80 William Thomas Stead(1849~1912). 영국의 저널리스트.

템플은 억지로 팔을 빼내곤 입에 옅은 거품을 문 채 말을 이어 갔다.

— 사회주의는 아일랜드인에 의해서 만들어졌고 유럽에서 사상의 자유를 제일 먼저 주장한 사람은 콜린스[81]야. 2백 년 전에. 이 미들섹스의 철학자는 성직을 비난했어. 존 앤서니 콜린스 만세!

둘러싼 사람들 가장자리에서 누군가 가느다란 소리로 대답했다.

— 핍! 핍!

모이너한이 스티븐의 귀에 대고 속삭였다.

— 존 앤서니의 불쌍한 여동생은 어쩌고.

로티 콜린스가 속옷을 잃어버렸네

네 것 좀 빌려 주지 않을래?

스티븐이 웃자 모이너한은 그 반응에 만족하여 다시 속삭였다.

— 존 앤서니 콜린스한테 5실링씩 걸어 볼까.

— 대답해 봐. 매캔이 짧게 말했다.

— 이런 거 하나도 재미없어. 스티븐이 지루한 듯 말했다. 잘 알잖아. 왜 야단이야?

— 좋아! 매캔이 입술을 빨며 말했다. 그러니까 넌 반동이지?

— 그런 목검 휘둘러 봐야 내가 끄떡이나 할 줄 아냐? 스티븐이 물었다.

81 Anthony Collins(1676~1729). 영국의 이신론자. 아래 이어지는 〈John〉 이라는 이름은 오류.

─ 비유라! 매캔이 퉁명스럽게 말했다. 현실을 말해 봐.

스티븐은 얼굴을 붉히며 고개를 돌렸다. 매캔은 자기 입장을 고수하면서 적대적인 감정을 담아 말했다.

─ 조무래기 시인들은 세계 평화 같은 사소한 문제는 초월해 계신가 보다.

크랜리가 고개를 들고 평화를 제안하는 방편으로 두 사람 사이에 공을 내밀며 말했다.

─ 〈*Pax super totum sanguinarium globum*(이 피투성이 세상에 평화를).〉

스티븐은 구경꾼으로부터 물러서며 짜르의 사진을 향해 화난 듯 어깨를 들썩이며 말했다.

─ 우상을 잘 지켜. 예수를 가지려거든 제대로 된 예수를 갖자고.

─ 세상에, 그거 괜찮다! 집시 학생이 주변 사람들에게 말했다. 그거 좋은 표현인데. 그 표현 정말 맘에 들어.

그는 그 구절을 삼키듯이 꿀꺽 침을 삼키곤 트위드 모자의 꼭대기를 만지작거리며 스티븐을 보고 말했다.

─ 미안한데, 방금 말한 표현의 의미가 뭐야?

옆에 있던 학생들에게 떠밀리는 것을 느끼며 그가 그들에게 말했다.

─ 쟤가 무슨 뜻으로 그 말을 했는지 알고 싶다니까.

그는 다시 스티븐에게로 돌아서서 속삭이듯 말했다.

─ 너 예수를 믿어? 나는 사람을 믿어. 물론 네가 사람을 믿는지는 모르겠어. 그래도 너 맘에 든다. 난 모든 종교에서 독립적인 정신을 가진 사람을 좋아해. 그게 예수의 정신에 대한 네 의견이니?

— 계속해 봐, 템플. 그 건장하고 혈색 좋은 학생이 아까처럼 자기가 처음 했던 생각을 되풀이했다. 한잔이 기다리고 있어.

— 쟤는 내가 바보인 줄 알아. 템플이 스티븐에게 설명했다. 나는 정신의 힘을 믿는 사람이야.

크랜리가 스티븐과 그를 존경하는 학생의 팔을 끼고 말했다. 〈*Nos ad manun ballum jocabimus*(핸드볼[82]이나 하러 가지).〉

스티븐은 이끌려 가는 도중에 매캔의 뭉툭하게 생긴 얼굴이 화끈 달아올라 있는 것을 보았다.

— 내 서명은 중요하지도 않잖아. 그는 상냥하게 말했다. 너는 네 길을 가. 나는 내 길을 갈 테니.

— 디덜러스. 매캔이 퉁명스럽게 말했다. 난 네가 좋은 놈인 줄 알았는데, 아직 넌 이타주의의 존엄함과 인간 개인의 책임감을 모르는구나.

누군가가 말했다.

— 지적으로 괴짜인 놈들은 이 운동에 가담하는 것보단 빠져 있는 게 나아.

스티븐은 매캘리스터의 거친 어조를 알아차리곤 그 목소리를 향해 돌아보지 않았다. 크랜리는 마치 사제들을 대동하고 제단으로 나아가는 집전 사제처럼 양쪽에 스티븐과 템플을 끼고 엄숙하게 학생들 사이를 헤치고 나아갔다.

템플은 열심히 크랜리의 가슴 쪽으로 몸을 기울이며 말했다.

— 매캘리스터가 하는 말 들었어? 저놈은 너를 질투하는 거야. 봤어? 크랜리는 못 봤을 거야. 맙소사, 나는 한 번에 알아봤는데.

82 겔릭 핸드볼*gaelic handball*을 말하는 것. 스쿼시와 비슷하게 벽에 공을 쳐서 점수를 내는 아일랜드 구기 종목.

그들이 안쪽 홀을 지나가고 있을 때 교무 주임이 대화를 나누던 학생들 틈에서 막 빠져나오려던 참이었다. 그는 계단 아래에 서서 한쪽 발을 계단 위에 올린 채 계단을 올라가려고 낡은 사제복 자락을 마치 여자처럼 조신하게 모아 쥐고, 고개를 끄덕이며 이렇게 말하고 있었다.

— 물론이지, 해켓 군! 아주 좋아! 물론이지!

홀 한가운데에선 대학 신심회 회장이 부드럽게 논쟁하는 것 같은 목소리로 한 사생과 열심히 이야기를 하고 있었다. 말할 때 그는 주근깨가 많은 이마를 약간씩 주름지게 하면서, 사이사이 작은 뿔 연필을 깨물었다.

— 신입생들이 모두 왔으면 좋겠어. 문과 1학년은 물론이고 2학년도. 신입생은 다 확인해야 해.

그들이 문으로 나오면서 템플은 다시 크랜리 쪽으로 몸을 굽히며 재빠르게 속삭였다.

— 저 사람 유부남인 거 알아? 개종하기 전에 결혼을 했대. 어딘가에 아내와 아이들이 있다는 거지. 맙소사, 정말 듣던 중 괴상한 얘기지! 응?

그는 속삭임 끝에 교활하게 킬킬거리며 웃었다. 그들이 문을 통과해 나올 무렵 크랜리는 그의 목덜미를 아무렇게나 잡고 흔들며 말했다.

— 이 망할 바보 천치 같은 놈! 정말 이 망할 놈의 세상에 너보다 더 바보 멍청이는 없을 거다, 알았냐!

템플은 여전히 교활하게 웃으며 그의 손아귀에서 버둥거렸지만, 크랜리는 그를 쥐고 마구 흔들 때마다 쌀쌀맞게 되풀이했다.

— 이 망할 바보 천치 같은 놈!

그들은 잡초가 자란 정원을 함께 가로질렀다. 무겁고 헐렁한 외투로 몸을 감싼 총장이 성무 일과를 읽으며 보도들 중 하나를 따라 그들에게로 다가오고 있었다. 그는 보도 끝에서 멈춰서 몸을 돌려 눈을 치켜떴다. 학생들은 인사를 했고, 템플은 아까처럼 모자의 꼭대기를 더듬더듬 만졌다. 그들은 말없이 앞으로 걸었다. 그들이 핸드볼장 가까이 다가가자 스티븐은 선수들의 손이 부딪치며 내는 소리, 공이 젖은 듯 철썩하고 내는 소리, 공을 굴릴 때마다 다빈이 흥분해서 외치는 소리를 들을 수 있었다.

세 명의 학생은 다빈이 경기를 구경하기 위해 앉아 있는 박스 주변에 멈춰 섰다. 잠시 후, 템플이 스티븐에게 옆걸음으로 와서 말했다.

— 그런데, 물어볼 말이 있어. 장 자크 루소가 진실한 사람이라고 믿어?

스티븐은 바로 웃음을 터뜨렸다. 크랜리는 발치에 난 풀속에서 부서진 술통의 널판 조각을 집어 들고 재빨리 돌아서서 단호하게 말했다.

— 템플, 하느님께 맹세하건대, 너 그런 문제에 대해서 한마디만 더 지껄이면 당장 죽여 버린다.

— 너 같은 사람이었을 것 같아. 스티븐은 말했다. 감정적인 사람.

— 젠장, 망할! 크랜리가 거리낌 없이 말했다. 저놈이랑 아예 말을 하지 마. 템플하고 얘기하느니 차라리 냄새 고약한 요강한테 얘기하는 게 낫겠다. 템플, 집에 가라. 제발, 집에 좀 가.

— 크랜리, 난 네가 뭐라고 해도 상관없어. 템플이 치켜든 널판을 피해서 스티븐을 가리키며 말했다. 내가 보기에 이 기

관에서 개인의 정신을 가진 유일한 사람은 저놈이야.

— 기관! 개인이라고! 크랜리가 외쳤다. 빌어먹을, 집에 가. 넌 정말 답이 없는 놈이다.

— 난 감정적인 사람이야. 템플이 말했다. 그건 참 잘 표현했어. 그리고 내가 감정적인 사람이라는 게 자랑스러워.

그는 교활한 미소를 띠고 경기장을 빠져나갔다. 크랜리는 멍한 표정으로 그를 쳐다보았다.

— 저놈 봐! 저런 뺀질이를 본 적 있어?

그가 말하자마자 뾰족한 모자를 눈까지 푹 눌러쓰고 벽에 기대어 빈둥거리던 한 학생이 이상한 웃음을 터뜨렸다. 그렇게 근육질의 체격에서 높은 음으로 나오는 웃음은 마치 코끼리가 히힝 대는 소리 같았다. 그 학생은 온몸을 흔들며 웃다가, 웃음을 진정시키려고 양손을 자기 사타구니에 신나게 문질러 댔다.

— 린치가 깨어났군. 크랜리가 말했다.

린치는 화답하듯 몸을 펴고 가슴을 쑥 내밀었다.

— 린치가 가슴을 내밀었군, 삶을 비평하려고. 스티븐이 말했다.

린치는 자기 가슴을 펑펑 치면서 말했다.

— 내 몸둥 둘레에 누가 할 말이라도 있어?

그 말이 떨어지자 크랜리가 그를 잡았고 둘이 씨름을 시작했다. 싸우느라 얼굴이 시뻘개져서야 그들은 숨을 헐떡이며 갈라섰다. 스티븐은 게임에 열중한 다빈 쪽으로 몸을 굽히고 다른 사람이 뭐라고 말하든 신경 쓰지 않았다.

— 내 길든 기러기는 어떻게 지내시나? 그가 물었다. 서명은 했고?

다빈이 고개를 끄덕이고 말했다.

— 넌, 스티비?

스티븐은 고개를 저었다.

— 넌 지독한 놈이야, 스티비. 다빈이 입에서 짧은 파이프를 떼어 내며 말했다. 언제나 혼자지.

— 이제 세계 평화를 위한 청원에 서명을 했으니, 하고 스티븐이 말했다. 네 방에서 내가 보았던 그 작은 공책은 불태우겠네.

다빈이 대답을 하지 않자, 스티븐이 인용하기 시작했다.

— 피니어단(團), 앞으로 갓! 피아나, 반 우향 앞으로 갓! 피니어단, 번호순으로 경계, 하나, 둘!

— 그건 별개의 문제야. 다빈이 말했다. 나는 무엇보다도 아일랜드 민족주의자거든. 그렇지만 그 말은 참 너답다. 넌 타고난 냉소가야, 스티비.

— 네가 다음번에 헐링 스틱으로 반란을 일으킬 때, 하고 스티븐이 말했다. 혹시 첩자가 꼭 필요하면 나한테 말해. 이 학교에서 몇 명 골라 줄게.

— 무슨 소린지 모르겠다. 다빈이 말했다. 저번엔 네가 영문학에 대해서 나쁘게 말하는 걸 들었어. 이젠 아일랜드 첩자들에 대해서 나쁘게 얘기하네. 네 이름하고 생각하며…… 아일랜드인 맞아?

— 나랑 문장(紋章) 사무소에 가자. 가서 내 가계도를 보여줄게. 스티븐이 말했다.

— 그럼 우리 편을 들어야지. 다빈이 말했다. 왜 아일랜드어를 안 배워? 왜 연맹에서 하는 수업에 첫 시간만 나오고 안나오는 거야?

— 왜 그런지 이유 한 가지는 알잖아. 스티븐이 대답했다. 다빈은 고개를 까닥이며 웃었다.

— 오, 이런. 그가 말했다. 그 젊은 여자랑 모런 신부 때문인 거야? 그렇지만 그건 그냥 네 생각일 뿐이야, 스티비. 그들은 그냥 이야기하고 웃고 그러는 거라고.

스티븐은 말을 멈추고 다빈의 어깨에 다정하게 손을 올려놓았다.

— 너 기억나니? 그가 말했다. 우리가 처음 알게 되었을 때? 우리가 만난 첫날 아침에 넌 신입생 반에 가는 길을 알려 달라고 했어, 첫 음절에 유난히 강세를 두면서. 기억나? 그러고는 예수회 사람들을 신부님이라고 불렀던 것 기억나? 내가 속으로 질문했지. 이놈이 자기가 하는 말만큼 순진할까?

— 난 단순한 사람이야. 다빈이 말했다. 알잖아. 그날 밤 하코트 거리에서 네 사생활에 대해 그 일들을 얘기해 주었을 때, 정말이지, 스티비, 나는 저녁도 먹을 수 없었어. 정말 기분이 안 좋았다니까. 그날 밤 늦도록 잠도 못 잤어. 넌 왜 나한테 그런 일을 얘기해 준 거야?

— 고마워. 스티븐이 말했다. 그러니까 내가 괴물이라는 얘기지.

— 아니야. 다빈이 말했다. 그렇지만 차라리 얘기하지 말았더라면 하는 생각이야.

스티븐이 보이는 다정함의 잔잔한 표면 아래로 물결이 일렁이기 시작했다.

— 이 종족과 이 나라와 이 삶이 나를 낳았어. 그는 말했다. 나는 내 자신을 있는 그대로 표현할 거야.

— 우리 편이 되도록 해봐. 다빈이 반복했다. 넌 가슴으로

는 아일랜드인이지만, 자존심이 너무 센 거야.

— 내 조상들은 그들의 말을 내버리고 다른 말을 택했어. 스티븐이 말했다. 그들은 한 줌도 안 되는 외국인들이 그들을 종속시키게 내버려 둔 거야. 내가 인생과 나 개인을 바쳐 가며 그들이 져놓은 빚을 갚을 거라고 생각해? 무엇 때문에?

— 우리의 자유를 위해서. 다빈이 말했다.

— 수많은 명예롭고 진실한 사람들이 톤의 시대부터 파넬의 시대까지 너희를 위해 목숨과 젊음과 애정을 바쳤지만, 하고 스티븐이 말했다. 너희는 그를 적에게 팔아넘기거나 곤궁할 때 배반하거나 그를 헐뜯고 그를 떠나 다른 이에게로 갔어. 그러고는 나더러는 너희들 편이 되라고 해. 난 너희들이 먼저 망했으면 좋겠어.

— 그 사람들은 이상을 위해 죽은 거야, 스티비. 다빈이 말했다. 우리의 날이 올 거야, 날 믿어 봐.

스티븐은 자신의 생각을 따라가며 잠시 침묵했다.

— 영혼이란, 하고 그는 애매하게 말했다. 내가 말했던 그런 순간에 처음으로 태어나는 거야. 느리고 캄캄하게 태어나지. 몸이 태어나는 것보다 더욱 신비스럽게. 한 사람의 영혼이 이 나라에 태어나면 그물을 던져서 그 영혼을 날지 못하게 해. 넌 민족성, 언어, 종교에 대해 이야기해. 나는 그 그물들을 넘어서 날아가려고 할 거고.

다빈이 파이프에서 담뱃재를 털어 냈다.

— 나한테는 너무 심오하다, 스티비. 그렇지만 사람은 나라가 우선인 거야. 아일랜드가 우선이라고, 스티비. 시인이 되거나 나중에 신비주의자가 될 수도 있잖아.

— 너 아일랜드가 뭔지 알아? 스티븐이 냉랭하고 난폭하

게 물었다. 아일랜드는 제 새끼를 잡아먹는 늙은 암퇘지야.

다빈은 서글프게 머리를 가로저으며 박스에서 일어나 선수들에게로 갔다. 그러나 잠시 후 슬픔은 사라지고 그는 크랜리와 경기를 끝낸 두 선수들과 열띠게 논쟁을 하고 있었다. 네 명의 경기가 결정되었지만, 크랜리는 자기 공을 써야 한다고 우기고 있었다. 그는 손으로 공을 두세 번 튕기곤 경기장의 베이스 쪽으로 공을 강하고 빠르게 던졌으며, 공이 쿵 하고 부딪히는 소리에 맞춰 이렇게 외쳤다.

— 네 영혼이다!

스티븐은 점수가 올라갈 때까지 린치와 함께 서 있었다. 그러고는 그가 린치의 소매를 잡아끌며 가자고 했다. 린치는 따라오며 말했다.

— 크랜리 흉내를 내자면, 우리도 〈또한〉 가세.

스티븐은 이 측면 공격에 웃었다. 그들은 정원을 다시 통과하여 비실거리는 일꾼 하나가 공지를 액자에 넣어 거는 홀을 지나갔다. 그들이 계단 아래에서 멈추자 스티븐은 주머니에서 담배를 한 갑 꺼내 친구에게 내밀었다.

— 너 가난한 거 알아. 그가 말했다.

— 이런 빌어먹을 노랗게[83] 무례하긴. 린치가 대답했다.

린치의 교양을 나타내는 두 번째[84] 증거 때문에 스티븐이 다시 웃었다.

— 정말 유럽 문화에서 위대한 날이다. 그가 말했다. 네가 노란색으로 욕을 하기로 맘먹었으니.

83 흔히 비어로 쓰이는 〈*bloody*〉라는 말 대신 피의 붉은색에서 노란색으로 말을 바꾸어 농담한 것.
84 첫 번째는 크랜리의 말투를 흉내 내 〈또한*eke*〉이라는 고어투를 쓴 것.

그는 담배에 불을 붙이고 오른쪽으로 돌아섰다. 잠시 후 스티븐이 말했다.

— 아리스토텔레스는 연민과 공포를 정의하지 않았어. 내가 했지. 내 말은…….

린치가 멈춰 서서 퉁명스럽게 말했다.

— 그만! 나 안 들을 거야! 토할 것 같아. 어젯밤에 호란하고 고긴스하고 노랗게 들입다 마셔 댔거든.

스티븐은 말을 계속했다.

— 연민은 인간의 고통에 들어 있는 모든 심각하고 지속적인 것 앞에서 마음을 사로잡아 그 마음을 고통 받는 인간과 결합시키는 감정이야. 공포는 인간의 고통 속에 들어 있는 모든 심각하고 지속적인 것 앞에서 마음을 사로잡아 그 마음을 그 은밀한 원인과 결합시키는 감정이고.

— 다시 해봐. 린치가 말했다.

스티븐은 그 정의를 천천히 되풀이했다.

— 한 소녀가 며칠 전 런던에서 마차를 탔어. 그는 말을 이었다. 그녀는 여러 해 동안 만나지 못했던 어머니를 마중 가는 길이었지. 어떤 길모퉁이에서 짐마차의 끌채가 그 마차의 창문을 별 모양으로 산산조각 냈어. 조각난 유리의 길고 가느다란 끝이 그녀의 심장을 꿰뚫었지. 그녀는 즉사했어. 기자는 그것을 비극적인 죽음이라고 했어. 그게 아니지. 내 용어 정의에 따르면 그건 공포와 연민과는 거리가 멀어.

— 사실 비극적인 감정이란 공포와 연민이라는, 둘 다 비극적 감정의 국면인 양 방향을 보고 있는 하나의 얼굴이야. 내가 〈사로잡다〉라는 단어를 썼잖아. 그건 비극적 감정이란 정적이라는 뜻이야. 혹은 극적인 감정이 그렇다는 거지. 부적

절한 예술이 자극하는 감정은 욕망이건 혐오건 동적인 것이
거든. 욕망은 우리에게 뭔가를 소유하고, 찾아가라고 부추기
고, 혐오는 우리에게 버리고, 떠나라고 부추기지. 그러니까 그
런 감정을 자극하는 예술은 포르노건 교훈적인 것이건 부적
절한 예술인 거야. 그래서 일반적인 용어를 쓰자면 미적인 감
정은 정적인 거야. 마음이 사로잡혀서 욕망과 혐오를 초월해
버리는 거거든.

— 예술이 욕망을 자극하면 안 된다는 얘기네. 린치가 말
했다. 언젠가 내가 박물관에 있는 프락시텔레스의 비너스상
(像) 뒤에 연필로 내 이름을 적었다고 말한 적 있지. 그건 욕
망이 아닌가?

— 난 정상적인 성격에 관해 얘기하는 거야. 스티븐이 말
했다. 넌 그 멋진 카르멜 수도회 학교에 다닐 때 말린 쇠똥을
먹은 적도 있다면서.

린치는 다시 히히 하고 웃음을 터뜨렸고, 양손을 호주머니
에서 빼지 않은 채로 사타구니를 문질렀다.

— 아, 그랬어! 그랬어! 그가 외쳤다.

스티븐은 친구에게로 돌아서서 그의 눈을 잠시 뚫어지게
바라보았다. 린치는 웃음을 그치고 콧대가 꺾인 기색으로 그
의 눈을 바라보았다. 길고 뾰속한 보자 아래 있는 길고 사늘
고 평평한 두개골 때문에 스티븐은 모자를 쓴 파충류의 이미
지를 떠올렸다. 그 반짝이며 쳐다보는 눈 역시 파충류의 눈처
럼 생겼다. 그러나 바로 그 순간 자존심 상한 채로 경계하는
그 눈빛에 아주 작은 인간적인 빛, 사무친 자기 비하로 움츠
러든 영혼의 창이 느껴졌다.

— 그런 문제에 관해서는, 하고 스티븐이 상냥하게 덧붙였

다. 우린 모두 짐승이지 뭐. 나도 짐승이고.

— 넌 짐승이야. 린치가 말했다.

— 그렇지만 우린 지금 정신적 세계에 와 있잖아. 스티븐이 말을 이었다. 부적절한 미학적 수단으로 자극되는 욕망과 혐오는 실은 미학적인 감정이 아니야. 그 성격이 동적이기 때문만이 아니라 육체적인 것 이상이 아니기 때문이지. 우리의 육신은 순전히 신경 시스템의 반사 작용에 의해서 싫어하는 것으로부터 움츠러들고 욕망하는 것의 자극에는 반응하지. 파리가 눈으로 들어오려고 하면 의식하기도 전에 눈을 감잖아.

— 늘 그렇진 않아. 린치가 시비조로 말했다.

— 마찬가지로, 하고 스티븐이 말했다. 네 육체는 벗은 조각상의 자극에 반응한 거지만, 내 말은, 그게 단순히 신경의 반사 작용이었다는 거지. 예술가가 표현한 아름다움은 우리에게 동적인 감정이나 순전히 육체적인 감흥을 일으킬 수가 없어. 그건 미적인 정지(停止), 관념적인 연민 혹은 관념적인 공포, 내가 아름다움의 리듬이라 부르는 것에 의해서 생겨나고 지속되고 마침내 용해되는 그런 정지 상태를 일깨우고, 혹은 일깨워야 하고, 유도하고, 혹은 유도해야 해.

— 그게 정확히 뭔데? 린치가 물었다.

— 리듬은, 하고 스티븐이 말했다. 어떤 미적인 전체에서 부분과 부분의, 혹은 미적인 전체와 부분 혹은 부분들의, 어떤 부분과 그것이 일부를 이루는 미적인 전체와의 최초의 형식적인 미적 관계를 말하는 거야.

— 그게 리듬이라면, 하고 린치가 말했다. 네가 아름다움이라고 하는 것을 들려줘 봐. 그리고 기억해 줘, 내가 비록 한때는 쇠똥 케이크를 먹기도 했지만, 난 오로지 아름다움만을

동경한다고.

스티븐은 인사를 하듯이 모자를 치켜들었다. 그러고는 살짝 얼굴을 붉히며 린치의 두꺼운 트위드 소매에 손을 올려놓았다.

— 맞아. 그가 말했다. 그리고 다른 사람들이 틀린 거야. 이러한 것들에 대해 말하고 그 본성을 이해하려고 하는 것, 그리고 그것을 이해하고 나서는 거친 흙이나 흙에서 나는 것으로부터, 우리 영혼의 감옥 문이라는 소리와 형상과 색깔로부터 우리가 이해하게 된 아름다움의 이미지를 천천히 겸손하게 지속적으로 그것을 표현하려고, 내놓으려고 하는 것, 이것이 예술이야.

그들은 운하의 다리에 이르러 발길을 돌려 나무 옆으로 갔다. 느릿느릿 흘러가는 물이 비친 칙칙하고 뿌연 빛과 머리 위로 드리운 젖은 나뭇가지의 냄새가 스티븐의 생각의 방향과 싸움을 벌이는 것 같았다.

— 그렇지만 내 질문엔 아직 대답 안 했어. 린치가 말했다. 예술이 뭔데? 예술이 표현하는 아름다움이란 뭐지?

— 이 둔해 터진 놈아, 그게 내가 처음에 말해 준 첫 번째 정의잖아. 스티븐이 말했다. 내가 스스로 그 문제를 생각하려고 하기 시작했을 때 말이야. 그날 밤 기억나? 그랜리가 화가 나서 위클로의 베이컨에 관한 이야기를 하기 시작했잖아.

— 기억나. 린치가 말했다. 그 엄청나게 살찐 악마 같은 돼지들에 대해서 얘기했지.

— 예술은, 하고 스티븐이 말했다. 미적인 목적을 위해서 감각적이거나 지적인 재료를 인간적으로 배치하는 거야. 넌 돼지만 기억하고 그 얘긴 잊었어. 정말 사람 지치게 하는 한

쌍이다, 너랑 크랜리는.

린치가 쌀쌀한 잿빛 하늘을 향해 히죽 웃고는 말했다.

— 네 미학 강의 더 듣게 하려면 최소한 담배나 한 대 더 줘. 난 상관없어. 난 사실 여자에도 관심 없거든. 나쁜 놈, 다 나빠. 난 연봉 5백 파운드의 직장을 원해. 넌 나한테 그런 직장을 얻어 줄 수 없잖아.

스티븐은 그에게 담뱃갑을 건넸다. 린치는 남아 있는 마지막 한 개비를 꺼내고는 천진난만하게 말했다.

— 계속해!

— 아퀴나스는, 하고 스티븐이 말했다. 즐겁게 하는 것을 인식하는 것이 아름다운 것이라고 말했어.

린치가 고개를 끄덕였다.

— 내 기억에 그는 〈*Pulcra sunt quae visa placent*(보기에 즐거운 것이 아름다운 것이다)〉라고 했어.

— 그는 〈*visa*(보다)〉라는 단어를 써서, 하고 스티븐이 말했다. 시각이나 청각을 통한 것이든, 아니면 다른 인식의 경로를 통한 것이든, 모든 종류의 미학적 인식을 다 포괄했어. 이 말은 좀 모호하긴 하지만 욕망과 혐오를 불러일으키는 선과 악으로부터 거리를 두기엔 충분히 명확하지. 이건 분명 운동 상태가 아닌 정지 상태를 의미하는 것이거든. 진실한 것은 어떨까? 그것 역시 마음의 정지 상태를 만들어 내지. 직각 삼각형의 빗변에 연필로 이름을 쓰지는 않을 거잖아.

— 안 쓰지. 린치가 말했다. 그러니까 프락시텔레스의 비너스에서 빗변에 해당하는 게 뭐냐고.

— 그러니까, 정적인 거지. 스티븐이 말했다. 내가 알기로 플라톤은 아름다움이란 진실의 광채라고 말했어. 무슨 대단

한 뜻이 있는 건 아니고, 진실한 것과 아름다운 것이 서로 가깝단 말이지. 진리는 이해할 수 있는 것들 사이의 가장 만족스러운 관계로 충족된 지성에 의해 파악되는 거야. 아름다움은 감각적인 것들 사이의 가장 만족스러운 관계로 충족된 상상력에 의해 파악되는 거고. 진리에 이르는 첫 단계는 지성자체의 틀과 범위를 이해하는 것, 즉 지성의 작용 자체를 이해하는 거야. 아리스토텔레스의 철학 체계 전체는 심리학에 관한 그의 저서에 기초해 있고, 내 생각에, 그건 동일한 주체에 동일한 속성이 동시에 같은 관계로 속하기도 하고 속하지 않기도 할 수는 없다는 그의 진술에 기초해 있어. 아름다움으로 가는 첫 단계는 상상력의 틀과 범위를 이해하는 것, 미적인식의 작용 자체를 이해하는 거야. 알겠어?

— 하지만, 아름다움이 뭐야? 린치가 안달하며 물었다. 정의를 또 하나 내놔 봐. 우리가 보고 좋아할 만한 그런 거! 이게 너와 아퀴나스가 할 수 있는 최선이야?

— 그럼 여자를 예로 들어 보자. 스티븐이 말했다.

— 여자라! 린치가 열광적으로 말했다.

— 그리스인, 터키인, 중국인, 콥트인, 호텐토트인은, 하고 스티븐이 말했다 모두 서로 다른 유형의 여성의 아름다움을 동경해. 그건 우리가 빠져나올 수 없는 미로처럼 보이지. 그렇지만 내 생각에 거기서 빠져나올 수 있는 길이 있어. 하나는 이런 가정이야. 즉 남자가 여자에게서 좋아하는 모든 육체적 특징은 종족 번식을 위한 여성의 수많은 기능들과 직접적으로 연관이 있다는 거야. 그럴 거야. 세상은 심지어 린치 너같은 놈이 상상하는 것보다도 더 따분한 것 같아. 나로서는 그 설명이 싫어. 그건 미학보다는 유전학에 더 가까우니까.

그건 미로에서 빠져나와 매캔이 한 손은 『종의 기원』에, 다른 손은 신약 성서에 올려놓고 네가 비너스의 커다란 옆구리를 좋아하는 이유는 그녀가 네게 튼실한 아이들을 낳아 줄 것이기 때문이고 그녀의 커다란 가슴을 좋아하는 이유는 그녀가 그녀의, 그러니까 네 아이에게 질 좋은 젖을 줄 수 있을 거라고 느끼기 때문이라고 말하는, 번지르르한 새 강의실로 들어가는 거나 마찬가지지.

— 그럼 매캔은 정말 샛노란 거짓말쟁이야. 린치가 힘주어 말했다.

— 그렇지만 다른 길이 아직 남았어. 스티븐이 웃으며 말했다.

— 그게 뭔데? 린치가 말했다.

— 이 가정은, 하고 스티븐은 말을 시작했다.

고철을 실은 길쭉한 짐마차가 패트릭 던스 병원 모퉁이를 돌며 쇳조각이 떨그렁 우르르하며 거칠게 내는 소리로 스티븐의 말꼬리를 덮어 버렸다. 린치는 귀를 막고 짐마차가 지나갈 때까지 계속 욕을 해댔다. 그러고는 뒤꿈치를 딛고 휙 돌아섰다. 스티븐도 돌아서서 친구의 불쾌한 기분이 발산될 때까지 잠시 기다렸다.

— 이 가정은, 하고 스티븐이 반복했다. 다른 출구야. 동일한 대상이 모든 사람에게 아름답게 보이지 않을 지라도, 아름다운 대상을 연모하는 모든 사람들은 그 안에서 모든 미적 인식의 단계들을 만족시키거나 그것들과 일치하는 어떤 관계들을 발견한다는 거지. 그러니까 너한테는 이런 형태로, 나에게는 저런 형태로 보이는 이 감각적인 것들의 관계가 아름다움의 필수적인 특징임에 틀림없다는 거야. 자, 이제 우리의 오랜

친구 성 토마스에게서 한 푼짜리 지혜를 또 빌려 볼까.

린치가 웃었다.

— 정말 재밌어. 그가 말했다. 네가 때때로 그 사람을 마치 명랑하고 통통한 수사처럼 인용하는 거 말이야. 너도 속으로는 웃기지?

— 매캘리스터라면, 하고 스티븐이 대답했다. 내 미학 이론을 응용 아퀴나스라고 부를걸. 미학의 이 방향에 관해서라면 아퀴나스가 나를 끝까지 이끌고 가겠지. 예술적 수태, 예술적 잉태, 예술적 재생산이라는 현상에 이르면 새로운 용어와 새로운 개인적 경험이 필요하겠지만 말이야.

— 물론이지. 린치가 말했다. 어쨌든 아퀴나스는 지적인 사람이긴 하지만 그냥 훌륭한 수사잖아. 하지만 언젠간 내게 새로운 개인적 경험이나 새로운 용어에 대해 얘기해 줘야 해. 서둘러서 1부를 마치도록 하자.

— 누가 알아? 스티븐이 웃으며 말했다. 아퀴나스가 너보다 나를 더 잘 이해할지. 그는 시인이기도 했어. 성 목요일을 위한 찬송가도 썼다고. 그 노래는 〈*Pange lingua gloriosi*(혀여, 영광을 말하라)〉라는 가사로 시작해. 사람들 말로는 찬송가 중에서도 가장 훌륭하다고 해. 복잡하면서도 마음을 위로하는 찬송가야. 난 이 찬송가가 좋아. 그렇지만 슬프고도 상엄한 행렬 성가인 베난티우스 포르투나투스의 「왕의 깃발들」에 비할 수 있는 찬송가는 없어.

린치는 굵고 낮은 목소리로 부드럽고 엄숙하게 노래하기 시작했다.

Impleta sunt quae concinit(예언한 바가 이루어졌도다).

David fideli carmine(다윗의 진실한 노래로)
Dicendo nationibus(만백성에게 고하며)
Regnavit a ligno Deus(하느님은 나무 위에서 다스리시네).

— 잘한다! 그가 기뻐하며 말했다. 정말 좋은 노래야!

그들은 로워 마운트 거리로 접어들었다. 모퉁이에서 몇 걸음 가는데 실크 넥타이를 매고 있는 살찐 청년 한 사람이 그들에게 인사하며 멈춰 섰다.

— 시험 결과 들었어? 그가 물었다. 그리핀은 낙방이래. 헬핀과 오플린은 공무원 시험에 합격했고. 무넌은 인도 문관 시험에서 5등을 했대. 오쇼너시는 14등이고. 클라크네 가게의 민족주의자들이 개네들에게 어젯밤 한턱냈나 봐. 모두 커리를 먹었대.

그의 창백하게 부어오른 얼굴은 온화한 악의를 띠고 있었고, 합격 소식을 다 전하자 지방으로 둘러싸인 그의 작은 눈은 거의 보이지 않게 되었고, 그의 가느다랗게 쌕쌕거리는 목소리는 들리지 않게 되었다.

스티븐이 질문을 하자 그에 대한 답으로 그의 눈과 목소리가 숨어 있던 곳에서 다시 튀어나왔다.

— 그래, 매컬러와 나 말이지. 그가 말했다. 그는 순수 수학을 택하고 나는 헌정사를 택했어. 과목이 스무 개쯤 돼. 식물학도 택했어. 내가 야외 활동 클럽 멤버인 거 알잖아.

그는 두 사람으로부터 위풍당당하게 물러서서 모직 장갑을 낀 살찐 손을 가슴에 올려놓고 곧이어 나직하게 쌕쌕 숨을 몰아쉬며 웃었다.

— 다음 번 나갈 때는 무하고 양파 몇 개 갖다 줘. 스티븐

이 무미건조하게 말했다. 스튜나 끓이게.

뚱뚱한 학생은 마음껏 웃더니 말했다.

— 야외 활동 클럽은 모두 점잖은 사람들이야. 지난 토요일에는 우리 일곱 명이 글렌말루어로 나갔어.

— 여자들하고 말이지, 도너번? 린치가 말했다.

도너번은 가슴에 손을 얹고 말했다.

— 우리의 목적은 지식을 습득하는 거야.

그러더니 그가 재빨리 말했다.

— 너 미학에 관해서 무슨 에세이를 쓴다며.

스티븐은 막연하게 아니라는 몸짓을 했다.

— 괴테와 레싱은, 하고 도너번이 말했다. 고전파니 낭만파니 온갖 것들에 대해 미학 에세이를 많이 썼어.「라오콘」[85]을 읽으니 엄청 재미있던데. 물론 관념론적이고, 독일적이고, 심하게 심오하긴 하지만 말이야.

다른 두 사람은 아무 말도 하지 않았다. 도너번은 그들에게 세련되게 작별 인사를 했다.

— 가봐야겠다. 그는 부드럽고 온화하게 말했다. 내 누이동생이 오늘 도너번 가족의 만찬을 위해 팬케이크를 만들지 않을까 라는 생각이 거의 확신에 다다르고 있거든.

— 잘 가. 스티븐이 그를 따라서 말했다. 나랑 이 진구에게 무 갖다 주는 거 잊지 마라.

린치는 그의 뒷모습을 바라보더니 입술을 천천히 경멸 어린 표정으로 삐죽거려 얼굴을 악마의 마스크처럼 보이게 만들었다.

— 저 팬케이크나 처먹는 똥 같은 놈이 좋은 직장을 잡을

85 레싱Gotthold Ephraim Lessing(1729~1781)이 쓴 에세이를 말함.

거라고 생각하면! 그는 마침내 말했다. 그런데 나는 싸구려 담배나 피워야 하고 말이지!

그들은 메리언 광장 쪽을 향해서 말없이 걸어갔다.

— 아름다움에 관해서 내가 말하려던 것을 마무리하자면, 하고 스티븐이 말했다. 감각적인 것의 가장 만족스러운 관계는, 그러니까 예술적 인식의 필수적인 국면들과 상응해야 해. 이것을 알아내면 보편적인 아름다움의 특징들을 알게 되는 거지. 아퀴나스가 이렇게 말했어. 〈*Ad pulcritudinem tria requiruntur integritas, consonantia, claritas.*〉 이걸 번역하자면, 〈아름다움에는 세 가지가 필요하다. 온전함, 조화, 광채〉가 되지. 이것이 인식의 국면들과 대응이 될까? 이해하겠니?

— 그럼, 알지. 린치가 말했다. 내가 똥 같은 지능밖에 없다고 생각한다면 도너번을 따라가서 그놈한테 들어 달라고 하지 그래.

스티븐은 푸줏간 소년이 머리에 뒤집어쓰고 가던 바구니를 가리켰다.

— 저 바구니 좀 봐. 그가 말했다.

— 보고 있어. 린치가 말했다.

— 저 바구니를 보려면, 하고 스티븐이 말했다. 네 정신이 무엇보다도 바구니와 바구니가 아닌 눈에 보이는 나머지 세계를 분리해야 해. 인식의 첫 국면은 인식되는 대상 주변에 그어진 경계선이야. 미적인 이미지는 우리에게 공간 속에서 혹은 시간 속에서 제시되지. 청각적인 것은 시간 속에서 제시되고, 시각적인 것은 공간 속에서 제시돼. 그렇지만 시간적이든 공간적이든 미적인 이미지는 그 이외의 무한한 시공간의 배경에서 스스로 경계를 짓고 자족적인 것으로 선명하게 인

식되는 거야. 너는 그것을 하나의 사물로 인식하는 거지. 너는 그것을 하나의 전체로 보는 거야. 넌 그것의 온전함을 인식하지. 그게 〈인테그리타스〉야.

— 바로 그거네! 린치가 웃으며 말했다. 계속해 봐.

— 그러고는, 하고 스티븐이 말했다. 넌 하나하나 그 형식적인 선을 따라가게 돼. 넌 그것을 그 한계 내에서 각 부분이 균형을 이루고 있는 것으로 인식하게 되지. 넌 그 구조의 리듬을 느끼는 거야. 다시 말해서, 즉각적인 인지의 종합에 이어 인식의 분석이 이루어지는 거지. 처음엔 그것이 〈하나의〉 사물이라고 느끼고 나면, 이젠 그것이 하나의 〈사물〉이라고 느끼게 돼. 넌 그것을 복잡하고 다중적이며 다양하며 다층적이고 나눌 수 있고 떼어 낼 수 있는, 부분으로 만들어진 것으로, 부분과 그 합의 결과로, 조화로운 것으로서 인식하지. 그게 〈콘소난티아〉야.

— 또 정곡을 찌르네! 린치가 익살맞게 말했다. 그럼 이제 〈클라리타스〉가 뭔지 말해 봐, 그러면 시가를 주지.

— 그 말의 함축된 의미는, 하고 스티븐은 말했다. 좀 모호해. 아퀴나스는 부정확해 보이는 용어를 사용하거든. 이것 때문에 좀 골치가 아팠어. 이 말을 보면 그가 상징주의나 관념론, 즉 아름다움의 최고 특징을 다른 세계로부터 오는 빛으로 여기는, 물질이란 관념의 그림자일 뿐이고 실재의 상징에 불과하다는 생각을 염두에 둔 것이 아닌가 생각하게 되거든. 내 생각에 그가 의미하는 바는 클라리타스라는 것이 어떤 것에서든 신의 목적을 예술적으로 발견하고 재현하는 것, 혹은 미적인 이미지를 보편적인 것으로 만들 수 있는, 그 원래의 조건을 넘어서서 빛나게 할 수 있는 보편화의 힘이라는 거야. 그

렇지만 그건 문학적인 얘기야. 난 그렇게 생각해. 네가 저 바구니를 〈하나의〉 사물로 인식하고 그것을 그 형태에 따라 분석해서 그것을 하나의 〈사물〉로 인식했을 때 너는 논리적으로나 미학적으로 허용될 수 있는 유일한 종합을 한 거야. 너는 저기 바로 있는 그대로의 그것이고 다른 것이 아니라는 것을 알게 되지. 그가 말하는 광채란 스콜라 철학에서 말하는 〈퀴디타스〉, 즉 〈무엇*whatness*〉이라는 거야. 이 최고의 특징은 미적인 이미지가 처음으로 예술가의 상상력에 생겨났을 때 느껴지는 것이지. 그 신비로운 순간의 정신을 셸리는 아름답게도 꺼져 가는 석탄에 비유했어. 아름다움이 지닌 최고의 특징, 미적인 이미지의 선명한 광채를 그 온전함에 사로잡히고 그 조화에 매혹된 정신으로 선명하게 인식하는 순간이 바로 미적 쾌락의 선명하고도 조용한 정지 상태, 이탈리아의 생리학자인 뤼지 갈바니가 심장의 황홀[86]이라는, 셸리와 맞먹는 아름다운 구절로 표현한 그 심장의 조건과 비슷한 영혼의 상태가 되는 거지.

스티븐은 말을 멈추고, 친구가 아무 말도 하지 않음에도 불구하고 그의 말이 생각으로 황홀해진 침묵을 불러일으켰음을 느꼈다.

— 내가 한 얘긴, 그는 다시 말을 시작했다. 좀 더 넓은 의미의, 문학 전통에서 가지는 그런 의미의 아름다움에 관련된 거야. 시장에서는 그 말이 다른 의미를 갖지. 우리가 2차적인 의미에서 아름다움을 말할 때, 우리의 판단은 우선 예술 자체의 영향을 받고 그 예술의 형식에도 영향을 받지. 분명한 건,

86 갈바니Luigi Galvani(1737~1798)는 개구리의 척추에 바늘을 꽂아 유발되는 심장의 일시 정지 상태를 〈황홀*incantesimo*〉이라는 말로 표현함.

이미지는 예술가 자신의 정신 혹은 감각과 다른 이들의 정신 혹은 감각 사이에 놓여야 한다는 거야. 이걸 기억해 둔다면, 예술이 필연적으로 세 가지 형식으로 나뉘고 한 형식에서 그 다음 형식으로 진보해 간다는 것을 알 수 있어. 이 세 형식이란, 예술가가 그의 이미지를 자신과 직접 연관시켜 제시하는 서정적 형식, 예술가가 그의 이미지를 그 자신과 다른 사람과 간접적으로 연관시켜 제시하는 서사적 형식, 예술가가 그의 이미지를 다른 사람들과 직접적으로 연관시켜 제시하는 극적인 형식이야.

— 그건 네가 며칠 전에 얘기했어. 린치가 말했다. 그러고는 그 유명한 토론을 시작했잖아.

— 집에 책이 한 권 있어. 스티븐이 말했다. 네 질문보다 더 재미난 질문들을 적어 놓은 책이야. 그 질문에 대한 대답을 찾으면서 나는 내가 설명하려고 하는 미학 이론을 발견했어. 내가 스스로 내놓았던 질문들은 이런 거야. 〈잘 만들어진 의자는 비극적인가 희극적인가? 내가 모나리자의 초상화를 보고 싶어 한다면 그 작품은 좋은 것일까? 필립 크램턴 경의 흉상은 서정적인가, 서사적인가, 극적인가? 똥이나 어린애나 이 같은 것도 예술 작품이 될 수 있을까? 아니라면, 왜 그럴까?〉

— 왜 그런데, 정말? 린치가 웃으면서 말했다.

— 〈어떤 사람이 화가 나서 나무토막을 마구 난도질했는데〉 하고 스티븐이 말을 이었다. 〈그렇게 해서 소의 모양을 만들었다고 해봐. 그것은 예술 작품일까? 아니라면, 왜 아닐까?〉

— 그것 참 재미있네. 린치가 다시 웃으며 말했다. 그건 정말 스콜라 철학 냄새가 나는걸.

— 레싱은, 하고 스티븐이 말했다. 조각상들을 가지고 글

을 쓰지 말았어야 했어. 조소는 열등한 예술이라 내가 말하는 형식들을 서로 분명하게 구분해서 제시하지 않거든. 최고의 예술이며 가장 정신적인 예술인 문학에서도 이 형식들은 종종 혼동되곤 해. 서정적인 형식은 사실 한순간의 정서에 가장 단순한 언어로 옷을 입힌 것이고, 옛날에 노를 젓거나 바위를 비탈 위로 끌어 올리는 사람을 격려하던 율동적인 외침 같은 거거든. 그것을 말하는 사람은 감정을 느끼는 자신보다는 감정의 그 순간을 더 의식해. 가장 단순한 서사적 형식은 예술가가 계속해서 서사적 사건의 중심에 있는 자신에 대해 생각할 때 서정적 문학으로부터 생겨나고, 이 형식이 진전되어 감정의 무게 중심이 예술가 자신과 다른 사람들로부터 같은 거리에 위치하게 돼. 서사는 더 이상 순전히 개인적인 것이 아니게 되지. 예술가의 개성은 서사 행위 자체가 되어 사람들과 행위 주변을 살아 있는 바다처럼 빙글빙글 흐르지. 이런 진전은 옛날 영국 담시(譚詩) 「영웅 터핀」에서 쉽게 볼 수 있어. 이 시는 일인칭으로 시작해서 삼인칭으로 끝나거든. 극적인 형식은 각 인물 주변으로 흘러들었다 빠졌다 하던 활력이 각 인물을 엄청난 생기로 채워서 그 혹은 그녀가 적당한 무형의 미적 생명을 띠게 될 때 생겨나는 거야. 예술가의 개성은 처음에는 외침 혹은 억양 혹은 분위기이다가, 다음엔 유동적이고 미묘한 서사가 되었다가 마침내는 스스로를 세련시켜 사라지는, 말하자면 자신을 몰개성화하게 되는 거지. 극적 형식의 미적인 이미지는 인간의 상상력에서 정화되고 상상력으로부터 다시 투사된 것이야. 물질적 창조의 신비 같은 미적인 것의 신비가 완성되는 거지. 예술가는 창조주처럼 그가 만든 것 안에 혹은 뒤에 혹은 그 너머에 혹은 그 위에, 보이지 않은

채로, 정제되어 사라진 채로, 무심하게, 손톱이나 깎고 있는
거야.

― 손톱도 정제시켜 사라지게 하려는 거지. 린치가 말했다.

저 높이 흐려진 하늘로부터 가랑비가 내리기 시작했고, 그
들은 소나기가 오기 전에 국립 도서관까지 가려고 공작 저택
의 잔디밭으로 들어섰다.

― 그런데 말이야, 하고 린치가 퉁명스럽게 물었다. 하느
님도 저버린 이 불쌍한 섬나라에서 아름다움이니 상상력이니
씨부렁거리는 게 다 뭐냐? 이 나라를 싸질러 만들어 놓은 예
술가가 자기 작품 속으로 혹은 뒤로 물러난 것도 이상한 일
이 아니지.

비가 더 빨리 오기 시작했다. 그들이 킬데어 하우스 옆길로
지나갈 때 많은 학생들이 도서관의 아케이드에서 비를 피하
고 있는 것이 보였다. 크랜리는 기둥에 기대 친구들의 이야기
를 들으며 뾰족하게 만든 성냥개비로 이를 쑤시고 있었다. 입
구 근처에는 몇몇 여자아이들이 서 있었다. 린치가 스티븐에
게 속삭였다.

― 네 애인이 여기 있네.

스티븐은 말없이 일군의 학생들 아래쪽 계단에 자리를 잡
고, 쏟아지는 비에도 아랑곳없이 때때로 그녀에게도 눈길을
돌렸다. 그녀도 역시 친구들 사이에서 말없이 서 있었다. 희
롱할 사제가 없는 거로군. 그는 그녀를 마지막 보았을 때를
기억하며 의식적으로 씁쓸하게 생각했다. 린치 말이 옳았다.
그는 마음에서 이론과 용기를 비워 내고 무기력한 평온함 속
으로 빠져들었다.

그는 학생들이 자기들끼리 이야기하는 것을 들었다. 그들

은 의사 최종 시험에 통과한 두 명의 친구에 대해서, 원양 어
선에 자리를 얻을 가능성에 대해서, 개업 이후 돈을 못 번 경
우와 부자가 된 경우에 대해서 이야기하고 있었다.

— 그거 다 거품이야. 아일랜드 시골에서 개업하는 게 낫
다니까.

— 하인스가 리버풀에 2년 있었는데 같은 얘길 하더라고.
무시무시한 구멍이라던데. 산파 노릇 하는 일거리밖에 없대.

— 그렇게 돈 많은 도시에서보다 여기 시골에서 일자리를
얻는 게 낫다는 말이야? 내가 아는 어떤 사람은…….

— 하인스는 머리가 나빠. 그냥 기를 쓰고 공부해서 수료
한 거야, 순전히 기를 쓰고 해서.

— 그 친구는 개의치 마. 큰 상업 도시에선 돈을 많이 벌
수 있어.

— 개업하는 경우마다 다르지.

— 〈*Ego credo ut vita pauperum est simpliciter atrox,
simpliciter sanguinarius atrox, in Liverpoolio*(내가 알기로 리
버풀의 가난한 사람들의 삶은 정말 끔찍해, 정말 말도 안 되
게 끔찍해).〉

그들의 목소리가 마치 멀리서 툭툭 끊기면서 고동치듯이
그의 귀에 들려왔다. 그녀는 친구들과 갈 준비를 하고 있었다.

순식간에 내린 가벼운 소나기가 그치고, 시커멓게 된 흙에
서 김이 솟아오르는 사각 중정의 관목 사이에는 대롱대롱 다
이아몬드처럼 빗방울이 매달려 있었다. 그들이 주랑의 계단
에 서서 조용히 즐겁게 이야기를 나누며 구름을 쳐다보고 마
지막 남은 약간의 빗방울을 막으려 우산을 묘한 각도로 받쳐
들고 다시 우산을 접고 치마를 얌전하게 잡고 있을 때 그들의

깔끔한 구두에서는 뽀드득뽀드득 소리가 났다.

그가 그녀를 너무 가혹하게 판단했던 것이라면? 그녀의 생활이 그저 단순하게 묵주처럼 시간이 이어져 그녀의 삶도 새의 삶처럼 단순하고 낯선, 아침에는 즐겁고 하루 종일 가만히 있질 않으며 해질 무렵에는 피곤해지는 그런 것이라면? 그녀의 가슴도 새의 가슴처럼 단순하고 제멋대로라면?

....

새벽 무렵 그는 잠에서 깼다. 오, 얼마나 달콤한 음악인가! 그의 영혼은 이슬에 젖은 듯 촉촉했다. 잠들어 있던 그의 사지 위로 흐릿하고 서늘한 빛의 물결이 지나갔다. 그는 마치 자신의 영혼이 시원한 물속에 누워 있는 것처럼, 희미하고 달콤한 음악을 의식하며 가만히 누워 있었다. 그의 마음은 요동치는 아침의 의식, 아침의 영감에 따라 천천히 깨어나고 있었다. 가장 깨끗한 물처럼 순수하고, 이슬처럼 달콤하고, 음악처럼 감동적인 영혼이 그를 채웠다. 그러나 그것은 마치 천사들이 그에게 숨을 내쉬는 듯이, 얼마나 희미하고도 차분하게 불어왔던가! 그의 영혼은 완전히 일어나기를 두려워하면서 천천히 깨어나고 있었다. 광기가 깨어나고 기묘한 식물들이 빛을 향해 피어나고 나방이 조용히 날아다니는, 바람 없는 새벽 시간이었다.

심장의 황홀이라! 밤은 황홀했다. 꿈인지 비전인지, 그는 천사가 누리는 삶의 황홀경을 이미 맛보았다. 그 황홀경은 순간적인 것이었을까, 아니면 긴 시간, 여러 해, 여러 시대에 걸친 것이었을까? 이제 사방에서 이미 일어났던 일 혹은 일어날 수도 있었던 일들의 수많은 희미한 상황들로부터 영감의 순간이 동시에 반영되는 듯했다. 그 순간은 마치 날카로운 빛줄기처럼 뿜어져 나왔고 이제 모호한 상황의 구름으로부터 혼란스러워진 형태가 그 잔광(殘光)을 부드럽게 감쌌다. 오! 상상력이라는 처녀의 자궁에서 언어가 육화되고 있었다. 대천사 가브리엘이 처녀의 방으로 왔다. 잔광은 흰 불꽃이 지나간 그의 영혼에서 짙어져, 장밋빛의 불타는 것 같은 빛으로 짚어졌다. 그 장밋빛으로 타는 것 같은 빛은 그녀의 낯설고도 제멋대로인 마음, 어떤 남자도 알지 못했고 알 수도 없기에 낯설고, 세상이 시작되기 전부터 제멋대로인 마음이었다. 그 불타는 장밋빛의 광채에 이끌려 천사의 합창대가 하늘에서 내려오고 있었다.

> 너는 열렬한 욕망이 지겹지도 않은가,
> 타락한 천사의 유혹이?
> 황홀했던 날들은 더 이상 말하지 말라.

그 가사가 그의 마음에서 입술로 흘러나왔고, 그것을 중얼거리며 그는 전원시[87]의 율동이 그 가사를 관통하고 있는 것을 느꼈다. 장밋빛 광채는 각운을 내비치고 있었다. 〈*ways, days, blaze, praise, raise.*〉 그 빛이 세상을 태우고 남자들과 천사들의 마음을 소진시켰다. 그녀의 종잡을 수 없는 마음인 장미에서 나오는 빛이었다.

> 네 눈은 남자의 마음을 불타게 하고
> 너는 그를 마음대로 한다.

87 *villanelle*. 19행 2운체의 시.

너는 열렬한 욕망이 지겹지도 않은가?

그러고는? 리듬이 점점 약해지고 완전히 사라졌다가 다시 움직이며 뛰기 시작했다. 그러고는? 연기, 세상의 제단으로부터 올라가는 향연.

불꽃 위로 찬미의 연기가
저 대양 이 끝과 저 끝에서 올라가네.
황홀한 날들은 더 이상 말하지 말라.

지구 전체로부터, 수증기 자욱한 바다로부터 연기가 올라 갔다, 그녀를 찬미하는 연기가. 지구는 마치 흔들리는 향로, 둥그런 향로, 타원형의 공이었다. 리듬이 갑자기 사라졌다. 심장의 외침도 멈췄다. 그의 입술은 1절을 반복해서 중얼거리기 시작했다. 그러고는 더듬고 당황하며 반 절씩 중얼거리다가 멈췄다. 심장의 외침이 멈췄다.

바람 한 점 없는 뿌연 시간이 지나고 커튼을 치지 않은 창문으로 아침 햇살이 들어오고 있었다. 종소리가 아주 멀리서 희미하게 들렸다. 새 한 마리가 지저귀었다. 두 마리, 세 마리. 종소리와 새소리가 그쳤다. 희뿌연 빛이 동서로 퍼져 나가 세상을 뒤덮고 그의 심장의 장밋빛도 뒤덮었다.

그 모든 것을 잃어버릴까 봐 그는 갑자기 팔꿈치를 괴고 일어나 종이와 연필을 찾았다. 테이블에는 아무것도 없었다. 저녁때 쌀밥을 먹었던 수프 접시와 심지가 덩굴손처럼 나온 촛대와 마지막 불꽃에 그슬린 종이 초꽃이가 있을 뿐이었다. 그는 나른한 듯 팔을 침대 발치로 뻗어 거기 걸려 있는 웃옷의 주머니 속을 손으로 더듬었다. 그의 손가락에 연필과 담배 한 갑이 만져졌다. 그는 누워서 담뱃갑을 찢어 열고 마지막 담배를 창틀에 올려놓은 후 그 전원시의 연들을 작고 깔끔한 글씨로 거칠거칠한 상자 표면에 적기 시작했다.

다 쓰고 난 후 그는 울퉁불퉁한 베개에 누워 그것을 다시 읊조려 보았다. 머리 밑에 뭉친 깃털 덩어리 때문에, 그는 왜 내가 여기 왔더란 말인가 자문하며 그녀와 자신 때문에 불쾌해지고, 텅 빈 수납장 위에 걸려 있던 성심(聖心)의 판화 때문에 혼란스러워하면서, 미소 띤 얼굴로 혹은 심각한 얼굴로 앉아 있곤 했던 그녀의 응접실 소파의 뭉친 말총 덩어리가 생각났다. 그의 눈에 이야기가 잠시 끊어진 사이 그녀가 그에게 다가와 그 이상한 노래 하나만 불러 보라고 하는 모습이 보였다. 그러고는 그 자신이 낡은 피아노에 앉아, 방 안에선 다시 이야기하는 소리가 높아진 가운데, 그 얼룩진 건반으로 코드를 부드럽게 치면서, 벽난로 옆에 기대어 선 그녀에게 엘리자베스 시대의 오묘한 노래, 이별하기 싫어하는 슬프고 달콤한 노래, 아쟁쿠르의 승전가, 그린슬리브스의 행복한 멜로디를 불러 주는 모습을 보았다. 그가 노래하고 그녀가 듣고 있는 동안, 혹은 듣는 척하는 동안은 그의 마음이 편안했지만, 그 묘한 옛날 노래가 끝나서 다시 방 안의 목소리들을 들을 때면 그는 자신의 비꼬인 생각이 다시 생각났다. 그 집에서는 젊은 남자들을 좀 너무 일찍 허물없이 이름으로만 부르는 것이 아닌가 하는.

어떤 경우에 그녀의 눈이 그를 신뢰하는 것처럼 보이기도 했지만, 기다려 봐도 헛일이었다. 그녀는 흰 드레스를 약간 들어 올리고 머리에 하얀 꽃가지를 까닥거리며 그 축제 무도회에서 그날 밤 춤을 추었듯이, 가볍게 춤을 추면서 기억에서 사라졌다. 그녀는 가볍게 원무를 추었다. 그녀는 춤을 추며 그에게 다가왔고, 다가오면서 그녀는 눈을 약간 돌렸고 뺨에는 살짝 홍조가 돌았다. 손을 바꾸는 사이 그녀의 손이 부드러운 상품처럼 그의 손에 잠깐 얹혀졌다.

— 요샌 정말 낯설어 보이네.

— 응. 수사가 되려고 태어났으니까.

— 이단이 아닐까 겁나는걸.

— 그렇게 겁나?

대답 대신 그녀는 손을 바꾸어 쥐는 동작을 따라 가볍고 얌전하게, 아무에게도 자신을 내어 주지 않으면서, 춤을 추며 멀어져 갔다. 그녀의 머리에 꽂힌 하얀 꽃 장식이 까닥거렸고 그녀가 그늘에 들어서자 뺨의 홍조가 더 짙어 보였다.

수사라고! 자신의 모습이 떠올랐다. 수도원의 이단아요, 이교도 프란시스코 수도사, 섬기려고도 하고 섬기지 않으려고도 하며, 게라르디노 다 보르고 산 도니노[88]처럼 나긋나긋 궤변의 거미줄을 뽑아내고 그녀의 귀에 속삭이는 자.

아니, 그건 그의 이미지가 아니었다. 그것은 그가 그녀를 마지막 보았을 때 함께 있었던, 비둘기 같은 눈으로 그를 바라보며 그녀의 아일랜드 숙어 책 페이지를 만지작거리던 젊은 사제의 이미지였다.

— 네, 네, 부인들이 우리에게 동조하고 있지요. 매일 그것을 볼 수 있어요. 부인들이 우리에게 동조하고 있어요. 언어에 관해서는 가장 훌륭한 조력자들이죠.

88 Gherardino da Borgo San Donnino(?~1276). 13세기 시칠리아 출신의 프란시스코회 수사. 이단 종말론자로 몰려 감옥에서 사망.

— 교회는요, 모런 신부님?

— 교회도요. 역시 동조하고 있어요. 거기서도 일이 잘 진행되고 있어요. 교회는 걱정하지 마세요.

쳇! 경멸하면서 그 방을 떠나길 잘했어. 도서관 계단에서 그녀에게 인사를 안 한 것도 잘한 거야! 사제와 희롱하도록, 기독교 국가의 하녀인 교회를 가지고 장난을 치도록 내버려 둔 것도 잘 했어.

격렬하고 난폭한 분노가 그의 영혼으로부터 마지막 남아 있는 황홀의 순간을 내보내 버렸다. 그것은 그녀의 아름다운 이미지를 난폭하게 깨뜨리고 그 조각을 사방으로 내던졌다. 사방에서 그녀의 찌그러진 이미지가 그의 기억에 되살아났다. 축축하고 거친 머리카락에 누더기 옷을 입은 꽃 파는 소녀, 자신을 당신의 여자라 부르며 마수걸이를 해달라던 말괄량이 같은 여자의 얼굴, 접시를 덜그럭거리며 「킬라니의 호수와 폭포 옆에서」의 첫 부분을 민요 가수처럼 길게 끌어 가며 부르던 옆집 소녀, 코크 힐 근처의 보도에서 쇠창살이 구멍 난 구두 밑창에 걸려 그가 넘어졌을 때 그를 보며 즐겁게 웃던 소녀. 제이콥의 비스킷 공장을 지나가는 그녀의 조그맣고 통통한 입술에 반해서 그가 힐끗 쳐다보았던 소녀. 그 소녀는 어깨 너머로 이렇게 외쳤다.

— 머리카락은 직모에 눈썹은 곱슬인데, 넌 내가 맘에 들어?

그러나 그가 아무리 그녀의 이미지를 헐뜯고 조롱해도 그의 분노는 또한 일종의 존경이기도 했다. 그는 그녀 종족의 비밀은 아마 그녀의 긴 속눈썹이 재빠른 그늘을 드리우는 저 검은 눈 뒤에 있을 것이라고 느끼며, 전적으로 진지하지 않다는 이유로 강의실을 경멸하며 떠났다. 그는 길을 걸어가면서,

그녀가 그 나라의 여성상이며, 어둠과 비밀과 외로움 속에서 깨어나 그 자신을 의식하게 되고, 잠시 동안 사랑도 죄도 없이 온화한 연인과 함께 머물다가 그를 떠나 격자 쳐진 사제의 귀에 철없는 일탈에 대해 속삭이는, 박쥐 같은 영혼이라고 혼자 쓸쓸하게 말했다. 그녀에 대한 그의 분노는 그녀의 애인에게 거칠게 욕설을 하는 것으로 발산되었고, 그의 이름과 목소리와 생김새가 가뜩이나 상해 버린 그의 자존심을 건드렸다. 그는 농부 출신의 사제고, 더블린 경찰로 근무하는 형이 있었으며, 또 한 형제는 모이컬른의 술집 종업원이었다. 그에게 그녀는 자기 영혼의 수줍은 알몸을 보여 주려 했다. 경험의 일용할 양식을 영생의 빛나는 육신으로 바꾼 영원한 상상 속의 사제인 그에게가 아니라, 격식 차린 의식을 이행하는 교육이나 받았을 뿐인 자에게 말이다.

성체의 빛나는 이미지가 한순간에 그의 쓸쓸하고 절망적인 생각과 다시 합쳐졌고, 그 외침은 감사의 찬송으로 끊임없이 솟아올랐다.

우리의 더듬거리는 외침과 구슬픈 노래가
하나의 성체 찬송으로 솟구쳐 오르네.
너는 열렬한 욕망이 지겹지도 않은가?

희생을 바치는 손을 들어 올리는 동안
성배가 찰랑찰랑 넘치는 동안
황홀한 날들은 더 이상 말하지 말라.

그는 가사를 첫 줄부터 큰 소리로 읊었다. 그 음악과 리듬이 그의 마음을 채워 그는 그 노래에 조용히 빠져들었다. 그리고 다시 가사를 고통스럽게 베껴 써서 그것을 봄으로써 그것을 더 잘 느꼈다. 그러고는 베개 받침에 기댔다.

아침이 완전히 밝았다. 아무 소리도 들리지 않았다. 그러나 그는 그 주변의 모든 생명이 깨어나 평범한 소음, 거친 목소리, 졸린 기도 소리를 내는 것을 알았다. 그 삶으로부터 몸을 움츠리며 그는 벽 쪽으로 돌아누워 담요를 고깔처럼 뒤집어쓰고 너덜너덜해진 벽지에 새겨진 커다란 붉은 꽃들을 노려보았다. 그는 사라져 가는 즐거움이 다시 붉게 타오르도록 하려고, 그가 누운 곳에서 하늘까지 붉은 꽃들이 뿌려진 장미 길을 상상했다. 지겨워! 지겨워! 그는 열렬한 욕망이 너무 지겨웠다.

점점 따뜻하고 나른한 피로감이 담요를 푹 뒤집어쓴 머리에서 등줄기를 타고 흘러내렸다. 그는 그것이 흘러내리는 것을 느꼈고, 누워 있는 그 자신을 보며 미소를 지었다. 곧 잠이 올 것이다.

그는 10년 만에 그녀를 위한 시를 썼다. 10년 전 그녀는 숄을 고깔 모양으로 둘러쓰고, 밤공기 속으로 따뜻한 숨결을 내보내며 풀이 자란 길 위에서 발을 탁탁 굴렀다. 마지막 마차였다. 낭창하게 여윈 갈색 말들도 그것을 아는 듯, 맑은 밤에 경고처럼 방울을 흔들었다. 차장은 마부와 이야기를 나누며 초록색 불빛 아래서 고개를 끄덕이곤 했다. 그들은 마차의 계단에 서 있었다. 그는 위쪽에, 그녀는 아래쪽에. 그녀는 이야기를 하다 말고 그가 있는 계단으로 여러 번 올라왔다가 내려가곤 했으며 한두 번은 내려가는 것을 잊고 그의 옆에 있다가 다시 내려가기도 했다. 그만! 그만!

어린이다운 지혜에서 그의 어리석음까지 10년. 그 시를 그녀에게 보낸다면? 아마도 아침 식탁에서 달걀을 까면서 그 시를 소리 내어 읽을 것이다. 정말 바보 같은 짓이야! 그녀의 오빠들이 웃으며 그 강인하고 억센 손가락으로 그 종이를 서로 빼앗으려 할 것이다. 상냥한 사제인 그녀의 삼촌은 안락의자에 앉아 팔을 쭉 편 채로 그 종이를 멀찍이 들고 미소를 지으면서 그것을 읽고 그 문학적 형식을 칭찬하겠지.

안 돼, 안 돼, 그건 바보 같은 생각이다. 그가 그녀에게 시를 보내도 그녀는 다른 사람에게 보여 주지 않을 것이다. 아니, 아니, 그럴 수 없을 것이다.

그는 그가 그녀에게 못 할 짓을 했다고 느끼기 시작했다. 그녀의 순진무구함에 대한 느낌이 그를 움직여 거의 그녀에게 연민을 느끼게 되었다. 그가 죄를 통해서 그 순진무구함에 대해 알게 되기 전까지는 그가 결코 이해할 수 없었던 그것, 그녀 역시 순진했던 동안에는, 혹은 그녀의 본성에 대한 낯선 모욕을 처음 당하기 전까지는 이해하지 못했던 그 순진무구함 말이다. 그때서야 그녀의 영혼은 그가 처음 죄를 지었을 때 그의 영혼이 그랬던 것처럼 살기 시작했던 것이다. 그녀의 연약하고 창백해 보이는 안색과 여성 특유의 은밀한 수치심으로 겸허해지고 슬퍼진 그녀의 눈을 기억하자 애틋한 연민이 그의 가슴을 채웠다.

그의 영혼이 황홀경에서 무기력으로 빠져들고 있는 동안 그녀는 어디에 있었던가? 신비로운 영혼의 삶의 방식대로, 그녀의 영혼도 바로 그 순간에 그의 존경심을 의식하고 있었던 것은 아닐까? 그럴지도 모른다.

그의 영혼에 다시 욕망의 불길이 타올라 그의 온몸을 태우며 꽉 채웠다. 그의 욕망을 의식하며 그녀는 그의 전원시에

나오는 유혹하는 여인처럼 향내 나는 잠자리에서 깨어나고
있었다. 검고 피곤한 기색이 드리운 그녀의 눈은 그의 눈을
향해 열리고 있었다. 빛나고 따뜻하고 향기롭고 몸놀림이 헤
픈 그녀의 알몸이 그에게로 기대어 와서 빛나는 구름처럼 그
를 감싸고 생명을 가진 물처럼 그를 감쌌다. 수증기 구름처럼
혹은 공간 주위를 맴도는 물처럼 말이 액체로 된 글자처럼,
신비로운 원소의 상징처럼 그의 머리 위로 흘러나왔다.

　　너는 열렬한 욕망이 지겹지도 않은가,
　　타락한 천사의 유혹이?
　　황홀했던 날들은 더 이상 말하지 말라.

　　네 눈은 남자의 마음을 불타게 하고
　　너는 그를 마음대로 한다.
　　너는 열렬한 욕망이 지겹지도 않은가?

　　불꽃 위로 찬미의 연기가
　　저 대양 이 끝과 저 끝에서 올라가네.
　　황홀한 날들은 더 이상 말하지 말라.

　　우리의 더듬거리는 외침과 구슬픈 노래가
　　하나의 성체 찬송으로 솟구쳐 오르네.
　　너는 열렬한 욕망이 지겹지도 않은가?

　　희생을 바치는 손을 들어 올리는 동안
　　성배가 찰랑찰랑 넘치는 동안

황홀한 날들은 더 이상 말하지 말라.

너는 아직도 우리의 갈망하는 응시를
나른한 표정과 헤픈 사지로 사로잡는다.
너는 열렬한 욕망이 지겹지도 않은가?
황홀한 날들은 더 이상 말하지 말라.

....

저게 무슨 새지? 그는 물푸레나무 지팡이에 지친 듯 기대어 도서관 계단에 앉아 새들을 보았다. 새들은 몰즈워스 거리 어떤 집의 툭 튀어나온 견각(肩角) 주변을 빙빙 돌며 날았다. 3월 하순의 저녁 공기 속에 새들의 비행이 더 선명해 보였고, 새들의 떨리는 검은 몸뚱이가 축 늘어진, 뿌옇게 흐린 푸른 천 같은 하늘을 배경으로 뚜렷하게 두드러졌다.

그는 새들이 나는 것을 한 마리 한 마리 지켜보았다. 검게 반짝이는 모습, 곡선 비행, 날개의 퍼덕거림. 다시 반짝이는 모습, 사선 비행, 커브, 날갯짓. 그는 파르르 떨며 휙휙 나는 새들이 모두 지나가기 전에 그들을 세어 보려고 했다. 여섯 마리, 열 마리, 열한 마리. 그리고 그들이 홀수일까 짝수일까 궁금해했다. 열두 마리, 열세 마리. 누 마리가 서 위쪽에서 빙빙 돌며 내려왔다. 그들은 위아래로 날아다녔지만 늘 허공의 구역에서 맴돌며 직선이나 곡선으로 돌고 늘 왼쪽에서 오른쪽으로 날았다.

그는 새 울음소리를 들었다. 징두리 벽판 뒤에 있는 생쥐들의 찍찍거리는 소리 같은, 날카로운 이중 음이었다. 그러나 그 음조는 쥐의 울음과 달리 길고 날카롭고 윙윙 소리가 났

고, 부리로 허공을 가르며 날 때에는 3도 혹은 4도쯤 떨어지
거나 떨리기도 했다. 그들의 울음소리는 날카롭고 선명하고
섬세했으며 빙빙 돌아가는 실패에서 명주실에 풀려 나오듯이
가볍게 떨어졌다.

어머니의 흐느낌이나 잔소리가 계속 울려 대던 그의 귀를
인간의 것이 아닌 소음이 달래 주었고, 흐린 하늘의 허공을
빙빙 돌고 퍼덕거리며 가로지르는 검고 연약하고 떨리는 몸
뚱이들은 계속 어머니 얼굴의 이미지를 보고 있는 그의 눈을
달래 주었다.

왜 그는 현관의 계단에서 그들의 날카로운 두 겹의 울음소
리를 듣고 그들의 비행을 올려다보고 있었을까? 좋은 일, 혹
은 나쁜 일의 전조를 보려고? 코르넬리우스 아그리파[89]의 말
이 그의 마음을 스쳐 갔고, 스베덴보리[90]가 지적인 것들과 새
의 상응 관계라든가, 새들이 어떻게 지식을 갖게 되고 때와
계절을 알며, 그것이 새들은 사람과 달리 삶의 질서 안에 있
으면서 이성으로 그것을 왜곡시키지 않기 때문이라고 말했던
형체 없는 생각들이 이리저리 날아다녔다.

그가 지금 날아가는 새들을 바라보고 있듯이 인간은 오랫
동안 하늘을 바라봐 왔다. 그의 위쪽에 펼쳐진 일렬 기둥으로
인해 그는 막연하게 고대 사원을 생각하게 되었고, 그가 피곤
하게 기대어 있는 물푸레나무 지팡이는 점을 치는 구부러진
지팡이를 연상시켰다. 그의 지친 가슴속에서, 미지의 것에 대

89 Heinrich Cornelius Agrippa von Nettesheim(1486~1535). 독일의
마법사, 신학자, 천문학자, 연금술사.
90 Emanuel Swedenborg(1688~1772). 스웨덴의 신비주의자, 자연 과학
자, 철학자.

한 두려움이, 상징과 전조에 대한 두려움이, 고리버들로 만든 날개를 달고 그의 능력 이상으로 날아오르는, 그와 같은 이름을 가진 매 같은 사내에 대한 두려움이, 석판에 갈대로 글을 쓰며 따오기처럼 길쭉한 머리에 초승달을 얹고 다니는 작가들의 신 토트에 대한 두려움이 생겨났다.

그는 그 신의 이미지를 생각하며 미소를 지었다. 그것이 멀찍이 들고 있는 서류에 쉼표를 찍고 있는, 가발 쓴 딸기코 판사를 연상시켰으며, 그 신의 이름이 아일랜드 욕설과 비슷하지 않았더라면 이름을 기억하지 못했을지도 모른다는 것을 알고 있기 때문이었다. 바보 같은 짓이었다. 그렇지만 그가 태어났던 기도와 분별의 집을, 그리고 그가 속했던 삶의 질서를 영영 떠나려고 하는 것 역시 그 어리석음 때문이 아니었던가?

날카롭게 우는 새들이 희미해지는 하늘을 배경으로 검게 날면서, 집의 튀어나온 견각 위로 돌아왔다. 저게 무슨 새지? 그는 그들이 남쪽에서 돌아온 제비가 틀림없다고 생각했다. 이제 그는 떠날 것이다. 그들도 늘 가고 오면서 인간의 집 처마 밑에 임시로 집을 짓고 또 그들이 지은 집을 떠나 방랑하곤 하니까.

우나와 알릴이여, 얼굴을 숙여 다오.
나는 그들을 바라본다.
제비가 거친 바다를 방랑하기 전에
처마 밑의 둥지를 바라보듯이.[91]

91 예이츠Y. B. Yeats의 극 「캐슬린 백작 부인」에서 주인공 캐슬린 백작 부인이 굶주린 아일랜드 농민을 구원하기 위해 자신의 영혼을 악마에게 팔고 죽어 가면서 남긴 말.

부드러운 액체 같은 기쁨이 여러 개의 물줄기 소리처럼 그의 기억 위로 흘러내렸고, 그는 마음속에 물 위에 펼쳐진 흐릿해지는 하늘의 고요한 공간의, 바다 같은 침묵의, 흘러가는 강물 너머 바다의 황혼을 뚫고 날아가는 제비의 부드러운 평화를 느꼈다.

부드러운 장모음이 소리 없이 부딪쳤다가 갈라지고, 찰싹거리다 다시 밀려와 그 물결의 하얀 포말을 계속 흔들어 침묵의 선율, 침묵의 울림, 부드럽고 나지막한 신음 소리를 내는 그 말들 속으로 부드러운 액체 같은 기쁨이 흘렀다. 그는 빙빙 돌며 나는 새들과 흐릿한 하늘의 공간에서 그가 찾던 전조가 마치 작은 탑에서 나오는 새처럼 그의 마음속에서 조용히, 그리고 빠르게 솟아나는 것을 느꼈다.

떠남, 혹은 외로움의 상징? 그의 기억 속 귀에 웅얼대는 그 대사는 천천히 그의 눈앞에 국립 극장 개막 공연 날 밤 공연장의 모습을 구성해 보여 주었다. 그는 혼자 옆쪽 발코니 좌석에서 1층 앞자리에 앉은 더블린의 문화계 인사들과 번지르르한 무대 장막과 무대의 요란한 조명 안에 들어가 있는 인형 같은 배우들을 넌더리가 난다는 듯 바라보고 있었다. 그의 뒤에는 건장한 경찰관 한 명이 땀을 뻘뻘 흘리며 언제라도 출동할 태세였다. 여기저기 흩어져 있던 그의 동료 학생들이 공연장에서 날카로운 휘파람과 쉿쉿 소리와 야유하는 외침을 마구 쏟아 냈다.

— 아일랜드에 대한 모욕이다!

— 독일제야.

— 신성 모독!

— 우리는 신앙을 팔지 않았어!

— 아일랜드 여인이 그럴 리 없어!

— 아마추어 무신론자는 물러가라.

— 초보 불교 신자[92]는 물러가라.

그의 머리 위쪽 창문에서 갑자기 쉿쉿 소리가 빠르게 들려왔고 그는 열람실의 전등 스위치가 켜졌음을 알았다. 그는 이제 고요하게 불 밝힌 기둥이 늘어선 홀로 들어서서 계단을 올라가 떨꺽 소리를 내는 회전식 개찰구를 통과했다.

크랜리가 사전류 근처에 앉아 있었다. 속표지를 펼쳐 놓은 두꺼운 책이 그의 앞 나무 받침대에 놓여 있었다. 그는 의자에 기대어, 그에게 한 잡지의 체스 문제를 읽어 주고 있는 의대생의 얼굴을 향해 고해를 듣는 신부처럼 귀를 기울이고 있었다. 스티븐은 그의 오른쪽에 앉았고 탁자 맞은편에 앉아 있던 사제는 화가 난 듯이 읽고 있던 『타블렛』 잡지를 탁 덮고 일어섰다.

크랜리는 온화하고도 모호한 표정으로 그가 나가는 것을 바라보았다. 의대생은 부드러운 목소리로 읽어 나갔다.

— 폰을 왕 네 칸 옆으로.

— 가는 게 낫겠다, 딕슨. 스티븐이 경고 삼아 말했다. 저 사람 항의하러 간 거야.

딕슨은 잡지를 접고 점잖게 일어나며 말했다.

— 우리 군사들은 질서 정연하게 후퇴했다.

— 총기와 가축을 데리고. 스티븐은 〈황소의 질병〉이라고 인쇄된 크랜리의 책 표지를 가리키며 덧붙였다.

그들이 탁자 사이를 지나갈 때 스티븐이 말했다.

92 당대의 젊은 예술가들이 동양의 사상과 철학에 대해 보인 관심을 빗대어 말한 것.

— 크랜리, 얘기 좀 하자.

크랜리는 대답하거나 돌아보지 않았다. 그는 책을 카운터에 놓고 좋은 구두를 신은 발로 마룻바닥에 뚜벅뚜벅 소리를 내며 걸어 나갔다. 그는 계단에 멈춰 서서 딕슨을 멍하니 바라보며 반복했다.

— 폰을 망할 왕에서 네 번째 칸으로.

— 뭐, 좋으실 대로 하셔. 딕슨이 말했다.

그는 어조가 밋밋하고 조용한 목소리와 도회적인 태도를 지녔고, 통통한 손가락엔 이따금 도장을 새긴 반지를 끼고 다녔다.

그들이 홀을 지날 때 아주 키가 작은 남자 하나가 그들에게 다가왔다. 동그랗게 생긴 그의 작은 모자 아래로 면도 안 한 얼굴에 즐거운 미소가 떠올랐으며, 그가 중얼거리는 소리도 들려왔다. 그의 눈은 마치 원숭이의 눈처럼 슬픈 빛을 띠고 있었다.

— 안녕, 주장님. 크랜리가 멈춰서 말했다.

— 안녕, 여러분. 수염이 삐죽삐죽 자라난 원숭이 같은 얼굴의 사내가 말했다.

— 3월치고는 따뜻하네. 크랜리가 말했다. 위층에는 창문을 열어 놓았어.

딕슨은 웃으며 반지를 돌리고 있었다. 거무죽죽하고 원숭이처럼 주름진 얼굴이 인간의 입술을 움직여 부드러운 기쁨의 미소를 지었고 그 목소리는 고양이처럼 가르랑거렸다.

— 3월치고는 좋은 날씨야. 정말 좋아.

— 주장, 위층에 두 명의 예쁜 아가씨들이 기다리다 지쳐 있던데. 딕슨이 말했다.

크랜리가 웃으며 상냥하게 말했다.

— 주장의 애인은 오로지 한 사람뿐이야, 월터 스콧 경. 그렇지 않아, 주장?

— 주장, 지금 무슨 책 읽어? 딕슨이 물었다. 『라마무어의 신부』?

— 스콧 아저씨는 최고야. 유연한 입술이 말했다. 어떤 글은 참 아름다워. 월터 스콧 경을 따라올 작가는 없어.

그는 얇게 쪼그라든 갈색 손을 자신의 칭찬에 박자 맞춰 흔들었고 그의 얇고 빠르게 깜빡이는 눈꺼풀은 그의 슬픈 눈 위로 자주 깜빡거렸다.

스티븐의 귀에 더욱 슬픈 것은 그의 말투였다. 점잖을 빼는 나지막하고 촉촉한 억양은 어법의 오류 때문에 빛을 잃었다. 그의 말을 듣고 있자니 그는 궁금해졌다. 그 이야기는 진짜일까, 그의 쪼그라든 체격에 흐르는 맑은 피가 귀족의 피고, 근친상간에 의해 생겨난 것일까?

공원의 나무들은 비를 머금고 축 쳐져 있었다. 방패처럼 잿빛으로 누워 있는 호수 위로 여전히 비가 내렸다. 한 무리의 백조가 호수 위를 날아갔고 그 아래 물과 기슭은 백조들의 백록색 배설물로 더러워져 있었다. 그들은 부드럽게 포옹했다. 뿌옇게 비오는 대낮, 조용히 젖어 있는 나무들, 방패처럼 지켜보고 있는 호수, 백조들에 마음이 동해서 말이다. 그는 팔로 누이동생의 목을 감았고, 그들의 포옹에는 기쁨이나 정열이 없었다. 회색 모직 외투가 그녀를 어깨부터 허리까지 비스듬히 감싸고 있었고 그녀의 금발 머리는 짐짓 부끄러운 듯 숙여 있었다. 그의 헝클어진 머리는 붉은 갈색이었고, 주근깨가 보이는 억센 손의 모양은 부드러웠다. 얼굴? 얼굴은 보이지 않았다. 오빠의 얼굴은 비 향기가 나는 그녀의 금발 머리 위로 숙여 있었다. 주근깨가 보이고 억세며 잘생기고 부드러운 손은 다빈의 손이었다.

그는 자신의 생각에 화가 나서, 그리고 그 생각을 불러일으킨 쪼그라든 난쟁이에게 화가 나서 얼굴을 찌푸렸다. 밴트리 일당[93]에게 퍼붓던 아버지의 욕설들이 갑자기 떠올랐다. 그는 욕설들을 멀리한 채 불편한 마음으로 다시 자신의 생각에 집중했다. 왜 그게 크랜리의 손이 아닐까? 다빈의 소박함과 순진무구함이 은밀하게 그를 더 자극했던 것인가?

그는 크랜리가 난쟁이에게 세련되게 인사를 하도록 내버려둔 채 딕슨과 함께 홀을 가로질러 갔다.

주랑 아래에 템플이 몇몇 학생들에게 둘러싸여 서 있었다. 그들 중 한 명이 외쳤다.

— 딕슨, 와서 좀 들어 봐. 템플이 오늘 컨디션 좋은데.

템플은 집시 같은 검은 눈동자를 돌려 그를 바라보았다.

— 넌 위선자야, 오키프. 그는 말했다. 그리고 딕슨은 따리꾼이고. 세상에, 이거 참 훌륭한 문학적 표현일세.

그는 스티븐의 얼굴을 보고 교활하게 웃으며 되풀이했다.

— 맙소사, 그 이름 맘에 드네. 따리꾼.

그들 아래쪽 계단에 서 있던 한 건장한 학생이 말했다.

— 그 애인 얘기나 해봐, 템플. 그걸 듣고 싶은데.

— 정말, 그의 애인이었어. 템플이 말했다. 그리고 그는 유부남이었고. 모든 사제들이 거기서 식사를 하곤 했지. 맙소사, 아마 모두 그 여자를 건드렸을걸.

— 그걸 두고 사냥 말을 아끼려고 빌린 말을 탄다고 하지.

93 팀 힐리Tim Healy를 포함한 밴트리 출신의 반(反)파넬파를 말함.

딕슨이 말했다.

— 말해 봐, 템플. 오키프가 말했다. 맥주를 얼마나 마시고 온 거야?

— 네 지적인 수준이 그 말에 다 들어 있다, 오키프. 템플이 공공연히 비웃으며 말했다.

그는 비틀거리는 걸음으로 학생들을 빙 돌아 스티븐에게 말했다.

— 포스터 가문이 벨기에 왕가라는 거 알고 있어? 그가 물었다.

모자를 뒷덜미까지 젖혀 쓰고 조심스럽게 이를 쑤시며, 크랜리가 현관문을 통과해 다가왔다.

— 여기 아는 체 대왕이 오셨군. 템플이 말했다. 너 포스터 가문에 대해 알아?

그는 잠시 대답을 기다렸다. 크랜리는 무례하게도 이쑤시개 끝으로 이에서 무화과 씨를 빼내더니 그것을 골똘히 들여다보았다.

— 포스터 가문은 말이야. 템플이 말했다. 플랜더스의 왕 볼드윈 1세의 후손이야. 그의 이름은 포리스터였지. 포리스터와 포스터는 같은 이름이거든. 볼드윈 1세의 후손인 프란시스 뽀스터가 아일랜드에 정착해서 클랜브라실의 마지막 족장의 딸과 결혼했어. 그리고 블레이크 포스터 가문도 있어. 그건 다른 계보야.

— 플랜더스 왕 볼드헤드[94]의 자손이라. 크랜리가 되풀이하며 활짝 드러낸 이를 다시 조심스럽게 쑤셨다.

— 어디서 그런 역사를 다 주워들은 거야? 오키프가 물었다.

94 Baldhead. 〈대머리〉라는 뜻.

― 난 너희 집안 역사도 다 알아. 템플이 스티븐에게 돌아
서며 말했다. 너 지랄더스 캄브렌시스가 너희 집안에 대해 뭐
라고 했는지 알아?

― 재도 볼드윈의 후손이냐? 검은 눈을 한 폐결핵 환자처
럼 보이는 키 큰 학생 하나가 물었다.

― 볼드헤드. 이 사이의 틈새를 쩍쩍 빨면서 크랜리가 말
했다.

― ⟨*Pernobilis et pervetusta familia*(아주 고귀하고 오래된
집안).⟩ 템플이 스티븐에게 말했다. 그들 아래 계단에 서 있던
건장한 학생이 짧게 방귀를 뀌었다. 딕슨은 그를 보며 작은
소리로 말했다.

― 천사가 말씀하셨나?

크랜리도 역시 돌아보며 격렬하게, 그러나 분노를 담지 않
은 채 말했다.

― 고긴스, 넌 내가 본 중에 가장 지독하게 더러운 놈이야.

― 나도 그 말을 하려고 했는데, 하고 고긴스가 짧게 대답
했다. 누구한테 폐 끼친 거 없잖아, 안 그래?

― 바라건대, 딕슨이 상냥하게 말했다. 그게 과학계에서
⟨*paulo post futurum*(곧 있을 일의 전조)⟩라고 알려진 것이 아
니길.

― 저놈이 따리꾼이라고 내가 말하지 않았어? 템플이 좌
우를 둘러보며 말했다. 내가 그 이름을 붙여 주지 않았니?

― 그랬지. 우리 귀 안 먹었어. 키 큰 폐병 환자가 말했다.

크랜리는 아래쪽의 건장한 학생에게 계속 얼굴을 찌푸리
고 있었다. 그러고는 경멸의 코웃음을 치며 그를 계단 아래로
난폭하게 떠밀었다.

— 저리 가. 그는 거칠게 말했다. 저리 가, 이 똥통 같은 놈아. 너 정말 똥통 냄새 나.

고긴스는 자갈길까지 팔짝팔짝 뛰어 내려갔다가 곧 명랑하게 제자리로 돌아왔다. 템플은 스티븐을 보고 말했다.

— 넌 유전 법칙을 믿어?

— 너 취했니, 아니면 뭐야, 무슨 말을 하려는 거야? 크랜리가 놀랍다는 표정으로 그를 돌아보며 물었다.

— 이제까지 쓰인 문장 중 가장 심오한 건, 하고 템플이 열정적으로 말했다. 동물학의 제일 마지막에 있는 문장이야. 〈생식은 죽음의 시작이다.〉

그는 소심하게 스티븐의 팔꿈치를 건드리며 열심히 말했다.

— 넌 시인이니까 이게 얼마나 심오한지 느껴지지?

크랜리가 긴 검지로 가리켰다.

— 저놈 봐! 그는 경멸적인 어조로 다른 학생들에게 말했다. 아일랜드의 희망을 보라고!

그들은 그의 말과 손짓을 보고 웃었다. 템플은 용감하게 그를 돌아보며 말했다.

— 크랜리, 넌 늘 나를 비웃고 있어. 난 알고 있지. 그렇지만 언제든 난 너 못지않다고. 넌 내가 나와 비교해서 너를 어떻게 생각하고 있는지 알아?

— 이봐, 하고 크랜리가 세련되게 말했다. 알기나 하니, 넌 생각할 능력이 전혀 없다는 걸.

— 하지만 넌 알기나 하니, 하고 템플이 말을 이었다. 내가 너와 나를 비교해서 어떻게 생각하고 있는지?

— 말해 봐, 템플! 계단에 있던 건장한 학생이 외쳤다. 낱낱이 털어놓으라고!

템플은 좌우를 보더니 갑자기 나약해 보이는 몸짓을 하면서 말했다.

— 난 정말 불알 같은 놈이야. 그는 절망적이라는 듯 머리를 흔들며 말했다. 난 불알 같은 놈이고 내가 그렇다는 걸 알아. 난 내가 그렇다는 걸 인정해.

딕슨이 그의 어깨를 가볍게 두드리며 부드럽게 말했다.

— 그게 네 장점이야, 템플.

— 그렇지만 저놈은, 템플은 크랜리를 가리키며 말했다. 저놈도 불알이거든, 나처럼. 단지 자기가 그렇다는 걸 몰라. 그게 나와 저놈의 유일한 차이점이지.

그 말을 마치기도 전에 웃음이 터졌다. 그러나 그는 다시 스티븐을 돌아보며 갑자기 열을 내어 말했다.

— 불알이라는 단어는 참 재미난 말이야. 아마도 영어에서 유일한 양수(兩數)[95] 단어일걸. 알고 있어?

— 그래? 스티븐이 애매하게 말했다.

그는 굳은 표정으로 고통스러워하는 크랜리의 얼굴이 거짓 인내의 미소로 환해지는 것을 바라보고 있었다. 손상을 입고도 견디는 오래된 석상 위에 퍼부은 구정물처럼 그 야비한 호칭이 그의 얼굴 위로 지나갔다. 스티븐이 그를 바라보고 있을 때, 그는 인사를 하기 위해 모자를 쳐들어 이마에서 철사 면류관처럼 빳빳하게 서 있는 검은 머리를 드러냈다.

그녀가 도서관 문에서 나와 스티븐을 외면한 채 크랜리의 인사에 답하여 고개를 숙였다. 이놈도? 크랜리의 뺨이 살짝 붉어진 것 아닌가? 혹은 템플의 말에 얼굴이 붉어진 것일까?

95 한 쌍이 있어야 하나의 개체가 되는 것. 영어의 〈불알*ballocks*〉은 복수로 쓰면서 단수 취급함.

햇빛이 기울었다. 그는 볼 수가 없었다.

이것이 그 친구의 무기력한 침묵, 가혹한 논평, 스티븐의 열렬하고 제멋대로인 고백을 그리도 자주 부쉬 놓았던 그 무례한 언사의 갑작스러운 훼방을 설명해 주는 것일까? 스티븐은 이러한 무례함이 자신에게도 있었으므로 너그럽게 용서해 주었다. 그는 어느 날 저녁 말라하이드 근처의 숲에서 기도를 하기 위해 삐걱거리는 대여 자전거에서 내렸던 것을 기억했다. 그는 자신이 신성한 곳에 신성한 시간에 서 있음을 알고, 성당 회중석처럼 보이는 숲 속의 컴컴한 곳에서 두 팔을 들어올리고 황홀하게 말했다. 순경 두 사람이 컴컴한 길모퉁이를 돌아 나타나자 그는 기도를 멈추고 지난번에 보았던 무언극에 나오는 곡조를 커다랗게 휘파람 불었다.

그는 기둥 밑부분을 물푸레나무 지팡이의 닳아 버린 끝으로 두들기기 시작했다. 크랜리가 그 소리를 못 들었나? 그래도 기다릴 수는 있었다. 그에 관한 이야기가 잠시 중단되고 위쪽의 창문에서 다시 부드럽게 쉿쉿 거리는 소리가 들려왔다. 그렇지만 다른 소리는 아무것도 들리지 않았고 날아가는 것을 그가 부질없이 바라보고 있었던 제비들은 이제 잠들어 있었다.

그녀는 황혼 속으로 사라졌다. 허공에서는 그 부드러운 쉿쉿 소리를 제외하곤 아무런 소리도 늘리지 않았다. 그리하여 그 주변에서는 재잘대던 소리도 멈추었던 것이다. 어둠이 내리고 있었다.

허공에서 어둠이 내리네.[96]

96 내시Thomas Nashe(1567~1601)의 시를 잘못 인용한 것. 뒤의 장면에서 바로잡는다.

희미한 빛처럼 부드럽게 빛나는, 떨리는 기쁨이 요정의 무리처럼 그의 주변을 날아다니고 있었다. 그러나 왜? 어두운 공기 속으로 사라진 그녀, 혹은 어두운 모음과 풍성한 류트 소리 같은 첫 음이 있는 이 시 구절 때문에?

그는 주랑 끝의 더 깊은 어둠을 향해서 천천히 걸어가면서 그의 몽상을 그가 놔두고 온 다른 학생들로부터 숨기기 위해 지팡이로 돌을 가볍게 두드렸다. 그리고 마음속으로는 다울랜드와 버드와 내시의 시대[97]를 상상했다.

욕망의 어둠으로부터 뜨는 눈, 동터 오는 하늘을 흐리게 하는 눈. 그 나른한 우아함은 다름 아닌 성교의 부드러움이 아니고 무엇이겠는가? 그리고 그 눈의 흔들리는 빛은 난잡한 스튜어트 궁정의 시궁창을 뒤덮고 있는 찌꺼기의 어른거리는 빛이 아니고 무엇이겠는가? 그는 기억의 언어 속에서 호박색 포도주, 감미로운 노래의 사라져 가는 가락과 당당한 파반느를 맛보았고, 기억의 눈으로 코번트 가든의 발코니에서 쭉 내민 입술로 구애하는 숙녀들과, 겁탈자들에게 즐거이 몸을 맡기고는 껴안고 또 껴안는, 매독에 걸린 술집 매춘부들과 젊은 유부녀들을 보았다.

그가 소환한 이미지들은 그에게 기쁨을 주지 못했다. 그들은 은밀하고 화끈했으나 그녀의 이미지는 그들과 뒤엉키지 않았다. 그녀를 이런 식으로 생각해서는 안 되었다. 그건 심지어 그가 그녀를 생각했던 그런 방식도 아니었다. 그러면 그의 마음은 스스로를 신뢰할 수 없다는 것인가? 낡은 구절들은 크랜리의 번쩍이는 이 사이에서 뽑아낸 무화과 씨처럼 일부러 파낸 달콤한 맛이 날 뿐이었다.

97 엘리자베스 1세에서 제임스 1세에 이르는 영국 르네상스 시대를 말함.

그는 그녀의 모습이 시내를 통과해서 집 쪽으로 가고 있다는 것을 알았지만, 그건 생각도 아니고 눈에 보인 것도 아니었다. 처음에는 희미하게, 그러고는 좀 더 또렷하게 그녀의 체취를 맡았다. 그의 핏속에서는 의식적인 불안이 끓고 있었다. 그렇다. 그가 맡은 것은 그녀의 체취, 방탕하면서도 나른한 냄새, 그의 음악이 갈망에 차서 흘러내리던 미지근한 사지와 그녀의 육신에서 증류된 냄새와 이슬 한 방울이 맺힌 그녀의 부드러운 속옷 냄새였다.

그의 목덜미로 이 한 마리가 기어가고 있었고, 그는 느슨한 칼라 아래로 엄지와 검지를 날렵하게 집어넣어 그것을 잡았다. 그는 마치 쌀 알갱이처럼 부드러우면서도 파삭한 이의 몸뚱이를 엄지와 검지 사이에 넣어 잠시 굴리다가 떨어뜨려 그것이 아직 살았는지 죽었는지 보았다. 그때 그의 마음에 코르넬리우스 아 라피데[98]의 재미난 구절, 즉 이는 다른 동물처럼 하느님께서 여섯째 날 창조하신 것이 아니라 사람의 땀에서 태어난 것이라는 구절이 생각났다. 목 피부가 간질거리자 그의 마음도 빨갛게 성이 났다. 잘 못 입고 잘 못 먹고 이에게나 뜯기는 그의 육신의 생명 때문에 그는 갑자기 절망적으로 눈을 꼭 감았고, 그 어둠 속에서 밝게 빛나는 파삭한 이의 시체들이 허공에서 떨어지며 및 번이고 뒤집히는 것을 보았다. 그렇다. 허공에서 떨어지는 것은 어둠이 아니었다. 그것은 빛이었다.

허공에서 밝은 빛이 내리네.

98 Cornelius a Lapide(1567~1637). 플랑드르 출신의 예수회 사제.

그는 내시의 시 구절도 똑바로 기억하지 못했던 것이다. 그것이 불러일으킨 모든 이미지들은 가짜였다. 그의 마음이 해충을 키웠다. 그의 생각은 게으름이라는 땀에서 태어난 이였다.

그는 재빨리 주랑을 따라 학생들 쪽으로 되돌아왔다. 그래, 그녀를 보내자, 빌어먹을! 매일 아침 허리까지 몸을 씻고 가슴에 검은 털이 난, 말끔한 운동선수나 사랑하라지. 그러라지.

크랜리는 주머니에서 마른 무화과를 또 하나 꺼내 천천히 요란하게 먹고 있었다. 템플은 기둥 밑에 앉아 뒤로 기대고 졸린 눈까지 모자를 푹 눌러쓰고 있었다. 한 땅딸한 젊은이가 가죽 손가방을 겨드랑이에 낀 채 현관을 나왔다. 그는 일행 쪽으로 걸어오면서 구두 뒤축과 무거운 우산의 물미로 포석을 탁탁 쳤다. 그리고 인사하듯 우산을 쳐들며 모두에게 말했다.

— 어이, 안녕들 하쇼.

그는 다시 포석을 치며 머리를 약간 신경질적으로 떨면서 키득키득 웃었다. 키 큰 폐결핵 환자 같은 학생과 딕슨과 오키프는 아일랜드어로 말을 하면서 그에게 대꾸하지 않았다. 그러자 크랜리를 보며 그가 말했다.

— 잘 있었냐, 특히 너.

그는 우산으로 가리키며 다시 킥킥 웃었다. 크랜리는 계속 무화과를 씹으며 턱을 요란하게 움직여 대답했다.

— 잘? 그래. 잘 지냈다.

땅딸한 학생이 그를 심각하게 보다가 부드럽게 나무라듯 우산을 흔들었다.

— 보니까, 하고 그가 말했다. 너 뻔한 얘기 하려고 그러는 거지.

— 음. 반쯤 씹다 만 무화과를 내밀어 마치 땅딸한 학생더러 그걸 먹으라는 듯 들이대면서 그가 말했다.

땅딸한 학생은 그것을 먹지는 않았지만 제멋대로 자기 기분에 취해 여전히 키득거리며 우산대로 자신의 말을 강조하듯 쿡쿡 찌르며 심각하게 말했다.

— 진심이야?

그는 말을 멈추고 씹어 놓은 무화과를 무뚝뚝하게 가리키며 큰 소리로 말했다.

— 저거 말이야.

— 음. 크랜리가 아까처럼 말했다.

— 정말이야? 땅딸한 학생이 말했다. 있는 그대로 받아들이라는 거야, 아니면 그냥 말하자면 그렇다는 거야?

딕슨이 자기 무리에서 돌아서며 말했다.

— 고긴스가 널 기다리고 있어, 글린. 너랑 모이너한을 찾으러 아델피 호텔까지 갔어. 근데 이건 뭐야? 그는 글린이 팔에 끼고 있는 손가방을 툭툭 치며 물었다.

— 시험지야. 글린이 대답했다. 내 수업에서 잘 배우고 있는지 보려고 매달 시험을 쳐.

그도 손가방을 툭툭 치고는 점잖게 기침을 하고 미소를 지었다.

— 수업이라! 크랜리가 무례하게 말했다. 너 같은 망할 원숭이에게 배우는 맨발의 아이들을 말하는 거니? 불쌍하기도 하지!

그는 남은 무화과를 물어뜯고 꼭지를 내던져 버렸다.

— 나는 어린이들이 나에게 오는 것을 막지 않거든. 글린이 상냥하게 말했다.

— 망할 놈의 원숭이. 크랜리가 강조해서 되풀이했다. 하느님을 모독하는 망할 놈의 원숭이!

템플이 일어나서 크랜리를 밀치고 나와 글린에게 말했다.

— 네가 방금 말한 구절은, 하고 그가 말했다. 〈어린이들이 나에게 오는 것을 막지 말고 그냥 놓아두어라〉[99]라는 신약 성서에서 나온 말이야.

— 또 잠이나 자라, 템플. 오키프가 말했다.

— 그럼 좋아. 템플이 여전히 글린에게 말했다. 예수께서 어린아이들이 오는 것을 막지 않았다면 왜 교회는 세례를 받지 않은 채 죽은 사람을 지옥으로 보내는 거지? 왜 그래?

— 넌 세례나 받았니, 템플? 창백한 학생이 물었다.

— 예수께서 아이들을 오라 하셨다면 왜 그들이 지옥으로 가는 건데? 템플이 글린의 눈을 뚫어지게 보며 말했다.

글린은 기침을 하곤 목소리에서 신경질적인 웃음을 어렵사리 억제한 채 부드럽게 말하며 한 마디마다 우산을 흔들었다.

— 그래서, 네 말대로 그렇다면 그게 어디서부터 그렇게 되었는지 물어야겠다.

— 그건 교회가 늙은 죄인들처럼 잔인하기 때문이지. 템플이 말했다.

— 그 점에선 네가 정통파라고 할 수 있는 거니, 템플? 딕슨이 상냥하게 말했다.

— 성 아우구스투스는 세례 받지 않은 아이들이 지옥에 가는 것에 대해서 얘기했어. 템플이 말했다. 왜냐하면 그 역시 잔인한 늙은 죄인이라서 그런 거야.

— 그래, 네 말이 맞는다. 딕슨이 말했다. 그렇지만 그런 경

우를 대비해서 림보[100]라는 게 있는 거 아닌가 싶어.

— 저놈이랑 논쟁하지 마, 딕슨. 크랜리가 가차 없이 말했다. 그놈한테 얘기도 하지 말고 쳐다보지도 마. 음매음매 하는 염소처럼 새끼줄로 묶어서 집으로 데려가.

— 림보라고! 템플이 외쳤다. 그것도 괜찮은 발명품이지. 지옥처럼.

— 그렇지만 지옥의 불쾌함은 뺀 곳이지. 딕슨이 말했다. 그는 웃으며 다른 이들을 바라보며 말했다.

— 내가 말이 좀 많긴 했는데 다 여기 있는 사람들 의견을 대변한 거라고 생각해.

— 맞아. 글린이 단호한 어조로 말했다. 그 점에서는 아일랜드는 일치단결이니까.

그는 주랑의 돌바닥을 우산 물미로 탁탁 쳤다.

— 지옥이라, 하고 템플이 말했다. 사탄의 회색 반려자를 만들어 낸 것은 존중해. 지옥은 로마 같아. 로마의 성벽처럼 튼튼하고 추하지. 그렇지만 림보는 뭔데?

— 저놈을 다시 유모차에 태워, 크랜리. 오키프가 외쳤다.

크랜리가 재빨리 템플 쪽으로 다가가서 집에서 기르는 닭에게 하듯 발을 구르며 외쳤다.

— 쉿!

템플이 날렵하게 물러났다.

— 림보가 뭔지 알아? 그가 외쳤다. 로스코먼에서는 그런 걸 뭐라고 하는지 알아?

— 쉿! 망할 놈! 크랜리가 박수를 치면서 외쳤다.

100 *limbus*. 세계를 받지 못하고 죽은 유아의 경우처럼, 원죄 상태로 죽었으나 죄를 지은 적이 없는 사람들이 머무는 곳.

― 엉덩이도 아니고 팔꿈치도 아닌 거!¹⁰¹ 템플이 경멸 어린 어조로 외쳤다. 그게 림보라고 하는 거지.

― 그 지팡이 줘봐. 크랜리가 말했다.

그는 스티븐의 손에서 물푸레나무 지팡이를 거칠게 빼앗아 계단을 뛰어 내려갔다. 템플은 그가 따라오는 소리를 듣고 날렵하고 발 빠른 야생 동물처럼 어둠 속으로 도망갔다. 크랜리의 무거운 구두가 중정을 가로질러 달리다가, 추적에 실패하고 무거운 발길로 돌아오며 발걸음마다 자갈을 걷어차는 소리가 요란하게 들렸다.

그는 성난 걸음으로 와서 성난 듯 퉁명스러운 몸짓으로 지팡이를 다시 스티븐의 손에 되돌려 주었다. 스티븐은 그의 분노에 또 다른 이유가 있는 것을 느꼈지만, 차분한 척하며 그의 팔을 가볍게 건드리면서 조용히 말했다.

― 크랜리, 내가 너한테 할 말이 있다고 했잖아. 가자. 크랜리는 그를 잠시 쳐다보더니 말했다.

― 지금?

― 응, 지금. 스티븐이 말했다. 여기서 애기할 순 없잖아. 가자.

그들은 말없이 중정을 가로질렀다. 현관 계단에서 누군가가 그들 뒤로 오페라 「지그프리트」에 나오는 새소리를 휘파람으로 부는 것이 들렸다. 크랜리가 돌아서자, 휘파람을 불던 딕슨이 외쳤다.

― 너희들 어디 가냐? 그 게임은 어쩌고, 크랜리?

그들은 사방이 조용한 가운데 아델피 호텔에서 벌어질 당구 경기에 대해서 서로 소리치며 대화를 나누었다. 스티븐은

101 이도 저도 아니라는 뜻의 관용구.

혼자 걸어가서 킬데어 거리의 정적 속으로 나왔고 메이플스 호텔 건너편에서 참을성 있게 기다렸다. 자연색에 윤을 낸 나무로 된 호텔 이름과 자연색의 전면이 예의 바른 멸시의 눈초리처럼 그를 자극했다. 아일랜드 귀족들의 맵시 나는 삶이 그 안에 조용히 깃들어 있으리라. 그가 상상한, 부드러운 조명이 켜진 호텔의 응접실을 그는 화가 난 눈초리로 노려보았다. 그들은 장교 임관이나 토지 관리인에 대해 생각하고 있겠지. 농부들은 시골길에서 그들을 보고 인사할 것이다. 그들은 프랑스 요리들의 이름을 알고 있을 것이고, 그 꽉 조여진 어조를 뚫고 나오는 하일랜드풍의 목소리로 전세 마차의 마부들에게 지시를 내릴 것이다.

어떻게 그가 그들의 양심을 자극할 것이며 혹은 지주들이 그녀들에게 애를 배게 만들기 전에 어떻게 그들 딸들의 상상력 위에 자신의 그림자를 드리워서 그들보다 좀 덜 저열한 종족을 낳아 기를 수 있도록 할 수 있을 것인가? 깊어 가는 어둠 속에서 그는 자신이 속한 종족의 생각과 욕망이 어두운 시골길을 따라 물가의 나무 아래로, 그리고 여기저기 물웅덩이가 파인 습지 근처로 박쥐처럼 날아가고 있는 것을 느꼈다. 다빈이 밤길을 지날 때 어떤 여인은 문에서 기다리고 있다가 그에게 우유 한 잔을 권하고 서의 동침을 하자고 구애하다시피 했다. 다빈이 비밀을 지켜 줄 수 있을 것 같은 온유한 눈을 가졌기 때문이었다. 그러나 어떤 여인의 눈도 그를 사로잡지 못했다.

누군가 그의 팔을 거세게 붙들었고 크랜리의 목소리가 말했다.

— 이제 가자.

그들은 남쪽으로 말없이 걸어갔다. 그러고는 크랜리가 말했다.

— 저 허튼소리나 하는 바보, 템플! 알아 둬라, 언젠가 그 놈을 내 손으로 죽여 버리고 말테니.

그러나 그의 목소리는 더 이상 화가 나 있지 않았고 스티븐은 그가 현관에서 그녀의 인사를 생각하고 있는 건 아닌가 싶었다.

그들은 왼쪽으로 돌아서 아까처럼 계속 걸었다. 한참 이런 식으로 걸었을 때 스티븐이 말했다.

— 크랜리, 나 오늘 저녁에 기분 좋지 않은 다툼이 있었어.

— 너희 가족들하고? 크랜리가 물었다.

— 어머니하고.

— 종교 문제로?

— 응. 스티븐이 대답했다.

잠시 말을 멈추었다가 크랜리가 물었다.

— 어머니 연세가 어떻게 되시지?

— 많진 않으셔. 스티븐이 말했다. 어머니는 나더러 부활절 성찬을 받으라고 하셔.

— 그렇게 할 거야?

— 아니. 스티븐이 말했다.

— 왜? 크랜리가 말했다.

— 난 섬기지 않을 거니까. 스티븐이 말했다.

— 전에도 그 얘기 했어. 크랜리가 차분하게 말했다.

— 지금 다시 얘기하는 거잖아. 스티븐이 열을 내어 말했다.

크랜리는 스티븐의 팔을 붙들어 누르며 말했다.

— 진정해, 친구야. 넌 진짜 너무 흥분을 잘하는 놈이야,

젠장.

그는 말하면서 신경질적으로 웃었고, 감동받은 친밀한 표정으로 스티븐의 얼굴을 올려다보며 말했다.

— 너 네가 쉽게 흥분하는 거 알아?

— 그런 것 같다. 스티븐도 웃으며 말했다.

최근에 사이가 벌어진 그들의 마음이 갑자기 가까워진 것 같았다.

— 너 성체 성사를 믿어? 크랜리가 물었다.

— 안 믿어. 스티븐이 말했다.

— 믿음을 버린 거야?

— 믿는 것도 아니고 믿음을 버린 것도 아니야. 스티븐이 대답했다.

— 의혹을 품는 사람들은 많아, 심지어 종교인들도. 그렇지만 그들은 의혹을 극복하거나 제쳐 두고 있지. 크랜리가 말했다. 네 의혹이 너무 강한 거니?

— 의혹을 극복하고 싶은 마음이 없어. 스티븐이 대답했다.

크랜리는 잠시 당황하더니 주머니에서 무화과를 또 하나 꺼내 먹으려 했다. 그때 스티븐이 말했다.

— 제발 하지 마. 입에 가득 무화과를 씹으면서 이 문제를 토론할 수는 없잖아.

크랜리는 그가 멈춰 선 램프 불빛에 무화과를 비춰 보았다. 그러고는 무화과 냄새를 양쪽 콧구멍으로 맡더니 작게 한 입 물어뜯은 후 그것을 뱉어 버리고는 무화과를 하수구에 거칠게 던져 버렸다. 그는 하수구에 처박힌 무화과에다 대고 이렇게 말했다.

— 저주받은 자들아, 나에게서 떠나 영원한 불 속으로 들

어가라!¹⁰²

스티븐의 팔을 잡고 그는 다시 걸어가며 말했다.

— 넌 최후의 심판 날에 네게 이런 말이 떨어질까 무섭지도 않아?

— 그게 아니면 내가 뭘 얻게 되는데? 스티븐이 물었다. 교무 주임과 함께 영원한 행복을?

— 기억해 둬라, 하고 크랜리가 말했다. 그분은 찬양받으실 것이니까.

— 그래. 스티븐이 어쩐지 씁쓸하게 말했다. 밝고 민첩하고 넘어설 수 없고, 무엇보다도 오묘하시니까.

— 참 묘하다. 그거 알아? 크랜리가 무심하게 말했다. 네가 믿지 않는다고 말하는 그 종교에 네 마음이 얼마나 푸욱 젖어 있는지 말이야. 대학 들어오기 전에는 그걸 믿었니? 믿었겠지.

— 믿었지. 스티븐이 말했다.

— 그때가 더 행복했니? 크랜리가 부드럽게 물었다. 가령, 지금보다 행복했어?

— 어떤 때는 행복했고, 하고 스티븐이 말했다. 어떤 때는 불행했지. 그때는 내가 다른 사람이었으니까.

— 어떤 다른 사람? 그게 무슨 말이야?

— 그러니까, 하고 스티븐이 말했다. 내가 지금의 내가 아니었고, 마땅히 되었어야 하는 그런 사람도 아니었다는 거야.

— 지금의 너도 아니고, 마땅히 그랬어야 하는 사람도 아니었다. 크랜리가 반복했다. 하나만 물어보자. 어머니를 사랑하니?

102 「마태오의 복음서」 25장 41절.

스티븐은 고개를 천천히 저었다.

— 네 말이 무슨 말인지 모르겠다. 그는 순진하게 말했다.

— 누굴 사랑해 본 적이 있어? 크랜리가 물었다.

— 여자 말이야?

— 그 얘기가 아니야. 크랜리가 한층 냉정한 어조로 말했다. 누군가에게 혹은 무엇인가에 사랑을 느껴 본 적이 있냐고 묻는 거야.

스티븐은 친구 옆에서 걸으며 우울하게 발밑을 내려다보았다.

— 난 하느님을 사랑하려고 했어. 그가 마침내 말했다. 지금은 실패한 것 같아. 정말 어려워. 나는 매 순간마다 내 의지와 하느님의 의지를 합쳐 보려고 했어. 그 일에 있어서 늘 실패했던 건 아니야. 아마 아직도 그건 할 수도 있을 —

크랜리가 중간에 말을 끊고 물었다.

— 어머니는 행복하게 사셨니?

— 내가 어떻게 알아? 스티븐이 말했다.

— 자녀를 몇이나 두셨지?

— 아홉, 아니면 열. 스티븐이 말했다. 죽은 아이도 있거든.

— 그럼 아버지는……. 크랜리는 잠시 스스로 말을 끊었다가 말했다. 네 가족 문제를 캐고 싶은 건 아니야. 그렇지만 너희 아버지는 유복하신 편이었니? 그러니까, 네가 자랄 때 말이야.

— 응. 스티븐이 말했다.

— 무슨 일을 하셨는데? 크랜리가 잠시 말을 멈췄다가 물었다.

스티븐은 유창하게 자기 아버지의 속성을 열거하기 시작

했다.

— 의학도, 조정 선수, 테너, 아마추어 배우, 목청 높은 정치가, 소지주, 소규모 투자가, 술꾼, 좋은 친구, 이야기꾼, 누군가의 비서, 양조장의 무슨 직위인가, 세금 징수원, 파산자, 그리고 지금은 자기 과거를 찬미하며 사는 사람.

크랜리는 스티븐의 팔을 더 꽉 잡고 웃으며 말했다.

— 양조장이라니 굉장한데.

— 더 알고 싶은 거 있어? 스티븐이 물었다.

— 지금 형편은 괜찮은 거야?

— 그렇게 보여? 스티븐이 퉁명스럽게 물었다.

— 그러면, 하고 크랜리는 생각에 잠기며 말을 이었다. 너는 아주 호사스럽게 태어난 거구나.

그는 기술적인 표현들을 사용할 때 종종 그러하듯, 자기가 별 확신 없이 그 말을 쓰고 있음을 상대방이 이해해 주었으면 하고 바라듯이, 그 말을 아주 넓은 의미로 요란하게 사용했다.

— 어머니는 고생을 많이 하셨을 테고, 하고 그가 말했다. 어머니가 더 이상 고생을 안 하시도록 해드릴 생각은 없니? 비록…… 아니면 그럴 생각은 있어?

— 할 수만 있다면. 스티븐이 말했다. 그리 어려운 일도 아닐 거고.

— 그럼 그렇게 해. 크랜리가 말했다. 어머니가 바라시는 대로 해. 그게 뭐 대단한 일이야? 넌 믿지도 않잖아. 그냥 형식일 뿐인데. 그러면 일단 어머니가 안심하실 것 아냐.

그는 말을 그치고 나서 스티븐이 답을 하지 않자 자기도 가만히 있었다. 그러고는 자신의 생각의 과정을 발설하기라도 하듯 말했다.

— 이 구린내 나는 똥 무더기 같은 세상에서 모든 것이 불확실해도 어머니의 사랑은 그렇지 않아. 어머니는 너를 세상에 낳아 주셨고 처음으로 네 몸을 안아 준 분이야. 어머니 마음이 어떨지 우리가 뭘 알아? 그렇지만 어머니가 무엇을 느끼건 최소한 그건 진짜야. 틀림없어. 우리의 이념과 야망이 다 뭐야? 다 장난이야. 이념이라고! 그래, 그 빌어먹을 매매우는 염소 같은 템플에게도 이념은 있어. 매캔에게도 이념은 있어. 돌아다니는 모든 얼간이들도 다 자기에겐 이념이 있다고 생각할걸.

그 말 뒤에 숨은 이야기에 귀를 기울이던 스티븐은 일부러 무심한 척하며 말했다.

— 내 기억이 맞는다면, 파스칼은 여성과의 접촉이 두려워서 어머니도 그에게 키스하지 못하게 했대.

— 파스칼은 돼지였어. 크랜리는 말했다.

— 알로이시우스 곤자가도 같은 생각이었을 거야. 스티븐이 말했다.

— 그럼 그 사람도 돼지였던 거지. 크랜리가 말했다.

— 교회에선 그를 성인이라고 해. 스티븐이 반론했다.

— 누가 그를 뭐라고 부르건 난 전혀 상관없어. 크랜리가 거칠고 단호하게 말했다. 내게 그는 돼지야.

스티븐은 할 말을 머릿속에서 깔끔하게 준비하고 말을 이었다.

— 예수도 사람들 앞에서 자기 어머니를 예절을 갖추지 않고 대했지만 예수회 신학자이자 스페인의 신사인 수아레스는 그것을 변호했어.

— 이런 생각 해본 적은 없어? 크랜리가 물었다. 예수도 속

마음은 달랐을 거라는?

— 그런 생각을 처음 했던 사람은, 하고 스티븐이 말했다. 예수 자신이었어.

— 내 말은, 하고 크랜리가 딱딱한 어조로 말했다. 그가 당대의 유대인들을 회칠한 무덤이라고 불렀듯이, 그 자신이 의식적인 위선자였다는 생각은 해본 적 없어? 아니면, 좀 더 간단히 말하면, 예수가 깡패였다는 생각은?

— 그런 생각은 안 해봤는데, 하고 스티븐이 대답했다. 그렇지만 네가 나를 개종시키려고 하는 것인지 아니면 너 자신을 배교자로 만들려는 것인지 알고는 싶네.

그가 친구의 얼굴을 바라보자 그 얼굴에는 억지로 섬세하게 의미 있어 보이도록 만들려는 거친 미소가 감돌았다.

갑자기 크랜리가 분명하고 분별 있는 어조로 물었다.

— 솔직히 말해 봐. 너 내 말에 충격 받았어?

— 약간. 스티븐이 말했다.

— 왜 충격 받았는데? 크랜리가 같은 어조로 압박했다. 우리 종교가 틀렸고 예수가 하느님의 아들이 아니라고 느낀다면서?

— 나도 잘은 몰라. 스티븐이 말했다. 그는 마리아의 아들이기보다는 하느님의 아들인 것 같아.

— 그러니까 네가 얘기를 안 하려고 하는 거지. 크랜리가 물었다. 너도 확신이 없고, 성체가 얇은 빵 조각이 아니라 하느님 아들의 살과 피일지 모르니까? 그럴지도 모른다는 두려움 때문에?

— 그래. 스티븐이 조용히 말했다. 그렇게 느껴, 무섭기도 하고.

— 알았다. 크랜리가 말했다.

스티븐은 이야기를 마무리하는 그의 어조에 놀라 다시 이렇게 말함으로써 논의를 이어 갔다.

— 무서운 건 많아. 개, 말, 소방차, 바다, 폭풍우, 기계, 한밤의 시골길.

— 그렇지만 왜 빵 조각을 무서워해?

— 내 생각엔, 하고 스티븐이 말했다. 내가 무섭다고 말한 것들 뒤에는 뭔가 사악한 실체가 있을 것 같아.

— 그럼, 하고 크랜리가 물었다. 네가 신을 모독하는 성찬식을 하면 로마 가톨릭의 신이 너를 때려죽이고 너를 저주할까 봐 무섭냐?

— 로마 가톨릭의 신이야 지금이라도 그렇게 할 수 있겠지. 스티븐이 말했다. 난 그것보다 2천 년 동안의 권위와 존경이 쌓인 상징에 거짓된 존경을 표함으로써 내 영혼에 일어날 화학 작용이 더 무서운 거야.

— 그럼 넌, 하고 크랜리가 물었다. 아주 위험한 순간에는 그 특정한 신성 모독 행위를 할 거냐? 예를 들어 네가 가톨릭 교도를 형벌에 처하던 시절에 살았다면?

— 과거에 대해선 책임질 수 없어. 스티븐이 말했다. 아마 못 하겠지.

— 그럼, 하고 크랜리가 말했다. 개신교도가 되려는 건 아니고?

— 신앙을 잃었다고 말했잖아. 스티븐이 대답했다. 자존감을 잃어버린 건 아니야. 논리적이고 일관된 부조리를 버리고 비논리적이고 일관성 없는 부조리를 받아들인다면 그건 어떤 종류의 해방일까?

그들은 펨브로크를 향해 걸었고, 천천히 대로를 걷는 동안 나무들과 여기저기 흩어진 주택의 불빛들이 그들의 마음을 어루만져 주었다. 풍요와 휴식의 분위기가 넘치는 그들 주변의 공기가 그들의 곤궁함을 달래 주는 듯했다. 월계수 울타리 뒤에서 부엌 창문의 불빛이 깜박였고 칼을 가는 하녀의 노랫소리가 들렸다. 그는 짧게 끊어진 소절들로 「로지 오그레이디」를 노래하고 있었다.

크랜리가 멈춰서 듣다가 말했다.

— 〈*Mulier cantat*(여인이 노래한다).〉

이 라틴어의 부드러운 아름다움이 매혹의 손길로, 음악의 감촉이나 여인의 손길보다 더 가볍고 더 설득력 있는 손길로, 저녁의 어둠에 가닿았다. 그들 마음의 갈등이 가라앉았다. 교회의 예식에 나타나듯 한 여인의 모습이 조용히 어둠 속을 지나갔다. 흰옷을 입은 모습에 소년처럼 작고 마른 체구, 축 늘어진 허리띠를 하고 있었다. 소년의 목소리처럼 작고 높은 그녀의 목소리는 저 멀리 성가대에서 예수 수난곡의 우울하고 커다란 첫 구절을 꿰뚫고 나오는 첫 여성의 목소리였다.

당신도 저 갈릴리의 예수와 함께 있었네요.

모든 마음이 감동을 받아 그녀의 목소리 쪽으로, 샛별처럼 빛나며, 끝에서 세 번째 음절을 읊을 때 더욱 맑게 빛나며 선율이 사라질 때 희미하게 빛나던 그 목소리 쪽으로 돌아섰다.

노래가 끝났다. 그들은 함께 계속 걸었고, 크랜리는 후렴의 마지막 부분을 세게 강세를 준 리듬으로 반복하고 있었다.

그리고 우리가 결혼할 때
오, 우리는 얼마나 행복할까.
나는 예쁜 로지 오그레이디를 사랑하고
로지 오그레이디는 나를 사랑하니까.

— 이게 진짜 시라고. 그가 말했다. 이게 진짜 사랑이고.

그는 곁눈으로 스티븐을 흘끗 보고는 묘한 미소를 지으며 말했다.

— 이게 시라고 생각해? 이 말의 뜻을 알아?

— 우선 로지를 보고 싶은데. 스티븐이 말했다.

— 그거야 쉽지. 크랜리가 말했다.

그의 모자가 이마까지 내려와 있었다. 그는 모자를 다시 뒤로 젖혔고, 스티븐은 나무 그늘 아래서 어둠에 둘러싸인 그의 창백한 얼굴과 크고 검은 두 눈을 보았다. 그렇다. 그는 미남이었고 그의 몸은 강인하고 단단했다. 그는 어머니의 사랑에 대해 얘기했다. 그는 여인들의 고통과 그들의 심신의 나약함을 느꼈던 것이다. 그는 여인들을 강인하고 단호한 팔로 보호해 줄 것이고 마음으로 그들을 섬길 것이다.

그럼 떠나, 이제 갈 때가 됐어. 스티븐의 외로운 마음속에서 한 목소리가 그에게 가라고 하면서 그의 우정이 끝나 가고 있다고 부드럽게 말해 주었다. 그렇다. 그는 가야 했다. 또 다른 사람을 상대로 싸울 수는 없었다. 그는 자기 역할을 알고 있었다.

— 나 떠나야 할 것 같아. 그가 말했다.

— 어디로? 크랜리가 물었다.

— 갈 수 있는 곳으로. 스티븐이 말했다.

— 그래. 크랜리가 말했다. 지금 여기서 사는 게 너한텐 힘들지도 몰라. 그렇지만, 그래서 떠나려고 하는 거야?

— 난 가야 해. 스티븐이 대답했다.

— 왜냐하면, 하고 크랜리가 말을 이었다. 가고 싶지 않다면 굳이 스스로 쫓겨났다거나 이단아라거나 범법자라고 생각할 필요가 없다는 거야. 너처럼 생각하는 사람 중에 훌륭한 신앙인도 많아. 그게 놀라운 일이냐? 교회란 석조 건물도 아니고 성직자도, 그들의 교리도 아니야. 그건 그 안에 태어난 모든 것의 집합이거든. 난 네가 인생에서 뭘 하고 싶어 하는지 모르겠어. 하코트 거리의 역 밖에 서 있던 그날 밤 네가 해준 얘기가 그거냐?

— 응. 스티븐은 크랜리가 생각을 장소와 연결시켜 기억하는 방식 때문에 저절로 미소를 지으며 말했다. 샐리갭에서 라라스로 가는 가장 빠른 길에 대해서 도허티랑 30분이나 싸움을 했던 그날 밤 말이야.

— 바보 같은 놈! 크랜리가 차분한 경멸조로 말했다. 그 자식이 샐리갭에서 라라스로 가는 길에 대해서 뭘 알아? 아니, 그놈이 도대체 아는 게 뭐야? 허튼 소리나 하는 밥통 같은 놈!

그는 크게 오래오래 웃어 댔다.

— 그래? 스티븐이 말했다. 나머지 일도 기억해?

— 네가 말한 거 말이지? 크랜리가 말했다. 응, 기억하지. 구속되지 않는 자유로움 속에서 네 영혼이 스스로를 표현할 수 있는 삶의 양식, 혹은 예술의 양식을 발견하는 것.

스티븐은 인정한다는 듯 모자를 살짝 들어 올렸다.

— 자유라! 크랜리가 반복했다. 그렇지만 넌 아직 신성 모독을 범할 정도로 자유롭진 않아. 말해 봐, 강도짓은 할 수 있

겠냐?

— 그보다는 구걸을 하겠지. 스티븐이 말했다.

— 그래서 만약 아무것도 안 생기면, 강도짓을 할 거야?

— 넌 지금, 하고 스티븐이 대답했다. 재산권이란 잠정적이고, 어떤 상황에선 강도짓을 하는 게 불법이 아니라고 내가 말했으면 하는 거지. 모두가 그런 믿음을 가지고 행동할 거야. 그러니 지금 네게 그 대답은 하지 않을래. 예수회 신학자 후안 마리아나 데 탈라베라를 읽어 보면 어떤 상황에서 네가 적법하게 너의 왕을 죽여도 되는지, 그리고 왕에게 독이 든 술잔을 건네주는 게 좋은지 아니면 왕의 옷이나 안장의 앞 테 부분에 살짝 독을 발라 두는 것이 좋은지 설명해 줄 거야. 차라리 다른 사람이 내게 강도질 하는 것을 용납할 것인지, 혹은 그렇게 한다면 내가 그들에게 소위 세속적인 팔로 징벌을 내리도록 요구할 것인지를 내게 물어보라고.

— 처벌을 요구할 거야?

— 내 생각에, 하고 스티븐이 말했다. 그건 내겐 강도짓을 당하는 것만큼이나 고통스러울 것 같아.

— 알겠어. 크랜리가 말했다.

그는 성냥을 꺼내 이 사이의 틈새를 후벼 파기 시작했다. 그러고는 무심하게 말했다.

— 그러면 말이야, 너 처녀를 범할 생각이 있어?

— 미안하지만, 하고 스티븐이 정중하게 말했다. 그건 대부분의 젊은 남자들의 야망 아닌가?

— 그래서, 네 관점은 뭐냐니까? 크랜리가 물었다.

숯불 연기처럼 시큼한 냄새가 나면서 기를 꺾는 그의 마지막 말이 스티븐의 두뇌를 흥분시켰고, 그 마지막 말이 연기처럼 그 위를 덮었다.

— 이봐, 크랜리, 하고 그가 말했다. 넌 내가 어떤 일을 하고 싶으며 어떤 일은 하고 싶지 않은지 물었어. 이제 내가 앞으로 하려는 일과 하지 않으려는 일을 말해 줄게. 나는 내가 더 이상 믿지 않는 것을 섬기지는 않을 거야, 그게 내 집이든, 조국이든, 교회든. 그리고 난 어떤 삶이나 예술의 양식으로 가능한 한 자유롭게, 가능한 한 온전하게 나 자신을 표현하려고 할 거야. 나를 방어하기 위해서 스스로에게 허락한 침묵, 망명, 잔꾀라는 무기만을 사용하면서 말이야.

크랜리는 그의 팔을 잡고 돌려세워 리슨 공원 쪽으로 이끌었다. 그는 거의 교활한 느낌이 나게 웃으며 형처럼 다정하게 스티븐의 팔을 꽉 잡았다.

— 잔꾀라니! 그가 말했다. 정말 너 맞아? 너같이 가난한 시인이!

— 네가 고백하도록 만들었어. 스티븐이 그의 촉감에 전율을 느끼며 말했다. 예전에도 여러 가지를 네게 고백했듯이 말이다, 안 그러냐?

— 그래, 이놈아. 크랜리가 여전히 명랑하게 말했다.

— 넌 내가 가진 두려움을 고백하게 만들었어. 그렇지만 내가 무엇을 두려워하지 않는지도 말할게. 나는 혼자 있는 것이나 다른 사람 때문에 퇴짜 맞는 것, 혹은 내가 떠나야 할 것을 떠나는 것은 두렵지 않아. 그리고 실수하는 것도, 심지어 아주 큰 실수, 일생일대의 실수, 영원히 이어질 수도 있는 실수를 하는 것도 두렵지 않아.

크랜리는 다시 심각해져서 걸음을 늦추고 말했다.

— 혼자 있는 것, 완전히 혼자 있는 것. 넌 그걸 두려워 않

는단 말이지. 그게 무슨 뜻인지 알아? 다른 사람과 분리되어 있을 뿐만 아니라 친구 한 명도 없다는 뜻이야.

— 감수할 거야. 스티븐이 말했다.

— 아무도, 하고 크랜리가 말했다. 친구 이상이 되어 줄, 사람이 가질 수 있는 가장 고귀하고 진실한 친구 이상이 되어 줄 사람이 아무도 없다는 건데.

그의 말은 그 자신의 본성 안에 있는 심금을 깊이 울린 것처럼 보였다. 그는 자신에 대해서, 있는 그대로의 자신, 혹은 그렇게 되고 싶은 자신에 대해서 이야기했던 것일까? 스티븐은 잠시 말없이 그의 얼굴을 바라보았다. 냉랭한 슬픔이 어려 있었다. 그는 자신에 대해서, 그가 두려워하는 자신의 외로움에 대해서 이야기한 것이었다.

— 누구 얘기 하는 거야? 스티븐이 마침내 물었다.

크랜리는 대답하지 않았다.

. . . .

3월 20일. 나의 반항을 주제로 크랜리와 긴 대화.

그는 장중한 태도를 취했다. 나는 유연하고 상냥했다. 어머니에 대한 사랑을 이유로 나를 공격. 그의 어머니를 상상해 보려 함. 실패. 언젠가 무심코 말하길 그가 태어났을 때 아버지가 61세였다고. 그분의 모습은 떠오름. 강건한 농부 타입. 검은색과 흰색이 섞인 양복. 넓적한 발. 다듬지 않은 반백의 턱수염. 토끼 사냥 대회에도 참여하시는 듯. 라라스의 드와이어 신부에게 규칙적으로, 그러나 많지는 않게 헌금. 밤중에 여자들에게 말을 걸기도 할 것. 그러나 그의 어머니는? 아주 젊을까 아니면 아주 늙었을까? 전자일 가능성은 별로 없음.

그렇다면 크랜리가 그런 식으로 말하진 않았을 것. 그럼 늙었을 것. 아마도, 그리고 남편이 잘 돌보지 않은 듯. 여기서 크랜리의 영혼의 절망이 나온 것. 쇠잔한 음부에서 나온 아이.

3월 21일, 아침. 어젯밤 침대에서 이 생각을 했으나 너무 게으르고 한가해서 덧붙이지 못함. 한가해서, 그렇지. 쇠잔한 음부라면 엘리자베스와 스가리아[103]지. 그럼 그는 선지자네. 그는 뱃살 베이컨과 마른 무화과를 주로 먹는다. 메뚜기와 야생 벌꿀을 알고 있다. 그리고 그를 생각하면 늘 굳은 표정의 잘린 머리 혹은 회색 커튼이나 성포(聖布)에 그려진 것 같은 데스마스크가 떠오른다. 교회에서는 성도참수화(聖徒斬首畵)라고 함. 라티나문의 성 요한[104] 때문에 잠시 어리둥절함. 뭐가 보이지? 참수당한 선지자가 자물쇠를 잡으려는 모습.

3월 21일, 밤. 자유로움. 영혼에서도 자유롭고 환상에서도 자유롭다. 죽은 자가 죽은 자를 묻게 하라. 네. 죽은 자가 죽은 자와 결혼하게 하라.

3월 22일. 린치와 함께 덩치 큰 간호사를 따라감. 린치의 생각. 싫었다. 두 마리 앙상하고 배고픈 그레이하운드가 암소를 따라간 것.

3월 23일. 그날 밤 이후로 그녀를 보지 못함. 아픈가? 엄마의 숄을 어깨에 두르고 불 앞에 앉아 있을지도 몰라. 투정부리진 않아. 죽 한 그릇? 어때?

3월 24일. 어머니와 논쟁 시작. 주제는 성모 마리아. 남자고, 젊으니 불리함. 벗어나기 위해 예수와 아버지의 관계를 마리아와 아들의 관계에 들이댐. 종교는 산부인과 병원이 아

---

103 세례 요한의 부모.
104 세례 요한과 혼동하여 어리둥절했다는 뜻.

니라고 말함. 응석을 받아 주는 어머니. 나보고 생각이 이상하며 책을 너무 많이 읽었다고. 사실이 아님. 책도 거의 안 읽었고 아는 것도 없음. 그러고는 내 마음이 불안정하니 신앙으로 돌아올 것이라고 하심. 그러니까 죄라는 뒷문으로 교회를 떠나 회개라는 천창으로 다시 들어오는 것을 말함. 회개할 수 없음. 그렇게 말씀드리곤 6펜스를 달라고 함. 3펜스를 받음.

대학으로 감. 작고 둥근 머리에 악한의 눈을 한 게치와 다시 논쟁. 이번에는 놀런 사람 브루노에 관한 것. 이탈리아어로 시작해 나중엔 얼치기 영어로 마무리. 그는 브루노를 끔찍한 이단아라 부름. 나는 그가 끔찍하게 화형 당했다고 함. 그는 이 말에는 슬픈 표정으로 동의. 그러고는 그가 〈리소토 알라 베르가마스카〉라 부르는 요리의 조리법을 가르쳐 줌. 부드럽게 〈오〉를 발음할 때 그는 그 모음과 키스하는 듯 육감적인 통통한 입술을 쑥 내민다. 키스해 봤을까? 회개할 수는 있나? 그래, 할 수 있어. 두 눈에서 한 방울씩 둥그런 악한의 눈물을 흘리는 거야.

스티븐스 그린, 즉 나의 공원을 가로질러 가며 크랜리가 지난밤에 우리 종교라고 불렀던 그것도 게치의 민족이 발명한 것이지 우리 민족이 발명한 게 아니라는 것을 기억함. 97보병 연대의 병사들 넷이 십자가 아래 앉아서 십자가에 못 박힌 분의 겉옷을 차지하려고 주사위를 던졌다.

도서관에 가다. 평론 세 편을 읽으려고 함. 소용없음. 그녀는 아직 나오지 않았다. 내가 겁먹은 건가? 무엇에 대해서? 그녀가 다시는 나오지 않을까 봐서.

블레이크는 이렇게 썼다.

월리엄 본드가 죽을지 궁금하네.
왜냐면 확실히 그는 매우 아프니까.

이런, 가여운 월리엄!

언젠가 로턴다 극장에서 디오라마[105]를 구경했다. 마지막엔 위인의 그림들이 나왔다. 그들 중엔 그 당시 막 사망한 월리엄 유어트 글래드스톤[106]도 있었다. 오케스트라는 「오, 월리, 당신이 보고 싶어요」를 연주했다.

촌티 나는 민족이야!

3월 25일, 아침. 악몽을 꾸다. 마음에서 털어 버리고 싶다.

길고 구부러진 회랑. 바닥에서 검은 증기 기둥이 솟아오른다. 전설 속의 왕들의 모습이 돌로 세워져 있다. 그들은 피로한 듯 손을 접어 무릎 위에 올려놓았다. 검은 수증기처럼 그들 앞에 영원히 솟아오르는 인간의 잘못으로 인해 눈은 어둡다.

동굴에서 나온 듯 이상한 형체들이 다가온다. 그들은 인간처럼 크지는 않다. 서로 따로따로 서 있는 것처럼 보이지도 않는다. 그들의 얼굴은 푸르스름한 인광(燐光)을 내고 어두운 색 줄이 가 있다. 그들은 나를 쳐다보며 눈으로 무엇인가 묻는다. 그들은 말하지 않는다.

3월 30일. 오늘 저녁 크랜리가 도서관 현관에서 딕슨과 그녀의 오빠에게 어떤 문제를 내고 있었다. 한 어머니가 자식을 나일 강에 빠뜨렸다. 여전히 어머니 타령. 악어가 그 아이를 물었다. 어머니가 아이를 돌려 달라고 했다. 악어는 자기가 아이를 어떻게 할 것인지, 아이를 먹을 것인지 먹지 않을 것인

---

105 투시화(透視畵). 배경 위에 모형을 설치해 하나의 장면을 만드는 것.
106 William Ewart Galdstone(1809~1898). 영국 수상.

지 말하면 돌려주겠다고 했다.

레피더스라면 이런 정신 상태야말로 당신의 진흙에서 당신의 태양의 작용으로 태어난 것이라고 말했을 거다.

그런데 내 정신 상태는? 그것 또한 그렇잖아? 그럼 나일 강 진흙에 빠뜨려!

4월 1일. 마지막 구절은 불가.

4월 2일. 존스턴, 무니 앤드 오브라이언스에서 차를 마시고 케이크를 먹는 그녀를 보다. 사실은, 우리가 지나갈 때 눈이 날카로운 린치가 그녀를 보았다. 그는 크랜리가 그녀 오빠의 초대로 거기 있었다고 말해 줬다. 또 그 악어 얘기를 했을까? 이제 그는 환한 등불인가? 그래, 이제 그를 알았다. 알아냈다고 단언한다. 엄청나게 많은 위클로 밀기울 뒤에서 조용히 타오르는.

4월 3일. 핀들레터 교회 맞은편의 담배 가게에서 다빈을 만났다. 검은 스웨터를 입고 헐링 스틱을 들고 있었다. 내가 떠난다는 게 정말이냐, 왜 떠나느냐고 물었다. 타라로 가는 가장 빠른 길은 홀리헤드를 경유하는 것[107]이라고 말해 줬다. 그때 아버지가 들어오셨다. 소개. 아버지는 정중하면서도 그를 유심히 관찰. 다빈에게 간식을 좀 대접하겠다고 제의. 다빈은 모임에 간다면서 거절. 오면서 아버지는 다빈이 선량하고 정직한 눈을 가졌다고 함. 내가 왜 조정 클럽에 가입하지 않는지 물음. 나는 생각해 보는 척함. 예전에 아버지가 페니 페더의 마음을 아프게 한 일에 대해 이야기함. 내가 법학을 공부했으면 좋겠다고. 법률 공부에 소질이 있는 것 같다고.

107 타라는 고대 아일랜드의 왕도, 홀리헤드는 아일랜드 왕복선이 기착하는 웨일스의 항구. 즉 아일랜드를 찾으려면 아일랜드를 떠나야 한다는 의미.

더 많은 진흙, 더 많은 악어들.

4월 5일. 사나운 봄 날씨. 질주하는 구름. 오, 인생이여! 사과나무가 그 섬세한 꽃잎을 떨어뜨린, 소용돌이치며 흐르는 습지의 검은 물. 나뭇잎 사이로 보이는 소녀들의 눈. 새침하거나 마구 뛰어노는 소녀들. 금발이나 적갈색의 머리. 검은 머리는 없음. 검은 머리가 얼굴이 더 잘 붉어지는데. 맙소사!

4월 6일. 분명 그녀는 과거를 기억한다. 린치 말로는 모든 여자들이 그렇단다. 그러면 그녀는 어린 시절도 기억할 것이며, 내게도 어린 시절이 있었다면 그것도 기억하겠지. 과거는 현재에 소비되고 현재는 단지 미래를 불러오기에 살아 있는 것이다. 린치가 옳다면 여성의 조각상은 언제나 전체적으로 천을 둘러야 하며 한쪽 손은 후회스러운 듯 뒤쪽을 만지고 있어야 한다.

4월 6일, 이어서 씀. 마이클 로바티스[108]는 잃어버린 아름다움을 기억한다. 그리고 팔로 그녀를 감쌀 때 그는 세상에서 오래전에 사라져 버린 사랑스러움을 감싸는 것이다. 이게 아닌데. 이게 전혀 아니야. 나는 이 세상에 아직 오지 않은 사랑스러움을 내 팔로 껴안고 싶다.

4월 10일. 어두운 밤, 어떤 애무로도 깨울 수 없는 지친 연인처럼 꿈에서 꿈도 없는 잠으로 바뀐 도시의 침묵 속에서, 희미하게 들리는 말발굽 소리. 이제 다리 가까이로 오면서 그렇게 희미하지는 않음. 불 꺼진 창 옆을 지나갈 때 순간 정적이 화살을 맞은 양 놀라 갈라진다. 이제 저 멀리서 들린다. 어두운 밤 한가운데 보석처럼 빛나는, 여행의 끝을 향해 잠자는 들판을 넘어 달려가는 말발굽. 누구의 가슴에? 무슨 소식을

108 예이츠의 시에 등장하는 가공의 인물.

전하러?

4월 11일. 어젯밤에 내가 쓴 것을 읽다. 모호한 감정을 드러내는 모호한 낱말들. 그녀가 이것을 좋아할까? 그럴 거다. 그러면 나도 이것을 좋아해야 할 텐데.

4월 13일. 그 〈누두〉라는 말이 오래도록 맘에 걸린다. 찾아보니 그 말은 영어이고 아주 오래되어 무뎌진 영어다. 망할 교무 주임, 망할 깔때기! 그가 여기 온 것은 우리에게 자기 언어를 가르쳐 주기 위해서인가 아니면 우리한테 배우기 위해서인가. 어느 쪽이든 그게 그거다, 빌어먹을!

4월 14일. 존 알폰서스 멀레넌이 방금 아일랜드 서부에서 돌아왔다. 유럽과 아시아의 신문들이여, 베껴 가라. 그는 거기서 산속 오두막에 사는 노인을 만났다고 말해 줬다. 노인은 눈이 붉었고 짧은 파이프를 가졌다. 노인은 아일랜드어로 말했다. 멀레넌도 아일랜드어로 말했다. 그리고 노인과 멀레넌은 영어로 말했다. 멀레넌은 노인에게 우주와 별들에 대해서 말했다. 노인은 앉아서 들으며 담배를 피우고 침을 뱉었다. 그리고 말했다.

— 아, 세상의 종말이 오면 끔찍하고 이상한 생명체들이 나타날 게 틀림없어.

나는 그가 두렵다. 나는 가장자리가 붉고 호색한 같은 그의 눈이 무섭다. 날이 밝도록 밤새, 나는 그가 죽든가 내가 죽든가 할 때까지 그와 싸워야 한다. 힘줄이 보이는 그의 목을 움켜쥐고……. 언제까지? 그가 내게 항복할 때까지? 아니. 난 그를 해칠 생각은 없다.

4월 15일. 오늘 그라프턴 거리에서 그녀와 딱 마주쳤다. 군중에 밀려 만나게 된 것이다. 우리는 둘 다 멈춰 섰다. 그녀는 내게 왜 오지 않았느냐고 물었고, 나에 관련된 온갖 종류의 이야기를 다 들었다고 했다. 이건 시간을 끄는 것뿐이다. 시를 쓰느냐고 물었다. 누구에 관해서? 나는 물었다. 그녀는 더 헷갈려했고 나는 미안했고 스스로 쩨쩨하다고 느꼈다. 밸브를 열어 단테 알리기에리가 발명해 모든 나라에서 특허를 얻은 그 정신적, 영웅적 냉각 장치를 틀어 놓았다. 내 자신과 내 계획에 대해서 재빨리 이야기했다. 그 와중에 불행하게도 갑자기 혁명적인 성질의 몸짓을 해 보였다. 나는 아마도 공중에 콩 한 줌을 던져 올리는 사내처럼 보였을 것이다. 사람들이 우리를 쳐다보기 시작했다. 그녀는 잠시 후 악수를 하더니 가면서 내가 말한 대로 되었으면 좋겠다고 말했다.

그러니까 내가 보기엔 다정했던 만남이다, 안 그런가?

그렇다. 오늘 그녀가 좋았다. 조금, 아니면 많이? 모르겠다. 그녀가 좋았고 그건 내게 새로운 감정인 것 같다. 그리고 그런 경우엔, 나머지 모든 것, 내가 생각하고 생각했던 그 모든 것과 내가 느끼고 느꼈던 그 모든 것, 과거의 모든 것, 사실은…… 아, 그만해, 이놈아! 그냥 잠이나 자버려!

4월 16일. 가자! 가자!

팔과 목소리의 마력. 길거리의 흰 팔들, 그 팔들이 전해 주는 아늑한 포옹의 전망, 달을 배경으로 우뚝 솟은 커다란 배의 검은 팔들. 그 팔들이 전해 주는 먼 나라의 이야기. 그들은 이렇게 말하는 듯 쭉 뻗어 있다. 우리는 외로워, 이리 와. 그리고 그들과 함께 목소리들이 말한다. 우리는 네 친척이야. 그들이 나를 그들의 친척이라 부르며 떠날 준비를 하고, 그들의 의기양양하고 무시무시한 젊음의 날개를 흔들 때, 공기는 그들로 빽빽하다.

4월 26일. 어머니는 새로 구한 내 중고 옷가지들을 정리하고 있다. 어머니는 이제 내가 고향과 친구를 떠나, 마음이란 무엇이며 마음이 무엇을 느끼는지 배우게 되기를 기도한다고 말한다. 아멘. 그렇게 되기를. 삶이여, 오라, 나는 이제 백만 번씩이라도 경험의 현실과 만나러, 내 영혼의 대장간에서 아직 창조되지 않은 내 종족의 의식을 벼려 내러 간다.

4월 27일. 고대의 아버지여, 고대의 장인이여, 지금도 앞으로도 나를 도와주소서.

더블린, 1904
트리에스테, 1914

소년, 고독의 미궁에서 찬란한 날개를 빚다

20세기의 가장 영향력 있는 예술가로 손꼽히는 제임스 조이스의 첫 장편소설『젊은 예술가의 초상*A Portrait of the Artist as a Young Man*』의 탄생 과정은 꽤 복잡하다. 이 작품은『에고이스트*Egoist*』에 1914년 2월부터 1915년 9월까지 연재되었고 1916년에 단행본으로 출간되었지만, 그 시작은 1904년으로 거슬러 올라간다.

이해에 조이스는「예술가의 초상A Portrait of the Artist」이라는 미학에 관한 산문을 완성하였으나 잡지『데이너*Dana*』의 편집진에게서 거절당한 후 제목을 〈스티븐 히어로*Stephen Hero*〉라고 바꿔 장편소설로 개작하고자 했다. 조이스의 의도는 주인공 스티븐이 예술가로 성장하는 과정을 유년 시절부터 대학 시절 이후까지 추적하는 것이었으나 작품이 절반 정도 진행되었을 무렵인 1905년경에 조이스는 이 작업을 중단한다.

이즈음 그는 이미『더블린 사람들*Dubliners*』에 포함될 단편을 여러 편 완성했고, 이 단편들을 잡지 등을 통해 선보이는 데 집중하고 있었다. 게다가 이 단편들은 기법이나 작품의 완성도에서 『스티븐 히어로』를 오히려 앞선다고도 할 수 있었다. 다시 『스티븐 히어로』의 개작에 착수한 것은 『더블린 사람들』의 마지막 단편인 「죽은 사람들The Dead」을 완성하고 난 1907년경으로 알려져 있다.

그렇게 나온 결과물인 『젊은 예술가의 초상』은 애초에 『스티븐 히어로』에 착수할 때의 의도처럼 주인공 스티븐의 유년 시절부터 대학 시절까지를 다루며 그가 예술가로 성장하는 과정을 보여 주기는 하지만, 작품 속의 모든 행위를 불연속적인 에피소드로 분할하고 장면들 사이의 연결을 돌발적으로 시도함으로써 전통적인 자연주의 소설의 문법을 탈피한다. 『율리시스Ulysses』에서 절정을 이룬 〈의식의 흐름stream of consciousness〉 기법이 여기서는 다소 원시적인 형태로 드러난 것도 엿볼 수 있다.

또한 이 작품은 전통적인 19세기 교양 소설의 행로와 결별하는 감수성을 보여 준다. 전통적인 교양 소설, 혹은 성장 소설이 근대적 사회 변화의 예측 불가능성을 청춘의 허구적 이야기로 재현하면서, 개인의 마음속에 사회를 정당화하는 과정과 거대한 입사(入社) 의식의 원형을 확립했다면, 『젊은 예술가의 초상』은 이미 공유된 가치가 강제로 대치되어 버린, 그리하여 사회가 개인의 감성에 상처를 내고 그의 창조적 정신을 억압하고 통제하는 상황에서 한 예민한 젊은이가 자신이 속한 공동체와 그 억압적 규범들에 대한 환멸을 예술에 대한 헌신으로 바꾸어 나가는 과정을 섬세하게 그려 내는 〈예술가 소설〉의 모습을 보여 준다.

또한 미숙한 주인공의 성장을 줄거리로 하는 이 작품은 기본적으로 유럽 소설의 강력한 전통인 〈교양 소설〉에 뿌리박

고 있지만, 주인공이 속한 공동체가 더 이상 〈통합〉의 지향점
이 아니라 소외, 혹은 탈출의 대상이 된다는 점에서 전형적인
모더니즘의 감수성을 보여 준다고 할 수 있다.

　이 작품은 총 다섯 장으로 구성되어 있으며 주인공 스티븐
디덜러스의 성장 과정에 따라 연대기적인 순서로 배치되어
있다. 특이한 것은 각 장이 다루는 삶의 단계뿐만 아니라 그
스타일과 구성도 서로 다르게 이루어져 있다는 점이다. 특히
바닷가의 소녀를 바라보며 자신의 삶에 대한 새로운 비전을
보는 제4장의 결말 이후 다소 지루하고 난삽하게 덧붙여진
제5장의 존재 이유에 대해서는 여러 가지 비판, 혹은 설명이
있었다. 그러나 각 장의 구성에 대한 평가는 독자들의 취향이
나 관점에 따라 달라질 수 있다. 그러면 각 장별로 주요 이슈
들과 양식상의 특성을 살펴보도록 하자.
　우선 책머리의 문구를 살펴볼 필요가 있다. 로마 시인 오비
디우스의 『변신 이야기』 제8권에서 인용한 〈그리고 그는 그
의 마음을 미지의 기술에 바쳤다〉라는 문장은 장인 다이달
로스가 크레타 섬에서 탈출하여 고향으로 돌아가겠다고 결
심하는 대목이다. 미노스 왕의 총애를 받으며 미노타우르스
를 가둘 미궁을 만들었으나 후에 아들 이카로스와 함께 도리
어 이 미궁에 갇힌 다이달로스는 미궁에 갇힌 채로 다른 사람
들이 상상도 못 할 날개를 만드는 일에 몰두한다는 내용이다.
이 소설에서 주인공의 이름은 바로 이 장인의 이름을 따왔으
며, 조이스 자신도 『더블린 사람들』의 단편들을 잡지에 발표
할 때 스티븐 다이달로스라는 필명을 사용하기도 했다.
　바로 이 이름과 인용문에서 예술가에 대한 조이스의 생각

을 읽을 수 있다. 예술가는 고향에서 추방되고 격리되고 오해되고 박해받는 자인 것이다. 가톨릭 성인의 이름에서 따온 스티븐 역시 예술가가 창조자인 동시에 순교자라는 조이스의 생각을 반영한다. 그러므로 이 작품은 주인공이 자신의 이름이 가지는 의미를 깨닫게 되는 과정을 그린 것이라고 할 수도 있다.

제1장에서 스티븐의 유년기는 가족 모임에 대한 기억으로 시작한다. 옛날 노래를 혀 짧은 소리로 따라 부르던 기억, 부모님과 찰스 아저씨 그리고 〈아줌마〉라 불리는 리오던 부인이 함께 지내던 기억이 짧게 지나가면, 학교에서 운동에 능하지 못하고 감수성이 예민한 아이였던 스티븐의 모습이 서서히 드러난다. 못된 친구들에 의해 특별한 이유도 없이 화장실 하수통에 처박히는 곤경을 치르고 나서 열이 나 의무실에 누운 이야기나, 안경이 깨어져 공부를 못하고 있는데 게으름을 피운다며 부당하게 체벌을 받는 에피소드는 학교로 상징되는 사회적 제도가 한 개인에게 상처를 주는 방식으로만 작동하는 모습을 생생하게 보여 준다.

이런 상황에서 학생은 배운 것을 익혀 알고 있어야 하지만 그 진실성을 믿지는 않는다. 스티븐처럼 예민한 아이는 물론 대부분 편하게 지내기 힘들며, 사회화 과정도 온전하게 진행되지 못한다. 이렇듯 사회적 제도가 개인을 억압하고 상처 입히는 설정은 끝까지 작품의 뼈대를 이루면서 스티븐이 자신이 속한 공동체들에 대한 돌이킬 수 없는 환멸을 스스로 확신할 때까지 지속된다.

여기서 염두에 두어야 할 것은 스티븐에 대한 사회적 억압이 일반적인 현대 사회의 문제일 뿐 아니라 당시 영국의 식민지였던 아일랜드의 정치적 상황과도 밀접하게 연관되어 있다는 점이다. 학교생활 이야기 사이에 삽입된 크리스마스 파티의 논쟁 장면은 아직 어린 스티븐이 도저히 개입할 수 없는 어떤 현실의 영역에서 이미 아일랜드인의 삶이 걷잡을 수 없이 절망적인 상황으로 치닫고 있음을 보여 준다.

독립운동가 찰스 스튜어트 파넬의 지지자인 스티븐의 아버지 사이먼과 아버지의 친구 케이시는 파넬이 자신의 부관 오셰이에 의해 간통죄로 고발당한 일을 두고 리오던 부인과 논쟁을 벌인다. 가톨릭 교단이 파넬을 비난하는 정치적 발언을 하는 것을 두고 스티븐의 아버지와 케이시는 신부들이 불필요하게 정치에 간섭한다고 불평하고, 리오던 부인은 교회는 언제나 옳으며 파넬의 간통은 절대로 용서할 수 없다고 맞선다. 마침내 하느님이 더 중요한가, 아니면 아일랜드가 더 중요한가 하는 극단적인 발언까지 나오면서 문제는 초점을 잃고 크리스마스 파티는 난장판에 되어 버린다. 스티븐의 눈에 비친 어른들은 서로 적절하게 소통하지 못하며, 논쟁은 종종 생산적인 결론을 내지 못하고 감정 다툼으로 치닫는다.
여기서 당대의 역사적 맥락에서 어느 쪽이 정치적으로 좀 더 올바른가에 대한 판단은 스티븐에게 혹은 조이스에게 그리 중요하지 않다. 더 중요한 문제는 당시 아일랜드 독립운동의 구심점이었던 파넬이 정치적으로 실각하고 죽음을 맞음으로써 독립운동 세력이 사분오열되고, 따라서 아일랜드가 식민지에서 벗어나는 길이 한층 요원해졌다는 것이며, 이러한 정치적 절망과 경제적 불황이 아일랜드 사회를 총체적 난

국으로 이끌고 갔다는 점이다. 교회를 맹목적으로 믿고 스스로 합리적인 생각은 하지 못하는 아줌마도, 파넬의 죽음을 애통해하고 영국에 대해 비분강개하는 것 말고는 별다른 대안도 비전도 없는 무기력한 어른들도, 스티븐의 입장에서는 온전히 믿을 수 없거나 완고하거나 절망적일 뿐이다.

이러한 상황에서 스티븐이 자신이 당한 부당한 체벌을 용감히 교장 신부에게 고발함으로써 자신의 억울함을 알리는 〈작은 승리〉를 거둔다 해도 그것이 현실을 바꾼다는 보장은 전혀 없다. 나중에 보면 오히려 교장은 스티븐을 체벌한 돌런 신부와 함께 체벌에 항의한 당돌한 아이 얘기를 하며 껄껄 웃어넘길 뿐이다. 이러한 패턴은 스티븐의 성장기에 계속 반복되면서 그에게 상처를 남기고 그의 예술가적 감수성을 형성한다.

제2장부터 제4장까지는 벨비디어 학교에 재학 중이던 11세에서 16세까지의 일을 다룬다. 이 중간 부분에서 서로 연관되어 나타나는 가장 중요한 사건은 그의 종교적 의혹이 시작되고 강화되어 마침내 신앙과의 단절을 경험하게 되는 것과, 사춘기 소년다운 성적인 욕망의 형태로 날것 그대로의 감각적인 현실과 만나게 되는 것이다. 스티븐은 모범생이던 자신에게 성직을 제안하는 교장의 말과 마음속에 들끓는 성적 욕망 사이에서 자신의 길이 무엇인지 심각하게 고민하다가 결국에는 구체적인 삶의 경험과 직면하는 길, 가족과 조국과 공동체의 억압에서 자유롭게 되는 길, 나아가서 예술적 아름다움을 찾아내는 길을 선택한다.

제2장에서 스티븐은 사람들과 교류하는 것보다는 책 읽기

와 사색에 몰두하는 모습으로 나타나며, 가족의 재정적 몰락으로 인하여 개인적인 좌절감을 안고 벨비디어 학교로 전학하게 된다. 이 장에서는 가정 사정의 변화가 감수성 예민한 소년에게 미치는 영향, 아버지와의 여행, 학교 연극 참여, 에세이 대회 수상, 학교 친구들과의 경쟁 및 대립, 상금으로 가족의 운명을 개량해 보려는 부질없는 노력, 여성에 대한 최초의 성적 관심, 매춘부와의 접촉 등이 불연속적인 에피소드로 등장한다. 특히 결말 부분에 등장하는 더블린 매춘부와의 성관계에 대한 서술은 소설 전체에서 작은 분기점을 이룬다.

제3장에서 스티븐은 학교에서 개최하는 사흘간의 피정에 참가한다. 제3장의 서술은 대부분 피정에서 듣는 지옥의 두려움, 죄의 무서움, 회개의 중요성에 관한 신부의 열정적인 설교로 이루어져 있다. 설교 자체는 종말의 두려움과 죄를 뉘우칠 필요성을 강조하는 것으로 그 자체가 새로울 것은 없으며, 읽기에 따라서는 매우 지루할 수도 있다. 독자들로서는 이 설교를 설교 자체로서가 아니라, 자신이 저지른 용서받지 못할 죄와 연관시키면서 두려움에 떠는 스티븐의 심리와의 대비에 유의하면서 읽어야 할 것이다.

자신이 저지른 죄가 과연 용서받을 수 있는 성질의 것인지, 어떻게 매춘부와 함께 있었다는 고백을 할 수 있을지 고민하는 스티븐의 초조한 심리의 격동은 예민한 소년의 출렁이는 감성의 흐름을 실감 나게 보여 준다. 스티븐의 격정과 죄지은 자들을 기다리고 있는 지옥의 무시무시함을 설파하는 웅변적인 설교의 흐름이 대비되다가, 스티븐의 공포심과 죄의식이 염소 모양을 한 괴물로 가득한 악몽으로 가시화되면서 제3장은 절정에 달한다. 스티븐은 결국 자신의 추악한 죄를 고백하고 일시적으로나마 성모 마리아에게서 위로와 안식과 은총을 찾는다.

제4장은 죄를 회개한 이후 실로 모범적인 생활 태도를 보이는 스티븐의 모습을 묘사하면서 시작된다. 물론 초점은 스티븐의 모범적인 생활 자체라기보다는, 죄를 뉘우치고자 자신을 학대하는 스티븐의 육체적 고통이 가져오는 치욕에 있다. 교장은 모든 면에서 모범적인 스티븐을 눈여겨보고 그에게 성직을 제의하고, 스티븐은 처음으로 자신의 미래를 좀 더 구체적으로 그려 보게 된다.

식민지 아일랜드에서 머리 좋고 교육받은, 그러나 가세는 기운 청년이 할 수 있는 선택이 무엇이 있을 것인가? 관직은 식민지 본국인 영국에 협력하는 길이 될 수 있고, 그렇다고 절망적인 상황에서 독립운동을 하는 것도 쉽지 않으니, 아일랜드인 대부분의 정신적 삶을 이끄는 가톨릭 사제가 되는 길이야말로 양심과 원칙과 정의에 어긋나지 않으면서도 적절하게 안정된 생활과 교육 수준에 어울리는 사회적 존경을 받을 수 있는 거의 유일한 선택이라고 할 수 있다. 그러나 교장의 제안을 듣고 돌아서서 머릿속에 그려 본 사제로서의 미래는 스티븐에게 결코 희망적인 모습을 보여 주지 못한다.

성직자의 길을 포기하고 예술가의 길을 걷기로 선택한 스티븐의 내면의 격동이 고스란히 전해지는 제4장의 결말은 유명한 〈에피퍼니〉[1] 장면으로, 바닷가에서 치마를 과감하게 걷어 올린 한 소녀의 모습을 보며 스티븐이 느낀 관능적인 쾌감과 그것이 문득 그의 삶의 향방을 결정짓게 만드는 과정을 시

1 *epiphany*. 신의 출현, 현현을 의미하나 여기서는 평범한 사건이나 경험을 통해 직관적으로 진실의 전모를 파악하게 되는 것을 말한다.

적인 문체로 생생하게 보여 준다.

　그는 갑자기 그녀로부터 돌아서서 해변을 가로질러 가기 시작했다. 두 볼이 화끈거렸다. 몸도 불타고 있었다. 사지는 떨렸다. 앞으로 앞으로 앞으로 앞으로, 그는 모래밭 저 멀리로, 바다를 향해 미친 듯이 노래를 부르며, 그를 향해 외쳐 부르던 삶의 도래를 맞이하기 위해 외치며 계속 걸어갔다.

　그녀의 이미지가 그의 영혼으로 영원히 들어왔고, 어떤 말로도 그가 느끼는 황홀경의 거룩한 침묵을 깨뜨릴 수 없었다. 그녀의 눈은 그를 불렀고 그의 영혼은 그 부름에 날뛰었다. 살고, 실수하고, 타락하고, 승리하고, 삶으로부터 삶을 재창조하는 것이다! 야성의 천사가, 인간의 젊음과 아름다움을 지닌 천사가, 삶의 아름다운 궁정에서 보내온 사절(使節)이 그에게 나타나, 황홀의 순간에, 모든 과오와 영광의 길로 이르는 문들을 그에게 열어젖혀 보여 준 것이다. 가자 가자 가자 가자! (본문 232면)

　소녀가 자신을 바라보는 스티븐을 의식하며 한쪽 발로 가볍게 고인 물을 휘젓는 모습과 그 찰싹거리는 물소리를 관능적으로 묘사한 작가는 바로 스티븐이 그 순간 느낀 환희와 격정을 〈오!〉라는 감탄사로 짧게 압축한다. 그녀에게서 느꼈던 관능적인 감흥이란 〈살고, 실수하고, 타락하고, 승리하〉는 삶과 연관된 것으로, 경건하고 순결한 성직자의 삶과는 거리가 있는 것이다. 스티븐은 자신이 이러한 종류의 황홀경을 외면하고 살아갈 수는 없음을 깨달았던 것이고, 그것이 비록

<영광>뿐 아니라 <과오>와 <타락>으로 이르는 길이라 할지라도 그것이 <삶>인 이상 그 문을 열고 나가야 한다고 생각하게 된 것이다. 가족과 종교와 민족이 그에게 부여했던 모든 의무와 관습을 떨치고, 위험하지만 새로운 길로 나서려 하는 청년의 심정이 이 몇 단락 안에 응축되어 있다. 아마도 이 작품에 대해 말할 때 가장 많이 인용되는 대목이 아닐까 싶다.

제5장에서 이미 대학생이 된 스티븐은 신앙생활은 물론 일반적인 생활 습관에서도 가족들의 우려를 자아내지만 전혀 개의치 않음으로써 가족과의 심리적 결별을 암시한다. 제5장은 스티븐과 친구들과의 대화를 나열하면서 아일랜드 민족주의, 가톨릭교회 그리고 가족 공동체에 대한 스티븐의 감정을 설명한다. 스티븐은 토마스 아퀴나스 등을 인용하며 민족주의와 가톨릭 신앙을 대체할 자신의 미학적 이론을 설파하는데, 지나치게 관념적인 대화 내용 때문에 독자에 따라서는 이 대목에서 지루함을 느끼는 경우도 많을 것이다. 물론 다빈이나 크랜리 같은 흥미로운 대학 친구들과의 관계라든가 서명 운동을 둘러싼 정치적인 논쟁 등 소소한 재미가 없는 것은 아니지만, 어쩐지 스티븐이 예술가가 되기로 이미 결심한 이상 제5장의 내용은 앞 장의 결말을 일상에서 반복하여 확인하는 정도로 보인다. 제5장의 끝 부분에 스티븐이 크랜리와의 대화 중 자신이 매우 외로운 삶을 살게 될 것임을 자각하고 나면 바로 소설의 서술은 어느새 간략한 문체의 1인칭 일기체로 바뀐다. 이제 스티븐은 자신을 둘러싼 모든 것들과의 결별을 완료했고 스스로 <망명자>가 되기로 결심했으므로, 스티븐과 다른 사람의 상호 대화는 불필요하게 된

것이다.

　제5장은 제4장 말미의 에피퍼니에 대한 일종의 〈안티클라이맥스〉로 여겨지기도 하고, 심지어 소설의 구성상 불필요하게 느껴지기도 한다. 스티븐이 마침내 억압적인 학교와 가족과 민족의 굴레를 넘어서 예술가의 영혼을 발견하게 되는 과정 자체는 이미 제4장의 결말에서 성취되었기 때문이다. 그러나 그 놀라운 격정과 성취 이후에도 『젊은 예술가의 초상』은 계속 진행된다. 제5장은 사실 그 이전의 장들에 비하면 밋밋하고 진부하고, 심지어 지루하기도 하다. 극적인 상황 전개도 없고 새로운 깨달음도 없으며, 조금 극단적으로 말하자면 그저 시간을 메우기 위해 이런저런 생각들을 일상생활 속에서 굴려 보는 느낌 정도다.

　그러나 조금 달리 생각하면 제5장은 예술가가 되리라는 스티븐의 깨달음에 대한 불필요한 부록이라기보다는, 조이스 시대의 〈예술가 소설〉이 필연적으로 걸을 수밖에 없었던 어떤 행로를 상징적으로 보여 주는 것이기도 하다. 이것을 평론가 프랑코 모레티는 유럽 교양 소설을 다룬 저서 『세상의 이치 *The Way of the World*』(1987)에서 〈우둔함과 민감함〉이라는 말로 표현했는데, 말하자면 무의미한 일상과 의미 있는 계시 사이의 동요 자체가 스티븐이 사는 세계를 가장 정확하게 표현해 주고 있다는 것이다. 예술가로서의 핵심적인 자각과 감정의 격동이 드러난 제4장과 산만하고 우둔해 보이지만 엄연히 거기에 물리적인 현실로서 존재하는 일상성을 표현한 제5장 중 조이스는 어떤 하나를 선택하지 않고 둘 다 남겨 둠으로써 현실의 이중적 굴레, 혹은 모순을 드러낸다.

　제4장과 제5장 사이의 이러한 모순을 해결하지 않고 그대

로 놓아 둠으로써 이 작품은 일종의 〈브리콜라주〉,[2] 혹은 〈되다 만 브리콜라주〉가 되었다고도 할 수 있다. 삶의 핵심적인 각성으로 향하는 격동적 흐름과, 매일매일의 일상에서 만나는 산만하고 지루하고도 필연적인 대화 혹은 독백을 나란히 배치함으로써 조이스는 『젊은 예술가의 초상』에서 삶의 각 요소들 사이의 모순을 해소하여 하나의 유기적 통일체를 만들어 내는 데에는 실패했다. 그러나 조이스는 예술가가 되기로 결심한 스티븐의 이야기를 분명하게 혹은 희망적으로 마무리하는 대신 서로 다른 삶의 요소들을 통합하는 데 실패하고 불안정한 모습을 노정함으로써 변화의 동력을 확보했다. 어쩌면 이러한 변화의 동력이 마침내 『율리시스』의 탄생을 가능케 했다고도 말할 수 있다.

그러나 이 모든 설명에도 불구하고 이 작품을 읽을 때 제임스 조이스라는 이름의 거대함에 지레 주눅이 들 필요는 전혀 없다. 구체적인 상황은 다를 지라도 젊은 시절 누구나 자신을 둘러싼 모든 것이 억압이라고 느낄 때가 있고, 또한 자신 안에 있는 그 무엇인가를 표현할 수 있는 새로운 양식을 찾아내고 싶은 강한 열망을 느낄 때가 있다. 〈젊음〉이 그것 자체로 문제일 때, 유일한 해결책이 자기중심적인 〈퇴행〉밖에 없다고 생각될 때, 왜 나는 이렇게 초라한 국적을 타고난 것일까 의분이 느껴질 때, 다른 방법도 많겠지만 아마도 『젊은 예술가의 초상』을 읽는 것이 어쩌면 조금 새로운 생각의

2 *bricolage*. 재료나 도구를 닥치는 대로 써서 만드는 것을 의미하는 미술 용어이나, 여러 분야에서 대상을 수집하고 조합하는 문화적 과정이라는 의미로 확대된다.

지평을 열어 줄 수 있는 방법이 될지 모르겠다. 혹은, 이미 돌이킬 수 없이 지나가 버린 젊은 시절을 회상하고 싶을 때『젊은 예술가의 초상』을 다시 읽으며 그 시절의 격동을 다시 느껴 보는 것도 나름대로 의미심장한 일일 것이다. 수많은 번역본이 이미 나와 있는 작품을 굳이 새롭게 번역하게 된 동기는 아마도 후자에 가까울 것이지만, 번역을 하는 과정에서 이 작품이 위대한 모더니스트의 역작이라는 생각은 잠시 잊고 오히려 스티븐이 거쳐 간 학창 시절의 소소한 대목마다 공감과 재미를 새삼스럽게 느낄 수 있었음을, 그래서 덕분에 번역 작업의 고된 과정을 수월하게 넘길 수 있었음을 고백한다. 좋은 기회를 주시고 책 모양새를 갖춰 준 열린책들 편집진께 감사드린다.

성은애

제임스 조이스 연보

1882년 출생 2월 2일 더블린 남쪽 교외 라스가의 브라이튼 스퀘어 41번지에서 존 스타니슬로스 조이스John Stanislaus Joyce와 메리 제인 조이스Mary Jane Joyce의 장남으로 출생. 15남매 중 10명만이 살아남음. 영국의 아일랜드 총독과 부총독이 더블린의 피닉스 공원에서 저격당함.

1884년 2세 형제 중 가장 가깝게 지냈던 스타니슬로스 출생. 라스마인스의 캐슬우드 애버뉴로 이사.

1887년 5세 더블린 남쪽 해안 마을 브레이로 이사. 이 집이 후에 『젊은 예술가의 초상*A Portrait of the Artist as a Young Man*』 초반에 묘사됨. 아일랜드 민족당의 당수인 찰스 스튜어트 파넬이 지주들의 암살과 피닉스 공원 저격 사건을 배후 조종했다는 무고로 재판받고, 혐의가 없음이 입증됨. 이 사건으로 파넬Charles Stewart Parnell에 대한 대중적 인기와 지지도가 절정에 달함.

1888년 6세 예수회 학교인 클롱고우즈 우드 학교에 입학함. 6월 26일 부모와 함께 브레이 보트 클럽 콘서트에서 노래를 부름.

1889년 7세 파넬이 부관 오셰이William O'Shea로부터 간통죄로 고발당함. 가톨릭 교단에서 파넬을 비난하기 시작.

1890년 8세 파넬 실각. 민족당은 티모시 마이클 힐리Timothy Michael

Healy가 이끌게 됨.

1891년 9세　10월 6일 파넬의 죽음을 계기로「힐리, 너마저Et tu, Healy」라는 풍자시를 썼다고 하나 전해지지 않음. 클롱고우즈 우드 학교를 그만둠.

1892년 10세　채권자들이 아버지를 압박하고 가구 등을 차압. 클롱고우즈 우드 학교로 돌아가지 못함. 더블린 근교 블랙록으로 이사.『젊은 예술가의 초상』제2장에 나오는 집. 처음으로 성탄절 연극「뱃사람 신드바드」를 관람.

1893년 11세　가정 형편이 더욱 나빠져 더블린의 이곳저곳으로 옮겨 다니기 시작. 존 콘미 신부의 주선으로 동생 스타니슬로스와 함께 예수회 학교인 벨비디어 학교에 장학생으로 전학. 뛰어난 학업 성적을 거둠. 남은 재산을 처분하여 빚을 갚기 위해 부친과 코크 방문.『젊은 예술가의 초상』제2장에 묘사됨.

1894년 12세　6월 드럼콘드라의 작은 집으로 이사. 8월 동생 프레더릭 사망. 아버지는 술에 취해 폭력을 행사하고 어머니를 죽이려고도 함.

1896년 14세　노스 리치몬드 거리로 이사. 가을에는 윈저 애버뉴로 이사. 교내 성모 마리아 신심회의 회장이 됨.

1897년 15세　전국 백일장에서 학년 최고상, 교내 성적 우수상을 받음. 가톨릭 신앙에 회의를 품기 시작.

1898년 16세　8월 매춘부를 만난 것으로 알려짐.『젊은 예술가의 초상』제2장 결말 부분에 묘사됨. 이 시기에 가톨릭 신앙을 버렸다고 알려짐. 더블린의 예수회 계열 대학인 유니버시티 칼리지에 입학.

1899년 17세　5월 8일 찬반론으로 일대 소동이 벌어진 예이츠William Yeats의「캐슬린 공작 부인」의 개막 공연 관람. 예이츠가 반(反)아일랜드적이라고 비판하는 대학생들의 서명에서 예이츠를 지지하고 서명을 거부.

1900년 18세　로열 테라스로 이사. 런던 방문.「나의 멋진 이력My

Brilliant Career」이라는 희곡을 썼다고 하나 전해지지 않음. 『포트나이틀리 리뷰*Fortnightly Review*』에 「입센의 새 드라마Ibsen's New Drama」 기고. 입센Henrik Ibsen으로부터 감사의 편지를 받음. 대학의 문학 역사 학회에서 「드라마와 삶Drama and Life」을 발표해 예술과 도덕적 주제의 분리를 주장. 시와 희곡을 썼으나 모두 없애 버림.

1901년 19세　하우프트만Gerhart Hauptmann의 희곡 두 편을 번역해 더블린의 극장에서 공연하려 했으나 거절당함. 윌리엄 아처William Archer에게 시를 보냈으나 거절당함. 아일랜드 문예 극장의 편협함을 비판하는 산문 「소요가 있던 날The Day of the Rabblement」을 대학의 교지에 기고했으나 지도 교수에 의해 거부당하고 이를 사비로 출판. 성 토마스 아퀴나스 학회에 참여.

1902년 20세　3월 13일 동생 조지 사망. 부활절 미사를 거부함. 교지 『성 스티븐스*St. Stephen's*』에 아일랜드 시인 맹건이 편협한 민족주의의 희생물임을 설파한 평론 「제임스 클러런스 맹건James Clarence Mangan」 발표. 10월 31일 유니버시티 칼리지 졸업. 성 세실리아 의대에 등록하였으나 곧 그만둠. 11월 의학을 공부하러 더블린을 떠나 파리로 감. 도중에 런던에서 예이츠를 만남. 파리에서는 곧 의학 공부를 포기하고 보헤미안처럼 지냄. 크리스마스 즈음 귀국.

1903년 21세　1월 17일 런던을 거쳐 다시 파리로 감. 미학에 관한 노트를 만들기 시작. 극작가 J. M. 싱을 만남. 4월 모친의 와병 소식을 듣고 귀국. 8월 13일 모친 간경변으로 사망.

1904년 22세　「예술가의 초상A Portrait of the Artist」이라는 미학 에세이를 썼으나 『데이너』로부터 거절당하고 이를 『스티븐 히어로』로 고쳐 쓰기 시작. 『스티븐 히어로』는 그의 사후인 1944년에 출간됨. 후에 『실내악*Chamber Music*』과 『더블린 사람들*Dubliners*』의 일부가 된 시와 단편 소설들을 잡지에 발표. 「자매들The Sisters」, 「이블린Eveline」, 「경주가 끝난 후After the Race」 등. 3월에서 6월까지 달키에 있는 클리프튼 학교에서 가르침. 『율리시스*Ulysses*』에 벅 멀리건으로 등장하는 의대생 올리버 세인트 존 고가티와 함께 역시 『율리시스』에 등장하는 샌디코브의 마텔로 타워를 비롯한 여러 거처를 전전. 마텔로 타워는 현재 조이스 박물관으로 사용되고 있음. 6월 10일 골웨이 출신의 호텔 종업원 노라 바너클Nora Barnacle을 만나 6월 16일(『율리시스』의 배경이 되었던 날) 첫 데이트를 하고 10월 8일 그녀와 함께 유럽 대륙으로 떠남. 취리히에서 직업을 구할 수 없어 당시 오스트리아의 지배하에 있던 유고슬라비아 폴라 소재 베를리츠 학교에서 교편을 잡음.

1905년 23세   북부 이탈리아의 트리에스테로 옮겨 그곳의 베를리츠 학교에서 교편을 잡음. 7월 27일 장남 조르지오Giorgio 출생. 「하숙집 The Boarding House」 집필. 런던의 출판업자 그란트 리처즈에게 『실내악』 원고를 보냈으나 거절당함. 10월 동생 스타니슬로스가 트리에스테로 와서 합류. 11월 『더블린 사람들』의 원고를 그란트 리처즈에게 보냄.

1906년 24세   로마로 가서 은행 직원으로 일함. 『더블린 사람들』에 들어갈 단편 두 편을 더 집필. 노라의 임신.

1907년 25세   1월 17일 엘킨 매슈스와 『실내악』의 출간 계약. 트리에스테로 귀환. 5월 런던에서 시집 『실내악』이 출간됨. 트리에스테 신문 『일 피콜로 델라 세라Il Piccolo della Sera』에 「아일랜드, 성자와 학자들의 나라Ireland, Land of Saints and Scholars」, 「페니어니즘Fenianism」 등의 산문을 기고. 『더블린 사람들』의 마지막 이야기 「죽은 사람들The Dead」 완성. 7월 26일 장녀 루치아Lucia 출생. 신문 기고, 영어 개인 교습, 강연 등의 활동. 『스티븐 히어로』를 대폭 축소하고 수정해 『젊은 예술가의 초상』으로 개작하기 시작.

1908년 26세   『젊은 예술가의 초상』의 제1~3장 집필. 8월 노라의 유산.

1909년 27세   8월 아들 조르지오와 더블린 방문. 빈센트 코스그레이브Vincent Cosgrave가 예전에 노라와 성관계를 했었다고 떠벌이는 것에 고통스러워함. 더블린 맨슬 출판사와 『더블린 사람들』 출판 계약. 여동생 에바Eva와 트리에스테로 귀환. 10월에 볼타 극장 건립을 위해 더블린 방문.

1910년 28세   1월 볼타 극장 건립 기획 실패하고 트리에스테로 귀환.

맨슬 출판사는 갑작스럽게 『더블린 사람들』의 출판을 연기.

1911년 29세   출판사와의 갈등에 격분하여 『스티븐 히어로』의 원고를 난로에 던져 넣었으나 여동생 아일린Eileen이 일부를 건져 냄. 에바는 더블린으로 귀환. 여동생 메이블Mable 사망.

1912년 30세   7월부터 9월까지 가족과 함께 골웨이, 더블린 등지를 여행. 마지막 아일랜드 방문. 『더블린 사람들』의 검열 문제로 맨슬의 편집인 조지 로버츠George Roberts와 크게 다툼. 출판사는 명예 훼손죄의 증거를 남기지 않기 위해 원판을 모두 폐기.

1913년 31세   예이츠의 소개로 시인 에즈라 파운드Ezra Pound와 교류. 희곡 「망명자들Exiles」 구상 시작.

1914년 32세   2월부터 다음해 9월까지 『에고이스트』에 『젊은 예술가의 초상』을 연재. 3월 『율리시스』와 「망명자들」 집필 시작. 6월 15일 런던의 그란트 리처즈가 『더블린 사람들』 출판. 이 단편집의 집필은 주로 1904년에서 1907년 사이에 이루어졌으나 작품 수정을 요구하는 출판사와의 갈등 때문에 출간이 지연되었음. 연대기순으로 배열된 15편의 단편들은 마비된 식민지 도시 더블린의 삶을 유년기, 청년기, 장년기 그리고 공적인 삶의 주제로 나누어 묘사함. 제1차 세계 대전 발발. 영국 여권 소유자라는 이유로 트리에스테에 일시 억류.

1915년 33세   「망명자들」 완성. 6월 『율리시스』의 초반부 집필. 6월 21일 중립을 지킨다는 조건으로 트리에스테를 떠날 수 있는 허가를 받아 스위스 취리히에 정착. 파운드와 예이츠 등의 주선으로 왕립 문학 기금에서 지원을 받음.

1916년 34세   12월 뉴욕에서 『젊은 예술가의 초상』 출간. 더블린에서 대규모의 부활절 봉기 발발.

1917년 35세   2월 12일 런던에서 최초의 장편소설 『젊은 예술가의 초상』 출간. 『율리시스』 세 개 장 완성. 첫 번째 눈 수술. 10월 요양을 위해 로카르노로 감. 해리엇 쇼 위버Harriet Shaw Weaver가 재정적 후원 시작.

1918년 36세 1월 취리히로 귀환. 해롤드 매코믹 부인Mrs. Harold McCormick이 재정 후원 시작. 5월 25일 런던과 미국에서 「망명자들」 출간. 「망명자들」은 입센의 영향을 엿볼 수 있으며, 조이스가 가족과 함께 아일랜드로 일시 귀국했을 당시의 생활을 반영. 3월부터 1920년 12월까지 『리틀 리뷰*The Little Review*』에 『율리시스』 연재.

1919년 37세 매코믹 부인의 재정 지원 중단. 10월 트리에스테로 귀환. 상업 학교에서 영어를 가르치면서 『율리시스』 계속 집필. 일부는 『에고이스트』에도 기고.

1920년 38세 6월에 아들과 함께 이탈리아로 가서 파운드를 만남. 파운드의 제안으로 온 가족이 파리로 이사. 죄악 금지회가 『율리시스』를 음란물로 고소, 법정에서 『리틀 리뷰』의 『율리시스』 연재 중단 판결을 받음. 제14장의 앞부분에서 연재 중단.

1921년 39세 『율리시스』의 남은 에피소드를 완성하고 교정 작업에 몰두. 4월 파리에서 『율리시스』를 출간하기로 동의. 아일랜드가 대영 제국의 자치령으로 부분 독립. 북부 얼스터는 영국 치하에 남음.

1922년 40세 2월 2일 생일에 파리의 셰익스피어사Shakespeare & Co. 에서 『율리시스』 출간. 1904년 6월 16일(후에 〈블룸스데이*Bloomsday*〉 라 불림) 하루 동안 리오폴드 블룸과 아내 몰리 블룸 그리고 스티븐 디 덜러스에게 일어난 일을 서술하여 20세기 문학의 중요한 이정표가 됨. 4월 노라가 두 아이를 데리고 아일랜드를 방문했으나 내전으로 바로 귀환. 5월 런던 여행을 계획했으나 안질로 포기. 8월 런던 방문 후 9월에 파리로 귀환. 10월 니스에서 겨울을 나려고 했으나 다시 파리로 돌아옴.

1923년 41세 후에 『피네건의 밤샘*Finnegan's Wake*』이 될 작품의 부분을 띄엄띄엄 집필하기 시작. 이 단편들은 1939년까지 『진행 중인 작품*Work in Progress*』으로 알려짐. 6월에서 8월 사이 런던 방문.

1924년 42세 안질이 심해짐. 4월 파리의 『트랜스애틀랜틱 리뷰*The Transatlantic Review*』에 『피네건의 밤샘』 첫 부분 선보임. 7월에서 8월 사이 브르타뉴 지역에 체류하다가 9월 초에 파리로 귀환. 『피네건의 밤샘』집필을 계속함. 허버트 고먼Herbert Gorman의 조이스 전기가 뉴욕에서 출간됨.

1925년 43세 런던의 『크라이테리언*Criterion*』에 『피네건의 밤샘』 두 번째 부분 기고.

1926년 44세 『피네건의 밤샘』 집필 계속. 미국인 새뮤얼 로스가 『율리시스』의 해적판을 그의 잡지 『투 월즈 먼슬리*Two Worlds Monthly*』에 연재하기 시작. 조이스의 미국인 친구 루드윅 루이슨Ludwig Lewisohn과 아치볼드 맥클리시Archibald MacLeish가 국제적 항의문을 작성하고 167명의 서명을 받음. 이듬해 말 뉴욕 주 법원에서 로스의 조이스 명칭의 사용 금지와 조이스의 승낙 없이는 어떤 자료도 출판할 수 없다는 판결 발표.

1927년 45세 재능의 낭비라는 주변의 혹평으로 『피네건의 밤샘』을 중단할까 고민. 4월 펜 클럽 초청으로 런던 방문. 7월 5일 시집 『1페니짜리 시편*Pomes Penyeach*』을 셰익스피어사에서 간행. 13편의 단편시를 모은 것.

1928년 46세 『피네건의 밤샘』(혹은 『진행 중인 작품』)의 일부가 계속 출간됨. 유럽의 이곳저곳을 여행. 11월 파리로 귀환 후 노라 바너클의 수술. 『진행 중인 작품』의 일부를 뉴욕에서 출간.

1929년 47세 2월 프랑스어판 『율리시스』 출간.

1930년 48세 아일랜드계 프랑스인 테너 존 설리번John Sullivan을 후원하기 시작. 5월에서 6월 사이 취리히에서 눈 수술 받음. 7월에서 8월까지 영국에 체류. 12월 10일 장남 조르지오 결혼. 『율리시스』를 각 장별로 분석한 스튜어트 길버트Stuart Gilbert의 연구서 출간.

1931년 49세 5월 런던으로 이주. 7월 4일 런던에서 노라 바너클과 정식 결혼. 영국으로의 영구 이주를 계획했다가 포기하고 9월에 다시 파리로 귀환. 12월 29일 부친 더블린에서 향년 82세로 사망.

1932년 50세 2월 15일 장남 조르지오와 헬렌 사이에서 첫 손자 스티븐 제임스 조이스Stephen James Joyce 출생. 손자의 탄생과 아버지의 죽음이 교차하는 감정을 다룬 「보라, 저 아이를Ecce Puer」이라는 시를 씀. 3월 장녀 루치아는 정신 분열 증세 보임. 루치아는 이후 회복되지 못한 채 조이스의 여생을 암울하게 함. 런던 방문 계획 취소. 취리히에 머묾. 폴 레옹Paul Léon이 그의 일을 돌봐 주게 됨.

1933년 51세   12월 6일 미국의 법정으로부터 『율리시스』가 음란물이 아니며 따라서 출간할 수 있다는 허가를 받음. 루치아, 스위스의 정신 병원에 입원.

1934년 52세   2월 뉴욕 랜덤하우스에서 『율리시스』 출간. 3월 친구들과 그레노블, 취리히, 몬테 카를로 등지로 자동차 여행. 조르지오 가족이 미국으로 가서 다음 해 11월까지 체류함.

1935년 53세   1월 파리로 귀환. 루치아는 런던을 거쳐 더블린으로 감.

1936년 54세   8월에서 9월 사이 덴마크에 체류. 12월 『시 전집Collected Poems』 출간. 영국에서 『율리시스』 출간.

1938년 56세   『피네건의 밤샘』 마지막 장 집필. 취리히와 로잔에 체류.

1939년 57세   5월 4일 런던 페이버 앤드 페이버와 뉴욕 바이킹에서 『피네건의 밤샘』 동시 출간. 조이스는 생일에 맞춰서 한 권을 미리 받음. 제2차 세계 대전 발발. 취리히를 떠나 루치아의 병원에 가까이 있기 위해 남프랑스 라볼르로 이사해 9월부터 12월까지 거주. 12월, 생 게랑 르퓌로 이사.

1940년 58세   12월 14일 프랑스가 독일에 함락되자 프랑스를 떠나 스위스로 가기 위한 허가를 받음. 취리히로 이사.

1941년 59세   1월 13일 새벽 2시, 취리히의 적십자 병원에서 천공성 십이지장 궤양 수술 후 사망. 취리히의 플룬테른 묘지에 묻힘.

1949년   아일랜드는 영연방에서 벗어나 아일랜드 공화국으로 독립. 얼스터는 여전히 영국의 일부로 남게 됨.

1951년   노라 바너클 조이스, 취리히에서 사망.

열린책들 세계문학 189 젊은 예술가의 초상

옮긴이 성은애 서울대학교 영어영문학과를 졸업하고 동 대학원에서 문학 박사 학위를 받았다. 현재 단국대학교 영문과 교수로 재직중이다. 함께 지은 책으로 『지구화 시대의 영문학』, 『영국 소설 명장면 모음집』, 『동서양 문학 고전 산책』 등이 있으며, 옮긴 책으로는 제임스 조이스의 『더블린 사람들』, 프랑코 모레티의 『세상의 이치』, 레이먼드 윌리엄스의 『기나긴 혁명』 등이 있다.

지은이 제임스 조이스 **옮긴이** 성은애 **발행인** 홍예빈·홍유진
발행처 주식회사 열린책들 **주소** 경기도 파주시 문발로 253 파주출판도시
전화 031-955-4000 **팩스** 031-955-4004 **홈페이지** www.openbooks.co.kr
Copyright (C) 주식회사 열린책들, 2011, *Printed in Korea.*
ISBN 978-89-329-1189-2 04840 **ISBN** 978-89-329-1499-2 (세트)
발행일 2011년 11월 15일 세계문학판 1쇄 2021년 12월 15일 세계문학판 7쇄

이 도서의 국립중앙도서관 출판예정도서목록(CIP)은 서지정보유통지원시스템 홈페이지(http://seoji.nl.go.kr)와 국가자료공동목록시스템(http://www.nl.go.kr/kolisnet)에서 이용하실 수 있습니다.(CIP제어번호:CIP2011004577)

020 베네치아에서의 죽음

토마스 만 중단편집 | 홍성광 옮김 | 432면

삶과 죽음, 예술과 일상이라는 양극의 주제를 다룬
걸작

- 1929년 노벨 문학상 수상 작가
- 피터 박스올 〈죽기 전에 읽어야 할 1001권의 책〉

021 그리스인 조르바

니코스 카잔차키스 장편소설 | 이윤기 옮김 | 488면

카잔차키스가 그려 낸 자유인 조르바의 영혼의
투쟁

- 2002년 노벨 연구소가 선정한 〈세계문학 100선〉
- 2004년 〈한국 문인이 선호하는 세계 명작 소설 100선〉
- 2005년 동아일보 선정 〈21세기 신고전 50선〉
- 피터 박스올 〈죽기 전에 읽어야 할 1001권의 책〉

022 벚꽃 동산

안똔 체호프 희곡선집 | 오종우 옮김 | 336면

거창한 사상보다는 삶의 사소함을 객관적인 문체
로 그린, 가장 완숙한 체호프의 작품

- 2006년 이고르 수히흐 교수 〈러시아 문학 20세기의 책 20권〉
- 미국 대학 위원회 선정 SAT 추천 도서
- 서울대학교 권장 도서 100선

023 연애 소설 읽는 노인

루이스 세풀베다 장편소설 | 정창 옮김 | 192면

담백하고 섬세한 문체와 간결한 내용에 인간의 탐
욕과 자연의 거대함을 담은 환경 소설

- 1989년 티그레 후안상
- 1998년 전 세계 베스트셀러 8위

024 젊은 사자들 전2권

어윈 쇼 장편소설 | 정영문 옮김 | 각 416, 408면

인간의 어리석음, 광기, 우스꽝스러움을 탁월하게
포착한 전쟁 소설이자 심리 소설

- 1945년 오 헨리 문학상
- 1970년 플레이보이상

026 젊은 베르테르의 슬픔

요한 볼프강 폰 괴테 장편소설 | 김인순 옮김 | 240면

사랑의 열병을 앓는 전 세계 젊은이들의 영혼을
울린 감성 문학의 고전

- 2003년 크리스티아네 취른트 〈사람이 읽어야 할 모든 것
  책〉
- 피터 박스올 〈죽기 전에 읽어야 할 1001권의 책〉

027 시라노

에드몽 로스탕 희곡 | 이상해 옮김 | 256면

명랑한 영웅주의, 감미로운 연애 감정, 기발하고
화려한 시구들이 돋보이는 명작

- 미국 대학 위원회 선정 SAT 추천 도서

028 전망 좋은 방

E. M. 포스터 장편소설 | 고정아 옮김 | 352면

영국 사회의 계층 간 갈등과 가치관의 충돌을 날
카롭게 포착한 걸작

- 1998년 랜덤하우스 모던 라이브러리 선정 〈최고의 영문 소
  설 100〉
- 피터 박스올 〈죽기 전에 읽어야 할 1001권의 책〉

029 까라마조프 씨네 형제들 전3권

표도르 도스또예프스끼 장편소설 | 이대우 옮김 | 각 496, 496, 460면

많은 인물군과 에피소드를 통해 심오한 사상과 예
술적 깊이를 보여 주는 도스또예프스끼 40년 창작
의 결산

- 국립중앙도서관 선정 청소년 권장 도서 50선
- 서울대학교 권장 도서 100선
- 서머싯 몸 선정 세계 10대 소설

032 프랑스 중위의 여자 전2권

존 파울즈 장편소설 | 김석희 옮김 | 각 344면

자유에 대한 정열이 고갈된 20세기에 대한 탁월한
우화

- 1969년 실버펜상
- 2005년 「타임」지 선정 〈100대 영문 소설〉

034 소립자

미셸 우엘벡 장편소설 | 이세욱 옮김 | 448면

성(性) 풍속의 변천 과정을 중심으로 전개되는 두
형제의 쓸쓸한 삶을 다룬 작품

- 1998년 「타임스 리터러리 서플러먼트」 선정 〈올해의 책〉
- 2002년 국제 IMPAC 더블린 문학상
- 1998년 「리르」 선정 〈올해 최고의 책〉

035 영혼의 자서전 전2권

니코스 카잔차키스 자서전 | 안정효 옮김 | 각 352, 408면

카잔차키스 자신의 삶의 여정을 아름답게 묘사한
자전적 소설

037 우리들

예브게니 자마찐 장편소설 | 석영중 옮김 | 320면

인간이 인간일 수 있음을 방해하는 모든 제도를
거부하는, 디스토피아 소설의 효시

- 2006년 이고르 수히흐 교수 〈러시아 문학 20세기의 책
  20권〉
- 피터 박스올 〈죽기 전에 읽어야 할 1001권의 책〉

038 뉴욕 3부작

폴 오스터 장편소설 | 황보석 옮김 | 480면

추리 소설의 형식을 빌려 장르의 관습을 뒤엎어
버린, 가장 미국적인 소설

- 피터 박스올 〈죽기 전에 읽어야 할 1001권의 책〉

266 로드 짐

조지프 콘래드 장편소설 | **최용준 옮김** | 608면

침몰하는 배와 승객을 버리고 도망친 한 선원의 파멸과 방황, 모험을 그린 걸작. 영국 문학의 거장 조지프 콘래드의 대표 장편소설

- 모던 라이브러리 선정 〈20세기 영문 소설 100선〉
- 르몽드 선정 〈20세기 최고의 책〉

267 푸코의 진자 전3권

움베르토 에코 장편소설 | **이윤기 옮김** | 각 392, 384, 416면

성전 기사단의 수수께끼를 컴퓨터로 풀어 보려던 편집자들에게 이상한 일들이 일어난다. 광신과 음모론의 극한을 보여 주는 에코의 대표작

270 공포로의 여행

에릭 앰블러 장편소설 | **최용준 옮김** | 376면

전쟁 중 한 엔지니어의 생사를 둘러싸고 벌어지는 각국의 숨 막히는 첩보전. 현대 스파이 소설의 아버지 에릭 앰블러의 걸작

271 심판의 날의 거장

레오 페루츠 장편소설 | **신동화 옮김** | 264면

유명 배우의 의문의 죽음, 그리고 수수께끼의 연쇄 자살 사건의 비밀. 독일어권 문학의 거장 레오 페루츠의 대표작

272 에드거 앨런 포 단편선

에드거 앨런 포 지음 | **김석희 옮김** | 392면

환상 문학과 미스터리 문학의 선구자 에드거 앨런 포의 대표 작품 12편을 엄선한 단편집

- 미국 대학 위원회 선정 SAT 추천 도서
- 2002년 노벨 연구소가 선정한 〈세계문학 100선〉
- 2004년 〈한국 문인이 선호하는 세계 명작 소설 100선〉

273 수전노 외

몰리에르 희곡선집 | **신정아 옮김** | 424면

천재 극작가이자 희극 배우 몰리에르. 고전 희극을 완성한 그의 대표적 문제작들

- 고려대학교 선정 〈교양 명저 60선〉
- 클리프턴 패디먼 〈일생의 독서 계획〉

274 모파상 단편선

기 드 모파상 지음 | **임미경 옮김** | 400면

세계문학사상 가장 위대한 단편 작가 중 하나인 기 드 모파상. 속되고도 아름다운 삶의 면면을 날카롭게 포착하는 그의 걸작 단편들

275 평범한 인생

카렐 차페크 장편소설 | **송순섭 옮김** | 280면

죽음을 앞두고 진정한 자신들을 만난 한 남자의 이야기. 체코 문학의 길을 낸 20세기 최고의 이야기꾼 차페크의 걸작

각 권 8,800~15,800원